btb
Aus Freude am Lesen

btb

Buch

Die junge arbeitslose, allein erziehende Leeni zögert nicht lange, als sie ein verlockendes Angebot von einem Rechtsanwaltsbüro erhält – man bietet ihr viel Geld dafür, dass sie einen bezahlten Urlaub im Süden verbringt. Währenddessen würde man sich um ihr baufälliges Haus kümmern. Als Leeni aus den Ferien zurückkehrt, erwartet sie Furchtbares: Das Haus ist abgebrannt, man hat eine männliche Leiche aus den Trümmern gezogen, sie selber steht unter Mordverdacht. Die freie Journalistin Paula Mikkola ist die Einzige, die ihr glaubt. Gemeinsam beginnen sie zu ermitteln – und stoßen auf ein Geflecht aus Lügen und Geheimnissen …

Autorin

Sirpa Tabet ist eine der erfolgreichsten Krimiautorinnen Finnlands. Viele ihrer Bücher waren Vorlage für Fernsehserien. »Der Schattenmann« ist ihr erster Kriminalroman, der auf Deutsch erscheint.

Sirpa Tabet

Der Schattenmann

Ein Fall für Paula Mikkola

Aus dem Finnischen
von Stefan Moster

btb

Die finnische Originalausgabe erschien 2001 unter dem Titel
»Varjomies« bei Otava, Helsinki.

Verlagsgruppe Random House FSC-DEU-0100
Das FSC-zertifizierte Papier *Munken Print* für Taschenbücher aus
dem btb Verlag liefert Arctic Paper Munkedals AB, Schweden.

Der btb Verlag ist ein Unternehmen
der Verlagsgruppe Random House.

Einmalige Sonderausgabe Oktober 2005

Umschlaggestaltung: Design Team München
Umschlagfoto: Wolf Huber
Satz: IBV Satz- und Datentechnik GmbH, Berlin
Druck und Einband: Clausen & Bosse, Leck
SR · Herstellung: LW
Made in Germany
ISBN 3 442 73446 0

www.btb-verlag.de

Schließlich gab der Schatten auf, und der Sonnenschein legte sich mit seiner flirrenden Glut über die Frau. Grashalme kitzelten ihre nackten Beine, aber sie war zu matt, um sich aufzurichten und sich zu kratzen. Sie streckte die Arme neben dem Körper aus und schloss die Augen.

Um sie herum lag Stille, eine schwarze, einheitliche Stille, wie eine Folie, durch die unaufhörlich die scharfen Spitzen ihrer Sorgen stachen. Schließlich war die Folie zerrissen, und immer beklemmendere Gedanken traten an ihre Stelle. Die Telefonrechnung. Die Zahnarztrechnung. Die monatliche Rechnung des Lebensmittelgeschäfts. Die Rate für den neuen Fernseher. Die auf Pump gekauften Kleider. Schulden. Rechnungen. Mahnungen.

Sie öffnete die Augen.

Der Mann war so leise gekommen, dass sie nichts gehört hatte. Sie schaute sich nach seinem Wagen um und sah zwischen den Bäumen etwas Blaues schimmern. Trotz der Hitze trug er einen grauen Anzug und eine Krawatte mit silbernen Streifen. In einer Hand hielt er einen Aktenkoffer aus Leder. Sie war sicher, er würde ihr etwas verkaufen wollen.

Als der Mann bemerkte, dass sie ihn ansah, trat er einige Schritte näher. Mit seinem Bein war etwas nicht in Ordnung, denn er hinkte. Der einzige Riss in einer ansonsten sehr gepflegten Erscheinung.

»Sie sind Leeni Ruohonen«, stellte er fest, während die Frau aufstand.

Sie war leicht verwundert, machte sich aber nicht die Mühe zu fragen, woher er ihren Namen kannte. Erst seine folgenden Worte ließen sie nervös werden.

»Sie sind vierundzwanzig Jahre alt«, fuhr der Mann fort und stellte seinen Koffer auf den Boden. Er war untersetzt, aber nicht dick. Die milchkaffeefarbenen, kurz geschnittenen Haare bildeten einen Bogen über der Stirn. »Sie haben als Sekretärin im Verkauf gearbeitet. Seit drei Wochen sind sie arbeitslos.«

Ein scharfes Zucken durchlief ihren Bauch. Wie konnte der Mann so gut über sie Bescheid wissen, fragte sich Leeni. Er musste sie schon längere Zeit beobachtet haben. Was wollte er eigentlich von ihr?

Zum ersten Mal löste er seinen Blick von Leeni und richtete ihn auf das verzierte Holzhaus, dessen Wände dringend eines Anstrichs bedurften. »Sie wohnen mit Ihrer Tochter in diesem Gebäude dort, im Gebäude Ihrer Tante«, sagte er. »Ich benutze nicht das Wort Haus, denn das verdient es nicht.« Der Blick wandte sich wieder Leeni zu. Die Augen des Mannes standen leicht hervor, und sie schauten sie an, ohne zu blinzeln. Dadurch hatte Leeni den unangenehmen Eindruck, der Mann sähe alles. Auch das, was in ihrem Innersten vorging.

War der Mann von der Baubehörde, schoss es ihr in den Kopf. Wahrscheinlich wollten sie die Tante bedrängen, das Haus zu renovieren. Am liebsten hätte sie gefragt, aber etwas an seiner Erscheinung ließ sie zurückscheuen.

Der Mann schien ihre Gedanken zu erraten. »Mein Name ist Forsman«, stellte er sich vor. »Aber das hat keine Bedeutung, denn wir kennen uns nicht.«

»Was willst du eigentlich?«, fragte Leeni trotzig. Durch das Duzen versuchte sie die Nervosität zu verbergen, die der Mann in ihr auslöste.

»Ich habe Ihnen einen Vorschlag zu machen«, entgegnete er. »Einen interessanten Vorschlag.«

Dieses Wort rief in Leeni unangenehme Erinnerungen hervor.

»Einen Vorschlag? Was könntest du mir denn vorzuschlagen haben?«, schnaubte sie. Ihr Ärger ließ sie aufbrausen. »Ich fang nicht an zu huren oder Drogen zu schmuggeln. Falls es darum geht, dann ist das Gespräch hiermit beendet.«

»Es handelt sich nicht um solch banale Dinge. Gehen wir hinein, da lässt es sich angenehmer reden.« Der Mann wies mit der Hand auf das Haus.

Leeni dachte an das ungemachte Bett und das schmutzige Geschirr.

»Wir können hier reden!«

»Nein.« Auch der Mann verschärfte den Ton. »Wir können nicht hier stehen wie zwei Statuen, die das ganze Volk begaffen kann. Wir gehen jetzt hinein.«

Ohne sich um Leenis Protest zu kümmern, hinkte der Mann auf das Haus zu. Trotz der Hitze war der Rücken seiner Jacke glatt und trocken. Der Anzug muss aus teurem Stoff sein, dachte Leeni. Vielleicht aus Seide.

Als ihr klar wurde, dass sie den Mann nicht aufhalten konnte, folgte Leeni ihm ins Haus. Zum Glück war Ami nicht da. Leeni hatte sie zum Spielen zu einem Mädchen aus der Nachbarschaft gebracht.

Im Erdgeschoss befanden sich die Küche und zwei große Zimmer. Die Küche stand voll mit ungespültem Geschirr, und auf der Waschmaschine lag ein Haufen schmutziger Wäsche. Das Zimmer, in das Leeni den Mann führte, war nicht viel ordentlicher. Auf dem Fußboden waren kreuz und quer Spielsachen verteilt, auf dem Sofa lagen drei Puppen und ein angebissenes Butterbrot. Vorsichtig, als fasse er einen Skorpion an, nahm er das Brot vom Sofa und legte es neben einem Spielzeugtelefon auf den Boden. Die Puppen schob er zur Seite.

»Gibt es hier Ratten?«, fragte er, während er sich umblickte.

»Nein!«, empörte sich Leeni und nahm in dem alten Plüschsessel Platz, über dessen Rückenlehne Kleidungsstücke hingen. Auch hier hätte aufgeräumt werden müssen, dachte sie, als sie das Zimmer plötzlich mit den Augen des Fremden sah. Aber jetzt war es zu spät.

Sie beobachtete, wie der Mann, der sich Forsman genannt hatte, ein silberfarbenes Seidentuch aus der Brusttasche zog und auf dem Sofa ausbreitete. Er nahm darauf Platz und stellte den Aktenkoffer auf dem Boden ab. Einen Moment lang sagten beide kein Wort. Forsman zog ein schmales Zigarrenetui aus der Tasche. Nachdem er Leeni vergebens eine Zigarre angeboten hatte, steckte er sich eine an und begann, sie mit ruhigen Zügen zu rauchen.

Die Stille hielt an, und Leeni wurde unruhig. Schließlich konnte sie sich nicht mehr beherrschen. »Dürfte ich jetzt endlich erfahren, worum es geht?«, fragte sie fordernd.

Mit hochgezogenen Augenbrauen wandte Forsman sich ihr zu. »Ich habe gute Nachrichten für Sie«, erklärte er, wobei er leicht die Lippen verzog, offensichtlich in der Annahme, so etwas wie ein Lächeln zu erzeugen.

»Was für gute Nachrichten?«

Eine weiße Rauchwolke hüllte den Mann ein. »Geld«, sagte seine weiche Stimme aus dem Rauch heraus. »Ich bin gekommen, um mit Ihnen über Geld zu reden.«

Leeni war verblüfft. Das neue, beängstigend faszinierende Stichwort ließ sie aufhorchen. Trotz ihrer Neugier schwieg sie jedoch.

Forsman starrte in den zur Decke aufsteigenden und sich ausbreitenden Rauch. »Wie ich schon sagte, ist eine Verwandte von Ihnen die Eigentümerin dieser Behausung. Genauer gesagt Ihre Großtante, die jetzt in einem Altersheim lebt.«

»Wieso redest du die ganze Zeit von einer Behausung?«, fragte Leeni unwirsch. »Das hier ist ein wertvolles Haus, einzigartiger Stil aus dem 19. Jahrhundert. Das ist nicht irgendein Gebäude.«

Forsman stand auf und ging aus Leenis Blickfeld ans Fenster. »Das ist Geschmacksache«, verlautete seine Stimme in ihrem Rücken. »Meines Erachtens ist dies hier nur ein Gebäude in schlechtem Zustand, und wenn Sie ehrlich sind, ist es auch Ihrer Meinung nach nichts anderes. Wahrscheinlich ist das Dach undicht, und die Rohre sind vor dem Krieg gelegt worden.«

Wie um seine Behauptungen zu bestätigen, tropfte in der Küche Wasser aus dem Hahn auf das Geschirr im Waschbecken. Das quälende Geräusch hämmerte in Leenis Ohren, während sie darauf wartete, dass Forsman endlich zur Sache käme.

»Das Unternehmen, das ich vertrete, ist vor kurzem auf Ihre Großtante zugegangen und hat sich erboten, diese Immobilie zu kaufen, und das auch noch zu einem äußerst guten Preis. Doch die alte Dame hat abgelehnt. Äußerst unklug, wie ich finde, wenn man bedenkt, in welchem Zustand sich das Gebäude befindet.«

Leeni drehte sich in ihrem Sessel um. »Und weiter? Was geht das dich oder deine Firma an?«

Forsman drückte die Zigarre im Blumentopf aus. »Insofern, als es im Weg ist. Ich will Sie nicht mit komplizierten Erklärungen aufhalten, es genügt, wenn Sie wissen, dass es für die Gesellschaft am besten wäre, wenn es das alles hier nicht gäbe.«

Das Tropfen des Wasserhahns hatte sich in ein leises Plätschern verwandelt. Forsman und Leeni sahen sich an, bis Leeni dem Blick nicht mehr standhalten konnte und den Kopf zur Seite drehte. Der Mann setzte sich wieder auf das Sofa und streckte sein linkes Bein gerade nach vorn.

»Glauben Sie mir, es ist sehr wichtig. Je schneller wir zu einem Vertrag kommen, umso besser. Für die Gesellschaft und für Sie.«

Leeni verstand immer noch nicht, worauf der Mann hinauswollte, doch sie wusste, dass er keine Witze machte. Er hatte etwas Unschönes vor, sonst würde er nicht so reden. Sie dachte an ihre alte Tante, und ihr Zorn räumte die Verlockung des Geldes aus dem Weg.

»Jetzt reicht es! Du gehst jetzt und nimmst dein Angebot wieder mit! Egal was es ist, die Antwort lautet nein.« Sie sprang auf und marschierte in die Küche, um den Hahn zuzudrehen.

Forsmans Stimme schlich ihr nach und schlang sich um sie wie ein weiches Seidentuch.

»Sie brauchen nichts zu tun«, versuchte die Stimme sie zu überreden. »Sie fahren einfach in Urlaub und lassen es sich gut gehen. Und dafür erhalten Sie gutes Geld.«

Geld. Das Wort ließ Leeni innerlich erzittern. Geld. Sie brauchte Geld. Mein Gott, wie sehr sie es brauchte! Sie hatte schon viele Rechnungen nicht mehr bezahlt, als sie noch nicht arbeitslos war. Mittlerweile steckte sie bis über beide Ohren in Schulden.

»Hunderttausend dafür, dass Sie zwei Wochen weg sind«, lockte die Stimme.

Hunderttausend.

Leeni hatte einen Teller in die Hand genommen, stellte ihn aber eilig ins Becken zurück, weil sie befürchtete, ihn auf den Boden fallen zu lassen. Hunderttausend. Eine warme Welle schwappte durch ihren Bauch auf. Sie kam zur Tür zurück. »Machst du Witze? Willst du mich verarschen?«

Forsmans Lippen bildeten wieder etwas Ähnliches wie ein Lächeln. »Ich scherze nie, wenn es um wichtige Dinge geht. Sie bekommen hunderttausend, wenn Sie in Urlaub fahren. Natürlich finanzieren wir die Reise.«

Wieder dachte Leeni an ihre Tante und an das Haus, das Elternhaus der alten Frau. Der Mann sagte, das Gebäude sei im Weg. Für die Gesellschaft sei es besser, wenn es nicht da wäre. Das hieß, er hatte vor, das Haus irgendwie aus dem Weg zu schaffen. Leeni geriet in Versuchung.

»Zweihunderttausend«, erhöhte Forsman, als er ihr Zögern bemerkte. »Wenn Sie geschickt mit dem Geld umgehen, fragt kein Mensch danach.«

Da Leeni hin und her gerissen war, ereiferte er sich. »Du solltest nicht lange nachdenken«, stieß er in plötzlich wechselndem Tonfall hervor. »Bei den vielen unbezahlten Rechnungen. Und das Telefon ist auch schon abgestellt.«

Leeni erschrak. »Woher weißt du das?«

Er warf ihr einen durchdringenden Blick zu. »Ich weiß es eben«, sagte er. »Ich weiß alles über dich.«

Aus lauter Angst verteidigte sich Leeni. »Glaubst du, ich bin nicht fähig, mich um meine Angelegenheiten zu kümmern?«, schnaubte sie. »Wenn ich will, zahle ich morgen alle Rechnungen.«

»Und wie? Du bist doch vor drei Wochen gefeuert worden.« Forsmans Ton war vertraulicher geworden, als wäre er sich seiner Beute schon sicher.

»Na und? Ich such mir eine neue Arbeit. Ich hab schon zwei Bewerbungen laufen.«

Forsman grinste.

»Bildest du dir ein, die kommen nicht dahinter? Glaubst du, die rufen nicht bei deinem früheren Arbeitgeber an und fragen, warum du dort aufgehört hast?«

Wieder piekten sie ihre Sorgen wie Stachel, aber Leeni wehrte sie trotzig ab. »Der Kerl war ein Schwein«, murmelte sie.

Der Mann ließ sich durch Leenis Zorn nicht stören. Er hatte die Oberhand, und das wusste er. »Ich verstehe nicht, warum du noch zauderst«, sagte er. »Überlege doch mal, was du für zweihunderttausend alles bekommst! Neue Möbel, neue Kleider für dich und deine Tochter. Und dieses Loch hier?« Der Blick streifte über die Tapete mit den Wasserflecken. »Du könntest dir eine anständige Wohnung mieten, wenn du wolltest.«

Da Leeni nicht antwortete, griff Forsman nach seinem Aktenkoffer und legte ihn auf den Schoß. Ein lautes Geräusch war zu hören, als er ihn öffnete, als wäre ein Ast gebrochen. Leenis Augen weiteten sich, als sie sah, was sich im Inneren des Koffers befand. Hundert-Finnmark-Scheine, ein Bündel neben dem anderen. In aller Ruhe legte der Mann sie auf den Couchtisch. Das erste Bündel, das zweite, das dritte, das vierte, das fünfte, das sechste, das siebte … Leeni befeuchtete ihre trockenen Lippen mit der Zunge.

Schließlich war der ganze Tisch mit Scheinen bedeckt, und Leeni konnte den Blick nicht davon abwenden. Sie streckte die Hand aus und berührte das Geld, um sich zu versichern, dass es echt war. Eine Perlenkette, eine neue Wohnung, ein Pelz – der Luxus schillerte vor ihren Augen wie ein verschwommener Traum kurz vor dem Aufwachen.

Vorsichtig nahm sie ein Bündel in die Hand und breitete vor ihrem Gesicht die Scheine zu einem Fächer aus. Tief atmete sie den betörenden Duft von Macht ein. Geld faszinierte. Geld erfüllte alle Wünsche. Sie würde reich sein, dachte sie euphorisch.

»Irgendwann Anfang September«, erklärte Forsman mit sanfter Stimme. »Ich habe mir sagen lassen, dann sei es in Griechenland angenehm. Wir kümmern uns selbstverständlich um das Organisatorische. Du musst lediglich sicherstellen, dass dein Pass in Ordnung ist und für dich und deine Tochter Sommerkleider kaufen.«

Leeni fand wieder in die Wirklichkeit zurück und ließ die Scheine eilig auf den Tisch fallen. »Woher soll ich wissen, ob die überhaupt echt sind?«, fragte sie.

Forsman grinste. »Die sind echt, jeder einzelne. Glaubst du, wir gefährden ein für uns wichtiges Geschäft, indem wir die Leute mit Falschgeld bezahlen?«

Mit einer Mischung aus Gier und Angst betrachtete Leeni das Geld. »Woher willst du wissen, dass du mir vertrauen kannst? Was ist, wenn ich das Geld nehme und nirgendwo hinfahre?«

Forsmans Pupillen bewegten sich. Sie warfen einen fast unmerklichen Blick auf die drei Puppen und sahen dann erneut Leeni an, die plötzlich erschrak. In der Gewissheit, dass sie nicht ablehnen würde, schob der Mann die Hand in die Jacke und zog ein weiteres Geldbündel aus der Innentasche. »Als Taschengeld für die Reise«, sagte er.

Leeni dachte an weißen Sandstrand und glühenden Sonnenschein. »Eine Viertelmillion«, sagte sie leise. »Eine Viertelmillion, und ich fahre.«

Forsmans Schultern entspannten sich. »Den Rest bekommst du kurz vor der Abreise«, versprach er.

Im Zentrum von Helsinki, in einer Straße namens Abrahaminkatu, stand eine Frau auf einer Leiter und versuchte, eine gekleisterte Tapetenbahn so an die Wand zu bringen, dass sie einigermaßen gerade wurde. Als sie den Falz herabfallen ließ und die Bahn glatt bürstete, lappte sie schräg über die danebenliegende. Zum Glück hatte sie eine einfarbige grüne Tapete gewählt und musste keine Muster kleben, ansonsten wäre die Aufgabe hoffnungslos gewesen.

Lefa hätte kommen sollen, um ihr zu helfen, er musste aber zu einem Fototermin, und Paula musste nun sehen, wie sie alleine zurechtkam. Die Küche hatte sie bereits mit einem zartgelben Anstrich versehen, und heute war das Wohnzimmer an der Reihe. Anschließend würde sie den Flur tapezieren. Die Tapetenrollen mit dem Blumenmuster in verschiedenen Brauntönen warteten bereits in der Ecke.

Doch wie sehr sie sich auch bemühte, sich an ihrer neuen Wohnung zu erfreuen, konnte Paula es nicht lassen, auf die grauen Fenster in der graubraunen Fassade des Hauses gegenüber zu schauen. Sie musste einfach ständig an den Erker in ihrer früheren Wohnung denken und die wunderbare Aussicht, die sie von dort gehabt hatte.

Ein Jahr war das jetzt her?

Paula nahm die Bürste aus der Tasche und strich die Tapete gerade. Dann kniete sie sich auf den Boden und begann, die nächste Bahn mit Kleister zu bestreichen. Das ist der reinste Sport, dachte sie, als sie aufstand. Den Sommer über hatte sie allerdings auch ein paar überflüssige Pfunde zugelegt. Sie stieg wieder auf die Leiter und streckte die Hände nach oben. Die Fensterscheibe erzitterte durch das Dröhnen eines schweren Fahrzeugs unten auf der Straße, und die Stille der weiten Landschaft kam ihr wieder in den Sinn.

Als Paula Mikkola im Herbst aus Helsinki weggegangen war, war sie sich sicher gewesen, dass sie niemals zurückkehren würde. Sie hatte ihre Wohnung aufgegeben, in der jede Ecke voller beklemmender Erinnerungen steckte, hatte ihre persönlichen Sachen auf dem Dachboden einer Freundin eingelagert und war zu Ismo Lepistö aufs Land gezogen. Die Liebe zu diesem Mann war nur eine Zutat gewesen, die den Entschluss leichter gemacht hatte. Umso wichtiger war der Impuls gewesen, alles hinter sich zu lassen. Neben der Wohnung, ihren Freunden und ihrer Lebensumgebung hatte sie beschlossen, auch die Arbeit bei der Zeitung aufzugeben und sich stattdessen etwas anderes einfallen zu lassen.

Eine Wand war bereits fertig, und Paula trat ein paar Schritte zurück, um ihr Werk zu bewundern. Die Wand erstrahlte in beruhigendem Grün. Ans Fenster würde sie die alten rosafarbenen Gardinen hängen. Das wird einen schönen Kontrast ergeben, dachte Paula, und in ihr regte sich so etwas wie Inspiration.

Nachdem sie die nächste Bahn geklebt hatte, setzte sie sich hin, um einen Moment auszuruhen. Unten auf der Straße rauschte gedämpft der Verkehr. In der Einsamkeit der Wohnung war es still.

Paula musste wieder an Ismo denken. Seine Haut auf ihrer Haut. Während der ersten Wochen hatten sie sich benommen wie die Bewohner einer einsamen Insel und sich vorgestellt, das Leben würde außerhalb des Grundstücks enden. Paula hatte so getan, als könne sie kochen und den Haushalt führen, Ismo hatte so getan, als wäre er der Ehemann, der morgens zur Arbeit in die Werkstatt ging.

Obwohl der Herbst bereits so weit gediehen war, dass keine Blätter mehr an den Bäumen gehangen hatten und die Felder schwarzbraun geworden waren, hatte Paula alles grün und sonnig gesehen, so wie in ihrer Vorstellung vor dem Umzug. Sie hatte beschlossen, dass auf dem Land alles besser war, und dass sie nie wieder in die Stadt ziehen würde.

Der Tag war angebrochen, und Leeni sah zum wer weiß wievielten Mal auf die roten Ziffern des Radioweckers. Den größten Teil der Nacht hatte sie wach gelegen, und die Gedanken hatten sich in ihrem Kopf gedreht.

Seit Forsmans Besuch war mehr als ein Monat vergangen, und sie war sich noch immer nicht sicher, ob sie die richtige Entscheidung getroffen hatte. Und was, wenn ihre Tante eines Tages wieder hier einziehen wollte? Als sie Anfang des Sommers hier zu Besuch gewesen war, hatte sie es allerdings nicht länger als einen Tag ausgehalten. Sie wollte wieder zurück in ihr Apartment im Altenheim, wo sie viele Freunde hatte. Die Tante möchte nicht mehr hier wohnen, beruhigte sich Leeni.

Die Zweifel und das schlechte Gewissen ließen sie jedoch nicht in Ruhe. Vielleicht könnte sie alles noch rückgängig machen, dachte sie. Sie musste nichts machen, was sie nicht wollte. Sie konnte hier bleiben, mit Ami.

Für einen Moment spielte Leeni mit dem Gedanken, im Bett zu bleiben und die Maschine zu vergessen, die auf dem Flughafen wartete. Doch sie wusste, dass sie keine Wahl hatte. Der Blick, den Forsman auf Amis Spielsachen geworfen hatte, ging ihr nicht mehr aus dem Sinn. Ihr war sofort klar, was er bedeutete. Unfälle passieren immer wieder. Als er ging, hatte Forsman Leeni beschworen, kein Wort über ihre

Abmachung zu verlieren. Falls sie mit jemandem darüber reden würde, hätte das fatale Folgen.

Unfälle passieren immer wieder.

Womöglich hätte sie eine Chance, das Ganze rückgängig zu machen, wenn sie das Geld zurückgab. Aber wie Forsman es vorausgesagt hatte, war es ihr nicht gelungen, einen neuen Job zu finden. Sie hatte zwei Vorstellungsgespräche gehabt und kurz geglaubt, eine der beiden Stellen sei ihr sicher. Aber als sie nach einer Woche noch einmal nachgehakt hatte, hatte der Personalchef reserviert erklärt, sich für jemand anders entschieden zu haben. Leeni hatte nicht nach dem Grund gefragt. Sie wusste, er hatte mit ihrem früheren Arbeitgeber Kontakt aufgenommen. Es war genau das eingetreten, was Forsman prophezeit hatte.

Sie könnte zum Sozialamt gehen, aber Leeni scheute sich davor. Sie hatte das Gefühl, als seien alle Beamten dieses Landes auf der Seite ihres Exmannes. Er suchte nur nach Gründen, um ihr Ami wegzunehmen. Also hatte Leeni mit einem Teil des Geldes die nötigsten Rechnungen bezahlt und ein paar neue Kleider für Ami gekauft.

Bei einem Besuch im Altenheim hatte sie ihrer Tante erzählt, dass sie in dem Schrank, in dem die Tante immer eine Reserve für schlechte Zeiten versteckt hatte, fünfzigtausend Finnmark gefunden hatte. Ohne sich groß darüber zu wundern, unterschrieb die alte Dame eine Schenkungsurkunde zu Leenis Gunsten über die entsprechende Summe. So war es Leeni gelungen, einen Teil des Geldes zu waschen. Nur für den Fall, dass sich jemand fragen würde, wie sie sich so eine teure Reise in den Süden leisten konnte.

Ihr Blick fiel auf die schäbige Tapete und auf die gesprungene Fensterscheibe. Nach der Reise würde sie als Erstes eine neue Wohnung mieten. Eine große, helle Wohnung mit einem blau gekachelten Bad und goldfarbenen Wasserhähnen.

Leeni sprang abrupt auf. Sie musste raus hier. Sie musste

den zerschlissenen Tapeten, dem undichten Dach und den zugigen Fenstern entkommen. Als das Radio ertönte, wachte Ami auf.

»Fahren wir jetzt in die Sonne?«, fragte sie, und Leeni strich dem Kind lächelnd über die Wange.

»Ja. Ganz bald fahren wir in die Sonne. Ich geh nur schnell duschen, und dann frühstücken wir.«

Sie trugen bereits ihre Reisekleider. Leeni vervollständigte gerade vor dem Spiegel in der Diele ihr Make-up, als es überraschend an der Tür läutete. Ob die Nachbarin uns eine gute Reisen wünschen will, fragte sich Leeni und ging zur Tür.

Doch auf der Treppe stand ein schmaler junger Mann, der sich als Taxifahrer entpuppte.

»Guten Morgen!«, grüßte er lächelnd. »Sie haben ein Taxi zum Flughafen bestellt?«

Leeni starrte den Mann verdutzt an. Sie hatte in der Tat vorgehabt, ein Taxi zu rufen, war aber noch nicht einmal dazu gekommen, die Nummer herauszusuchen. »Du hast wahrscheinlich die falsche Adresse«, sagte sie.

»Ohrapolku 2. Ist das nicht hier?«

»Doch«, musste Leeni zugeben. »Und ich will auch zum Flughafen, aber ...«

Dann begriff sie.

Forsman! Ihr Herz setzte für zwei Schläge aus. Forsman hatte den Wagen bestellt, um sicherzugehen, dass sie sich auch wirklich auf den Weg machte.

Der Fahrer hatte ein angenehmes Gesicht, auf dem noch die Bräune des Sommers zu sehen war. Durch die hellbraunen Haare und den Pony wirkte er jung und knabenhaft. Seine Augen musterten Leeni, und sie spürte, wie ihr das Blut in die Wangen stieg. Sie war froh, dass sie sich noch die Haare geföhnt hatte.

»Warte hier, ich hole unsere Sachen«, sagte sie hastig und schloss die Tür. Sie wollte den Mann nicht ins Haus lassen, denn obwohl sie angefangen hatte, ein bisschen sauber zu machen, war die Küche immer noch unordentlich. In der Kammer lagen Spielsachen auf dem Fußboden verstreut. Leeni wollte vermeiden, dass der Taxifahrer ihr Zuhause in diesem Zustand sah, dass er sich auf die gleiche herabwürdigende Art umsah wie Forsman.

Im Vorbeigehen warf sie einen Blick in den Spiegel und überprüfte ihr Make-up. Sie legte etwas Parfüm auf, warf sich die schwarze Tasche über die Schulter und griff mit der anderen Hand nach dem großen Rollenkoffer. Dann nahm sie Ami an die Hand und ging mit dem Gepäck zur Tür.

Der Fahrer war sichtlich erstaunt, als er das Mädchen sah. Sie sind immer überrascht, wenn sie merken, dass ich eine vierjährige Tochter habe, dachte Leeni amüsiert und lächelte. Der Mann nahm ihr den Koffer ab, und flüchtig berührten sich ihre Hände. Die Berührung ließ Leeni zusammenfahren, sie tat so, als hätte sie nichts bemerkt.

Vor dem Haus stand ein großes, cremefarbenes Taxi. Die Blechhülle des Autos blinkte sauber und selbstgewiss in der Sonne, wie um zu betonen, dass es hier nicht an der ihm gebührenden Stelle war. Es hätte vor prächtigen Bungalows stehen sollen und nicht vor einem alten, heruntergekommenen Holzhaus.

Mit einem dicken Kloß im Hals drehte sich Leeni um. Das Haus war zwei Jahre lang Amis und ihr Zuhause gewesen. Die Tante hatte fast ihr ganzes Leben hier gelebt. Nach der Reise war das Haus vielleicht nicht mehr da.

Reue plagte sie wie ein brennender Schnitt in der Haut, doch sie erstickte sie mit dem Gedanken an das Geld. An die gigantische Summe von einer Viertelmillion. Sie kehrte dem Haus den Rücken zu und half Ami ins Auto.

Der Fahrer gab Gas und der Mercedes schoss los. Leeni spürte, dass ihr der Mann imponieren wollte, und das schmeichelte ihr. »Aha, Sie fliegen also ins Ausland«, sagte er, als

Leeni das Reiseziel verriet. »Ich war letztes Jahr auch in Griechenland. Auf Kos. Da würde ich jederzeit wieder hinfahren.«

Sie sprachen über belanglose Dinge, und Leeni entspannte sich. Sie redete sich ein, dass alles in Ordnung sei. Dabei starrte sie auf den Asphalt, der auf der zügigen Fahrt über den Autobahnring wie ein graues Band unter dem Wagen verschwand. Die Sonne hatte die Höhe der Baumkronen erreicht und schien direkt von hinten auf das Auto. Das Licht traf den Seitenspiegel und ließ ihn rot erglühen.

Plötzlich hatte Leeni das Gefühl, als starre sie ein grelles, blutendes Auge an. Ein leichter Schauer lief ihr über den Rücken.

Der Farbgeruch war längst verschwunden. Die Gardinen hingen an den Fenstern, und es gab einige neue Möbel, aber auch ein paar ältere Stücke vom Sperrmüll. Das längliche Wohnzimmer wurde von einem großen Ecksofa geteilt, das Paula günstig bei einer Versteigerung erstanden hatte. Auf der einen Seite davon hatten der Fernseher und ein Bücherregal Platz gefunden, auf der anderen Seite stand der Esstisch, den sie nur benutzte, wenn Gäste da waren. Ansonsten war er voll gestapelt mit Zeitungen und anderem Papierkram.

In den Alkoven, der an das Wohnzimmer anschloss, hatte Paula ein Ehebett gestellt, neben dem in der Ecke noch Platz für einen Schreibtisch und ein Archivregal war. Da es kein Fenster gab, hatte Paula eine großformatige Reproduktion eines Gemäldes von Picasso an die Wand gehängt, auf dem ein Kind mit einer Taube abgebildet war. Sie hatte das Motiv gewählt, um sich immer wieder bewusst zu machen, dass sie nicht allzu gutgläubig sein durfte.

Die Probleme waren fast unmerklich aufgetaucht. Paula hatte auf dem Land freundliche Menschen erwartet, die Zuzügler mit offenen Armen aufnahmen. Vielleicht wäre das sogar der Fall gewesen, hätte Paula nicht zwei Jahre zuvor bei der Aufklärung eines Verbrechens mitgeholfen, das in jenem Ort verübt worden war, in dem sie später dann mit Ismo lebte. Das Ganze hatte dem Selbstwertgefühl der Gemeinde eine tiefe Wunde zugefügt und das Leben vieler Einwohner verändert. Die Verbitterung suchte sich ein Ventil. Als Paula an den Ort zurückkam, richtete sich der Groll gegen sie. Man machte sie für das Geschehene verantwortlich. Der Anteil der eigentlich Schuldigen war bereits in Vergessenheit geraten. Die meisten hielten sie für Opfer der Umstände. Hätte man die Dinge auf sich beruhen lassen, hätte man sich viel Schlimmes erspart, war die einhellige Meinung.

Paula starrte auf den Bildschirm und schrieb zerstreut ein paar Wörter. Diese Kälte würde sie nie vergessen. Auf der Straße blieb niemand stehen, um mit ihr zu plaudern. Im Laden huschten sie schnell hinter die Regale, um sie nicht grüßen zu müssen.

Am schlimmsten war, dass später auch Ismo ausgeschlossen wurde, denn er hatte Paula schließlich angeboten, bei ihm zu leben. Sie versuchten das Verhalten der Dorfbewohner zu ignorieren, aber die Ablehnung hinterließ ihre Spuren.

Paula richtete den Blick wieder auf das Mädchen mit der Taube auf dem Arm. Es hat keine Ahnung, dachte sie. Gleich würde sich die Taube aufrichten und dem Kind das Gesicht blutig hacken.

Vergebens versuchte Paula, sich auf ihre Arbeit zu konzentrieren. Die dicken Wände des alten Hauses ließen kaum Lärm durch, und die Stille nahm sie gefangen, sodass sie kein Wort zu Stande brachte. Sie stand auf und schaltete das Radio ein. Der elektrische Sound eines Songs von U2 erfüllte das Zimmer.

Genau so war es ihr auch bei Ismo ergangen, fiel ihr ein, als sie versucht hatte, wieder zu schreiben. Sie hatte geglaubt, sie könnte die Ruhe genießen, die Geräuschlosigkeit würde ihre

Nerven beruhigen und ihr weiterhelfen, aber das Gegenteil war eingetreten.

Die Stille wurde gestört von Stimmen aus ihrer Vergangenheit. Menschen, die sie vergessen wollte, drangen ständig in ihre Gedanken ein. Sie forderten, beschuldigten, quälten sie. Je entschlossener Paula versuchte, sie von sich wegzuschieben, umso hartnäckiger hielten sie sich in der Nähe.

Allmählich begann sie, die Stille zu hassen. Sie hörte ständig Radio oder der Fernseher lief. Das wiederum ärgerte Ismo, der sich an den Lauten der Natur erfreute, am Seufzen des Windes, am Zirpen der Grillen oder am Prasseln der Regentropfen.

Das Mädchen mit der Taube schien sie aus den Augenwinkeln anzuschauen. Was hast du denn erwartet, schien es zu fragen. Hast du geglaubt, du könntest Ungleiches gleichmachen, indem du es einfach in einen Topf wirfst?

Paula nickte. Das hatte sie tatsächlich geglaubt. Denn Tatsache war, dass Ismos Einstellung zum Leben völlig anders war als ihre. Ismo war ausgesprochen genügsam. Ihm reichte eine ruhige Umgebung, um sich selbst zu verwirklichen, alles andere störte eher. Als Gefährtin genügte ihm die Natur mit all ihren wundersamen Ereignissen.

Paula hatte ihr Bestes getan, Ismos Beispiel zu folgen, konnte aber nichts dagegen machen, dass sie die Menschen vermisste, ihre Stimmen, Gefühlsausbrüche, ja sogar die Nichtigkeit großer Einladungen. Sie sehnte sich nach dem grellen Licht von Neon-Reklame und Verkehrslärm. Nach Märkten und bunten Schaufenstern. Nach Theater und Kinofilmen. Am meisten, hatte sie festgestellt, vermisste sie ihre Arbeit. Bei ihrem Weggang aus Helsinki hatte sie beschlossen, nie wieder einen einzigen Zeitungsartikel zu schreiben. Sie würde sich nie wieder in etwas einmischen, was auch nur annähernd nach Verbrechen roch. Sie wollte ihren Lebensunterhalt mit etwas anderem verdienen. Aber als sie darüber nachdachte, was sie gerne machen würde, fiel ihr nichts Interessantes ein.

Mit Anbruch des Frühlings wuchs ihre Unruhe. Gleichzeitig verblasste die Liebe zwischen ihr und Ismo, als würde die Sonne sie ausbleichen. Ismo arbeitete immer länger in seiner Werkstatt, und Paula ließ das Radio immer lauter spielen. Sie hatte ihren Laptop in der Stadt gelassen, aber Ismo besaß eine alte Schreibmaschine, auf der Paula kleine Texte tippte. Fingerübungen, erklärte sie Ismo.

Der April war bereits zur Hälfte vergangen, als der Chefredakteur der Zeitschrift *Glück* anrief. Paula wusste noch genau, was es für ein Gefühl gewesen war, als sie die Stimme von Kimmo Tupala am Telefon erkannt hatte. Es war so, als wären alle ihre Glieder geschwollen, bis hin zu den Fingerspitzen. Und als er dann fragte, ob sie Interesse hätte, wieder freie Mitarbeiterin zu werden, bestand Paula nur noch aus einem pochenden Herzen. Sie hörte kaum, was Kimmo sagte.

Der Besitzer des Blattes wollte das Niveau heben, und Tupala war zu dem Schluss gekommen, dass diesem Anliegen mit ein paar Kulturseiten gedient wäre. Die Erste, die ihm für diese Aufgabe eingefallen war, war Paula.

»Du kannst selbst planen, was auf den Seiten behandelt wird und wie. Aber nah am Leben, wie es der Linie von *Glück* entspricht, nichts Elitäres«, präzisierte der Chefredakteur, während er den Rauch seiner Zigarette aus dem Mund blies. Er hatte gerade zum wer weiß wievielten Mal vergebens aufgehört zu rauchen. Paula sah seine gedrungene und leicht schmuddelige Erscheinung lebhaft vor sich: den Hemdknopf offen, mit lockerem Schlips, die Jacke zerknittert, als hätte er darin zwei Nächte geschlafen. Sie kannte Tupala besser, als dieser es glaubte, und machte sich keine Illusionen darüber, warum er sich gerade an sie wandte. Paula war für die Umsetzung der Idee am besten geeignet, weil man sie im Falle eines Misslingens mitsamt den Kulturseiten leicht wieder loswurde.

Die Kulturseiten. Schon allein das Wort setzte ihre Fantasie in Bewegung. Kultur war ein weites Feld, das alles Mögliche umfasste. Musik, Bildende Kunst, Fotografie, Theater, Tanz, Antiquitäten ... Sie könnte das Projekt eigenständig gestalten. Das war endlich eine neue Perspektive. In ihrem Kopf wimmelte es nur so vor Gedanken, die gegeneinander prallten, als wären sie aus einem Käfig befreit worden.

»Und, was sagst du?«, hatte Tupala gedrängt.

Paula erinnerte sich, wie sie aus dem Fenster in den Garten geblickt hatte, wo bereits zartes Gras spross. Bald würde alles grün sein und duften, und der Himmel wäre aus blauer Seide. Kleine Vögel umflatterten die Nistkästen, die Ismo gebaut hatte. Sie wurde melancholisch bei dem Gedanken, ausgerechnet jetzt wegzugehen.

»Ich überlege es mir«, hatte sie geantwortet. »Ich ruf dich in ein paar Tagen an.«

Paula musste nicht lange überlegen. Die neue Herausforderung hatte sie aus der Erstarrung befreit. Sie war wieder in Bewegung. Auch wenn ihr die Natur und die Ruhe weiterhin gefielen, war die Verlockung, die die Stadt und die neue Arbeit auf sie ausübten, stärker. Ismo riet ihr weder ab, noch ermutigte er sie. Er hatte sie nur angeschaut, und es war, als hätte er Mitleid mit ihr. Mit Sicherheit hatte er gedacht, sie tausche einen Diamanten gegen Katzengold. Paula hatte versucht, es ihm zu erklären.

»Das ist deine Sache und dein Leben«, hatte er einsilbig entgegnet. Anschließend war er aus dem Haus gegangen und erst bei Abenddämmerung zurückgekehrt. In der Nacht hatten sie in getrennten Betten wach gelegen und so getan, als schliefen sie.

Leeni hatte nur einmal während der gesamten Reise an zu Hause gedacht. Sie hatte mit Ami auf dem Hotelbalkon gesessen, von wo man einen prächtigen Blick aufs Meer hatte. Die Sonne war gerade untergegangen, und das Abendrot hatte das Meer hellrot gefärbt, als wäre die ganze Welt in Flammen aufgegangen.

Plötzlich hatte Leeni eine schreckliche Beklemmung verspürt. Jetzt ist es passiert, hatte sie gedacht. Hastig hatte sie den Gedanken in einem unerreichbaren Winkel ihres Bewusstseins eingeschlossen und so getan, als wäre alles in Ordnung.

Sie hatte sich auf die Sonne und den Sand konzentriert, auf die Schatten und die blaue See. Auf die köstlichen Meeresfrüchte, auf die Düfte und auf die Weine, die sie fest und ohne Albträume schliefen ließen.

Das Flugzeug stürzte in eine dicke Wolke und setzte zur Landung an. Ami hatte Angst. Sie wollte auf Leenis Schoß sitzen. »Das ist verboten«, sagte Leeni, und Ami blieb tapfer auf ihrem eigenen Platz.

»Gehen wir jetzt heim?«, fragte die Kleine und schaute aus dem Fenster, das von einem weißen Schleier verhüllt war.

Heim. Das Wort öffnete eine Tür, durch die unterdrückte Gedanken in Leenis Bewusstsein traten. Forsman. Das Geld. Das Haus. Die unangenehmen Erinnerungen stoben in Leenis Gehirn auf wie schwarze Vögel und hackten von innen an ihr.

Was sollte sie Ami sagen? Und was der Tante? Wohin sollten sie gehen, wenn es kein Zuhause mehr gab?

Die Maschine erzitterte, als die Räder aufsetzten. Das Rollfeld war schwarz und glänzend wie Öl. Es regnete. Leeni versuchte an nichts zu denken, als sie Ami an der Hand nahm und sie aus dem Flugzeug stiegen.

Nachdem sie durch den Zoll gegangen waren, wurden sie von zwei Männern in Empfang genommen. Der eine trug einen braunen Kurzmantel und darunter ein Hemd mit Krawatte, der andere eine blaue Windjacke. Beide waren zwischen dreißig und vierzig Jahre alt, der mit dem braunen Mantel war etwas jünger als der andere. Trotzdem war er derjenige, der das Wort führte. Er sah Leeni mit glasgrauen Augen an und zeigte ihr seinen Ausweis.

»Inspektor Ville Kankaanpää«, stellte er sich vor. Auch der in der Windjacke murmelte seinen Namen, aber Leeni hörte ihn nicht. Die Angst hielt sie umklammert wie eine stählerne Faust. Sie vermochte kaum zu atmen. Polizei? Was wollten die von ihr?

Ami versteckte sich hinter Leeni und drückte ihr Gesicht gegen die Oberschenkel ihrer Mutter. »Ami will heim«, wimmerte sie.

Die Männer blickten einander an. Leeni wusste, was das bedeutete. Sie hatten kein Zuhause mehr. Aber sie durfte nicht zeigen, dass sie es wusste. Sie zwang sich, ruhig zu bleiben.

»Gleich gehen wir heim«, sagte sie und strich dem Mädchen übers Haar. »Die Mama spricht kurz mit den Männern, und dann gehen wir heim.«

Sie hatte befürchtet, die Männer würden sie mit zum Polizeirevier nehmen, doch sie führten sie in einen kleinen Raum und wiesen auf zwei Plastikstühle vor einem länglichen Tisch.

Leeni setzte sich vorsichtig auf den Rand eines Stuhls und nahm Ami auf den Arm. Auch die Männer setzten sich. Der ältere hängte seine Jacke über die Stuhllehne und nahm eine Schachtel Pastillen aus der Tasche. Er bot auch Leeni welche davon an, die jedoch den Kopf schüttelte.

»Jetzt sagen Sie mir doch endlich, worum es geht! Was ist passiert?« Leeni war aufgebracht genug, um echte Verwunderung in ihre Stimme legen zu können. »Was wollen Sie von uns?« Aus einer plötzlichen Eingebung heraus fügte sie hinzu: »Meiner Tante ist doch hoffentlich nichts passiert?«

Der Inspektor mit dem braunen Mantel sah sie aufmerksam an. Er hatte ein längliches Gesicht mit dünnen Lippen und einer schmalen Nase und wirkte weder freundlich noch unfreundlich. Er machte den Eindruck, als hätte er zu häufig und aus zu geringer Entfernung das Böse gesehen, sodass ihn nichts mehr wirklich berühren konnte. Leeni fühlte sich unwohl, und sie wurde den Gedanken nicht los, dass der Mann alles wusste.

Sie wartete darauf, dass er sie von ihrer Pein erlöste, doch er schwieg. Der Raum war fensterlos, die Geräusche auf dem Flur waren verstummt. Die Stille glich einem tiefen Loch, in dem Leeni zu versinken glaubte. Sie fürchtete sich vor dem, was der Inspektor ihr mitteilen würde. Warum redete niemand? Panisch blickte sie von dem einen zum anderen. Der Assistent lutschte seine Pastille und starrte an die Decke.

»Wir haben unangenehme Neuigkeiten für Sie«, sagte Kankaanpää schließlich. Plötzlich wurde es sehr heiß in dem Raum, und Leeni hätte am liebsten die Tür aufgemacht. Der Inspektor sah sie noch immer an. Sie drückte Ami fest an sich. Das Mädchen hatte einen Daumen im Mund und blickte schläfrig über die Schulter hinweg auf die beiden Männer.

»Ich fürchte, Sie haben kein Zuhause mehr«, sagte der Inspektor mit Blick auf Leeni.

Der Blick seiner grauen Augen ergriff sie und sog alle Kraft aus ihr. Leeni vermochte nichts zu sagen. »Während Sie verreist waren, ist ihr Haus bis auf die Grundmauern abgebrannt.«

»Nein!«, schrie Leeni auf und griff sich mit einer Hand an den Hals. »Das kann nicht wahr sein.« Sie schloss die Augen und blinzelte wegen der Tränen. Sie waren ganz von selbst gekommen. Sie hatte den Brand schon vor Tagen vom Hotelbalkon aus gesehen, aber damals war es ihr nur wie eine Einbildung erschienen. Jetzt blickte sie die Wahrheit gnadenlos durch die Augen des Inspektors an und löste Tränen aus. »Arme Tante. Wann ist es passiert?«, flüsterte sie.

»In der Nacht von Montag auf Dienstag. Es war nichts mehr zu retten.«

»Wie konnte es denn brennen, wenn gar niemand dort war?« Leenis verweinte Augen sahen fragend von einem Mann zum anderen. »War es ein Kurzschluss? Die Kabel waren ziemlich alt.«

Kankaanpää schüttelte den Kopf. Während Leeni ihn ängstlich anschaute, nahm er eine Streichholzschachtel aus der Tasche und steckte ein Hölzchen an. »So kam es in Gang«, antwortete er. »Dort waren viele leicht entzündliche Materialien, die schnell brannten. Als die Feuerwehr kam, stand das ganze Haus in Flammen wie eine Fackel. Es war nichts mehr zu retten.«

Ami vergrub ihr Gesicht in Leenis Bluse und schlief ein. Leeni war froh darüber, denn sie wollte nicht, dass das Kind auf diesem Weg von dem Brand erfuhr. »Bitte machen Sie dem Kind keine Angst!«

»Entschuldigung«, sagte Kankaanpää und steckte die Streichholzschachtel wieder ein. Er wirkte unzufrieden, als wäre das Resultat des Experiments nicht das erwünschte gewesen. Was hatte er erwartet, fragte sich Leeni. Ein Geständnis?

Kankaanpää warf einen Blick auf seinen Assistenten, der

sich eindeutig unwohl fühlte. Die Anwesenheit des Kindes störte ihn. Er heftete seinen Blick wieder auf Leeni, die daraufhin auf den Boden starrte.

»Es ist noch mehr passiert«, fuhr der Mann fort. »Etwas noch Gravierenderes.«

Leeni packte das kalte Entsetzen. Was könnte schlimmer sein als das Abbrennen des Hauses bis auf die Grundmauern?

»Sagen Sie, hat in dem Haus außer Ihnen und Ihrer Tochter noch jemand gewohnt?«, fragte Kankaanpää.

»Nein. Niemand«, antwortete Leeni erstaunt. »Wieso?«

»Es hat niemand das Haus gehütet, während sie im Urlaub waren?«

»Nein. Die Nachbarn haben versprochen, es im Auge zu behalten.«

Die Männer blickten sich an. Worauf wollten sie eigentlich hinaus? Leeni kam es vor, als zöge sich eine Schlinge um ihren Hals zu. Es fiel ihr schwer zu atmen.

»Haben Sie Besuch erwartet?«, fragte der ältere. Er gab sich Mühe, freundlich zu wirken, jagte Leeni aber nur noch mehr Angst ein.

»Nun sagen Sie schon, worauf Sie hinauswollen!«, rief sie. »Ich halt das nicht aus, wie Sie mich auf die Folter spannen.«

»Sie haben also keinen Besuch erwartet?«, wiederholte der Assistent, ohne sich von Leenis Gefühlsausbruch stören zu lassen.

»Nein, verdammt noch mal! Niemanden. Als ich mit Ami wegging, war das Haus leer. Sie können den Taxifahrer fragen, der uns zum Flughafen gebracht hat.« Natürlich konnte der Taxifahrer auch nichts wissen, denn Leeni hatte ihn nicht ins Haus gelassen, aber er könnte zumindest bezeugen, dass das Haus einen leeren Eindruck gemacht hatte.

Kankaanpää seufzte tief.

»Wir haben gehofft, Sie könnten uns helfen.« Sein Blick wurde plötzlich strenger. »Aber die nächste Frage können Sie bestimmt beantworten. Woher haben Sie das Geld für die Reise?«

Leeni entspannte sich. Auf diese Frage war sie zum Glück vorbereitet.

»Meine Tante hat mir Geld geschenkt«, sagte sie. »Als ich ihr erzählte, dass ich meinen Job verloren habe und nicht mal die Telefonrechnung bezahlen kann, gab sie mir fünfzigtausend Finnmark.« Trotzig fügte Leeni hinzu: »Falls Sie das nicht glauben, fragen Sie beim Finanzamt nach. Die haben meine Schenkungsurkunde.«

Der Mann schrieb etwas in ein Notizbuch. Nachdem er einen Moment überlegt hatte, nickte er billigend. »Ich denke, das war's für dieses Mal.«

Die Fragen der Polizeibeamten quälten Leeni jedoch noch immer, und sie war nicht bereit zu gehen, bevor sie erfahren hatte, was dahinter steckte.

»Sie verheimlichen mir etwas«, warf sie den Männern vor und lehnte sich auf dem Stuhl zurück. »Und ich will wissen, was das ist. Mein Haus ist abgebrannt, und ich habe das Recht, alles zu hören. Warum fragen Sie, ob ich Besuch erwartet habe?«

Kankaanpää warf seinem Assistenten einen Blick zu und zuckte mit den Schultern, als wollte er zum Ausdruck bringen, dass es an ihm sei, die Information weiterzugeben. Woraufhin sich dieser zu Leeni vorbeugte und ernst verlauten ließ:

»In den Überresten des Hauses haben wir die Leiche eines Mannes gefunden.«

Leeni wusste selbst nicht, was sie erwartet hatte, aber die Antwort erleichterte sie. Ein Pyromane! Das Geld hatte mit dem Brand des Hauses nichts zu tun, ein Pyromane hatte es einfach zufällig zum passenden Zeitpunkt angesteckt. Das Feuer hatte sich schneller ausgebreitet, als er es vorausgesehen hatte, und er war nicht lebend hinausgekommen. Sie hatte die Tante gar nicht betrogen. Der Druck um ihren Hals ließ nach, und Leeni spürte das Blut in ihr Gesicht zurückkehren.

Sie wollte schon aufstehen, als ihr wieder die Fragen der Polizisten einfielen. Falls es ein Pyromane gewesen war, warum hatten sie dann wissen wollen, ob sie Besuch erwartet hatte oder ob jemand das Haus gehütet hatte? Der kalte Dämon regte sich wieder.

»Das war bestimmt ein Pyromane«, sagte sie mit dünner, beinahe kindlicher Stimme. »Ein Pürimahne«, wiederholte Ami.

»Das wissen wir noch nicht«, antwortete Kankaanpää widerstrebend. »Kann durchaus sein, dass das Opfer ein Pyromane war.«

Kann durchaus sein. Was sollte das heißen? Wieder blickte Leeni unruhig von einem Mann zum anderen.

»Aber in dem Fall hat er seinen Job nicht allein gemacht«, präzisierte der Assistent. »Der Mann war schon tot, bevor das Feuer ausbrach.«

Die Wohnung befand sich in dem Eckhaus zur Ruoholahdenkatu. Wenn man den Hals reckte, konnte man durch das Küchenfenster einen Streifen Himmel sehen. Jeden Morgen beim Kaffeetrinken streckte sich Paula und versuchte die weite Landschaft zu vergessen, die sich vor den Fenstern von Ismos Haus aufgetan hatte.

Sie holte die Zeitung aus dem Briefkasten und goss sich eine zweite Tasse Kaffee ein. Es war Sonntag, und niemand konnte sie zwingen, auch nur eine Zeile zu schreiben. In ihrem Kopf dröhnte noch die Einweihungsparty, die sie am Abend zuvor in der fertig renovierten Wohnung veranstaltet hatte. Die Spuren der Feier waren noch nicht beseitigt, leere Gläser und randvolle Aschenbecher standen in Küche und Wohnzimmer. Trotz der langen Nacht war Paulas Zustand einigermaßen erträglich.

Sie blätterte die Zeitung eher aus Gewohnheit als aus Interesse durch. Anschließend versuchte sie, sich auf den Kulturteil zu konzentrieren, um sich Anregungen für die zukünftigen Artikel für *Glück* zu holen.

Ihre Seiten hatte sie so aufgebaut, dass in jeder Ausgabe zwei oder drei ausgewählte Ereignisse aus der Sicht eines Laien vorgestellt wurden. Die Reaktionen waren überraschend positiv. Für die Oktoberseiten hatte Paula zwei Konzerte mit neuer Musik besucht, eine Oper und ein experimentelles Tanztheater. Als Nächstes würde sie sich zwei Kunstausstellungen ansehen. Beim Blick auf die Ausstellungskritiken flaute ihre Begeisterung jedoch ab. Egal wie interessant das Thema war, das Schreiben war für sie längst Routine geworden.

Zur Einweihungsparty war überraschend ein alter Bekannter erschienen, der bei einem vor zwei Jahren gegründeten Lokalblatt in Vantaa arbeitete. Die Zeitung erschien dreimal die Woche, und der Kollege hatte eine der letzten Nummern mitgebracht. »Du hast doch ein Faible für Rätsel«, hatte er gesagt und die Zeitung auf die Fensterbank geworfen. »Hier ist eins, das dich mit Sicherheit interessiert. Ich erinner mich, dass du mal über ein ähnliches Thema geschrieben hast.«

Als Gastgeberin war Paula allerdings so beschäftigt gewesen, dass sie nicht dazu gekommen war, den Artikel zu lesen. Jetzt fiel es ihr wieder ein, und sie holte die Zeitung aus dem Wohnzimmer, schüttelte die Asche, die darauf lag, in den Mülleimer und setzte sich wieder vor ihre Kaffeetasse.

Das Blatt hieß *Spitzenmeldungen* und erschien in Vantaa und Tuusula. Der Aufmacher beschäftigte sich mit den zunehmenden Drogenproblemen an den Schulen, und die erste Nachrichtenseite berichtete vom Bau einer Eisenbahnstrecke sowie von der reichen Rübenernte. Das hat er wohl kaum gemeint, dachte Paula und blätterte weiter.

»Bei Brandstiftung ums Leben gekommener Mann immer noch nicht identifiziert.«

Das ist es wahrscheinlich, dachte Paula und las den Artikel. »Es war der unheimlichste Augenblick in meinem Leben«, verkündete der Untertitel. Darunter war das etwas unscharfe Bild einer Frau, hinter der eine undefinierbare Ruine zu erkennen war. Die Frau wohnte in der Nachbarschaft des abgebrannten Hauses und berichtete, in den frühen Morgenstunden durch den Schein roter Flammen an der Schlafzimmerwand aufgewacht zu sein. Sie hatte geglaubt, es brenne in ihrem eigenen Haus, und angefangen, in Panik die Teppiche zusammenzuraffen und aus dem Fenster zu werfen. Erst als ihr Mann die Feuerwehr alarmierte, begriff sie, dass der Brand im Nachbarhaus war.

Als die Feuerwehr endlich kam, stürzte das brennende Nachbarhaus bereits ein, das Gebäude war nicht mehr zu retten gewesen. Die Feuerwehr konzentrierte sich daher darauf, die umstehenden Bäume und die Nebengebäude zu schützen.

»Wer ist dieser Mann?«, fragte ein Zwischentitel. Aus dem Text ging hervor, dass bei der Untersuchung der Ruine am Tag nach dem Brand eine entsetzliche Entdeckung gemacht worden war. Die Bewohner des Hauses waren verreist gewesen, das Haus hätte also leer sein müssen. Dennoch hatte man in den Überresten die Leiche eines Mannes gefunden. Die Entdeckung war umso befremdlicher, als das Opfer nicht bei dem Brand gestorben war, sondern kurz davor. Die Polizei ging von einem Verbrechen aus.

Paulas Kollege hatte Recht gehabt. Der Artikel weckte ihre Neugier und setzte ihre Fantasie in Gang. Anstatt sich über Konzerte und Ausstellungen Gedanken zu machen, dachte sie an das Haus, in dem niemand hätte sein dürfen.

Hör auf, ermahnte sich Paula. Sie musste die Kulturseiten für Oktober in Angriff nehmen. Die Miete war hoch, viel höher als die ihrer früheren Wohnung, und sie konnte es sich nicht leisten, die Arbeit schleifen zu lassen. Sie faltete die

Spitzenmeldungen zusammen und kehrte wieder zum Feuilleton der Tageszeitung zurück.

Verstohlen wich ihr Blick immer wieder zu den *Spitzenmeldungen* aus. Hatte ein Obdachloser in dem Haus einen Schlafplatz gesucht und den Pyromanen bei der Tat ertappt? War der Brandstifter womöglich von den Hausbewohnern beauftragt worden? Was waren das für Leute, die dort gewohnt hatten?

Paula stand vom Tisch auf und stellte ihre Kaffeetasse in die Spüle. Ich habe mit der Sache nichts zu tun, sagte sie zu sich selbst. Trotzdem nahm sie einen Stift und notierte sich den Namen der Frau, die in dem Artikel interviewt worden war. Nach kurzem Zögern schlug sie das Telefonbuch auf ihrem Schreibtisch auf.

Vom Dach waren nur noch Fetzen von schwarzer Teerpappe übrig, die an den Ästen der Bäume haften geblieben waren. Ein verkohlter Balken war in die Badewanne gefallen, die daraufhin umgekippt war wie ein krankes Tier. Aus der Asche ragten verbogene Wasserleitungen hervor, an deren Enden wie erstarrt die Hähne hingen. Die Klappe des Backofens stand offen.

Leeni zwang sich, näher heranzugehen, und erschrak, als sie die jämmerlichen Überreste ihres Lebens in der Schlacke sah. Hier schimmerte ein verschröggeltes Bügeleisen ohne Griff hervor, dort ein verbogener Metallrahmen, den sie als Amis alten Kinderwagen identifizierte. Entsetzen und Reue bemächtigten sich ihrer, als sie das Ausmaß der Zerstörung erfasste. Erst jetzt begriff sie, worauf sie sich eingelassen hatte.

Zum Glück sah Ami das nicht, dachte sie, als sie sich auf einen Stein unter dem halb versengten Apfelbaum setzte. Sie hatte Ami bei ihrer Freundin Sanna gelassen, die sich bereit erklärt hatte, sie so lange bei sich einzuquartieren, bis Leeni eine neue Wohnung gefunden hätte. Sanna war neugierig gewesen, hatte aber genug Feingefühl besessen, um nicht zu viele Fragen zu stellen.

Leeni blickte sich um, in der Erwartung, jemand aus der Nachbarschaft würde voller Neugier angestiefelt kommen.

Falls jemand auftauchte, musste sie aufpassen, was sie erzählte. Niemand durfte von Forsmans Besuch wissen. Im Sommer hatte sie schon befürchtet, dass man sie auf den blauen Wagen, der vor dem Haus gestanden hatte, anspricht. Sie hätte behauptet, der Besucher sei ein Versicherungsvertreter gewesen. Aber niemand hatte etwas gesagt. Forsman war gekommen und gegangen, ohne dass es jemand bemerkt hatte.

Am Rand des Grundstücks, gegenüber der Ruine, stand das noch relativ neue Saunagebäude, an dessen einem Ende sich eine Kammer mit einem offenen Kamin befand. Bei ihren Plänen für die Zukunft hatte Leeni daran gedacht, dort mit Ami zu wohnen, bis sie eine Wohnung gefunden hätte. Die Kammer war geräumig und zweckmäßig eingerichtet. Vor dem Fenster stand ein Tisch mit zwei Bänken, und an der Längswand eine Holzpritsche, auf der man ohne weiteres schlafen konnte. In dem Küchenschrank an der Stirnwand befanden sich Geschirr und Bettwäsche. Neben dem Kamin war ein alter Herd mit zwei Kochplatten angeschlossen. In der Sauna konnte man sich waschen, und hinter dem Schuppen war ein Plumpsklo.

Hier könnten sie gut und gern ein paar Tage wohnen, wenn nicht sogar eine Woche, überlegte sich Leeni, als sie sich den Raum anschaute. Sie fing schon an zu planen, wo sie ihre und Amis wenigen Sachen verstauen würde. Da fiel ihr Blick auf das Fenster, und alle Pläne verflogen. Die Brandruine starrte sie von der anderen Seite des Gartens aus wie eine Fratze an. Der Anblick war beängstigender, als sie es sich vorgestellt hatte, und sie wusste nicht, wie sie das Ami erklären sollte.

War sie denn fähig, sich selbst zu erklären, was geschehen war?

Leeni durchquerte den Raum und verkroch sich in die dunkle Ecke auf der anderen Seite des Kamins. Sie hatte dort alte Farbdosen, Putzmittel und einen Sack Sonnenblumenkerne aufbewahrt. Sie beugte sich über den Sack und drückte die Hand in die Samen. Nachdem sie eine Weile darin gegraben hatte, atmete sie zufrieden auf und zog eine weiße Plastiktüte heraus. Sie zog die Vorhänge zu, versicherte sich, dass die Tür abgeschlossen war, dann leerte sie die Tüte auf dem Tisch aus.

Grüne Geldbündel kamen zum Vorschein. Zerknitterte, gebrauchte Scheine. Sie hätte neue und glatte Scheine vorgezogen. Dann hätte sie sich noch reicher gefühlt. Aber so war es auch gut, dachte Leeni und grapschte mit beiden Händen nach den Geldbündeln. Ob alt oder neu, damit konnte sie sich kaufen, was sie wollte. Geld bedeutete für Leeni, aus dem Alltag entfliehen zu können. Es bedeutete Selbstvertrauen und Stärke. Das Geld ließ sie die elendige Ruine, Forsman und seine Drohungen vergessen. Das abgebrannte Zuhause mit all seinen Gegenständen und den Erinnerungen, die damit verbunden waren, geriet in den Hintergrund. Leeni dachte nur daran, was sie für sich und Ami kaufen könnte. Eine neue Wohnung, neue Kleider, einen Fernseher, einen Videorecorder, einen Computer. Vielleicht auch ein Auto. Ihre Fantasie produzierte eine endlose Reihe von Dingen, die sie sich schon immer gewünscht hatte.

Sie stellte sich vor, was ihre ehemaligen Arbeitskolleginnen sagen würden, wenn sie mit ihnen ins Restaurant ginge und sie zum Abendessen mit Champagner einladen würde. Einfach so. »Ich bitte euch, das ist doch nur eine Kleinigkeit«, würde sie sagen, wenn sie sich bei ihr bedankten. Wenn sie fragten, woher sie das Geld hatte, dann …

Ja, was dann? Was würde sie dann antworten?

Leeni drückte die Scheine gegen die Brust und versuchte ihre Fantasien weiterzuspinnen. Aber die Gedanken kamen nicht mehr in Gang, sondern blieben in Ruß und Asche stecken, in dem Trümmerhaufen. Bei der verkohlten Männerleiche.

Jemand hatte den Mann umgebracht, dachte sie. Das meinten die Polizisten, als sie sagten, er sei schon tot gewesen, bevor das Feuer ausgebrochen war.

Hastig steckte Leeni die Geldscheine wieder in die Tüte. Mit dem toten Mann hatte sie nichts zu tun, beruhigte sie sich selbst. Sie kannte ihn nicht, und es war auch nicht ihre Schuld, dass er gerade zu der Zeit im Haus war, als es angezündet wurde. Bestimmt irgendein Penner, der im Haus übernachten wollte. Er war selbst schuld. Ihre Finger zitterten. Sie hatte Mühe, die Tüte zuzuknoten. Nachdem sie ein paar Mal tief durchgeatmet hatte, gelang es ihr, und als sie das Geld wieder in dem Sack mit den Sonnenblumenkernen versteckt hatte, war sie nicht mehr so unruhig. Mit dem Handy, das sie sich vor ihrer Reise angeschafft hatte, bestellte sie ein Taxi.

An der Tür blickte sie noch einmal über die Schulter zurück. Schade, dachte sie. Die Kammer machte einen so gemütlichen Eindruck, aber es war völlig ausgeschlossen, dort zu wohnen. Ami würde sich niemals von dem Schock erholen, wenn sie ständig die Ruine vor Augen hatte. Dies war kein Ort, an dem man vergessen konnte.

Das feuchte Gras schlang sich um Leenis Fesseln, von den Bäumen fielen Blätter auf ihre Schultern. Von der Erde stieg Modergeruch auf. Wie von einem Grab, dachte Leeni erschaudernd.

Das Taxi kam. Es war nicht derselbe hellbeige Mercedes, der sie zum Flughafen gebracht hatte, sondern ein schwarzer Volvo, dessen schnauzbärtiger Fahrer sich nicht vom Fleck bewegte. Immerhin stieß er die Hintertür auf, und Leeni stieg ein. Während sie mit dem Sicherheitsgurt beschäftigt war, überlegte sie, wohin sie jetzt am besten fahren sollte. Sie wollte Ami nicht holen, bevor sie einen Platz gefunden hatte, an dem sie sich niederlassen konnten. Sanna kümmerte sich als Tagesmutter noch um andere Kinder, Ami ging es gut bei ihr.

Der Fahrer zuckte mit den Schultern.

»Und, wohin fahren wir?«, brummte er.

»Nach … Helsinki«, beschloss Leeni schließlich. »Zum Bahnhof.« Das war der einzige Ort, der ihr einfiel. In der Innenstadt gab es bestimmt viele Wohnungsmakler, die sie aufsuchen könnte. Die würden natürlich einen Mietvorschuss verlangen, aber ihr Portemonnaie war mit Scheinen aus der weißen Plastiktüte gefüllt. Falls sie keine Wohnung finden würde, könnte sie eine Zeit lang mit Ami in ein Hotel ziehen.

Eine möblierte Wohnung oder ein Hotel. Zufriedenheit blitzte auf, als sie an das Geld dachte, das in der Saunakammer versteckt war. Sie würde sich jeden Wunsch erfüllen können. Das Geld garantierte ihr die Freiheit, zu leben wie sie wollte, ohne Demütigungen, ohne harte Worte. Zugleich hielt es sie jedoch auch gefangen. Genauso wie Forsman.

Der Wagen setzte sich in Bewegung, und Leeni blickte über die Schulter zurück auf die Ruine.

Durch einen Spalt zwischen den Wolken blitzte die Sonne hervor und schien direkt auf den Trümmerhaufen. Es sah aus, als stünde im Schatten des Schornsteins eine männliche Gestalt. Leeni wusste, dass dort niemand war, dass es nur ein Trugbild aus Licht und Schatten war.

Dennoch schien es ihr, als sehe sie dort den toten Mann, der sie daran erinnern sollte, dass er ohne Leenis Vereinbarung noch am Leben wäre.

Der Chefredakteur hatte noch nie etwas von einem Tabakgesetz gehört, das das Rauchen am Arbeitsplatz verbot. Oder besser, er weigerte sich, es zu befolgen. Sein Büro sah aus, als wäre darin eine Rauchbombe gezündet worden. Am Rande des Aschenbechers qualmte eine Zigarette, die Kimmo Tupala nahm, um zur Begrüßung damit einen Bogen in die Luft zu zeichnen. Er hatte den Telefonhörer zwischen Kopf und Schulter eingeklemmt und murmelte halb verschluckte Wörter hinein. Wohl wissend, dass ihr Anliegen dem Mann nicht gefallen würde, setzte sich Paula nervös auf den Rand des Besucherstuhls und überlegte sich, wie sie ihre Bitte am besten vortragen sollte.

Das Telefonat war zu Ende. »Also, erzähl mal, wie weit du mit den Kulturseiten bist!«, bat sie Tupala und zog an seiner Zigarette.

Paula beschrieb rasch ihre Pläne für die nächsten Ausgaben und wechselte dann das Thema. »Du weißt ja, wie das ist. Wenn man eine Sache erledigt hat, will man etwas Neues. Deshalb will ich wohl auch Freie bleiben. Damit ich mehr Abwechslung habe.«

Kimmo Tupala hörte ihr mit zusammengekniffenen Augen zu. Paula vermochte nicht zu beurteilen, ob er unzufrieden oder gleichgültig war.

»Die Arbeit kann jeder andere weitermachen«, argumentierte sie. »Jetzt, da der Rahmen geschaffen ist, ist es leicht, ihn zu füllen. Aber ich bin dafür nicht die Richtige. Ich will etwas anderes machen.«

Tupala beugte sich vor. »Du willst etwas machen, bei dem man sein Leben verliert«, brummte er unzufrieden.

Paula holte Luft. »Kannst du dich noch an den Artikel über den Brandstifter erinnern, den ich vor drei Jahren für *Glück* geschrieben habe?«

»Natürlich kann ich mich daran erinnern. Das war eine gute Geschichte. Hat viel Interesse geweckt.«

Der betreffende Pyromane hatte mehrere Brände in der Innenstadt von Helsinki gelegt. Paula hatte einen Psychologen interviewt, der ein Persönlichkeitsbild des Täters entworfen und Berührungspunkte zwischen den verschiedenen Bränden gesucht hatte.

»Jetzt wäre die Gelegenheit, wieder eine solche Geschichte zu machen. Eine noch interessantere, weil bei dem Brand ein geheimnisvoller Mann ums Leben kam, dessen Identität noch unklar ist.« Paula schilderte kurz den Fall, über den sie in der Zeitung gelesen hatte.

Der Chefredakteur nahm eine neue Zigarette aus der Schachtel und zündete sie mit einem Streichholz an.

»Davon habe ich auch gehört. Ein denkmalgeschütztes Haus, wenn ich mich recht erinnere. Einerseits ist es natürlich so«, gab er zwischen einigen Rauchwölkchen zu, »dass *Glück* auf Missstände losgeht wie ein kläffender Hund. Wir fürchten uns vor nichts, sondern lassen das Volk die Stimme der Wahrheit hören.«

Das ließ Paula tief aufseufzen. »Du bist also nicht außer dir?«

»Außer mir? Ich habe es schon immer zu schätzen gewusst, wenn Journalisten mit ihrem eigenen Kopf denken.«

»Darf ich also die Kulturseiten aufgeben und im Auftrag von *Glück* über diese Brandstiftung schreiben?«

»Nein.«

Paula zuckte zusammen. »Nein? Warum nicht?«

Tupalas Augenbrauen zogen sich zusammen. »Weil man diesen Rahmen, wie du es formuliert hast, nicht so ohne weiteres füllen kann. Du hast das gut gemacht. Besser als ich es erwartet hatte. Um ehrlich zu sein …«, Tupala schwenkte seine Zigarette in Richtung Aschenbecher, »… hätte ich nicht geglaubt, dass etwas daraus würde. Als Hukari den Vorschlag machte, sagte ich, das wäre zum Scheitern verurteilt. Er war derselben Meinung, aber seine Frau verlangte angeblich mehr Niveau im Blatt. Scheiße! Wir müssen hier nach der Pfeife der Frau vom Geschäftsführer tanzen.«

Hukari firmierte unter der Bezeichnung Geschäftsführer, war aber weit mehr als das. Die Zeitschrift gehörte ihm fast vollständig. Er war ein wohlhabender Geschäftsmann, der sich einen Jugendtraum erfüllt hatte, als er *Glück* gründete, obwohl er vom Zeitungsmachen eigentlich nichts verstand. Allerdings war er intelligent genug gewesen, Kimmo Tupala als Chefredakteur zu engagieren, und zum Erstaunen aller, auch Hukaris, hatte das Blatt Erfolg.

»Kannst du nicht beides machen?«, schlug Tupala vor. »Du kannst anfangen, diese Geschichte zu recherchieren, wenn dein Nachtschlaf davon abhängt, aber kümmere dich gleichzeitig um die Kulturseiten. Das schließt sich ja nicht gegenseitig aus.«

»Nein«, musste Paula widerstrebend zugeben. Natürlich würde die Zeit für beides reichen. Aber es ging gar nicht um die Zeit, sondern darum, dass sie sich schon ein bisschen langweilte. Kimmo Tupala war jedoch der Boss, und Paula musste nachgeben.

»Okay, wir verstehen uns also«, sagte Tupala. »Aber denk dran, dass ich nicht einverstanden bin, weil du darum gebeten hast, sondern weil die Geschichte offenbar auf großes Interesse in der Öffentlichkeit stoßen könnte.«

Der Chefredakteur richtete den Blick auf die glühende Spitze seiner Zigarette. »Wenn ein denkmalgeschütztes Haus angesteckt wird, weckt das immer mehr Fragen, als es Antworten gibt.«

Joni konnte die Frau nicht vergessen, die er zwei Wochen zuvor zum Flughafen gefahren hatte.

Sie war nicht einmal besonders schön gewesen, ihm waren durchaus schönere begegnet. Auch ihre Beine waren ein bisschen zu kurz. Aber er sah ständig ihre winzige Nase und die runden Lippen vor sich, und den vollen Bogen ihrer Hüften.

Ihre blonden Haare hatten nach Shampoo geduftet. Er war schon immer sensibel für Gerüche gewesen. Wenn jemand ins Taxi stieg, der nach Schweiß stank, wurde ihm übel, und er hatte das Gefühl, dass ihm die Luft ausgeht. Dann fiel es ihm schwer, sich auf das Fahren zu konzentrieren. So manches Mal hatte er nicht übel Lust gehabt, anzuhalten und den schwitzenden Fahrgast zu Fuß weitergehen zu lassen.

Als die junge Frau ins Auto gestiegen war, hatte sich ein angenehmer Duft von Eau de Toilette ausgebreitet. Er war dezent, nicht ordinär und aufdringlich. Joni wunderte sich, als er feststellte, wie sehr er sich wünschte, ihr noch einmal zu begegnen.

Sie war für zwei Wochen verreist, das hieß, dass sie am Sonntag zurückkehren würde. Joni hatte herausgefunden, wann ihre Maschine landete, und war zum Flughafen gefahren, um zu warten, bis Leeni mit ihrer Tochter zur Taxischlange kam. Möglicherweise würde sie ein anderes Verkehrsmittel benutzen, doch Joni vermutete, dass es ihr zu umständlich war, mit Kind und Gepäck den Bus zu nehmen.

Am Flughafen hatte er den Wagen geparkt und war hineingegangen, um zu sehen, ob Leeni mit der Maschine kam, auf die er getippt hatte. Durch die Glaswand hatte er kurz ihr sonnengebräuntes Gesicht und ihre schulterlangen Haare gesehen, die durch die Sonne strohblond geworden waren. Das Mädchen hatte aufrecht wie eine Königin auf dem Gepäckwagen gesessen.

Joni wollte nicht, dass sie ihn sah. Er war zu seinem Wagen zurückgeeilt, hatte sich aber nicht in die Schlange gestellt. Er hatte zu ihr gehen wollen, sobald sie das Flughafengebäude verlassen hätte.

Fast eine Stunde hatte er gewartet, aber von Leeni und ihrer Tochter war keine Spur zu entdecken. Die anderen Passagiere waren mit ihrem schweren Gepäck herausgekommen, doch sie waren nicht unter ihnen. Schließlich war Joni zu dem Ergebnis gekommen, dass sie den Flughafen auf einem anderen Weg verlassen hatte. Er war erstaunt darüber gewesen, wie sehr ihn das enttäuschte.

Paula wollte niemanden dabeihaben. Auch Lefa nicht. Die Fotos kämen erst später, wenn sie entschieden hätte, ob der Stoff für eine Geschichte ausreichte. Immerhin konnte es passieren, dass sie sich nach diesem Tag mit den Kulturseiten für *Glück* zufrieden geben musste. Die Kreditkartenrechnung für die Renovierung der Wohnung musste schließlich bezahlt werden.

Kimmo war bei Taxifahrten geizig, und Paula wollte ihn nicht gleich zum Anfang durch hohe Quittungen verärgern. Also fuhr sie mit dem Bus zu der Wohnblocksiedlung Havukoski und ging den restlichen Weg zu Fuß. Am Morgen hatte sie sich den Stadtplan angesehen: Die Strecke konnte nicht allzu lang sein.

Sie überquerte eine breite Straße und erreichte eine Landstraße mit löchrigem Asphalt. Die Straße stieg eine Anhöhe hinauf und ließ eine Hand voll Einfamilienhäuser hinter sich. Danach schlängelte sie sich im Zickzack durch die Landschaft wie ein Betrunkener, neigte sich in den Kurven und stieß am Rand gegen Bäume. Es schien, als wisse die Straße selbst nicht, wohin sie führte.

Paula blieb stehen und blickte sich um.

Zu ihrer Linken erstreckte sich ein Feld, auf dem ein hellgrüner Traktor die Erde lockerte. Das passte nicht in die Landschaft, deren Horizont von Hochhäusern gebrochen wurde und die von dem ununterbrochenen Rauschen der Autobahn dominiert wurde. Der Traktor war hier ebenso fremd wie eine fliegende Untertasse. Auf der anderen Seite ragten auf einer Wiese einzelne Bäume in die Höhe. Auf den Stromleitungen schaukelten schwarze Vögel wie aufgereihte Perlen. Schwer zu glauben, dass man sich hier noch in der Stadt befand.

Der Weg war wesentlich länger, als es der Plan vermuten ließ. Obwohl es kühl war, schwitzte Paula unter ihrem Kurzmantel. Ein Auto schoss vorbei, und Paula musste fast in den Straßengraben springen, um ihm auszuweichen. Sie hätte doch Lefa bitten sollen, sie zu fahren, dachte sie.

An einer Kreuzung wuchs eine hohe Kiefer. Einer ihrer knorrigen Äste ragte wie ein Wegweiser nach rechts. Paula überprüfte die Adresse und ging die abzweigende Kiesstraße entlang. Links von ihr war Wald, rechts stießen aus einer Wiese Schösslinge empor, die sich bald in Birken und Ahornbäume verwandeln würden.

Auf den Briefkasten waren die Namen Kanerva und Ruohonen geklebt worden. Daneben standen zwei schiefe Steinpfosten. Wie betrunkene Wachsoldaten hüteten sie das Tor, das sich einst zwischen ihnen befunden hatte. Paula betrat den Zufahrtsweg, den eine Schicht aus feuchten Ahornblättern bedeckte. Weitere Blätter fielen von den Bäumen. Die verwilderten Fliederbüsche ließen ihre braun gewordenen Blüten hängen.

Das abgebrannte Haus war alt gewesen. Den *Spitzenmeldungen* zufolge war es noch im 19. Jahrhundert erbaut worden und architektonisch offenbar einzigartig, da es unter Denkmalschutz gestanden hatte. Das Schuppendach war eingesunken, von der Fahnenstange sah man nur noch eine Metallspitze, um die sich eine vom Frost abgestorbene Zaunwinde schlang. Das Saunagebäude war alles andere als alt. Es stand etwas abseits und hatte den Brand unbeschadet überstanden.

Der Wind blies in die Asche und ließ eine dunkle Rußwolke aufstieben. Ein Fetzen Dachpappe flatterte am Giebel der Ruine wie ein Vogel mit verletzten Flügeln. Paula musterte den Sockel aus Stein und versuchte sich vergebens vorzustellen, wie das Haus vor dem Brand ausgesehen hatte. Eine Krähe schwebte flach über den Schornstein hinweg, fand in der Schlacke jedoch nichts Essbares. Das Feuer hatte alles vernichtet, mitsamt den Fensterscheiben. Es hatte die Entscheidungen der Behörden nicht respektiert. Auch die Finger, die das Streichholz gehalten hatten, hatten das nicht getan.

Auf der Veranda vor der Sauna standen eine Bank und zwei Plastikstühle. Paulas Beine waren müde, sie setzte sich auf die Bank, um sich auszuruhen. Die neuen Schuhe drückten, sie zog sie aus und massierte ihre schmerzenden Zehen. Erst als sie die Schuhe wieder angezogen hatte und aufgestanden war, bemerkte sie, dass sie vor einem Fenster gesessen hatte. Vor dem Fenster hingen Vorhänge, die etwas unachtsam zugezogen worden waren. Es blieb ein Spalt offen, durch den man in die Saunakammer spähen konnte, und Paula konnte der Verlockung nicht widerstehen, einen Blick hineinzuwerfen.

Sie sah einen Tisch und ein Bett mit grüner Tagesdecke,

außerdem einen altmodischen Küchenschrank. Als sie das Gesicht an die Scheibe drückte, erblickte sie im unteren Teil den Kamin aus roten Backsteinen, neben dem ein alter Herd mit zwei Kochplatten stand. Das Gästezimmer, vermutete Paula.

Etwas auf dem Fußboden zog ihre Aufmerksamkeit auf sich, und sie schirmte ihre Augen mit der Hand ab. Sie staunte, als sie auf dem Teppich einen grünen Hundertmarkschein liegen sah.

Vielleicht war er jemandem herausgefallen. Dem Brandstifter? Einem der Hausbewohner? Oder dem Mann, dessen Leiche in den Trümmern des Hauses gefunden worden war?

Falls die Hausbewohner nicht vollkommen nachlässig beim Saubermachen waren, konnte der Geldschein noch nicht sonderlich lange dort auf dem Teppich liegen.

Paula ging zur Tür, doch sie war verschlossen. Sie warf noch einen Blick auf die traurigen Überreste des Hauses und kehrte zum Gartentor zurück. Es war kurz vor eins.

Das Waldstück auf der anderen Seite der Straße verdeckte die Wohnblocks von Hiekkaharju und dämpfte die Verkehrsgeräusche. Die Nebenstraße ging weiter, die Reifenspuren vertieften sich zu Rinnen, in denen schlammiges Wasser stand.

Kein besonders lauschiger Wohnort, dachte Paula, als sie auf ein Haus zuging, das von Fliederbüschen und alten Apfelbäumen umringt war. Es war ein rotes Holzhaus mit unverhältnismäßig großen Fenstern, die Paula anstarrten wie vor Staunen geweitete Augen. Das Haus war erst vor kurzem gestrichen worden, die Fensterrahmen leuchteten blütenweiß. Der frisch gemähte Rasen trotzte dem Herbst ebenso wie das Asternbeet in seiner Mitte. Neben dem Haus stand ein roter Fiat. Die Türen des flachen Nebengebäudes waren verschlossen.

Die Frau öffnete die Tür, bevor Paula läuten konnte. Eine

große, blonde Frau, die sie freundlich durch ihre Brille musterte, mit kurz geschnittenen und im Nacken ausrasierten Haaren. Die Ohrläppchen zierten kleine Perlen.

»Paula Mikkola? Ich bin Eeva Kujansuu.«

Die Frau streckte die Hand aus und begrüßte Paula so innig wie eine alte Bekannte. Sie blickte sich um, offenbar auf der Suche nach dem Fotografen, und wirkte leicht enttäuscht, da Paula allein gekommen war. »Gehen wir hinein. Ich habe mir den Nachmittag freigenommen, damit ich hier sein kann. Aaro ist natürlich zu Hause. Er ist in Rente. Er wollte noch nicht, aber die Firma hat ihn praktisch in die Frührente abgeschoben. Ich bin bei der Sozialversicherungsanstalt für Ausgleichszahlungen, da musste ich zum Glück noch nicht gehen. Aber was wollte ich eigentlich sagen? Ach ja, ich wollte dabei sein, weil mir viele Dinge eher auffallen als Aaro«, plapperte die Frau, während sie Paula ins Wohnzimmer führte.

Ein kleiner Mann, kleiner als seine Frau, stand von seinem Schaukelstuhl auf, als Paula eintrat. Er wischte sich die Hand am Pullover ab, bevor er sie Paula reichte. »Aaro Kujansuu«, murmelte er kaum hörbar und wartete, bis Paula sich gesetzt hatte, dann sank er wieder in seinen Stuhl.

Seine lange, scharfe Nase zierte eine Brille mit dünnem Gestell. Paula hatte den Eindruck, als nehme der Mann alles ganz genau wahr. Er war jedoch sparsam mit seinen Worten und überlegte sich jeden Satz mehrmals, bevor er ihn aussprach, um nichts Überflüssiges zu äußern.

Auch im Wohnzimmer war nichts Überflüssiges zu sehen. Die Einrichtung mit dem Schaukelstuhl und den grauen Polstermöbeln war spärlich und zweckmäßig. An der Wand hingen nur zwei Bilder, eines zeigte das Haus, das von blühenden Apfelbäumen umgeben war, auf dem anderen kämpfte ein Schiff bei stürmischer See ums Überleben. Die einzige Ausnahme von der strengen Nüchternheit war der prunkvolle

Kronleuchter, dessen polierter Kristall mehrfarbig im Sonnenlicht schimmerte. Die Mitgift der Frau, vermutete Paula. Hätte der Mann wählen dürfen, hinge ein umgedrehter Suppenteller an der Decke.

Eeva Kujansuu verschwand in der Küche, um Kaffee zu kochen. Peinliche Stille machte sich im Zimmer breit, es war, als hätte man ein Tüte plötzlich zugezogen. Paula wandte sich dem Mann zu.

»Wohnen Sie schon lange hier?«, fragte sie.

Kujansuu hielt mit dem Fuß die Schaukelbewegung an. »Im Oktober werden es sechs Jahre«, sagte er.

»Sechs Jahre! Dann kennen Sie sicher alle Nachbarn sehr gut«, freute sich Paula und hoffte, den Mann damit zum Reden zu ermuntern. »Wer wohnt denn noch in dieser Straße, außer Ihnen?«

Frau Kujansuu war offenbar der Ansicht, dass es ihre Sache war, hier zur Aufklärung beizutragen, denn sie erschien sogleich mit einem Tablett in der Tür. Während sie die ersten Tassen auf den Tisch stellte, erklärte sie:

»Hier gibt es nicht mehr als vier Häuser. Das abgebrannte Haus, in dem Leeni mit ihrer Tochter wohnt – oder besser wohnte –, unser Haus, ein leer stehendes und davor noch ein Haus, in dem eine vierköpfige Familie wohnt. Sie haben auch ein kleines Mädchen, und Ami war dort in der Tagesbetreuung, bis Leeni entlassen wurde. Sie hat behauptet, das hätte mit der Sanierung zu tun, aber ich habe so ein Gefühl, als hätte es Streitigkeiten gegeben. Leeni konnte manchmal ziemlich hitzköpfig sein. Es würde mich nicht wundern, wenn …«

Der Redeschwall brach einen Moment ab, da die Frau noch einmal in die Küche ging, um die Kaffeekanne zu holen.

»Wem gehörte dieses abgebrannte Haus eigentlich?«, fragte Paula. Bevor ihr Mann antworten konnte, war Eeva

Kujansuu schon zurückgekehrt und goss Kaffee ein. Gleichzeitig schob sie den Teller mit Gebäck näher zu Paula.

»Einer alten Frau namens Milja Kanerva«, erklärte Eeva. »Als wir hier einzogen, wohnte Frau Kanerva noch in dem Haus, aber nach zwei Schwindelanfällen traute sie sich nicht mehr, allein zu wohnen, und zog in ein Altersheim. Dann stand das Haus leer, aber nicht lange.« Die Frau warf einen Blick auf ihren Mann, der inzwischen in Gedanken versunken war. »Aaro, schlaf nicht ein! War das nicht vorletzten Winter, als Leeni mit Ami eingezogen ist? Wir haben zuerst geglaubt, sie ist nur eine Mieterin, aber dann hat sie erzählt, dass die alte Frau ihre Tante ist.«

»Die Tante ihres Vaters«, präzisierte Aaro und streckte sich, um sich ein Plätzchen zu nehmen.

»Ihre Eltern sind geschieden, der Vater ist irgendwo im Ausland neu verheiratet, und die Mutter wohnt in Pohjanmaa«, erläuterte Frau Kujansuu. »Und Leeni selbst ist auch geschieden. Sie war gerade mal zwei Jahre verheiratet. War zum Heiraten viel zu jung, als wäre das ein Spiel, das man ausprobieren muss, weil es alle anderen auch tun. Und die Kinder haben darunter zu leiden. Zum Glück hat sie nur das eine Mädchen gekriegt, aber damit hat eine allein stehende Frau schon genug zu tun.«

Um die Situation in den Griff zu bekommen, suchte Paula in ihrer Handtasche nach Block und Stift. Ihr war aufgefallen, dass sich die Leute genauer überlegten, was sie sagten, wenn sie sahen, dass ihre Worte aufgeschrieben wurden. Auch Eeva Kujansuu nahm Haltung an und setzte ein aufmerksames Gesicht auf.

»Aaro, hör du auch zu!«, befahl sie ihrem Mann, der mit der Miene eines Schuljungen aus dem Fenster schaute. Er genoss die Rolle des Interviewten offensichtlich nicht.

Paula schlug den Block auf und ergriff den Stift. »Fangen wir mit der Leiche an, die in den Trümmern gefunden wurde.

Soweit ich verstanden habe, war es die Leiche eines Mannes. Waren in der Nachbarschaft viele Männer zu Besuch?«

Eeva Kujansuu errötete, als sie Paulas Absicht erriet. »Da kam überhaupt niemand«, sagte sie schließlich schroff. »Leeni ist eine anständige Frau und passt gut auf ihre Tochter auf. Ich habe dort nie Männer gesehen, nicht einmal ihren Vater.«

»Trotzdem wurde in den Trümmern die Leiche eines Mannes gefunden«, stellte Paula fest. »Haben Sie irgendeine Vorstellung davon, wer der Mann war?«

»Darüber wissen wir nichts«, ließ die Frau verlauten. Auch Aaro Kujansuu schüttelte den Kopf. »Eine merkwürdige Geschichte, alles in allem. Eigentlich hätte niemand dort sein dürfen. Leeni und Ami waren im Süden. Angeblich hat ihnen die Tante eine höhere Summe an Geld geschenkt. Jedenfalls hat Leeni uns das erzählt.«

»Sie sind die nächsten Nachbarn, und Sie« – Paula blickte auf den Mann, der scheinbar ungeduldig die Sitzposition änderte – »kriegen bestimmt mit, was in der Umgebung passiert. Haben Sie den Mann gesehen, als er zum Haus kam?«

Die Frau antwortete zuerst: »Ich habe natürlich nichts gesehen, ich arbeite ja tagsüber, aber Aaro hat auch nichts gesehen. Aaro guckt nicht viel nach den Nachbarn, außerdem sieht man von hier aus nicht, was da drüben vor sich geht, weil so viele Bäume dazwischenstehen.«

Der Mann begnügte sich damit, zu nicken und mit seinem Fuß wieder den Schaukelstuhl in Bewegung zu setzen. In seinen Augen blitzte jedoch Unsicherheit auf, als wäre ihm ein Gedanke gekommen.

»Aber vielleicht haben Sie etwas gehört?«, fiel Paula ein. »Ein Auto zum Beispiel. Hier fahren im Laufe eines Tages wahrscheinlich nicht besonders viele Autos vorbei.«

Die Frau warf einen auffordernden Blick auf ihren Mann. Jetzt bist du an der Reihe, schien sie damit zu sagen. Der Mann schaukelte einige Male hin und her.

»Ich hatte da einen Haufen Arbeit«, blaffte er. »Hab Holz gehackt für den Winter. Da hört man nicht auf Geräusche.«

Paula hakte nicht weiter nach. Selbst wenn er etwas gesehen hätte, würde er seine Aussage nicht mehr ändern. Er war einer von denen, die sich aus allem heraushalten wollten, vor allem wenn Unannehmlichkeiten zu erwarten waren. Wahrscheinlich hatte er auch der Polizei erzählt, nichts gesehen oder gehört zu haben.

»In den *Spitzenmeldungen* habe ich gelesen, dass Sie die Feuerwehr alarmiert haben.«

»Das haben wir. Das heißt, eigentlich hat Aaro angerufen, und ich war nur hysterisch«, lachte Eeva Kujansuu auf. »Aber das hat auch nichts geholfen. Es hat lichterloh gebrannt wie ein Johannisfeuer. Und gerade als die Feuerwehr kam, ist es eingestürzt. Das war vielleicht schrecklich! Ich war überzeugt, unser Haus brennt auch, und habe angefangen, die Teppiche aus dem Fenster zu werfen, als wären sie das Wichtigste von allem.« Die Frau lachte herzlich.

»Von Ihrem Schlafzimmerfenster kann man offensichtlich zum Haus der alten Frau Kanerva hinübersehen«, sagte Paula. »Haben Sie vor dem Brand nichts gehört? Irgendwie muss der Brandstifter ja gekommen sein. Natürlich kann er auch ein Fahrrad genommen haben, aber das glaube ich nicht so recht.«

Jetzt wachte auch Aaro Kujansuu auf. »Kann sein, dass der Brandstifter mit dem Motorrad unterwegs war.«

»Mit dem Motorrad!« Eeva Kujansuu sah ihren Mann verdutzt und auch leicht verärgert an, weil er über eine Information verfügte, an der er sie nicht hatte teilhaben lassen.

»Genau. Ich glaube, ich habe irgendwann nach Mitternacht ein Motorrad gehört. Ganz in der Nähe, und ich habe mich schon gefragt, ob sich irgendwelche Rowdys hierher verirrt haben. Aber der Brand hat das aus meinem Gedächtnis verjagt. Es fällt mir erst jetzt wieder ein.«

Paula stellte sich einen Motorradfahrer in schwarzer Kluft und mit schwarzem Helm vor. Im Schutz der Dunkelheit brach die Gestalt in das Haus ein und schaute sich überall danach um, wo der Brand am besten zu legen war.

Aber es war noch ein zweiter Mann im Haus gewesen, fiel Paula ein. Waren sie zusammen gekommen? Hatten sie angefangen zu streiten?

»Wenn der Mann schon vor dem Brand tot war, so wie es die *Spitzenmeldungen* behaupten, wie ist er dann eigentlich gestorben? Ist er erschossen worden? Oder erstochen? Hat Ihnen die Polizei etwas davon gesagt?«, wollte Paula wissen.

Die Kujansuus sahen einander an und schüttelten schweigend die Köpfe. Sogar Eeva Kujansuu schaffte es, nichts zu sagen.

Leicht deprimiert schielte Paula auf ihre Notizen. Viel war nicht herausgekommen. Sie hatte nichts Neues erfahren, außer dass der Brandstifter womöglich mit dem Motorrad gekommen war. Darauf ließ sich bisher noch keine Geschichte aufbauen.

Sie wollte sich gerade bedanken und auf den Weg machen, als Eeva Kujansuu in einen erneuten Redeschwall ausbrach.

»Wir haben uns das Haus für den Ruhestand gekauft«, sagte sie. »Aaro hat sich viel plagen müssen, alle Fenster hat er in Stand gesetzt und innen alles renoviert. Ist nicht schön, wenn das alles platt gewalzt wird.«

Paula ließ sich wieder in ihren Sessel fallen. »Was meinen Sie damit?«, fragte sie.

»Sie meint gar nichts«, antwortete Aaro Kujansuu, wobei er einen zornigen Blick auf seine Frau warf. »Das sind alles nur Gerüchte.«

»Auf jeden Fall ist es kein Gerücht, dass sie noch keinen Plan zu Stande gebracht haben. Sie hätten schon längst darüber entscheiden sollen, aber jetzt ist es wieder verschoben worden. Die führen irgendwas im Schilde, da kannst du sagen, was du willst.« Als Paula noch immer irritiert schien, erläuterte Frau Kujansuu:

»Der Bebauungsplan für diese Gegend hatte eigentlich Einfamilienhäuser vorgesehen, das haben alle gesagt, als wir das Haus gekauft haben. Alles war praktisch klar, und im Winter sollte offiziell darüber entschieden werden. Aber die Kommission hat sich noch gar nicht damit befasst, und wir wissen, was das bedeutet. Das Ganze wird neu gemacht, und sie werden hier eins von diesen schrecklichen Einkaufszentren bauen.« In der Stimme der Frau lag eine Spur von Hysterie.

»Das kannst du doch nicht wissen«, fuhr ihr Mann sie an.

Paula meinte zu spüren, dass sich auch er nicht sonderlich sicher war.

Erst recht seitdem das Nachbarhaus in Brand gesteckt worden war.

Wieder hatte Leeni Ami bei Sanna lassen müssen. Eine passende Mietwohnung zu finden hatte sich als wesentlich schwieriger erwiesen, als sie es sich vorgestellt hatte.

Die günstigen Wohnungen, die sie sich hätte leisten können, ohne allzu viel Argwohn zu wecken, waren zu klein und unpraktisch, die größeren zu teuer. Die Wahl wurde außerdem dadurch erschwert, dass sie eine möblierte Wohnung mieten musste, was wiederum den Preis erhöhte. Sie bekäme zwar Wohngeld, doch sie hatte Angst, es zu beantragen. Die Beamten würden ihr Fragen stellen und alles über sie wissen wollen, und da sie arbeitslos war, befürchtete sie, dass man ihr Ami wegnehmen würde.

Vesa, ihr ehemaliger Mann, hatte einen festen Arbeitsplatz und eine Eigentumswohnung. Vor Gericht hatte er behauptet, Leeni würde trinken und Männer mit nach Hause bringen. Zum Glück war niemand bereit gewesen, seine Aussagen zu bezeugen, und Leeni hatte sich das Sorgerecht erkämpfen können. Allerdings nur mit Mühe. Vesa war sehr überzeugend, wenn er etwas wollte. Jetzt, da sich Leenis Lebensumstände geändert hatten, standen seine Chancen zu gewinnen bestens. Und dann würde er Leeni nicht mehr erlauben, das Mädchen zu sehen. Nicht weil er Ami so sehr mochte, sondern weil er wusste, dass er Leeni damit verletzen konnte.

Auf Grund von Vesas Aussagen war eine Frau vom Jugendamt bei Leeni und Ami aufgetaucht. Sie hatte freundlich gewirkt, ihre Stimme war ernst und ruhig gewesen. Aber als sie sich umgesehen und sich erkundigt hatte, wie das Kind die Tage verbrachte, war es Leeni vorgekommen, als hätten zwei unsichtbare Hände Ami ergriffen und von ihr fortgezogen.

Mit strengem Blick hatte sich die Frau das alte Haus angeschaut. Verstohlen hatte sie den einen oder anderen Schrank geöffnet, um nachzusehen, ob irgendwo Schnapsflaschen versteckt waren. Schließlich hatte sie zugeben müssen, dass in dem Haus genug Platz für das Kind war und dass ihm an nichts fehlte. Sie hatte keinerlei Beweise für Vesas Bedenken finden können.

Schließlich hatte die Frau etwas in ihr Notizbuch geschrieben und war gegangen. Aber es war noch nicht vorbei, das wusste Leeni. Denn damals hatte sie noch ihren Job gehabt, jetzt hatte sie keinen mehr. Und das Haus, in dem sie mit Ami gelebt hatte, war abgebrannt.

Ohne Arbeit und ohne Wohnung hatte sie keine Chance zu verhindern, dass man ihr ihre Tochter wegnahm. Und dann würde Ami letztendlich bei Vesa landen. Es war wichtig, dass sie so schnell wie möglich eine neue Wohnung fand.

Sie hätte an Ami denken müssen, bevor sie Forsmans Angebot annahm. Sie hätte noch viele andere Dinge in Betracht ziehen müssen, aber jetzt war es zu spät.

Leeni überquerte die Aleksanterinkatu und schlug den Weg zur Wohnungsvermittlung in der Keskuskatu ein. Dort war sie schon am Tag zuvor gewesen. Es gab eine Wohnung, die bis zum Jahresende freistand. Sie war etwas teuer, weshalb sie es sich noch überlegen wollte. Heute hatte Leeni beschlossen, die Wohnung trotz der hohen Miete zu nehmen. Und da sie nur für so kurze Zeit dort wohnten, würde niemand misstrauisch werden.

Vielleicht gelang es ihr sogar, einen neuen Job zu finden. Dann würde sich alles zum Besseren wenden, und sie müsste das Geld in der Plastiktüte nur im Notfall anrühren.

Sie öffnete die schwere Tür und stieg in den ersten Stock hinauf. Der junge Mann mit den roten Wangen, der ihr gestern von der Wohnung erzählt hatte, telefonierte gerade und sprach über ein Penthouse am Boulevard, dessen Monatsmiete zwölftausend Finnmark betrug. Nur Firmen konnten sich solche Mieten leisten, dachte Leeni und fragte sich, wer überhaupt an einer so lauten Straße wie dem Boulevard wohnen mochte.

Der Makler erkannte Leeni sofort wieder und stand auf, um ihr die Hand zu geben. »Ich dachte mir schon, dass du wieder kommst«, sagte er. »Eigentlich wäre sie schon weg gewesen, aber ich habe beschlossen, sie noch einen Tag für dich zu reservieren. Das einzige Problem ist, dass der Eigentümer die Miete bis Ende des Jahres im Voraus haben will, sonst bekommst du die Wohnung leider nicht.«

In der Stimme des Maklers lag eine Spur von Bedauern. Er schien sich sicher zu sein, dass Leeni nicht so viel Geld auf einmal zahlen konnte.

Da kam eine beträchtliche Summe zusammen, rechnete sich Leeni aus. Aber nicht so viel, dass sie es sich nicht leisten konnte. Von den fünfzigtausend, die durch die Schenkung gedeckt waren, hatte sie noch jede Menge übrig.

»Falls das wirklich so ein Schnäppchen ist, wie du gestern behauptet hast, dann machen wir den Vertrag. Aber ich will die Wohnung zuerst sehen.«

Der Blick des Mannes wanderte über Leenis gebräunte Erscheinung. Über die hellblaue Steppjacke und die Leinenhose aus Griechenland. Er war es gewohnt, die Zahlungsfähigkeit seiner Kunden nach deren Aussehen zu beurteilen, und etwas, vielleicht die frisch erworbene Bräune, ließ ihn glauben, dass Leeni tatsächlich in der Lage war, die erforderliche Summe aufzubringen.

Er drückte die Tasten eines kleinen Taschenrechners. »Das macht fast achtzehntausend«, sagte er.

Leeni versuchte gleichgültig zu wirken, obwohl die Höhe der Summe sie zusammenzucken ließ. Sie würde wieder in die Saunakammer gehen und Geld holen müssen.

»Das ist kein Problem, aber ich kann dir das Geld erst morgen geben.«

Sie genoss die von Erstaunen durchsetzte Miene auf dem Gesicht des Mannes und bereute, nicht genügend Geld bei sich zu haben. Wie hätte er erst geschaut, wenn sie die komplette Summe auf der Stelle bezahlt hätte.

In diesem Augenblick war es ein erhebendes Gefühl, das Geld zu haben.

Und, was sagst du?«, fragte der Makler leicht verunsichert. Er hatte an Leenis Gesichtsausdruck gesehen, dass sie keineswegs so begeistert war, wie er sich das vorgestellt hatte. »Ist das nicht eine großartige Wohnung?«

»Doch, das ist eine schöne Wohnung«, gab Leeni zu. »Aber nichts für mich. Ich hätte die ganze Zeit das Gefühl, nur zu Besuch zu sein. Und Ami würde sich hier auch nicht wohl fühlen. Ich glaube nicht, dass hier noch andere Kinder wohnen.«

»Du hast doch gesagt, dass euer Haus abgebrannt ist, und dass du es eilig hast. Solche möblierten Wohnungen zu einem anständigen Preis sind selten auf dem Markt«, redete ihr der Makler zu. Er schien verärgert darüber zu sein, seine Zeit vergeudet zu haben.

Leeni versuchte sich vorzustellen, wie sie mit Ami in dieser düsteren Wohnung leben würde, deren Atmosphäre zu einem großen Teil auf ihrer vornehmen Ausstattung beruhte. Aber es gelang ihr nicht. Schon allein die Stille bedrückte sie. Im Haus der Tante war immer etwas zu hören gewesen, das Rauschen des Windes, das Knacken der Bäume, das Kratzen der Zweige an der Hauswand. Leeni sehnte sich sogar nach dem tropfenden Wasserhahn.

»Die will ich nicht«, hörte sie sich sagen. »Gehen wir.«

Der Mann schaute sie mit halb offenem Mund an. »Was soll

das? Was ist denn hier nicht in Ordnung? Das ist eine klasse Wohnung mitten in Töölö, beste Lage, hier würde ich selbst einziehen, wenn ich es mir leisten könnte.«

»Ich würde hier ersticken, und Ami wär hier nicht glücklich.« Leeni ging bereits auf die Tür zu. »Ich bin sicher, im ganzen Haus wohnt niemand unter siebzig!«, rief sie zum Abschied.

Der Makler war erfahren genug, um nicht weiter zu diskutieren, seine Gereiztheit vermochte er jedoch nicht zu verbergen.

»Hättest du gleich gesagt, dass du was suchst, wo alles voller Rotznasen ist!«, schnaubte er, während er die Treppe in einem Tempo hinunterstürmte, dass Leeni kaum hinterherkam. »Ich hab geglaubt, du suchst eine saubere Wohnung mit einem ordentlichen Bad.«

»Such ich ja auch«, gab Leeni zurück. »Aber ich will eine Wohnung, wo man nicht aus dem Haus gegenüber ins Schlafzimmer gucken kann. Und ich will eine Wohnung und kein Museum.«

»Die hätte ich schon zweimal vermieten können, wenn ich kein Mitleid mit dir gehabt hätte«, murrte der Makler. Er ließ Leeni nicht zu Fuß gehen, wie sie geargwöhnt hatte, öffnete ihr aber auch nicht die Wagentür, wie vor der Hinfahrt. Er wartete nur mit verzogenem Mund, bis Leeni eingestiegen war, und schoss dann los wie ein Formel-1-Rennfahrer. Er ärgerte sich nicht, begriff Leeni, weil ihr die Wohnung nicht gefallen hatte, sondern weil er nicht als der große Wohltäter auftreten konnte.

Erst jetzt im Auto dachte Leeni wieder an das Sozialamt und an Vesas Drohungen, sie war jedoch zu wütend, um ihren Entschluss noch einmal zu ändern.

Sie stieg aus, bevor der Makler den Wagen ins Parkhaus fuhr. Sie müsste die Tante besuchen, dachte sie, als sie an der Ecke der Keskuskatu stand und überlegte, in welche Richtung sie gehen sollte. Aber am besten erst, wenn sie eine Wohnung gefunden hatte. Das war zurzeit das Allerwichtigste.

Am Tag zuvor hatte sie noch zwei weitere Wohnungsvermittler aufgesucht. Sie erinnerte sich, dass einer der beiden zwei möblierte Wohnungen im Angebot gehabt hatte. Aber vielleicht wollten auch sie die Miete im Voraus kassieren. Am besten wäre es, etwas Geld aus der Saunakammer zu holen, damit sie die geforderte Summe an Ort und Stelle bezahlen konnte. So bliebe nichts dem Zufall überlassen.

Aus alter Gewohnheit ging Leeni zum Bahnhof. Der Bus nach Hiekkaharju stand zur Abfahrt bereit, und ohne zu zögern stieg sie ein. Den restlichen Weg würde sie zu Fuß gehen. Das hatte sie schon oft getan, als sie sich noch kein Taxi leisten konnte.

Paula hatte nicht geplant, zu dem Haus zu gehen. Normalerweise war sie nicht darauf aus, jemanden zu interviewen, ohne vorher eine Verabredung getroffen zu haben. Aber die Haustür hatte einladend offen gestanden, und von drinnen drang das Schreien spielender Kinder heraus. Hier wohnt die Tagesmutter des kleinen Mädchens, erinnerte sie sich und betrat das Grundstück.

Die Wände des anderthalbgeschossigen Holzhauses waren mit grauen Eternitplatten verkleidet. Es sah aus, als wäre das Haus aus Pappe gebaut, in die eckige Löcher für die Fenster geschnitten worden waren. Im Garten lagen rotweiße Steinwolle-Verpackungen herum wie überdimensionales Bonbonpapier. Auf dem ungemähten Rasen türmten sich ein Haufen Sägespäne und gleich daneben ein Stapel Sperrholzplatten. Als Paula den Flur betrat, wäre sie beinahe in ein Waschbecken getreten. Im Wohnzimmer hockte eine hellgrüne WC-Schüssel.

Das Geschrei war in Heulen übergegangen, von dem das ganze Haus erfüllt wurde. Ein kleiner Junge war hingefallen, und von der Puppe eines Mädchens hatte sich ein Arm gelöst. Eine dunkelhaarige Frau drückte den Jungen an sich, streichelte ihm ein paar Mal über den Kopf und schickte ihn dann wieder zum Spielen. Dem Mädchen versprach sie, der Vater würde die Puppe reparieren, sobald er nach Hause käme.

Die Haare der Frau waren achtlos hochgesteckt, und ihr Pullover war viel zu weit. Wahrscheinlich gehörte er ihrem Mann. Das Chaos war ein so wesentlicher Bestandteil ihrer Welt, dass sie es nicht mehr zu bemerken schien. Sie entschuldigte sich weder für die Kloschüssel im Wohnzimmer noch für die Sachen, die überall auf dem Fußboden herumlagen.

»Willst du einen Kaffee?«, fragte sie, nachdem Paula sich vorgestellt hatte. »Oder lieber einen Schluck Weißwein?«

Da sie gerade erst bei den Kujansuus Kaffee getrunken hatte, nahm Paula die Weißweinofferte gerne an. Die Frau stellte eine halb volle Flasche Soave auf den Tisch und goss den Wein in zwei Gläser. »Also, was willst du wissen?«, fragte sie, als sie ihr Glas hob.

Der Wein war nicht abgestanden, die Flasche noch nicht lange offen, stellte Paula fest, aber die Frau war auch nicht betrunken. Eine, die zwischendurch immer mal ein Schlückchen braucht, schlussfolgerte sie und zog ihren Notizblock hervor.

Die Frau lachte, als sie das sah. »Willst du wirklich aufschreiben, was ich sage? Ich könnte doch lügen, was das Zeug hält.«

»Nur zu«, spornte Paula sie an. »Erzähl mir zuerst, seit wann ihr hier wohnt.«

Schwarze Strähnen fielen der Frau über die Ohren, aber sie machte keine Anstalten, ihre Frisur zu richten, sofern man das von einer Spange zusammengehaltene Haarbüschel überhaupt als solche bezeichnen durfte.

»Seit einem Jahr erst«, antwortete die Frau ein wenig melancholisch. Vielleicht entsprach der Ort nicht ihren Vorstellungen von einem eigenen Haus. »Wir haben es billig bekommen, weil hier ein Wasserschaden war. Seitdem besteht unser Leben nur noch aus Renovieren. Und so wird es wahrscheinlich weitergehen, bis die Kinder ausziehen.«

Die Frau hieß Kaisa Halla. Paula glaubte ihr sofort, als sie behauptete, nie auf die Nachbarn geachtet zu haben. Von ihrem Haus aus konnte man nicht einmal bis zur Ruine des Hauses Kanerva sehen. Das Einzige, was Kaisa Halla bestätigen konnte, war, dass die kleine Tochter von Leeni Ruohonen bis Anfang Juli bei ihr in Tagesbetreuung gewesen war. Danach hatte Ami sie nur noch sporadisch besucht.

»Wenn ich es mir genauer überlege, habe ich Leeni nicht mehr gesehen, seit sie hier war und mir erzählt hat, dass sie in den Süden fährt. Angeblich hat ihre Tante die Reise finanziert. Nicht schlecht. So eine Tante könnte ich auch gebrauchen, die mir einen Urlaub im Süden bezahlt. Oder wenigstens einen Trip nach Estland.« Das Glas der Frau leerte sich rasch.

»Nach ihrem Urlaub war Leeni Ruohonen nicht mehr hier?«

»Nein.«

Paula war erstaunt. Sie hätte geglaubt, diese Frau Ruohonen wäre bei allen Nachbarn gewesen, um nach der Brandnacht zu fragen.

»Warum denn nicht?«

»Wahrscheinlich hat sie es nicht geschafft. Sie ist ja erst am Sonntag gekommen. Seppo sagt allerdings ...«

»Was sagt er?«

Zerstreut griff die Frau nach der Weinflasche und füllte ihr Glas.

»Dass sie den Brand selbst arrangiert hat und es darum nicht mehr wagt, sich hier blicken zu lassen.«

»Denkst du das auch?«

»Ich weiß nicht.« Kaisa Halla wickelte eine Strähne um

ihren Finger und dachte nach. »Ich weiß es wirklich nicht«, sagte sie. »Meiner Meinung nach ist Leeni nicht so eine, und außerdem verstehe ich nicht, was das für einen Sinn haben sollte. Was nützt es ihr, das Haus anzustecken, das habe ich Seppo gefragt. Da verliert sie doch alles, was sie hat.«

»Irgendjemand hat das Haus auf jeden Fall angesteckt«, erinnerte sie Paula. »Aaro Kujansuu sagt, er habe in der Brandnacht ein Motorrad gehört«, fügte sie hinzu, aber die Frau schenkte ihren Worten keinerlei Beachtung. Es hatte den Anschein, als hinge sie bei dem Gedanken an den Urlaub im Süden fest, den ihr niemand finanzierte.

»Und der Brand?«, fragte Paula. »Weißt du etwas darüber?«

»Wir haben gesehen, dass es da drüben brennt«, gab Kaisa Halla zu. Wieder kam der kleine Junge zu ihr gerannt, und sie drückte seinen Kopf an ihre Brust. »Aber ich bin nicht hin, um es mir anzugucken. Ich konnte ja auch die Kinder nicht allein lassen. Seppo ist hin, um beim Löschen zu helfen, aber angeblich war nichts mehr zu machen. Alles war schon Schutt und Asche, als die Feuerwehr kam.«

Wieder so ein klassischer Fall, dachte Paula enttäuscht. Niemand hatte etwas gesehen oder gehört, und wenn doch, dann hielt er den Mund.

»Du hast gerade gesagt, Leeni Ruohonen sei nicht so eine gewesen. Was für eine war sie denn? Erzähl mal!«

Die Frau zuckte mit ihren knochigen Schultern. Die Ärmel des Pullovers waren zu lang, und sie schlug die Bündchen zweimal um.

»Was soll ich da sagen? Sie war so ein schnippischer Typ. Sagte einem direkt ins Gesicht, wenn ihr was nicht gefiel. Aber wenn sie was versprach, dann hielt sie es auch. Die hätte nicht hinter dem Rücken ihrer Tante das Haus angesteckt. Aber die Ami wird von Leeni viel zu sehr verwöhnt. Sie ist ganz verrückt nach dem Mädchen. Ami, Ami, immer nur

Ami, und nichts ist für die Kleine gut genug. Wo sie jetzt wohl hingehen, nachdem das Haus abgebrannt ist?«

Nachdenklich nahm Paula einen Schluck Wein. »Aber es ist ja nicht nur das Haus abgebrannt, sondern in den Überresten hat man auch noch die Leiche eines Mannes gefunden, den niemand zu vermissen scheint. Es weiß nicht mal jemand, wer der Mann war und wie er in das Haus kam. Ich weiß, dass du mit deinen Kindern genug zu tun hast, aber du hast nicht zufällig, zum Beispiel auf dem Weg zum Einkaufen, am Tag vor dem Brand jemanden im Haus oder im Garten gesehen?«

»Ich weiß nichts«, wiederholte Kaisa Halla. »Ich habe nichts gesehen und nichts gehört. Und ich will mit der ganzen Sache auch nichts zu tun haben.« Heftig wickelte sich die Haarsträhne um ihren Finger.

Die Frau wirkte auf einmal nervös, und Paula konnte keinen Grund dafür erkennen. Sie suchte in ihrer Handtasche nach einer Visitenkarte und reichte sie der Frau.

»Falls dir noch etwas einfällt, ruf mich an.« Nach kurzem Zögern fügte sie hinzu: »Die Zeitung zahlt ein Honorar für jede Information, die uns weiterbringt.«

Kaisa Halla blinzelte mit den Augen und befeuchtete ihre Lippen mit der Zunge. Ein Honorar, schien sie zu denken. Die Verlockung war groß, aber sie sagte nichts. Vielleicht hatte Paulas Instinkt getrogen, und sie hatte wirklich nichts zu sagen. In den nächsten Tage würde es sich herausstellen.

Der Nachmittag war bereits weit fortgeschritten, aber Paula beschloss, sich auch noch das letzte Haus anzuschauen. Es stand am Ende der Straße und war ebenfalls ein anderthalbgeschossiges Holzhaus, doch anstatt mit Eternitplatten war es mit grünem Putz verkleidet. Von der Straße aus sah es recht hübsch aus mit seiner kleinen Veranda und seinen rotbraunen Fensterrahmen. Aber als Paula näher kam, stellte sie fest, dass die Farbe an den Fenstern abblätterte und der Fensterkitt Risse hatte. Das Wasser, das aus der Regenrinne tropfte, hatte den unteren Teil der Wand vermoosen lassen. Der Rasen war lange nicht gemäht worden.

Eeva Kujansuu hatte erzählt, das Haus stünde leer. Eines nach dem anderen war leer geworden, begriff Paula erschrocken. Die Hallas wohnten erst seit einem Jahr hier, und auch die Kujansuus erst sechs Jahre. Frau Kanerva war in ein Altersheim gezogen. Die jüngere Generation hatte die ältere abgelöst. Wer wohl in diesem Haus gewohnt hat, fragte sich Paula, als sie durchs Fenster in den Vorraum schaute. Auf einem alten Korbsessel lag ein Stapel Zeitungen, ansonsten war der Raum leer. Vielleicht war das alles, was die Bewohner hinterlassen hatten, dachte Paula.

In der Nähe des Hauses wuchsen ein paar Apfelbäume, um deren Stämme herum sich ein gelber Teppich aus Äpfeln gebildet hatte. Die Früchte sahen delikat aus, aber Paula wusste, dass jede von ihnen auf der Unterseite faul war. Das verlassene Grundstück, der ungepflegte Garten und die verdorbenen Äpfel ließen sie melancholisch werden, und sie wandte sich ab, um auf die Straße zurückzugehen.

Sie hatte geglaubt, alleine zu sein, und erschrak daher heftig, als sie von hinten angesprochen wurde. »Was machen Sie hier?«, fragte eine wütende Stimme.

Paula drehte sich um und sah im Türspalt eine dicke Frau in den Vierzigern, die sie unter ihrem roten Pony heraus scharf ansah. Sie trug eine Jeans und einen grünen Pullover, der vorne und an einem Ärmel voller Staub war.

»Ich habe Sie gesucht«, antwortete Paula, da ihr nichts Besseres einfiel.

»Mich? Weshalb? Falls Sie etwas verkaufen wollen, ich kaufe nichts. Und ich hör mir auch keine frommen Sprüche an.«

Paula streckte die Hand aus und trat liebenswürdig lächelnd näher. »Ich bin Paula Mikkola von der Zeitschrift *Glück*. Ich schreibe über den Brand da drüben und interviewe dafür alle Nachbarn. Dürfte ich Ihnen ein paar Fragen stellen?«

Man sah es der Frau an, dass sie am liebsten abgelehnt hätte. Doch Paula hatte ihre aufrichtigste und freundlichste Miene aufs Gesicht gezaubert, der kaum jemand widerstehen konnte. Und so brummte sie schließlich:

»Ich hab nichts zu erzählen, aber von mir aus fragen Sie.« Obwohl der Wind eisig war, machte sie keine Anstalten, Paula hereinzubitten.

Ihr Name war Eija Mesimäki. Ihr Vater hatte in dem Haus gewohnt, doch er war im Frühling gestorben. Sie plante, das Haus zu vermieten, und war gerade beim großen Reinemachen. »Da ich nicht hier wohne und nicht mal hier war, als der Verhau von der Kanerva brannte, weiß ich von der ganzen Angelegenheit nichts, und ehrlich gesagt interessiert es mich auch nicht. Das können Sie von mir aus in Ihrer Zeitung schreiben. Und jetzt geh ich wieder an die Arbeit.«

Doch Paula ließ sich nicht irritieren und fragte: »Kennen Sie Frau Kanerva?«

Man konnte der Mesimäki ansehen, dass sie die Bekanntschaft am liebsten abgestritten hätte, aber sie bejahte mit leicht säuerlicher Miene. Da sie hier aufgewachsen war, kannte sie Frau Kanerva ziemlich gut. »Aber seitdem ich ausgezogen bin, habe ich von den Nachbarn so gut wie keinen mehr gesehen. Es gab auch keinen Grund.« Sie schob ihre Hände in die Ärmel ihres Pullovers. »Mein Vater kannte die Kanerva besser, sie waren ein Jahrgang. Ich seh sie manchmal in Tikkurila beim Einkaufen. So ein dämliches altes Weib ist sie geworden. Redet immer von früher, wie mein Vater auch. Aber sie ist nicht schlimmer als andere in ihrem Alter. Man muss sie halt nehmen, wie sie sind.«

Es klang, als hätte Eija Mesimäki über siebenjährige Lausbuben geredet.

Paula holte ihren Notizblock aus der Tasche und blätterte

kurz darin. »Haben Sie von dem Streit gehört, der um den Bebauungsplan für diese Gegend entstanden ist?«, fragte sie. Eeva Kujansuu hatte zwar nicht von einem Streit gesprochen, aber Paula benutzte das Wort bewusst, um die Frau zum Reden zu bringen.

»Hat es da Streit gegeben? Das hab ich gar nicht gewusst. Worüber haben sie denn gestritten?« Sie sah Paula mit ihren kleinen Augen fragend an, und ihre helle Iris schimmerte wie die Schuppen eines Fisches.

»Ich weiß es nicht genau, das sind nur Gerüchte«, sagte Paula. »Es gibt Leute, die wollen hier ein Einkaufszentrum haben, anstatt kleiner Häuser. Aber das wird man dann sehen. Was wünschen Sie sich denn?«

Eija Mesimäki zuckte zusammen. »Was soll ich mir wünschen?«

»Na, was mit dem Gelände hier geschieht.«

Die Frau warf einen Blick auf das Haus, das es schon vor langer Zeit aufgegeben hatte, gegen die Kräfte der Natur anzukämpfen. »Ich spiele normalerweise nichts vor, was ich nicht auch empfinde«, sagte sie. »Falls Sie meinen, ob ich darüber traurig bin, wenn dieses Haus von der Weltkarte verschwindet, dann muss ich sagen, das kratzt mich kein bisschen. Ich habe nicht vor, hier zu wohnen, ich habe keinen Bezug zu diesem Ort, obwohl ich früher hier gewohnt habe. Das Gebäude ist unpraktisch und in einem schlechten Zustand, und ich werde kreischen vor Freude, wenn ich es vermietet habe. Insofern ...« Sie zeigte mit ihrem Daumen nach unten.

Der Wind blies unter Paulas Kurzmantel und ließ sie frösteln. Ihr schien, als sei Eija Mesimäki nichts Brauchbares mehr zu entlocken, und sie verabschiedete sich. Auf dem Gesicht der Frau blitzte Erleichterung auf, aber Paula vermochte nicht zu sagen, ob sie erleichtert war, Paula los zu sein, oder darüber, dass sie nicht die richtigen Fragen gestellt hatte.

Die Tür schlug hinter ihr zu, noch bevor sie die unterste Stufe erreicht hatte.

Als Leeni das Grundstück betrat, empfing sie derselbe trostlose Anblick wie am Tag zuvor.

Sie war diesmal darauf vorbereitet und daher nicht mehr allzu sehr schockiert. Ohne die Schuldgefühle von gestern betrachtete sie die kläglichen Überreste der vertrauten Gegenstände. Sie hatte das Feuer ja nicht gelegt, das hatte jemand anders getan. Und sie hatte auch nicht den Mann ins Haus gelassen, den man tot in den Trümmern gefunden hatten.

Leeni nahm den Schlüssel zur Saunakammer aus ihrer Handtasche und öffnete die Tür. Auf der Stelle sah sie den Geldschein auf dem Boden und hob ihn eilig auf. Hier ist es nicht sicher, dachte sie, als sie die Plastiktüte aus den Sonnenblumenkernen hervorzog. Was wäre gewesen, wenn jemand den Geldschein durchs Fenster gesehen hätte und eingedrungen wäre? Wenn jemand das übrige Geld gefunden und mitgenommen hätte.

Leeni spürte, wie ihr Magen sich bei diesem Gedanken verdrehte wie ein Korkenzieher. Würde sie das Geld verlieren, wäre alles umsonst gewesen. Sie beschloss, es an einen sicheren Ort zu bringen.

In ihrer Handtasche hatte sie einen Stoffbeutel, in den sie die Plastiktüte mit dem Geld steckte. Darüber breitete sie ihren Schal aus. Zuvor hatte sie so viel Geld in ihr Portemonnaie gesteckt, dass es für den Mietvorschuss reichte.

Auf dem Weg über das Grundstück konnte Leeni es sich nicht verkneifen, einen Blick auf die Überreste des Hauses zu werfen. Was geschehen war, war nicht ihre Schuld, versicherte sie sich. Sie hatte nichts anderes getan, als zu einer Reise aufzubrechen. Sonst nichts. Doch die Schutzschicht, die sie über ihr Gewissen gelegt hatte, war äußerst dünn. Und als sie den Brief sah, fühlte Leeni sie reißen und hörte dabei, wie

Forsmans weiche Stimme ihr Wörter ins Ohr flüsterte.

Der Brief steckte zwischen Rechnungen und Reklameblättern. Sie hatte die Tageszeitung abbestellt, aber der Briefkasten war halb voll mit der Werbung. Wäre er nicht zufällig auf den Boden gefallen, hätte Leeni den Brief vielleicht gar nicht bemerkt.

Der Umschlag war an sie adressiert, und sie riss ihn neugierig auf. Zu ihrer Verwunderung enthielt er einen Mietvertrag sowie einen Brief von der Wohnungsvermittlung in Aaltonen.

Angst kroch Leeni über den Rücken. In dem Anschreiben hieß es, die möblierte Wohnung, die sie gemietet habe, sei bezugsfertig und könne ab sofort von ihr übernommen werden. Man bat sie lediglich, den beiliegenden Vertrag unterschrieben zurückzuschicken und den Wohnungsschlüssel abzuholen.

Leenis Hand zitterte, als sie den Brief zusammenfaltete. Sie hatte keine Wohnung gemietet. Sie hatte noch nie etwas mit der Wohnungsvermittlung Aaltonen zu tun gehabt. Am liebsten hätte sie den Brief ins Gras geworfen und dort verrotten lassen, aber das konnte sie sich nicht leisten.

Allein wegen Vesa musste sie eine Wohnung finden, und sie hatte das unangenehme Gefühl, dass es jemanden gab, der das wusste.

Während sie die Straße entlangging, blickte Paula auf das bunt gefärbte Laub der Bäume und dachte nach. Die Geschichte ließ sie nicht los. Obwohl sie nichts Weltbewegendes erfahren hatte, spürte sie, dass unter der Oberfläche noch einiges Verborgene schlummerte.

Wer war der Mann, der vor dem Brand getötet worden war? Welche Bedeutung hatte die Sache mit dem Bebauungsplan eigentlich? Wusste Kaisa Halla etwas, das sie nicht erzählen wollte? Wer hatte das Motorrad gefahren, das Kujansuu gehört hatte?

Paula war so in Gedanken vertieft, dass sie die Gestalt, die am Briefkasten der alten Frau Kanerva stand, zunächst nicht bemerkte. Erst als sie unmittelbar davorstand, nahm sie die sonnengebräunte Frau in der hellblauen Jacke wahr und erschrak.

Mit ihren schulterlangen Haaren und den Kleidern, die nicht zum Wetter passten, wirkte die Frau sehr jung. Es hatte den Anschein, als wollte sie mit allen Mitteln den Sommer verlängern. Sie war offenbar kurz zuvor in den Süden gereist und war trotz der Kälte leicht bekleidet. Ihre Füße in den Sandalen waren nackt. In der Hand trug sie eine voll gestopfte Tasche, in die sie hastig noch einen Stapel Post schob. Paula dankte dem Schicksal für diese Begegnung, ging auf die Frau zu und streckte die Hand aus.

»Leeni Ruohonen, nehme ich an«, sagte sie mit gespielter Fröhlichkeit. »Mein Name ist Paula Mikkola, ich komme von der Zeitschrift *Glück*.«

Eine Spur von Angst huschte über das Gesicht der Frau, wurde jedoch sogleich von Trotz abgelöst.

»Na und? Ich habe bloß Wäsche aus der Saunakammer geholt. Ist das verboten?«

Aus irgendeinem Grund war Leeni Ruohonen nervös. Hatte sie etwas mit dem Brand zu tun? »Ich würde gern kurz mit Ihnen reden«, beruhigte sie Paula. »Es dauert nur ein paar Minuten. Wir können das von mir aus gleich hier machen, und dann nehmen wir zusammen ein Taxi, wenn Sie wollen.«

Leeni antwortete nicht, sondern sah Paula nur mit gespanntem Blick an.

Paula sprach so besänftigend, wie sie konnte: »Wenn Sie kein Bild von sich inder Zeitung wollen, ist das in Ordnung. Wir können von Ihnen einfach als Hausbewohnering sprechen.«

Als die Frau noch immer nicht antwortete, erhöhte Paula ihren Einsatz: »Ihre Tante hat sich auch zu einem Interview bereit erklärt«, log sie.

Der Blick von Leenis blauen Augen erstarrte.

»Okay«, antwortete sie und nahm die Tasche in die andere Hand. »Aber nur kurz, ich hab schrecklich viel zu tun. Ich muss mir eine Wohnung suchen und alle möglichen Formalitäten erledigen. Meine Tochter wartet bei einer Freundin und ...«

»Ami?«, sagte Paula, um zu zeigen, wie gut sie Bescheid wusste.

»Ami, genau. Haben die Nachbarn getratscht?«

»Ich habe sie auch interviewt«, gab Paula zu, als sie unter den feuchten Bäumen entlanggingen. »Ich habe sie über den Brand befragt. Ob sie in der Brandnacht etwas Außergewöhnliches gesehen haben, ob sie gesehen haben, wie der fremde Mann das Haus betreten hat. Solche Dinge.«

Paula registrierte, dass Leeni in keinster Weise auf die Erwähnung des Mannes reagierte. Der Todesfall war ihr also bekannt.

Leeni grub einen Schlüssel aus ihrer Handtasche und schloss die Tür zur Saunakammer auf. Normalerweise nahm man solche Schlüssel nicht mit auf eine Reise, kam Paula in den Sinn! Beim Brand hätte sich der Schlüssel eigentlich durch die Hitze verbiegen müssen und wäre unbrauchbar geworden. Vielleicht hatte sie ihn genau deshalb mitgenommen. Als hätte sie gewusst, dass das Haus abbrennen würde.

Beim Eintreten blickte Paula als Erstes auf die Stelle, wo der Geldschein gelegen hatte. Er war nicht mehr da, vermutlich steckte er im Portemonnaie der Frau. Paula hätte am liebsten danach gefragt, aber dafür war es zu früh. Sie setzte sich auf die Bank an den Tisch, und nach kurzem Zögern nahm Leeni ihr gegenüber Platz.

»Sollen wir uns duzen?«, schlug Paula vor. »Ich heiße Paula.«

»Ich bin Leeni, aber das weißt du ja schon.« Sie verfolgte gespannt, wie Paula Block und Stift aus der Handtasche nahm. Die eine Hand zog an den Fingern der anderen. Paulas erste Frage beruhigte sie jedoch.

»Erzähl doch mal, wie es eigentlich kam, dass du hier eingezogen bist.«

»Ich habe einmal mit Ami meine Tante besucht, als sie schon im Altersheim war. Sie war traurig und hat geweint, weil das Haus leer stand und ständig hier eingebrochen wurde. Ich war geschieden und hatte nur vorübergehend eine Wohnung. Meine Tante war froh, als ich sagte, ich könnte mit Ami hier einziehen.«

Paula nickte und tat so, als läse sie in ihren Notizen.

»Das Haus stand unter Denkmalschutz, soweit ich weiß.«

»So war es, obwohl das kein Spaß war. Meine Tante wollte neue Fenster einsetzen lassen, solche mit drei Scheiben, aber das durfte sie nicht, das hätte das Aussehen des Hauses verändert. Und man durfte es auch nur mit einer selbst gekochten Mennige streichen. Irgendwann war die Tante so fertig mit den Nerven, dass sie fast ein Streichholz …« Leeni legte eine Hand auf den Mund und sah erschrocken aus.

Paula lachte beruhigend auf.

»Schon manch einer hat so gedacht. Das ist nicht das erste denkmalgeschützte Haus, das in Flammen aufgeht. Und sicherlich auch nicht das letzte.« Sie schaute Leeni fragend an, doch diese verzog keine Miene. Sie blickte weder schuldbewusst noch triumphierend. Wieder blätterte Paula in ihrem Block.

»Weißt du, wer das hier mal erben wird? Du?« Sie befürchtete, zu direkt gewesen zu sein, aber die junge Frau Ruohonen schien in der Frage keine Andeutung gehört zu haben.

»Ich?« Sie wirkte erstaunt. »Bestimmt nicht. Meine Tante und ich, wir stehen uns nicht besonders nah. Ich besuch sie, so wie man Tanten eben besucht, und sie ist froh, wenn mal jemand nach ihr schaut. Manchmal gibt sie mir auch Geld, auch jetzt, als ich meinen Job verloren hab, hat sie mir eine größere Summe gegeben. Aber wenn ich ehrlich bin, wäre ich hier nie eingezogen, wenn meine Tante noch hier gewohnt hätte. Sie hätte nur große Worte gemacht und gepredigt, sie hat nämlich nie akzeptiert, dass ich geschieden bin, so wie sie nicht akzeptiert hat, dass sich meine Eltern haben scheiden lassen. Sie ist der Meinung, was Gott verbunden hat, das darf der Mensch nicht trennen. In der Beziehung kann sie manchmal ziemlich anstrengend sein.«

Leeni richtete ihren Blick auf den rot gestreiften Teppich, an dessen Rand eine Maus geknabbert hatte. Sie setzte an zu sprechen, schloss aber im selben Augenblick wieder den Mund.

»Ist dir etwas eingefallen?«, fragte Paula.

»Es hat nichts mit dem Testament zu tun«, antwortete die Frau. »Es ist auch bestimmt nicht wichtig. Es ist nur etwas, das ich vergessen hatte. Und worüber ich mich damals gewundert habe.«

»Erzähl!« Paulas goldgelb schimmernde Augen schauten wohlwollend. Dieser Blick wirkte bei den meisten, und Leeni Ruohonen bildete keine Ausnahme.

»Als ich rausgeschmissen wurde, hat mir meine Tante fünfzigtausend Finnmark geschenkt«, antwortete sie. Sie blickte Paula dabei nicht an, sondern sah aus dem Fenster. »Als sie die Schenkungsurkunde unterschrieb, fing sie plötzlich an zu weinen und sagte, sie hätte mir Unrecht zugefügt und wolle das wieder gutmachen. Ich habe überhaupt nicht kapiert, was sie damit meinte. Was das für ein Unrecht sein konnte, für das sie mir fünfzigtausend schenkt. Dann dachte ich, meine Tante wird eben ein bisschen senil, und habe die ganze Sache vergessen.« Sie zuckte mit den Schultern. »Das ist alles.«

Unrecht war ein starkes Wort. Unrecht zufügen – das sagte man nicht allzu oft, dachte Paula. Sie glaubte nicht, dass Milja Kanerva das nur gesagt hatte, weil sie alt war. Sie musste damit etwas Bestimmtes gemeint haben.

»Wenn ich du wäre«, sagte Paula, »würde ich schnurstracks zu meiner Tante gehen und fragen, was sie damit gemeint hat.«

»Ja, vielleicht.« Die junge Frau zuckte mit den Schultern. Es schien sie nicht sonderlich zu kümmern.

»Hast du den Schaden schon der Versicherung gemeldet? Was sagen die denn dazu, dass der Brand absichtlich gelegt worden ist?«

»Ich bin noch nicht dazu gekommen«, lautete die steife Antwort. »Ich habe auch noch keine Zeit gehabt, meine Tante zu besuchen. Morgen will ich hingehen. Aber zuerst muss ich eine Wohnung finden. Wir können nicht länger Bekannten auf der Pelle hängen.«

Paula blickte sich um. Der Raum wirkte ziemlich gemütlich mit der Holzverkleidung an den Wänden und den Möbeln aus Kiefer. »Könntet ihr für den Anfang nicht hier wohnen?«

Die Frau wirkte verlegen. »Ich will nicht, dass Ami diesen grässlichen Trümmerhaufen sieht. Sie hat das Haus geliebt, es würde ihr Angst machen. Ich wollte mir jetzt gleich eine Wohnung in Lauttasaari anschauen, in der Meripuistotie. Heute Morgen war ich in einer Wohnung in Töölö, aber die hat mir überhaupt nicht gefallen. Außerdem war sie zu teuer.«

Sie war nervös und redete zu viel, als wolle sie etwas verschleiern, oder als fürchte sie sich vor etwas.

»Du warst in Urlaub, als das Haus brannte. Es wird dich bestimmt interessieren, dass keiner von den Nachbarn etwas gesehen hat. Weder vor dem Brand noch danach. Nur ein Motorrad wurde in der Nacht gehört, das ist alles. Falls der Mann, der in den Trümmern gefunden wurde, schon da war, bevor das Haus in Flammen aufging, muss er irgendwie hineingekommen sein. Hast du irgendeine Ahnung, wie ein Fremder in deiner Abwesenheit hineingekommen sein könnte?«

Paula beobachtete genau Leenis Gesicht, erkannte aber nichts, was auf Schuldgefühle hinwies. Ihre Stirn legte sich in Falten, offensichtlich hatte sie sich die Sache so noch nicht überlegt.

»Das ist wirklich seltsam«, gab sie schließlich zu. »Wie ist der Mann ins Haus gekommen? Wahrscheinlich eingebrochen. Aber er ist ja schon vor dem Brand umgebracht worden«, erinnerte sie sich. »Wie ist dann der Mörder hineingekommen?« Die blauen Augen blickten aus dem Fenster. »Dann sind sie wohl beide eingebrochen. Besonders schwer ist das sicher nicht gewesen, es gab ja nur einfache Fenster.«

»Falls die Männer zusammen im Haus waren«, gab Paula zu bedenken. »Aus irgendeinem Grund – ich weiß nicht, aus welchem, vielleicht ist das der Journalisteninstinkt – habe ich das Gefühl, als wären der Brandstifter und der Mann nicht gemeinsam ins Haus gekommen. Der eine hat den anderen überrascht.«

Leeni sah ungeduldig auf die Uhr. Paula wollte nur noch eines wissen, obwohl es nicht direkt mit dem Brand in Zusammenhang stand: »Darf ich dich etwas Persönliches fragen? Warum bist du eigentlich entlassen worden?«

Leeni Ruohonens Gesichtsausdruck versteinerte.

»Mein Chef war ein Großmaul und ein Schwein, ich hab ihm einen Tacker auf den Kopf gehauen, dass er geblutet hat. Ich hätte noch mal zugeschlagen, wenn ich die Gelegenheit gehabt hätte. Und wenn er mich nicht rausgeschmissen hätte, wäre ich irgendwann selbst gegangen.«

Paula schnalzte Anteil nehmend mit der Zunge.

»Hast du Schwierigkeiten, eine neue Stelle zu finden?«

Leenis Blick richtete sich wieder auf den angeknabberten Teppich. »Sie rufen immer beim ehemaligen Arbeitgeber an und erkundigen sich. Die Frauen dort mochten mich nicht, weil alle Männer immer hinter mir her waren. Sie meinten, ich hätte gekriegt, was ich verdient habe. Und die Männer halten zusammen.« Mit Verzweiflung in der Stimme fügte sie hinzu: »Ich weiß nicht, was ich machen soll.«

»Wie alt bist du?«, fragte Paula direkt. Leeni wirkte wieder jung.

»Im Sommer bin ich vierundzwanzig geworden. Ich war neunzehn, als ich heiratete. Viel zu jung, hat meine Mutter gesagt, aber ich habe ihr nicht geglaubt. Außerdem war Ami schon unterwegs, da war es besser, zu heiraten. Vesa war so umwerfend, und ich dachte, mich erwartet der Himmel auf Erden.« Sie lachte auf. »Aber es wurde ziemlich plötzlich die Hölle. Über Nacht wurde dieser wunderbare Mann zu einem eifersüchtigen Tyrannen. Zwei Jahre habe ich das ausgehalten, dann habe ich Ami genommen und bin weg. Aber er versucht die ganze Zeit, das Sorgerecht für Ami zu bekommen, nur um mich zu bestrafen. Auch deswegen muss ich eine anständige Wohnung finden, vor allem weil ich jetzt nicht mal mehr einen Job habe.«

»Bedroht er dich auch physisch?«, fragte Paula leicht besorgt.

»Nicht mehr. Er weiß, wenn er mich schlägt, schlag ich zurück. Und er weiß auch, wenn er Ami nur anrührt, bring ich ihn um.«

Sie stand auf, und Paula folgte ihr hinaus. Der Wind schüttelte die Bäume, und die verkohlten Streifen von Dachpappe, die an den Ästen gehangen hatten, lösten sich und flatterten wie aufgeschreckte Fledermäuse über das Grundstück. Asche bedeckte den Rasen, er wirkte grau und leblos. Der beklemmende Anblick ließ Paula erbeben. Sie verstand, warum die junge Frau ihre Tochter nicht hierher bringen wollte.

Sie riefen ein Taxi und gingen zum Gartentor, um zu warten. Da der Wagen auf sich warten ließ, verkrampfte Leeni sich wieder. Wie ein Regenschirm, dachte Paula. Ein Regenschirm, der sich auf Knopfdruck aufspannt und zusammenklappt.

Auf dem Nachbargrundstück bewegte sich etwas, und Paula erkannte eine Gestalt zwischen den Bäumen, die sie für Aaro Kujansuu hielt. Auch Leeni hatte den Mann gesehen und fühlte sich verpflichtet, den Nachbarn guten Tag zu sagen, erklärte aber, dass sie jetzt keine Zeit hätte. Zum Zeichen dafür blickte sie wieder auf ihre Uhr.

»Merkwürdig, dass keiner etwas gesehen hat«, wunderte sich Paula.

»Die haben bestimmt was gesehen, sie wollen bloß nicht darüber reden«, entgegnete Leeni. »Gerade Aaro ist einer, der seinen Nachbarn lieber sterben lässt, als ihm zu Hilfe zu kommen.«

Paula blickte erneut in Richtung des angrenzenden Grundstücks und fragte sich, ob Kujansuu doch nicht alles erzählt hatte, was er wusste. Ob das für die anderen auch galt?

Ob sie einen Verdacht hat, fragte sich Leeni, als sie neben Paula Mikkola im Taxi nach Helsinki saß. Sie war so überraschend neben ihr aufgetaucht, dass sie geradezu in Panik geraten war und sich sogar gerechtfertigt hatte, warum sie dort war, obwohl sie gar nicht danach gefragt worden war. Aber die Wahrheit würde diese Frau nie erraten, war Leeni überzeugt. Allein ihr schlechtes Gewissen machte sie nervös.

Aus den Augenwinkeln blickte sie auf Paula. Auch sie schien in Gedanken versunken zu sein. Besser so. So musste sie nicht mehr lügen.

Letztlich war das Interview angenehm über die Bühne gegangen, dachte Leeni fest und ging das Gespräch im Kopf noch einmal durch, um sicher zu sein, dass ihr nichts Verräterisches herausgerutscht war. Aber alles war gut gegangen. Kein einziges Mal hatte die Journalistin auf die Vermutung angespielt, die mit Sicherheit jeder, der von dem Brand gehört hatte, anstellte, auch die Nachbarn. Denn Leeni machte sich keinerlei Illusionen. Vielleicht wollte sie gerade deswegen nicht einmal Kaisa sehen.

Das Taxi bog um eine Ecke, und beinahe wäre Leeni die Tasche vom Schoß gerutscht. Bei dem Gedanken wurde ihr flau im Magen. Das wäre ein Anblick gewesen, wenn das ganze Geld auf den Boden des Taxis gefallen wäre! Sie schlang den Arm fester um die Tasche und hielt sie wie ein Baby. Ein Blick auf Paula beruhigte sie jedoch. Die Frau schien eingenickt zu sein und nichts bemerkt zu haben.

Niemand könnte sie mit dem Brand in Verbindung bringen, dachte Leeni. Sie war im Urlaub gewesen, als das Haus gebrannt hatte. Sie wusste nicht, wer es angesteckt hatte und warum. Sie hatte nichts Falsches getan, nur das Geld von Forsman hatte sie angenommen. Und die Wohnung, die sie jetzt mieten würde, konnte irgendjemand besorgt haben. Zum Beispiel die Versicherung. Vielleicht hatte Forsman mit der ganzen Sache gar nichts zu tun.

Und du bist Jody Foster, flüsterte eine Stimme in ihr.

Das Taxi setzte Leeni in der Lönnrotinkatu ab, und Paula fuhr weiter nach Hause. Leeni ging zum Haus der Wohnungsvermittlung Aaltonen. Die Haustür war nicht abgeschlossen, und Leeni betrat leicht angespannt ein weitläufiges, altmodisches Treppenhaus. Bald würde sie den Schlüssel für eine neue Wohnung bekommen, und wenn sie ihr gefiel, konnte sie noch am selben Abend mit Ami einziehen.

Sie stieg in den ersten Stock hinauf, dort waren an einer Tür drei Namensschilder angebracht. Neben der Wohnungsvermittlung Aaltonen hatten in der Etage noch die Immobilienexperten LKV und die City-Immobilien AG ein Büro.

Leeni drückte die Türklingel und stand kurz darauf in einer geräumigen Eingangshalle, die mit einem roten Ledersofa und einem niedrigen Glastisch, auf dem zwei dicke Ordner lagen, ausgestattet war. Von der Halle gingen die Türen zu den Büros ab. Hinter dem verglasten Empfangstisch saß ein junges Mädchen und bediente die Telefonanlage. Leeni nannte ihren Namen, und das Mädchen wies auf das Büro gegenüber, aus dem gerade eine Frau in malvenfarbenem Kostüm trat. Sie hob fragend die Augenbrauen.

»Das ist Leeni Ruohonen«, erklärte das Mädchen. Zu Leenis Erstaunen lächelte die Frau sie an wie eine alte Bekannte.

»Ich habe schon auf Sie gewartet. Kommen Sie!« Sie führte

Leeni in einen Raum, der so zweckmäßig wirkte, dass Leenis schlimmste Befürchtungen zerstoben. Ihre Tasche fest umklammernd, setzte sie sich in einen roten Ledersessel. Die Frau nahm hinter dem Schreibtisch Platz. Ihre Fingernägel waren rostbraun lackiert, genauso wie die Farbe ihrer Haare. Sie tippte etwas in den Computer und nickte zufrieden.

»Leeni Ruohonen, hier ist es. Die Wohnung in der Meripuistotie ist bis Mitte Oktober für Sie reserviert. Sie können den Mietvertrag verlängern, wenn Sie uns das drei Tage vor Ablauf der Frist mitteilen.«

Sie nahm ein Kuvert aus der Schublade und reichte es Leeni. »Hier ist der Schlüssel. Sie wollen sicher sofort einziehen?«

»Ich will mir die Wohnung zuerst anschauen«, bremste Leeni. Ihr ging das alles zu schnell. »Wenn sie mir nicht gefällt, kann ich die Reservierung dann rückgängig machen?«

Die Frau wirkte unzufrieden. »Selbstverständlich können Sie das«, entgegnete sie kühl. »Aber dann behalten wir zehn Prozent der Miete als Bearbeitungsgebühr ein.«

»Wie hoch ist denn die Miete?« Leeni machte ihre Handtasche auf und nahm das Portemonnaie heraus.

Die Frau sah Leeni erstaunt an.

»Sie haben sie doch schon bezahlt«, sagte sie.

»Ich habe schon bezahlt?«

»Ja natürlich. Als Sie die Wohnung reserviert haben.«

Jetzt schaute Leeni die Frau erstaunt an. »Ich habe keine Wohnung reserviert!«

Die Frau warf einen Blick auf den Bildschirm.

»Doch, hier steht es. Vorgemerkt für: Leeni Ruohonen. Miete bei der Reservierung bezahlt.«

»Aber …«

»Haben Sie den Mietvertrag?«, fragte die Frau.

Leeni zog das Kuvert aus der Tasche und legte es auf den Tisch. Die Frau nahm den Vertrag aus dem Umschlag, trug das Datum, den achtzehnten September, ein, und bat Leeni zu unterschreiben.

Leeni zögerte mit dem Stift in der Hand. Vor ihrem inneren Auge tauchte Vesas Gesicht auf. »Du hast keine Arbeit und keine Wohnung«, flüsterte seine Stimme. »Jemand wie du ist nicht in der Lage, ein Kind zu versorgen. Ich nehme Ami zu mir.«

Eilig schrieb Leeni ihre Unterschrift unter den Vertrag. Die Frau nahm ein Exemplar an sich, das andere behielt Leeni. Als die Formalitäten erledigt waren, stand Leeni auf und nahm den Schlüssel in Empfang.

»Wann habe ich die Wohnung denn angeblich reserviert?«, fragte sie.

Die Frau blickte wieder auf ihren Computer. »Am einunddreißigsten August.«

Leenis Magen zog sich zusammen.

Sie war am zweiten September abgereist, aber dem Maklerbüro zufolge hatte sie die Wohnung bereits zwei Tage vorher reserviert.

Noch bevor ihr Zuhause abgebrannt war.

Paula lag im Wohnzimmer auf der Couch. Sie hatte die Füße auf die Armlehne gelegt und versuchte sich zu entspannen.

Der Tag war anstrengend gewesen, viel anstrengender, als sie angenommen hatte. Zuerst hatte ihr der lange Fußweg sämtliche Energie geraubt, und dazu waren noch die Interviews gekommen. Obwohl Leenis Nachbarn sich mehr oder weniger bereitwillig hatten befragen lassen, hatte sie ihnen die Informationen einzeln aus der Nase ziehen müssen. Und trotzdem hatte Paula das Gefühl, als hätten, abgesehen von Eeva Kujansuu, alle nur die halbe Wahrheit gesagt.

Aber so war es immer. Paula sah in einem Journalisten einen großen Fisch, der mit offenem Maul durch die Welt schwimmt, sodass ständig alles Mögliche in seinen Rachen gespült wird. Die Kunst bestand darin, zu wissen, aus welcher Geschichte man etwas machen konnte.

Trotz des schwachen Starts wies die Geschichte um den Brand Züge auf, für die es sich lohnte, ein bisschen weiter zu forschen. Schon allein als Vorwand, um die Kulturseiten loszuwerden. Sie war wie ein Trüffelschwein, dachte Paula schmunzelnd. Sie musste einfach im Gelände stochern, um die Leckerbissen zu finden. Die schmeckten viel besser als jedes Essen, das einem fertig vorgesetzt wurde. An diesem Tag hatte sie erst einmal Witterung aufgenommen. Sie hatte einiges von den Nachbarn des Kanervahauses erfahren, doch die Identität des Mannes, der in den Trümmern gefunden worden war, blieb für Paula das größte Rätsel. Jedes Mal wenn sie an die Brandstiftung dachte, sah sie zugleich den Unbekannten, der das Haus betrat, ohne auch nur im Geringsten das bittere Ende vorauszuahnen, das ihn dort erwartete. Wer war dieser Mann gewesen, und woher war er gekommen?

Vielleicht wusste Milja Kanerva mehr, schoss es Paula durch den Kopf. Vielleicht wollte er sie besuchen, und nachdem er gehört hatte, dass Leeni verreist war und das Haus leer stand, hatte er mit der alten Dame ausgemacht, sich so lange in dem Haus einzuquartieren. Vielleicht hatte Milja Kanerva selbst ihm den Schlüssel gegeben.

Paula stand auf. Die rosafarbenen Vorhänge strahlten ihr fröhlich entgegen, und auch wenn sie ihre ehemalige Wohnung vermisste, empfand sie allmählich auch diese als ihr Zuhause. Sie lächelte. Es hatte eine Zeit gegeben, da war Ismos gelbes Haus am Seeufer ihr Zuhause gewesen. Obschon sie freiwillig gegangen war, versetzte ihr die Erinnerung einen Schnitt wie der scharfe Rand eines Blatt Papiers. Als sie sich trennten, hatten sie einander versprochen, zu telefonieren, aber keiner von beiden hatte den anderen angerufen. Paula ahnte, dass Ismo von ihr den ersten Schritt erwartete.

Sie nahm eine Tafel Schokolade aus dem Kühlschrank und aß einen Riegel davon. Nachdem sie kurz mit sich gerungen hatte, brach sie sich noch einen zweiten Riegel ab, bevor sie den Rest in ihre Schreibtischschublade packte. Im Laufe des Sommers hatte sie viel Schokolade gegessen. Das Mädchen auf dem Bild blickte leicht amüsiert über ihre Taube hinweg. Sei still, befahl Paula. Schokolade ist gesund. Sie enthält Flavonoide, hast du das nicht gehört?

Sie setzte sich an den Computer, um für die letzte Septembernummer von *Glück* einen ersten Text über den Brand auszuarbeiten. Sobald sie mehr Informationen über den Fall bekäme – sie weigerte sich, das Wörtchen »falls« zuzulassen –, würde sie einen weiteren, detaillierteren Artikel schreiben.

Als sie die ersten Sätze geschrieben hatte, rief der Kollege von den *Spitzenmeldungen* an und fragte, ob sein kleiner Text sie inspiriert hatte. Paula gab zu, dass sie Feuer gefangen und auch bereits ein paar Interviews gemacht hatte.

»Eigentlich habe ich vorgehabt, dich anzurufen«, sagte sie. »Es gibt da ein paar Dinge, über die ich mich mit dir unterhalten möchte. Hättest du morgen Zeit?«

Sie verabredeten sich für den nächsten Tag zum Essen. Die zwei Ausstellungen, die Paula zu besuchen geplant hatte, konnten noch warten.

Leeni stieg in der Lauttasaarentie aus dem Bus und überquerte die Straße. Ein rauer Meerwind blies durch ihre Steppjacke und ließ sie spüren, dass der Sommer längst in den Herbst übergegangen war. Ihre bloßen Füße froren in den Sandalen. Ihre Halbschuhe waren mit dem Haus verbrannt, und sie war noch nicht dazu gekommen, sich neue zu kaufen. Alles war verbrannt, auch ihre Herbstkleider. Sie hatte lediglich Amis warmen Overall mit in den Urlaub zu nehmen gewagt. Zum Glück. Denn die Polizei hatte ihr Gepäck genau untersucht, um herauszufinden, ob sie auf den Brand eingestellt gewesen war. Doch sie hatten nur Sommerkleidung in ihrem Koffer gefunden.

Sie war in der Straße angelangt und betrachtete zufrieden die aufgelockerte Häuserzeile und die hohen Bäume. Hier würde niemand direkt in ihr Schlafzimmer schauen können.

Das Haus befand sich im mittleren Abschnitt des Straßenzugs. Das Treppenhaus wirkte sehr ruhig, jedoch nicht so erdrückend wie in dem Haus in Töölö. In einem der oberen Stockwerke hörte man ein kleines Kind weinen. Ein Hund bellte. Die Eingangshalle war hellgelb gestrichen. Die Wände waren sauber, nur auf dem Fußboden sah man ein paar Fußspuren. Es gab Leben hier, stellte Leeni zufrieden fest. Sie sah sich die Tafel mit den Namen der Hausbewohner an und fand im zweiten Stock den Namen Aaltonen.

Als sie die Treppe hinaufging, hallte das Geräusch ihrer Schritte wider, es hatte den Anschein, als würde außer ihr noch jemand hinaufsteigen. Forsman, schoss es ihr in den Kopf. Forsman stieg neben ihr die Treppe hinauf. Wer sonst hätte das alles so organisieren können?

Beim Öffnen der Wohnungstür empfing sie eine kühle Leere. Das hier ist keine Wohnung, das ist ein Hotel, dachte sie. Ein Ort, an dem Gäste auf Zeit untergebracht werden.

Rechts vom Flur befand sich das Schlafzimmer, auf dessen breitem Bett eine braun karierte Steppdecke lag. Das Fenster verhüllte ein Rollo mit braunem Muster. Drei von vier Schränken waren leer. Einer enthielt ein paar Laken und ein paar einfache Bettbezüge. Neben dem Bett stand ein niedriger Nachttisch, und an der Wand waren zwei Leselampen mit glockenförmigen Schirmen angebracht. Es fehlten nur die obligatorische Preisliste und die Drinks für die Minibar.

Gleich neben dem Schlafzimmer befand sich die Küche mit einem Tisch und vier Stühlen aus Kiefernholz. Auf der Arbeitsplatte standen eine Mikrowelle und eine Kaffeemaschine, daneben eine ungeöffnete Packung Kaffee. In einem Wandschrank war das nötigste Geschirr verstaut. Der Kühlschrank war leer, der Stecker herausgezogen. Leeni steckte ihn ein, und der Kühlschrank fing an zu brummen. Das Geräusch war heimelig, und Leeni fühlte sich sogleich besser. Bevor sie Ami abholte, musste sie einkaufen gehen.

Das Beste an der Wohnung war das geräumige Wohnzimmer, von dem eine Tür auf den Balkon führte. Vor dem breiten Fenster war eine Jalousie heruntergelassen, sodass trotz der Tageszeit ein dämmriges Licht herrschte. Neben der Tür stand ein halb leeres Bücherregal. Die Bücher darin wirkten funkelnagelneu. Ein mit Gobelinstoff bezogenes Sofa und zwei Sessel waren um einen Couchtisch aus Glas platziert. In einer Ecke des Zimmers thronte ein Fernseher auf einem Fonowagen.

Es war alles sehr leblos, aber Leeni empfand es in gewisser Weise als Erleichterung. Niemand schien sie hier zu beobachten, sie könnte ganz sie selbst sein. Ami könnte ihre Spielsachen auf dem Fußboden ausbreiten, ohne dass jemand Anstoß daran nahm. Leeni selbst würde der Wohnung die Individualität geben, die ihr fehlte. In ihrer Fantasie sah sie auf dem Couchtisch eine kleine Decke und darauf eine Vase mit gelben Tulpen. Für das Regal würde sie Kinderbücher kaufen und für die Wand ein großes Bild.

Ihr Wohlbefinden nahm zu, als sie das Bad sah, das genau so war, wie sie es sich gewünscht hatte. Die Wände waren blau gekachelt, und die Duschwanne glänzte blütenweiß. Auf dem Boden lag eine dicke, hellblaue Matte. Der WC-Deckel war in derselben Farbe bezogen. Nur die goldfarbenen Hähne fehlten, aber die hatte sie auch nicht ernsthaft erwartet.

Beim Blick in den Spiegel sah Leeni ein junges Gesicht, das von ausgebleichten Haaren umrahmt war. Sie versuchte sich auszumalen, wie sie mit frischem Make-up und einer neuen Frisur aussehen würde. Sie stellte sich neue Kleider vor, einen

Besuch bei der Kosmetikerin, roch Parfüms und wohl riechende Cremes und lächelte ihr Spiegelbild an.

Hinter ihr nahm Forsman als Schatten Gestalt an, und ihr Wohlbefinden verflüchtigte sich. Die Wohnung war am einunddreißigsten August reserviert worden, fiel ihr plötzlich ein.

War sie in eine Falle getappt?

In dem grellen elektrischen Licht wirkten die Kacheln kalt wie Beton.

Der cremefarbene Mercedes wartete an der Kreuzung auf das Umspringen der Ampel. Es war lange rot, und der Fahrer trommelte nervös aufs Lenkrad. Er wollte einfach nur fahren, ohne anzuhalten, auch nicht um einen Fahrgast aufzunehmen. Das Fahren reizte ihn am allermeisten, am liebsten mit hundertfünfzig auf der Autobahn. Auf den langen Geraden im Norden fuhr er manchmal zweihundert.

Das machte die Unruhe, die er neuerdings ständig verspürte. Es spannte und zwickte ihn, als hätte er seine Unterhosen falsch herum an. Er stritt mit Fahrgästen. Ein paar Tage zuvor hatte er eine wichtig aussehende Geschäftstante rausgeschmissen, weil sie die ganze Zeit gemeckert hatte, er würde die falsche Strecke fahren.

Es wurde grün, und die Wagenschlange setzte sich in Bewegung. Joni bog rechts ab und gab Gas. Dabei blickte er zerstreut umher, um potenzielle Fahrgäste zu entdecken, obwohl er im Innersten hoffte, dass niemand ein Taxi brauchte.

Die Frau und das kleine Mädchen gingen auf dem Bürgersteig der anderen Straßenseite. Die Frau hatte ein Blumenpaket in der Hand. Sie trug eine hellblaue Steppjacke und Leinenhosen. Die blonden Haare fielen ihr ins Gesicht, und sie strich sie zur Seite. Das Kind sah seine Mutter an und redete eifrig auf sie ein.

Der Mercedes machte eine gewagte Kehrtwende und fuhr

mit quietschenden Reifen vor die beiden an den Straßenrand. Joni ließ das Fenster herunter und rief:

»Hey! Wo wollt ihr denn hin?«

Leeni blickte sich um. Sie lächelte erleichtert, als sie das Auto und dessen Fahrer erkannte. In ihrem Lächeln lag auch ein Hauch Selbstgewissheit, gerade so, als hätte sie gewusst, dass sie diesen Mann eines Tages wiedersehen würde.

»Du? Irgendwie hatte ich das Gefühl, dass wir uns noch einmal über den Weg laufen.« Sie setzte Ami auf den Rücksitz und nahm neben Joni Platz. Das gefiel ihm. Eigentlich gefiel ihm alles an ihr, sogar die kurzen Beine. Was hatte das schon für eine Bedeutung, wenn alles andere passte!

»Wir müssen ins Krankenhaus, da könntest du uns hinbringen«, sagte Leeni. Sie suchte in ihrer Handtasche nach einer Bürste, strich sich damit die Haare glatt und band sie schließlich mit einem blauen Band zusammen.

»Warum nicht«, antwortete Joni, obwohl er wusste, dass sein Chef es nicht mochte, wenn er so viele unbezahlte Kilometer fuhr. Aber dieser Frau konnte und wollte er nichts abschlagen.

»Ich zahle natürlich«, sagte sie, als hätte sie seine Gedanken erraten.

»Auf keinen Fall. Du brauchst nicht zu bezahlen«, wehrte Joni ab. Doch sie bestand darauf und schob ihm schließlich zwei Scheine in die Tasche, sodass er gezwungen war, das Taxameter anzuschalten. Er hatte von Anfang an das Gefühl gehabt, dass sie Charakter hatte.

Der Mercedes hatte erneut die Richtung gewechselt und sauste jetzt über den Westzubringer auf den inneren Autobahnring zu. Er wechselte die Spur und überholte, als wollte er seine Stärke gegenüber den anderen Autos demonstrieren. Die Strecke war länger als durch die verstopfte Innenstadt, aber diese Frau fing nicht an zu diskutieren, und Joni rauschte weiter über die Autobahn.

»Warum fahrt ihr in die Klinik?«, fragte er. »Deine Tochter ist doch nicht krank geworden?«

»Nein.« Leeni blickte nach hinten, um sich zu versichern, dass Ami nichts fehlte. »Wir besuchen eine Verwandte. Sie ist eigentlich im Altersheim, aber als ich dort anrief, hieß es, sie sei ins Krankenhaus eingeliefert worden. Sie hatte plötzlich starke Bauchschmerzen. Verdacht auf Darmverschluss.« Sie biss sich zögernd auf die Lippen. »Ich fühl mich deswegen nicht besonders wohl. Ich hätte sie schon früher besuchen müssen. Jetzt ist es schwer, ihr zu sagen …«

Verstohlen blickte Joni auf Leenis Profil. Sie wirkte besorgt. Ihre Miene war verkrampft und ihre Arme fest verschränkt.

»Was wolltest du ihr erzählen?«

»Dass sie kein Haus mehr hat, und auch sonst nichts mehr«, entgegnete Leeni. »Aber lass uns ein andermal darüber reden.« Sie wies mit einer Kopfbewegung auf das Mädchen, das angeschnallt auf dem Rücksitz saß und gerade nach vorne schaute.

Ein andermal, wiederholte Joni bei sich. Das gefiel ihm, das hieß, sie wollte ihn wiedersehen.

»Was machst du eigentlich so?«, fragte er neugierig.

Sie lachte auf und sah ihn schelmisch an. »Du bist vielleicht neugierig. Aber trotzdem nett. Ich glaub, ich mag dich ein bisschen …«

»Ich dich auch. Wenn wir nicht im Auto sitzen würden, würde ich den Arm um dich legen«, beeilte sich Joni zu versichern. »Beziehungsweise wenn wir nicht fahren würden. Aber du hast noch nicht auf meine Frage geantwortet, oder willst du nicht?«

Wieder biss sie sich auf die Unterlippe. »Ich mach zurzeit gar nichts«, sagte sie schließlich. »Ich war Sekretärin im Verkauf bei einer IT-Firma, bin aber rausgeschmissen worden. Lass uns nicht mehr darüber reden.«

»Das ist aber geheimnisvoll«, sagte Joni. »Aber deinen Namen wirst du mir verraten.«

»Leeni Ruohonen. Und mein Mädchen heißt Ami.«

»Ich heiße Joni Rautemaa und habe kein Mädchen, falls du nicht meins wirst.«

Die Frau lachte amüsiert. »Schauen wir mal.«

Der Verkehr auf dem Ring war fließend, und das Taxameter tickte. Das wird eine teure Fahrt, dachte Joni, aber aus irgendeinem Gefühl heraus war er sicher, dass Leeni genug Geld hatte. Sie wirkte zart, und trotzdem schien sie über ungeheure Kräfte zu verfügen. Das ist eine von denen, bei denen man behutsam vorgehen muss, dachte er bei sich. Man darf sie nicht überrennen. Wie aus Versehen streifte er ihren Oberschenkel, als er einen anderen Radiosender einstellte. Sie reagierte nicht weiter darauf, doch das leichte Beben ihrer Lippen ließ Joni wissen, dass sie die Berührung als angenehm empfunden hatte.

Der Motor schnurrte gleichmäßig und sanft. Auf der Rückbank hatte Ami die Augen geschlossen, ihr Kopf war leicht zur Seite gesunken. Joni begann zu erzählen, wie er am Sonntag zuvor am Flughafen gewartet hatte, um Leeni abzuholen. Wieder lachte sie. Sie war geschmeichelt, da Joni sich wegen ihr so viel Mühe gemacht hatte. Aber mehr sagte sie nicht. Erst als er fragte, wohin sie damals verschwunden war, erzählte sie von den Polizisten, die sie verhört hatten.

»Von ihnen erfuhr ich, dass unser Haus bis auf die Grundmauern abgebrannt war. Das war ein entsetzlicher Schock. Ich konnte es einfach nicht begreifen. Zum Glück war Ami so müde, dass sie nicht kapierte, worum es ging. Sie fragt mich die ganze Zeit, wann wir endlich nach Hause gehen, und ich muss ihr vorlügen und mir irgendwelche Ausreden einfallen lassen. Hoffentlich wird sie das Haus bald vergessen.«

»Du aber anscheinend nicht?«

»Nein. Ich werde es nie vergessen.«

Auf ihrem Gesicht machte sich eine seltsam starre Miene breit. Sein Vater hatte einmal so ausgesehen, erinnerte sich Joni. Er war noch sehr klein gewesen, vielleicht vier, und hatte von der Tür aus gesehen, wie sein Vater vor dem Spiegel im Flur stehen blieb und sein Spiegelbild anschaute. Sein Gesichtsausdruck war der gleiche gewesen wie der von Leeni. Und plötzlich hatte er einen Schuh genommen und den Spiegel zerschlagen.

Joni streckte die Hand aus und drehte das Radio lauter. Er hatte lange nicht mehr an den Vorfall gedacht. Die Erinnerung war unangenehm, so, als sei auch er von dem Schuh geschlagen worden.

Paula war mit dem Zug nach Tikkurila gefahren und ging nun zu Fuß vom Bahnhof zur Ortsmitte. Unterwegs sah sie sich die Schaufenster an. Ein Elektrogeschäft, ein Schuhgeschäft, ein Blumenladen. Für die neue Wohnung müsste sie sich noch ein paar Topfpflanzen kaufen, dachte sie, als sie das farbenprächtige Schaufenster bewunderte. Pflegeleichte Grünpflanzen, die man nicht allzu oft gießen musste. Paula hatte alles andere als einen grünen Daumen. Sie hatte einmal einen Kaktus gehabt und es tatsächlich fertig gebracht, ihn vertrocknen zu lassen.

Nachdem sie das überdimensionierte Rathaus passiert hatte, überquerte sie die Straße und gelangte in eine breite Fußgängerzone, die von Bänken und Bogenlampen gesäumt wurde. Überall sah man neue, relativ protzige Bauten, und Paula fragte sich unweigerlich, was man dafür abgerissen hatte. Sie ging bis zum anderen Ende der Fußgängerzone und blieb an einer Ampel stehen. Vor ihr tauchte der Markt mit seinen bunten Ständen auf.

Das Lokal, in das Tane Toivakka sie eingeladen hatte, befand sich in einer Passage am Rande des Marktplatzes. Es war schon von weitem an dem Schild zu erkennen, das für das

Mittagsgericht des Tages warb. Toivakka war nirgends zu sehen, obwohl er versprochen hatte, vor dem Lokal zu warten.

Zögernd trat Paula ein.

Um diese Tageszeit war das Lokal voller Leute, die zu Mittag aßen, und der Tresen war geschlossen. Wer es eilig hatte, holte sich seine Mahlzeit von einem der blinkenden Servierwagen und setzte sich zum Essen auf einen der Barhocker. Der Bereich mit den rosa Tischdecken im hinteren Teil des Raumes war für diejenigen reserviert, die Zeit hatten, ihr Mittagessen zu genießen, und es sich leisten konnten, dafür zu bezahlen. Paula wunderte sich, als sie merkte, dass Tane an einem der Tische auf sie wartete.

Er saß ganz hinten, hatte ein halb volles Bierglas vor sich stehen und winkte Paula zu sich. Noch bevor sie saß, hatte Tane ihr auch ein Bier bestellt.

Taneli »Tane« Toivakka war groß und kräftig wie ein Rugbyspieler. Seine lockigen Haare und das prächtige Kinn verstärkten diesen Eindruck noch. Er fing kein Mittagessen ohne Bier an, eigentlich trank er nie etwas anderes. Als er Paula erblickte, machte er sich nicht die Mühe, aufzustehen, seine Höflichkeit beschränkte sich darauf, mit dem Fuß Paulas Stuhl etwas vom Tisch wegzuschieben.

Sie tauschten die üblichen Neuigkeiten aus, und Tane drückte sein Beileid über den Tod von Paulas ehemaligem Lebensgefährten aus. Paula hatte das Gefühl, als wolle er mehr hören, aber sie hatte nicht die geringste Absicht, sich in die Vergangenheit zu begeben.

Das Bier war ihr zu dunkel, es schmeckte bitter. Sie schob das Glas zur Seite: »Du kannst dir sicherlich denken, warum ich dich treffen wollte?«

Tane grinste, wobei er eine kräftige gelbliche Zahnreihe entblößte. »Ich wünschte, ich könnte sagen, dass es mit meiner Anziehungskraft zu tun hat, aber ich fürchte, der Grund ist wesentlich trauriger. Beziehungsweise die Gründe. Der

Brand und der Mord. Nichts regt die Fantasie von Journalisten mehr an.«

Durstig trank Tane sein Glas leer und wischte sich den Mund mit der Serviette ab. Paula wartete darauf, dass er endlich nach der Speisekarte greifen würde, aber er bestellte sich zunächst noch ein Bier. Er schien es wirklich nicht eilig zu haben.

Der Brand und der Mord. Natürlich interessierte das Paula, aber in erster Linie wollte sie etwas über den Bebauungsplan erfahren, auf den Eeva Kujansuu undeutlich angespielt hatte. Vor allem, da ihr Mann Aaro eindeutig nicht darüber reden wollte. Paula hatte Tane angerufen, weil sie gedacht hatte, er wüsste Genaueres über diese Sache. Er wohnte in Tikkurila und hatte vor seinem Wechsel zu den *Spitzenmeldungen* mehrere Jahre für das dort ansässige Lokalblatt gearbeitet.

»Weißt du eigentlich etwas über einen Bebauungsplan für das Gelände?«, fragte sie, nachdem sie zweimal widerwillig an ihrem Bier genippt hatte.

Tane lachte verwundert auf. »Ohoo, du bist aber fleißig gewesen. Da habe ich gleich eine Gegenfrage: Was weißt du denn darüber?«

»Sehr wenig. Nur ein bisschen aus dritter Hand, und ich weiß nicht, ob ich mich darauf verlassen kann.«

»Leider glaube ich nicht, dass zurzeit irgendjemand mehr hat als Informationen aus dritter Hand«, entgegnete Tane und kratzte sich das Kinn.

»Jemand hat mir erzählt, auf dem Gebiet sei eine Siedlung mit Einfamilienhäusern geplant gewesen, aber dann sei etwas dazwischengekommen.« Über den Rand ihres Glases hinweg sah Paula Tane fragend an.

Dieser zuckte mit seinen breiten Schultern. »Etwas dazwischengekommen, ist gut gesagt. Soviel ich weiß, waren tatsächlich Einfamilienhäuser geplant, aber letzten Winter wurden Stimmen laut, man solle ein Gewerbegebiet in die Gegend setzen. Man müsse nur Kundenströme, die von Lahti her über den äußeren Ring laufen, über das Osttor von Vantaa leiten, dann wäre das Einkaufszentrum Ost in Helsinki bald nur noch ein Kiosk.«

»Und was geschah dann?«

Die gelbe Zahnreihe blinkte auf. »Nichts.«

»Nichts?«

»Genau. Auf einmal wurde der Flächennutzungsplan von der Tagesordnung genommen, und die Kommunalverwaltung beschloss, eine Verkehrsanalyse und eine Umweltverträglichkeitsprüfung für das Gebiet vornehmen zu lassen.«

»Offenbar hat jemand in dieser Phase herausgefunden, dass zumindest ein Haus in der Gegend unter Denkmalschutz stand«, meinte Paula.

»Entweder das, oder jemand begriff, wie extrem ungünstig das Haus für das Bauprojekt lag. Selbst wenn man alle anderen Häuser hätte kaufen und dem Boden gleichmachen können, hätte das Haus von der alten Kanerva stehen bleiben müssen, im schlimmsten Fall mitten auf dem Parkplatz des Einkaufszentrums. Auf jeden Fall genauso störend wie ein Pickel auf der Nasenspitze.«

»Aber jetzt haben sich die Voraussetzungen geändert.«

»Genau. Das Haus existiert nicht mehr.«

Der Kellner kam an den Tisch, um ihre Bestellung aufzunehmen. Tane nahm ein Rindersteak vom Brett und wechselte zu einer anderen Biermarke. Nach langem Überlegen entschied sich Paula für Knoblauchhuhn mit Salat und begnügte sich mit Mineralwasser. Das Lokal war fast voll und das Stimmengemurmel so laut, dass sie sich hätten anschreien können, ohne dass jemand davon Notiz genommen hätte. Dennoch blickte sich Paula um, bevor sie fragte:

»Glaubst du, einer von den hohen Tieren in der Stadt steckt hinter dem Brand?«

Wieder zuckten Tanes mächtige Schultern. »Ganz so weit würde ich nicht gehen, aber es scheint mir immerhin möglich, dass jemand ein persönliches Interesse an der Sache hat. Im Prinzip kann das fast jeder sein. Ein Bauunternehmer, der auf ein dickes Geschäft wartet, ein Zulieferer, der sich gute Verträge erhofft, ein Investor, der Berechnungen über die unendlichen Kundenströme angestellt hat ... Es kann auch ein Knallkopf sein, der alte Häuser hasst. Oder der Eigentümer des Hauses, mit einer hohen Feuerversicherung und mangelndem Bargeld.«

»Das stimmt«, seufzte Paula. »Alles ist möglich.«

Tane beugte sich vor und umklammerte sein Bier. Während er sprach, schaute er forschend auf den Grund des Glases. Die Säcke unter seinen Augen verrieten, dass er nicht selten etwas tiefer ins Glas schaute.

»Das Interessanteste an dem ganzen Theater ist, dass der Stadt das Gelände gar nicht gehört.«

Als Paula den Mund aufmachte, fügte er eilig hinzu: »Frag mich nicht, wem es gehört. Ich weiß es nicht. Auf jeden Fall jemand, der den Jackpot gewinnt, falls das Gewerbegebiet oder das Einkaufszentrum wirklich gebaut wird. Ich kann nur sagen, schade, dass ich es nicht bin. Dann würde ich mit meiner Alten zwei Wochen in den Süden fahren und in Saus und Braus leben. Tja, ... Meine Karriere scheint allmählich ihren Höhepunkt erreicht zu haben, und wir alle wissen ja, wie es danach weitergeht.« Er leerte das Bierglas mit einem langen Schluck.

Der Kellner brachte das Essen. Tane bestellte sich noch etwas zu trinken und wartete ab, bis er das volle Glas vor sich stehen hatte, bevor er sagte: »Was mich an der Geschichte am meisten fasziniert – wenn man das so sagen darf –, das ist die arme Sau, die in den Trümmern gefunden wurde.«

»Mich auch«, stimmte Paula zu. »Niemand von denen, mit denen ich gesprochen habe, weiß, wie und warum der Mann ins Haus gekommen ist.« Sie schob sich ein Stück von dem knusprig gebratenen Knoblauchhuhn in den Mund, das so köstlich war, dass ihr ein Schauer über den Rücken lief. Als sie zu Ende gekaut hatte, sagte sie: »Allmählich habe ich das Gefühl, als wäre der Mann nur zufällig vorbeigekommen und hätte beim Anblick des leeren Hauses beschlossen, die Gunst der Stunde zu nutzen. Vielleicht um etwas zu stehlen, vielleicht um eine Nacht in sauberer Bettwäsche zu schlafen. Wahrscheinlich hatte er mit dem Brand überhaupt nichts zu tun, außer dass er zufällig zur falschen Zeit am falschen Ort war. Kein Grundstück ist so wertvoll, dass jemand dafür andere Leute umbringen würde.«

Tane hatte den Mund voll und begnügte sich mit einem seltsam schiefen Lächeln, das besagte, dass sie zu leichtgläubig für diese schlechte Welt war. »Ich habe einen Kontaktmann bei der Polizei, der mir erzählt hat, der Tote sei kein Penner gewesen. Es war gerade noch genug von ihm übrig, dass man sagen konnte, dass er zwischen sechzig und siebzig Jahre alt war. Er trug eine teure Uhr. Also keiner, der sofort einbricht, wenn er ein leer stehendes Haus sieht, und sich darin häuslich niederlässt. Deshalb interessiert mich der Mann auch.«

»Wusste dein Kontaktmann auch, wie der Unbekannte umgebracht wurde?«

»Das wusste er, aber ich habe ihm versprochen, es keiner lebendigen Seele zu verraten, bevor die Polizei es bekannt gegeben hat.«

Paula hob zwei Finger und schwor, es niemandem zu erzählen. Zugleich warf sie Tane ihren flehendsten Blick zu. »Du weißt doch, dass du mir vertrauen kannst.«

Tanes breiter Brustkorb hob sich, als er tief seufzte.

»Der arme Kerl ist zuerst übel zusammengeschlagen und anschließend erwürgt worden«, sagte er. »Keine besonders angenehme Art zu sterben.«

»Nein«, stimmte Paula zu und schob ihren Teller zur Seite. Das Essen schmeckte ihr nicht mehr. »Ich finde die ganze Geschichte überaus unangenehm.«

Alle vier Betten im Zimmer waren belegt. Eine Patientin vertrat sich gerade die Beine, die anderen lagen auf dem Rücken und starrten an die Decke. Bei allen verlief ein Schlauch vom Handgelenk zu einem Infusionsbeutel, der neben dem Bett hing. Die warme, leicht stickige Luft roch nach einer Mischung aus Körperdünsten und Desinfektionsmittel.

Leeni trat zögernd an das Bett ihrer Tante. Wie viel musste sie ihr sagen? Was konnte sie ihr erzählen, ohne dass sie allzu schockiert wäre? Oder war sie schon informiert worden? Lag sie deswegen hier?

Milja Kanerva war gerade beim Friseur gewesen. Ihre grauen Haare waren geschnitten und hatten eine frische Dauerwelle bekommen. Die tropfenförmigen Ohrringe hatte man ihr abgenommen. Ihr Gesicht sah faltiger als gewöhnlich und angespannt aus. Sie machte den Eindruck, als halte sie die Luft an. Als sie bemerkte, dass jemand neben dem Bett stand, drehte die Kranke den Kopf.

Leeni ergriff die schlaffe Hand ihrer Tante und drückte sie leicht. »Wir sind's, Leeni und Ami«, sagte sie und zog das widerwillige Mädchen zum Bett.

»Leeni!«, freute sich die Tante. »Du bist gekommen. Mir tut der Bauch so weh.« Sie atmete ein paar Mal schwer.

Leeni packte die Blumen aus. Die drei dunkelroten Rosen leuchteten in der gedämpften Atmosphäre des Raumes. Sie nahm eine Vase vom Waschbeckenrand und arrangierte die Blumen darin. »Ich hab dir ein paar Blumen mitgebracht, Tante Milja«, sagte sie, als sie die Vase auf den Nachttisch stellte.

»Du und Ami … ihr kommt mich besuchen. Kommt einen alten Menschen besuchen.« Die Tante versuchte den Kopf zu heben, hatte aber nicht die Kraft dazu. »Die lassen einen hier verhungern«, flüsterte sie. »Geben einem nichts als Wasser. Bring mich nach Hause …«

»Du wirst noch operiert«, erklärte Leeni. »Deshalb bist du hier und nicht daheim. Du kommst sicher bald raus.«

»Ich bin so müde«, seufzte die Kranke und faltete die Hände über der Decke. »Wie geht es dir und Ami? Ist daheim alles in Ordnung?«

Jetzt, dachte Leeni, war jedoch nicht in der Lage, etwas zu sagen. Es war am besten, ihrer Tante von dem Brand zu berichten, wenn sie wieder gesund wäre, beschloss sie. Allerdings gab es bestimmte Formalitäten, die erledigt werden mussten. Auch mit der Versicherung musste sie Kontakt aufnehmen. Wieder ergriff sie die Hand der kranken Frau. Ihre Haut war trocken und runzelig wie Krepppapier, und sie ärgerte sich, dass sie keine Hautcreme dabeihatte.

»Ich muss mich um ein paar Dinge kümmern, solange du im Krankenhaus bist, Tante Milja«, sagte Leeni. »Aber ich weiß nicht, wo du deine Papiere aufbewahrst. In einem Schließfach?«

»Die Papiere?« Ihre Augen irrten umher, auf der Suche nach einer Antwort. »Im Schlafzimmerschrank«, sagte Milja Kanerva schließlich. »Zwischen den Kleidern versteckt.«

Natürlich. Im Schlafzimmerschrank, wo sie mitsamt dem Schrank verbrannt waren. Da kann man nichts machen, dachte Leeni und fing an, ihrer Tante von der Reise nach Griechenland zu erzählen. Ami fügte ihre eigenen Kommentare hinzu. Der Blick der Tante begann wieder umherzuirren, und plötzlich verzog sich ihr Gesicht vor Schmerz. Leeni wollte schon aufstehen, als die Kranke sie fest am Handgelenk packte.

»Du musst dich darum kümmern!«, befahl sie. Die runzligen Finger hielten Leenis Hand hart umklammert.

»Worum? Um die Schadensmeldung?«, rutschte es Leeni heraus. Hatte die Tante doch von dem Brand erfahren?

Milja Kanerva lockerte ihren Griff und sank schlaff auf das Kissen zurück. Nach dieser Kraftanstrengung atmete sie schwer. Dann murmelte sie etwas, aber so undeutlich, dass Leeni kein Wort verstand. Sie beugte sich vor, um ihre Tante besser hören zu können.

»Ich will nicht …«, murmelte die Kranke. »Du musst dafür sorgen …« Sie wirkte aufgeregt, als wäre die Angelegenheit von großer Bedeutung für sie. Wichtiger als der Schmerz, der in ihr wühlte.

Leeni starrte ihre Tante irritiert an. Worum sollte sie sich kümmern? Ihr fiel nichts anderes ein als die Formalitäten, die mit dem Brand zu tun hatten, aber das schien ihre Tante nicht zu meinen. Zu allem Überfluss hatte sie jetzt auch noch die Augen geschlossen und offenbar nicht mehr die Kraft, zu sprechen.

»Wir müssen die Tante jetzt schlafen lassen«, flüsterte Leeni ihrer Tochter zu, und sie standen auf. Sie waren gerade auf dem Weg zur Tür, als sie die Tante hinter sich flehen hörten:

»Denk daran … ich hab darum gebeten … es muss in Ordnung gebracht werden …«

Eine Krankenschwester mit einem Gesicht wie ein Eichhörnchen und struppiger Dauerwelle war in der Zwischenzeit eingetreten, um bei der Nachbarpatientin die Infusion zu wechseln. Jetzt folgte sie Leeni auf den Gang und teilte ihr mit, dass ihre Tante nicht sofort operiert werden würde, man wolle vielmehr abwarten, ob sich ihr Magen von selbst beruhigte. »Morgen entscheiden die Ärzte, ob sie entlassen oder operiert wird.«

Leeni fragte die Schwester, ob ihre Tante ihr etwas von einem Problem erzählt hatte, das in Ordnung gebracht werden musste, doch die Schwester wusste von nichts. Angeblich hatte die Patientin von nichts anderem gesprochen als von der Enkelin ihres Bruders und deren kleiner Tochter. Von einem Brand schien sie nichts zu wissen. Auch die Schwester war der Meinung, es sei besser, die Kranke nicht mit einer solchen Nachricht zu beunruhigen. Leeni gab der Frau für alle Fälle ihre Handynummer und ging mit Ami zum Aufzug.

Die Worte der Tante hallten noch immer in ihren Ohren nach, aber so sehr sie auch nachdachte, sie kam einfach nicht darauf, ihr fiel einfach nichts ein, was die alte Dame gemeint haben könnte. Schließlich begnügte sich Leeni mit der Vermutung, dass es etwas mit dem Altersheim zu tun hatte. Vielleicht tropfte der Wasserhahn im Bad, und niemand hatte sich darum gekümmert, obwohl sie darum gebeten hatte. Hier lag bestimmt der Grund für ihre Besorgnis.

Leeni drückte auf den Knopf, und der Aufzug fuhr ins Erdgeschoss. Sie müsste die Heimleitung anrufen und sich versichern, ob alles in Ordnung war.

Der Mercedes wartete vor dem Haupteingang der Klinik. Joni saß in lässiger Haltung am Steuer und hörte mit geschlossenen Augen Musik. Sieht nicht schlecht aus, stellte Leeni beim Blick auf die Gesichtszüge des Mannes fest. Er hat den gleichen Mund wie der Typ in *Titanic.*

Nach Vesa hatte sie sich von keinem Mann mehr anfassen lassen. Jede Zärtlichkeit war ihr zuwider gewesen, und sie hatte die Gesellschaft von Männern gemieden. Dieser Taxifahrer aber war anders. Er behandelte Leeni wie einen Menschen und nicht wie ein Beutetier, das auf der Stelle erlegt werden musste.

»Und, wie war's? Hast du deiner Tante erzählt, dass sie

kein Zuhause mehr hat?«, fragte Joni, nachdem Leeni auf dem Beifahrersitz Platz genommen hatte. »Hast wohl gekniffen?«

»Stimmt. Ich konnte es ihr einfach nicht sagen, so sehr ich es auch versucht habe. Das macht jetzt aber auch nichts. Meine Tante ist in einem so schlechten Zustand, sie könnte jetzt sowieso nicht hingehen. Da kann man sie auch in dem Glauben lassen, dass das Haus noch steht.«

»Man muss nicht immer alles wissen«, sagte Joni, während er den Wagen auf die Straße nach Tikkurila steuerte. »Wenn ich entscheiden müsste, ob mir jemand die hässliche Wahrheit oder eine schöne Lüge erzählt, würde ich mich für die Lüge entscheiden. Das tut viel weniger weh.«

Leeni wollte schon widersprechen, da fiel ihr das Geld ein, das sie in der neuen Wohnung im Schrank versteckt hatte. Als die Polizisten sie nach dem Brand gefragt hatten, hatte sie sich ahnungslos gestellt. Sie hätte von Forsman und dem Geld erzählen können, doch sie hatte geschwiegen, und schweigen war dasselbe wie lügen.

»Du brauchst kein schlechtes Gewissen zu haben, das hilft dir gar nichts.«

Leeni sah Joni erschrocken an. Wusste er von dem Geld?

Er lachte. »Ich kenne dein Geheimnis nicht, ich hab nur vermutet, dass dich was bedrückt, weil du so bekümmert aussiehst.« Er tätschelte Leeni leicht den Oberschenkel. »Lass uns mal ins Kino gehen. Wir gucken uns was Lustiges an, was dich zum Lachen bringt. Du bist viel zu ernst.«

Joni fuhr Leeni und Ami nach Hause, drängte sich aber nicht weiter auf. Leeni freute sich, als er um ihre Telefonnummer bat. Sie schrieb ihre Nummer auf den Quittungsblock. Joni riss das Blatt ab und steckte es in die Innentasche seiner Jacke. Die Vorstellung, wie sein Herz gegen ihre Telefonnummer schlug, stimmte sie fröhlich.

Paula und Tane verließen gemeinsam das Restaurant. Auf der Straße murmelte Tane allerdings, er müsse noch bei einem Freund vorbei. Ihre Wege trennten sich, und er verschwand im Einkaufszentrum. Paula machte sich auf den Weg zum Bahnhof.

Als sie die Kielotie erreicht hatte, blieb sie stehen. Anstatt die Straße zu überqueren und geradeaus weiterzugehen, bog sie nach links, in Richtung Norden ab. Als sie den Namen Kielotie – Maiglöckchenstraße – zum ersten Mal gehört hatte, hatte sie sich eine geschlängelte Straße vorgestellt, die durch einen Wald aus Birken führt, unter dessen Bäumen sich ein Maiglöckchenteppich ausbreitet.

Tatsächlich war die Straße jedoch breit und gerade und von Gebäuden gesäumt, von denen eines trister aussah als das andere. Trostlose Behörden wechselten sich ab mit wenig einladenden Geschäften. Die Autos drängten sich auf den asphaltierten Parkplätzen wie Schlachtvieh. Das Polizeipräsidium befand sich am anderen Ende. Es zeichnete sich durch dieselbe eintönige Betonarchitektur aus wie die anderen öffentlichen Gebäude entlang der Straße. Ein instinktives Schuldgefühl überkam Paula, als sie das Polizeirevier betrat. Innerlich blitzte die Angst auf, nie wieder herauszukommen.

Ein junger Wachtmeister mit roten Wangen schaute sie über die Theke hinweg freundlich an. Paula wollte sich gerade nach Kankaanpää erkundigen, da ging die Tür auf, und ein blonder Mann mit breiten Schultern und dem aufrechten Gang eines Sportlers trat ein. Paula war Kankaanpää einmal im Zusammenhang mit einer anderen Geschichte begegnet und erkannte den Mann sofort wieder.

»Inspektor Kankaanpää!«, rief sie und eilte ihm nach. »Hätten Sie Zeit für eine kurze Unterhaltung?«

Der Mann drehte sich um, bemerkte Paula und überlegte kurz, bis in seinen Augen ein Zeichen von Wiedererkennen aufblitzte. Er gab sich nicht die Mühe zu lächeln, sondern nickte nur.

»Ich schreibe für *Glück* einen Artikel über diesen Brandfall«, sagte Paula leicht außer Atem. »Ich würde Sie gerne etwas fragen. Es dauert nur eine Minute.«

Kankaanpää überlegte. Er war einer von denen, die einen unverwandt ansahen. Hatte man etwas zu verheimlichen, konnte sein Blick unangenehm werden. Auch Paula überkam ein flüchtiges Schuldgefühl, obwohl sie nichts Gesetzeswidriges getan hatte.

»Von mir aus«, stimmte er schließlich zu. »Aber nur ein paar Minuten. Ich habe alle Hände voll zu tun.«

Er führte Paula den Gang entlang zu seinem Büro, das sich mit dem hellen Schreibtisch und den weißen Wänden als überraschend geräumig und freundlich erwies. Er bemerkte Paulas Miene und grinste. »Haben Sie geglaubt, ich bringe Sie in eine Zelle?«

»So was in der Art.«

Der billige Plastikstuhl erzitterte, als Paula sich setzte. Offenbar hatte das Geld nicht mehr für anständige Stühle gereicht.

»Mich interessiert diese Brandstiftung«, fing Paula an. »Besonders interessiert mich der Mann, dessen Leiche in den Trümmern gefunden wurde. Ich habe die Nachbarn interviewt, aber alle behaupten, nichts gesehen zu haben.« Paula holte tief Luft. »Ich würde gerne wissen, was Sie herausgefunden haben. Ist die Identität des Mannes schon bekannt?«

Hinter seinem Schreibtisch nahm Kankaanpää ein Lineal in die Hand und spannte es zwischen seinen Zeigefingern zu einem Bogen. »Welches Interesse verfolgen Sie in dieser Sache?«, fragte er, als er das Lineal losschnellen und laut klappernd auf den Tisch fallen ließ.

»Wie gesagt, ich möchte einen Artikel über den Fall schreiben«, entgegnete Paula leicht gereizt. »Eigentlich sogar zwei.

Im ersten möchte ich die Verbrechen, die begangen wurden, darstellen und die Leser um ihre Hilfe bitten. Der zweite Artikel kommt später, wenn ich mehr weiß. Ich habe nicht vor, mich in die Arbeit der Polizei einzumischen, und werde nichts veröffentlichen, was Sie nicht wollen.« Mit frommer Stimme fügte Paula hinzu: »*Glück* hat immer viel Wert auf eine gute Zusammenarbeit mit der Polizei gelegt.«

»Öffentlichkeit schadet in diesem Fall vielleicht nicht«, stimmte Kankaanpää zu, wobei er erneut das Lineal in die Hand nahm. »Kann sein, dass uns das sogar von Nutzen ist. Je mehr Hinweise aus der Bevölkerung wir bekommen, umso größer sind unsere Chancen, den Fall aufzuklären. Der Mann ...« Kankaanpää machte den Eindruck, als wollte er noch etwas sagen, legte dann aber das Lineal auf die Lippen und schwieg.

»Ist denn niemand entsprechenden Alters als vermisst gemeldet worden?«, fragte Paula.

Kankaanpää grinste. »Alle Hinweise werden überprüft, aber vorläufig haben die Ermittlungen noch zu keinem Ergebnis geführt.«

»Ist das Haus möglicherweise in Brand gesteckt worden, um einen Mord zu vertuschen?«

»Alles ist möglich.«

Obwohl sie schon von Toivakka davon gehört hatte, hielt Paula es für das Beste zu fragen:« Wie ist er umgebracht worden?«

»Das kann ich in der jetzigen Situation nicht sagen«, antwortete der Inspektor steif. Er schien über etwas nachzudenken und fügte kurz darauf hinzu: »Das Einzige, was ich sagen kann ...«

»Ja?«

»In den Trümmern sind Überreste eines kleinen Koffers gefunden worden. Er enthielt Kleidungsstücke, die fast bis zur Unkenntlichkeit verbrannt waren. Es handelte sich jedoch eindeutig um die Kleider eines Mannes. Es ist also möglich, dass der Koffer dem Toten gehörte.«

Die Worte schwebten noch eine Weile im Raum. Paula spürte ihr Interesse erwachen. »Mit anderen Worten, der Mann war von weit her gekommen, denn er hatte Gepäck bei sich. Haben Sie untersucht, ob es sich um einen Verwandten von Milja Kanerva gehandelt hat, dem die alte Dame selbst den Schlüssel gegeben hat?«

Kankaanpää nickte und fuhr fort: »Der arme Kerl kam genau zu dem Zeitpunkt ins Haus, als der Brandstifter auftauchte. Und dieser hat ihn dann umgebracht, weil er keine Zeugen für seine Tat wollte. Ja. Diese Möglichkeit ist uns auch in den Sinn gekommen.«

»Und?«

»Wir sind zu Frau Kanerva gefahren, um mit ihr zu reden, aber sie hatte gerade einen Schlaganfall erlitten und wartete auf den Krankenwagen. Unter diesen Umständen wollten wir sie nicht in Angst und Schrecken versetzen, indem wir ihr von dem Brand erzählten. Wir erkundigten uns lediglich, ob sie Besuch von einem Mann gehabt hatte, aber sie sagte, es habe sie nie jemand besucht, sie sei allein gewesen und niemand kümmere sich darum, ob sie sterbe oder nicht.«

Wieder ergriff Kankaanpää das Lineal und schlug damit wütend auf die Tischkante. Das Leid der alten Frau schien ihn berührt zu haben.

»Und die Nachbarn im Altersheim? Hat von denen niemand einen Mann bei Frau Kanerva gesehen?«

Kankaanpää legte das Lineal auf den Tisch und richtete es sorgfältig auf einer Linie mit der Schreibunterlage aus. Er hatte die kräftigen, stumpfen Finger eines nüchternen und strikten Menschen, mit kleinen, kurz geschnittenen Nägeln. Ein Mann, der keine Flausen im Kopf hat, dachte Paula.

»Frau Kanerva wohnte in einem Zimmer am Ende des Ganges, sie hatte also nur eine Nachbarin«, antwortete

Kankaanpää. »Die konnte sich an keinen fremden Mann erinnern, was natürlich nichts beweist. Eine muntere alte Dame, übrigens. Kochte Kaffee und bot uns dazu einen Schuss Whisky an, was wir natürlich ablehnten.« Zum ersten Mal entwich dem Inspektor so etwas wie ein Lächeln.

Das Telefon klingelte, und Kankaanpää griff zum Hörer. Nachdem er sich gemeldet hatte, bat er den Anrufer, kurz zu warten, und hielt den Hörer mit der Hand zu. »Lassen Sie uns dann sämtliche Hinweise zukommen, falls welche kommen«, sagte er, und Paula begriff, dass das Interview damit beendet war. Kankaanpää wartete, bis sie den Raum verlassen hatte, bevor er das Gespräch wieder aufnahm.

Der Ermordete hatte das Haus vor dem Brand betreten, dachte Paula, als sie auf die Eingangstür zuging. Warum war er gekommen? Wer war er? Und warum war er vor dem Mord misshandelt worden?

Die Wohnung sah bereits anders aus als am Tag zuvor. An der Garderobe hingen Kleider, auf dem Fußboden lagen Amis Spielsachen herum. In der Küche roch es leicht nach Zwiebeln. Es war schon ein bisschen wie zu Hause, dachte Leeni. Zum Abendbrot wärmte sie in der Mikrowelle zwei Karelische Piroggen auf, die sie mit Ami am Küchentisch aß so wie früher auch. Der Fernseher tönte vertraut im Hintergrund.

Plötzlich klingelte das Telefon, und Leeni rannte in den Flur. Joni, dachte sie. Joni ruft an und lädt mich ins Kino ein. Aber als sie ihren Namen sagte, war am anderen Ende Schweigen. Falsch verbunden, dachte Leeni enttäuscht und legte auf.

Der lange Tag mit dem Besuch im Krankenhaus hatte Ami müde gemacht, sie fing an zu quengeln und wollte schlafen. Froh darüber, für eine Weile ihren Gedanken nachgehen zu können, wusch Leeni das Kind und zog ihm das Nachthemd an. Nachdem sie Ami eine Geschichte vorgelesen hatte, deckte sie sie zusammen mit ihrem Teddy, der Barbie und einem roten Spielzeugauto in dem breiten Bett zu. Als dem Kind die Augen zugefallen waren, schloss sie vorsichtig die Schlafzimmertür und schlich ins Wohnzimmer.

Leeni setzte sich auf das Sofa mit dem Gobelinstoff und sah Nachrichten. Lange konnte sie dem Geschehen allerdings nicht folgen. Ungewollt schweiften ihre Gedanken zu Joni, der versprochen hatte, sie ins Kino einzuladen. Ein unbekanntes warmes Gefühl durchströmte sie. Als wäre sie aus dem Winterschlaf erwacht, dachte sie.

Joni hatte ihren Oberschenkel gestreift. Scheinbar aus Versehen, doch Leeni wusste, dass es Absicht gewesen war. Jonis Gesicht, seine Stimme, die Erinnerung an die Berührung flackerten in ihr auf.

Auf einmal wurde ihr bewusst, wie sehr sie den Gedanken genoss, dass ein Mann hinter ihr her war. Dass sie das Objekt der Begierde war. Und dass sie selbst den Augenblick bestimmen konnte, in dem sie sich hingab. Zum ersten Mal seit langer Zeit genoss es Leeni, eine Frau zu sein.

Es läutete an der Tür.

Joni, dachte sie voller Freude. Auf dem Weg in den Flur machte sie kurz vor dem Spiegel Halt. War ihre Frisur in Ordnung? Sie kniff sich in die Wangen, um das Blut zum Zirkulieren zu bringen, und öffnete die Tür.

Ihr Lächeln gefror, und ihre Freude verwandelte sich in Angst. Vergeblich versuchte sie, die Tür wieder zuzuschieben, doch Forsman hatte bereits einen Fuß dazwischen und drückte sie wieder auf.

»Wir sollten uns doch nicht mehr sehen«, sagte Leeni hölzern.

»Sollten wir auch nicht«, gab Forsman zu, »aber es sind Dinge passiert, die sofortige Maßnahmen verlangen.« Sein Blick richtete sich über Leenis Schulter in Richtung Wohnzimmer. »Ich hoffe, du hast keine Gäste.«

»Nein«, brummte Leeni und bereute sofort, die Wahrheit gesagt zu haben.

Der Mann ging direkt ins Wohnzimmer und machte den Fernseher aus. »Wo ist die Kleine?«, fragte er, wobei er sich umblickte.

»Sie schläft.« Leeni wies mit einer Kopfbewegung zum

Schlafzimmer. »Aber was geht dich das eigentlich an?«, fragte sie trotzig, obwohl sie furchtbare Angst hatte.

Forsman setzte sich aufs Sofa und stellte den Aktenkoffer neben sich ab. Er war schwarz und sonderte den Geruch edlen Leders ab. Auch der Kamelhaarmantel, den er aufknöpfte, sah teuer aus.

»Setz dich!«, befahl er. Er redete, als sei er der Hausherr und Leeni nur zu Gast. Aber so war es ja auch, dachte sie, als sie sich vorsichtig auf den Rand des Sessels setzte. Forsman hatte all das hier organisiert. Er hatte sogar die Miete für sie bezahlt. Plötzlich fühlte sie sich klebrig. Im Zimmer war es warm, und Leeni hätte am liebsten die Balkontür aufgemacht. Ihren Gliedern war jedoch alle Kraft entwichen, und sie vermochte nicht einmal sich zu erheben. Was wollte der Mann eigentlich von ihr?

»War der Urlaub angenehm?«, fragte Forsman in gewolltem Plauderton. »Ich nehme an, du hattest mit dem Kind schöne vierzehn Tage.«

Da Leeni nicht antwortete, fuhr er fort:

»Ich wollte dich am Flughafen abholen, um dich über die neue Situation in Kenntnis zu setzen, aber da sah ich die Polizisten und konnte nicht zu dir kommen.« Während er sprach, streichelte er zärtlich über den Koffer, wie über die Haut einer Frau.

»Hast du den Mann umgebracht?«, entfuhr es Leeni.

Die Frage schien Forsman zu amüsieren. »Ich? Seitdem wir unsere kleine Abmachung getroffen haben, bin ich nicht einmal in der Nähe des Hauses gewesen. Ich bin Jurist und kein Pyromane, und erst recht kein Mörder.«

»Wer hat ihn dann getötet? Und warum? Was hat er überhaupt im Haus von meiner Tante gemacht?« Leeni redete sich in Rage, und ihr Mut nahm zu.

Forsman zog ein Zigarettenetui und ein Päckchen Streichhölzer aus der Innentasche.

»Ich schlage vor, du vergisst den Mann«, sagte er, während er sich eine Zigarre anzündete. »Vergessen wir, dass es ihn je gegeben hat, und konzentrieren wir uns auf dich. Hast du seit dem Urlaub deine Tante besucht?«

Leeni nickte.

»War sie bei vollem Verstand?«

»Natürlich. Sie hatte irgendeinen Anfall und wurde ins Krankenhaus gebracht. Sie beobachten sie jetzt ein paar Tage und entscheiden dann, ob sie operiert werden muss oder nicht. Aber sonst war sie wie immer. Nur müder. Warum?«

Leeni redete schnell, um Forsman mit Worten auf Abstand zu halten. Sie war auf der Hut. Er wollte wieder etwas von ihr. Aber sie beschloss, sich auf nichts einzulassen. Selbst wenn er ihr eine halbe Million anböte.

Forsman schien es nicht eilig zu haben. Er paffte seine Zigarre und schien Leenis wachsende Nervosität gar nicht zu bemerken.

»Schöne Wohnung, nicht wahr«, stellte er schließlich fest. »Viel schöner als der Schuppen, in dem du vorher gewohnt hast. Warm genug, und die Wasserleitungen funktionieren. Auch das Kind hat es hier besser.« Seine Augen musterten Leeni unter halb geschlossenen Lidern hervor. »Es war wirklich weitsichtig, dass du sie schon im August reserviert hast.«

Leeni erschrak. »Ich habe nichts reserviert, erst gestern habe ich den Mietvertrag unterschrieben«, verteidigte sie sich.

Forsman streckte die Hand aus und aschte in den gläsernen Aschenbecher. »Die Wohnungsvermittlung Aaltonen ist da anderer Ansicht«, entgegnete er kühl. »Aber sie sind loyal und sagen nichts. Falls nötig sagen sie nur, dass du gestern den Mietvertrag unterschrieben hast, und da ist ja nichts dabei. Wenn allerdings ...« – Forsmans Blick streifte Leeni flüchtig – »... wenn allerdings Probleme auftreten, müssen sie natürlich die Wahrheit sagen.«

Gerade noch war ihr zu warm gewesen, doch nun durchlief Leeni ein kalter Schauer, der sie erzittern ließ. Sie begriff, dass sich die Schnur, mit der Forsman sie gefesselt hatte, immer enger zusammenzog. Der Mann hielt alle Trümpfe in der Hand, und er setzte sie ohne Skrupel ein. Der einzige Trumpf, der Leeni geblieben war, bestand darin, dass sie ihn kannte. Aber diesen Trumpf konnte sie nicht ausspielen, denn Forsman hatte die weitaus besseren Karten.

Forsman ließ seinen Zigarrenstummel in den Aschenbecher fallen und richtete einen starren Blick auf Leeni. »Eine Sache muss möglichst schnell erledigt werden«, sagte er.

Leeni hatte das Gefühl, als zöge sich ihr Herz zu einer Faust zusammen. Sie fürchtete sich davor, zu hören, was Forsman als Nächstes von ihr verlangte.

»Kein Grund zu erschrecken, das ist nur eine Art Sicherheitsmaßnahme, weil der Zustand deiner Tante so unbeständig ist«, beruhigte er sie, während er den Aktenkoffer auf seine Knie legte.

Ihre Tante? Worauf wollte er jetzt hinaus? Was für eine Sicherheitsmaßnahme? Die Fragen flatterten in Leenis Gehirn hin und her. Sie starrte auf die Finger des Mannes, als sie die Verschlüsse des Koffers aufschnappen ließen. Der Deckel öffnete sich und verbarg den Inhalt vor Leenis Augen.

Forsman schob eine Hand in den Koffer. Leeni erwartete Geld, doch zum Vorschein kam ein Dokument, das er auf den Tisch legte. Anschließend schloss er den Koffer und stellte ihn auf den Fußboden.

»Lies!«, befahl er, und Leeni beugte sich widerwillig nach vorne. Sie las das fett gedruckte Wort in der ersten Zeile und fuhr zusammen. »Geh zum Teufel mit deinen Papieren!«, zischte sie.

Forsmans Lider blinzelten einmal.

»Ich wäre nicht so brüsk«, sagte er kühl. »Was glaubst du denn, was die Polizei denkt, wenn sie erfährt, dass du diese Wohnung schon Wochen vor dem Brand reserviert hast?«

Leeni biss die Lippen zusammen und starrte aus dem Fenster.

»Das hier ist ein Testamententwurf, wie du bemerkt hast. Es fehlen nur noch die Unterschriften. Von deiner Tante und von zwei Zeugen. Soll ich es dir vorlesen?«

Leeni wollte kein einziges Wort hören. Sie wollte, dass der Mann ging und seine verdammten Papiere mitnahm. Aber sie hatte keine andere Möglichkeit, als zuzuhören, da sie das Geld von ihm genommen hatte.

»Ein Dokument, mit dem Milja Kanerva dir ihr Vermögen hinterlässt«, stellte Forsman fest, nachdem er das Testament vorgelesen hatte. »Klar und ohne überflüssige Schenkungen, die doch nur zu Streitereien führen.« Wieder tastete der Mann nach seiner Zigarrenschachtel. »Falls du keine Zeugen findest, überlass das mir. Hauptsache, auf dem Papier steht die Unterschrift deiner Tante.«

»Aber ich kann doch eine alte Frau nicht zu so etwas drängen. Bin ich als Haupterbin außerdem nicht befangen?«, wehrte Leeni ab.

»Besonders ethisch ist das nicht«, gab Forsman zu, während er die Zigarre anzündete. »Aber du bist die Einzige, der deine Tante vertraut. Du bist die Einzige, die sie dazu bringen kann, etwas zu unterschreiben.«

»Aber warum?«, wollte Leeni wissen. »Ich will den Besitz nicht. Was soll ich damit anfangen, jetzt, wo nicht einmal ein Haus darauf steht?«

»Da ist noch das Grundstück«, erinnerte Forsman. »Und zwar ein ziemlich großes. Ohne das Haus ist es noch viel wertvoller.« Er streckte sein linkes Bein aus und lehnte sich auf dem Sofa zurück. »Frau Kanerva ist nicht besonders jung und auch nicht besonders gesund. Es wäre für uns alle sehr bedauerlich, wenn sie stürbe, ohne ein Testament gemacht zu haben.«

Der Gedanke, die alte Frau zu einer Unterschrift zu drängen, war Leeni zuwider. Sie war schon am Brand des Hauses indirekt beteiligt gewesen, sie hatte ihre Tante die Schenkungsurkunde über die fünfzigtausend Finnmark für die Reise unterschreiben lassen. Es kam ihr entsetzlich vor, nach all dem noch um das Testament zu bitten. Sie würde ihrer Tante nie wieder ins Gesicht sehen können. Plötzlich stieg Hass in ihr auf.

»Das ist krank!«, brach es aus ihr heraus. »Ich will das nicht. Egal wie wertvoll das Grundstück ist. Und die Weiber in der Immobilienfirma können von mir aus erzählen, was sie wollen, sie können ja doch nichts beweisen. Ich habe vor dem Brand nichts unterschrieben.«

Forsmans Kopf drehte sich gerade so weit, dass sein Blick auf die Schlafzimmertür fiel. Die Tür, hinter der Ami schlief.

»Ich würde dir raten, es zu tun«, äußerte er mit ausdrucksloser Stimme. »Und zwar ziemlich bald. Operationen sind bei Patienten in hohem Alter immer gefährlich.«

Der Hass erlosch, und Angst schlich an seine Stelle. Leute wie Forsman verschonten niemanden, nicht einmal Kinder, dachte Leeni und schwieg, als ihr Forsman das Testament zuschob.

»Denk an das Geld«, tröstete er sie, als er Leenis versteinerte Miene sah. »Jedes Mal, wenn es dir schlecht geht, denkst du einfach an das Geld, das du bekommen hast. Denk daran, was du dir und deiner Tochter alles dafür kaufen kannst.«

»Ich möchte das Haus zurückkaufen, das ihr abgebrannt habt«, sagte Leeni leise.

Der Mann ließ den Zigarrenstummel neben den anderen in den Aschenbecher fallen und stand auf.

»Leider gibt es zwei Dinge, die man auch für viel Geld nicht zurückbekommen kann. Abgebrannte Häuser und tote Freunde.« Er nahm seinen Aktenkoffer und ging auf die Tür zu. Dort blieb er stehen und blickte zurück. »Stattdessen kann man mit Geld neue Häuser kaufen, und neue Freunde«, bemerkte er. »Man kann sich damit Gesundheit, Schönheit und eine gesellschaftliche Position erkaufen. Manchmal, aber nur manchmal, auch Liebe, sofern sich heute noch jemand danach sehnt. Vergiss nicht, Geld ist die größte aller Mächte.«

» Feuer ist noch stärker«, behauptete Leeni. »Feuer kann Geld verbrennen.«

»Aber mit Geld kann man es zum Brennen bringen«, entgegnete Forsman.

»Kaisa Halla hier«, meldete sich die Frauenstimme.

Paula musste kurz überlegen, bevor sie sich an die schwarzhaarige, etwas schlampige Frau erinnerte, in deren Wohnzimmer eine Kloschüssel gestanden hatte.

»Ich weiß nicht so recht ...«, fuhr die Frau unsicher fort. Im Hintergrund hörte man Kinder streiten. »Seid still, wenn die Mama telefoniert!«, befahl sie. »Wie ist das, bezahlt ihr wirklich was, wenn ich was weiß?«

In Paula regte sich der Eifer. »Wir können schon etwas zahlen, wenn die Information gut ist«, versprach sie, obwohl sie überhaupt nicht sicher war, ihr Versprechen halten zu können. Falls Tupala nicht bereit sein sollte, zu zahlen, konnte sie sich immer noch darauf berufen, dass die Information kein Honorar wert gewesen war.

Sie bat die Frau zu warten und stellte den Fernseher leise. »So, jetzt können wir uns unterhalten. Was weißt du denn noch?«

Kaisa Halla zögerte. »Könntest du vielleicht herkommen?«, fragte sie. »Ich will dir was zeigen.«

Paula verspürte ein Kribbeln wie bei einem leichten elektrischen Schlag. Es kam Bewegung in die Sache. »Wäre es dir noch heute Abend recht?«, fragte sie ungeduldig.

»Nein«, lehnte die Frau zu ihrer Enttäuschung ab. »Seppo kommt bald nach Hause, und ich will nicht ...«

Paula verstand. Die Frau wollte sich durch den Verkauf der Information ein bisschen eigenes Geld verdienen. Vielleicht hatte ihr der Mann sogar verboten, die Informationen weiterzugeben. »Wann dann?«

»Ich bin morgen Nachmittag zu Hause«, sagte Kaisa Halla. »Nach zwei wäre mir am liebsten.«

Paula trug den Termin in ihren Kalender ein. Sie war am nächsten Tag mit einem Komponisten, den sie für die Kulturseiten im Oktober interviewen wollte, zum Mittagessen verabredet. Wenn alles nach Plan lief, konnte sie gegen drei bei ihr sein. »Ich komme, so schnell ich kann«, versprach sie.

Paula war so in Eifer, dass ihre Schritte sie ungewollt zum Kühlschrank führten, wo eine Tafel Nussschokolade auf sie wartete. Es schien immer einen Grund zu geben, Schokolade zu essen. Mal aus Frust, mal hatte sie sich so ereifert, dass sie etwas zur Beruhigung brauchte.

Ismo hat damit nichts zu tun, zischte sie dem Mädchen auf dem Poster zu, deren Blick ihr in dem Moment wohlwollend amüsiert erschien.

Leeni gab sich Mühe, nicht an Forsman zu denken. Sie versuchte den Blick zu vergessen, den er auf die Schlafzimmertür geworfen hatte. Doch obwohl sie den Fernseher einschaltete und laut stellte, um Forsmans Stimme zu vertreiben, blieb er in ihren Gedanken präsent.

Er hatte gedroht, Ami etwas anzutun, damit Leeni gehorchte und ihre Tante um die Unterschrift bat. Darauf hatte er angespielt, als er von der Macht des Geldes sprach. Mit Geld konnte man Unfälle, Misshandlungen, ja sogar Tode erkaufen. Auch ein Kind konnte man mit Geld verschwinden lassen.

Als in der Nacht die Schatten kamen und Leeni neben Ami lag und in die Dunkelheit starrte, liefen ihre Gedanken im Kreis. Die Angst hielt sie umklammert. Ami murmelte im

Schlaf, sie war verwundbar und schutzlos. Forsman hatte gesagt, es würde nichts passieren, wenn sie täte, was er von ihr verlangte. Doch Leeni traute ihm nicht.

Sie musste das Kind in Sicherheit bringen, irgendwohin, wo Forsman sie nicht finden konnte. Aber gab es einen solchen Ort? War Ami irgendwo vor diesem Mann in Sicherheit, dessen Augen alles zu sehen schienen?

Vielleicht könnte Vesa helfen, kam ihr in den Sinn, aber der Gedanke, von Vesa abhängig zu sein, war ihr zuwider. Er würde die Situation ausnutzen und versuchen, ihr Ami wegzunehmen. Kaisa? Nein. Dort würden sie Ami zuerst suchen.

Schließlich kam Leeni wieder auf Sanna. Die hätte bestimmt nichts dagegen, ein bisschen was dazuzuverdienen, und Ami hatte sich bei den anderen Kindern wohl gefühlt. Wenn sie vorsichtig war, würde Forsman nie herausfinden, wohin sie Ami gebracht hatte. Natürlich würde Sanna eine ordentliche Entschädigung dafür verlangen, Ami über das Wochenende bei sich zu behalten, aber zum ersten Mal in ihrem Leben befand sich Leeni in einer Situation, in der Geld kein Hindernis war. Sie musste nur die Plastiktüte aufmachen und so viel herausnehmen, wie sie brauchte.

Bei dem Gedanken an das Geld fühlte sie sich sogleich besser.

Mami, erzähl mir, was die Knusperflocken sagen«, bat Ami.

»Ich mag jetzt nicht. Du weißt es doch selbst«, entgegnete Leeni leicht ungeduldig. Es war schon spät, und sie hatte es eilig, das Kind zu Sanna zu bringen.

»Ich weiß es nicht!«, murrte Ami und verzog die Unterlippe.

»Doch, du weißt es. Du tust nur so, als wüsstest du es nicht.«

»Ich weiß es nicht, ich weiß es nicht!«, kreischte das Mädchen und stieß dabei den Teller um. »Mami ist gemein. Ich mag Mami nicht.«

»Ami!«, rief Leeni zornig aus und zog das Mädchen an den Haaren. »Die sammelst du alle wieder ein. Auf der Stelle!« Sie erschrak über ihre eigene Wut. Über ihre Ungeduld, die tief aus ihrer Angst entsprang. »Ami«, sagte sie noch einmal sanfter und nahm das schmollende Kind in den Arm. »Ami«, flüsterte sie und strich dem Mädchen zärtlich übers Haar. »Du magst die Mama doch, oder?«

Sie schlang Leeni geschwind die Arme um den Hals und sagte: »Ami mag die Mama. Ami war böse, weil sie den Teller umgekippt hat.« Mit ihren kleinen, ungelenken Fingern raffte sie die Flocken wieder auf ihren Teller. Als sie alle eingesammelt hatte, erklärte sie fordernd: »Und jetzt erzählst du mir, was die Knusperflocken sagen, damit ich nicht wieder mit dem Teller schmeißen muss.«

Leeni lachte. Es ging ihr schon besser. »Magst du zu den Leinonens gehen?«, fragte sie.

»Was sind denn das, die Leinonens?«, fragte Ami zögernd.

Leeni lachte und kniff ihr in die Nase. »Das sind Sanna und die anderen. Du warst doch erst letztens bei ihnen. Auch Kati ist dort, und ihr könnt schön zusammen spielen.«

»Kommst du nicht mit?«, fragte das Mädchen weinerlich. In ihren großen Augen standen schon die Tränen.

»Die Mama hat alles Mögliche zu erledigen. Ich muss mir eine Arbeit suchen und Sachen für die Tante regeln. Du würdest dort Ferien machen, und die Mama könnte arbeiten. Sanna hat gesagt, du darfst das ganze Wochenende dort bleiben, wenn du willst. Dann darfst du auch mit Kati zusammen im Auto fahren.«

Forsman hatte ihr natürlich nur Angst einjagen wollen, dachte Leeni, als sie Amis Kleider in die Tasche packte. Er wollte nur sichergehen, dass Leeni tat, was er wollte. Dennoch hielt sie es für besser, wenn Ami bei Sanna war als hier zu Hause, wo Forsman sie jederzeit finden konnte.

Der Mann hatte etwas Seltsames an sich, als wäre er von innen her schief, dachte Leeni. Wieder sah sie Forsmans Augen vor sich, die sie ausdruckslos ansahen und versteckte Drohungen aussprachen, und das kalte Entsetzen packte sie.

»Wenn du zu Sanna gehst, denk daran, dass du nie allein im Garten spielen darfst«, mahnte sie Ami und drückte sie fest an sich.

Wenn sie schon die Kulturseiten weitermachen musste, dann hatte sie auch das Recht, aus der Arbeit herauszuholen, was sie konnte. Das hatte Paula beschlossen, auch auf die Gefahr hin, dass Tupala erstickte, wenn er die Rechnung für das Essen sah. Sie hatte den Komponisten ins Casino von Katajanokka eingeladen, damit sie während des Interviews ein fürstliches Lunch genießen konnte.

Allerdings hatte sich das Mittagessen länger hingezogen, als Paula es sich vorgestellt hatte. Der junge Komponist liebte seine Musik und redete gern darüber. Er aß auch gern, und er trank. Der Wein mundete ihm ebenso gut wie das Essen, und er hatte ohne Umstände eine zweite Flasche bestellt.

Es war schon zwei Uhr, und Kaisa Halla wartete mit etwas, möglicherweise mit einem Gegenstand, der mit dem Fall zu tun hatte. Paula musste sich zwingen, ruhig auf ihrem Platz sitzen zu bleiben, denn sie war schließlich die Gastgeberin und musste bis zum bitteren Ende durchhalten.

Zu ihrem Glück war der Komponist einer von denen, die plötzlich müde wurden, wenn sie eine bestimmte Menge Alkohol getrunken hatten. Eine schwarze Locke fiel ihm in die Stirn, und seine Augen erstarrten in einem treudoofen Blick. Paula winkte den Kellner heran und bat um die Rechnung. Als sie kurz darauf das Restaurant verließ, blieb der Mann noch sitzen, um auf eine Melodie zu lauschen, die ihm sein Unterbewusstsein vorspielte.

Mit vollem Bauch trabte Paula schwerfällig auf die Brücke von Katajanokka zu.

Was sollte sie jetzt tun? Sollte sie Kaisa Halla anrufen und fragen, ob sie auch noch nach drei kommen könne? Am besten, sie fuhr zunächst mit der Straßenbahn in die Stadtmitte, das ginge schneller. Sie blickte sich um, aber natürlich war keine Straßenbahn zu sehen. Sie hätte doch ein Taxi bestellen sollen.

Der Wind blies heftig und ließ ein weggeworfenes Bonbonpapier durch die Luft fliegen. Paula knöpfte ihren Kurzmantel zu und zog sich Handschuhe an. Sie musste sich beeilen und unterwegs ein Taxi anhalten.

Sie hatte gerade die Brücke erreicht, als ihr ein dünner Mann in schwarzer Jacke auffiel, der zielstrebig auf einen Geländewagen zusteuerte, der auf der anderen Straßenseite geparkt war. Wie ferngesteuert änderte Paula die Richtung und erreichte das Auto im selben Moment wie dessen Besitzer.

Lefa Strömberg war einer der freien Fotografen bei *Glück*, und zwar genau der, mit dem Paula am liebsten zusammenarbeitete.

»Hallo, Lefa, hättest du Interesse an einem kleinen Job in Richtung Tikkurila?«, fragte sie mit einem möglichst verführerischen Lächeln, das allerdings nicht wirkte, denn Lefa kannte sie nur zu gut, um zu wissen, was es bedeutete. »Du wohnst doch gar nicht da draußen«, knurrte er und lud seine Ausrüstung in den Wagen.

»Stimmt, aber es gäbe da was zu fotografieren«, sagte Paula. »Wenn du sonst nichts hast, könnten wir das sofort erledigen. Hast du Filme?«

»Filme hab ich, aber keine Zeit. Ich müsste längst im Studio sein, und anschließend muss ich ...«

»Es dauert nicht lange«, unterbrach ihn Paula. »Wir machen ein paar Außenaufnahmen, und falls die Leute zu Hause sind, können wir auch innen Bilder machen. Aber die Außenaufnahmen sind wichtiger.«

»Du redest doch nicht zufällig von dem abgebrannten Haus?« Lefa strich sich über den herabhängenden Räuberschnurrbart. »Das ist doch ganz oben in Vantaa, so weit fahr ich nicht.«

Aber wie Paula wohl wusste, war Lefa eine gute Haut und leicht herumzukriegen. Es dauerte nur fünf Minuten, und sie sausten bereits auf der Meritullinkatu in Richtung Hämeentie.

Unterwegs erzählte Paula, was sie bislang in Erfahrung gebracht hatte. Auch dass der Mann offensichtlich von weiter her gekommen war, dass man ihn zuerst zusammengeschlagen, dann erwürgt und zum Schluss noch verbrannt hatte.

»So eine Schweinerei«, lautete Lefas Kommentar. »Ein

Wunder, dass du lieber in solchen Sachen wühlst, anstatt im Konzert zu sitzen und schöne Musik zu hören.«

»Hör bloß auf mit Musik!«, ächzte Paula.

Lefas Route endete an derselben asphaltierten Straße, die Paula am Tag zuvor entlanggegangen war. Der Traktor schien mit seiner Arbeit fertig zu sein, die Erde dampfte schwarz und wartete auf die Schneedecke. Paula versuchte sich in der Landschaft ein großes Einkaufszentrum mit riesigen Parkplätzen und Reklamefahnen vorzustellen, aber es gelang ihr nicht.

»Hier rechts«, sagte sie, als sie die Abzweigung mit der alten Kiefer erreichten. Ein Rad des Geländewagens fuhr in ein Schlagloch, und der Wagen geriet gefährlich ins Schwanken. Lefas Kopf stieß an die Decke.

»Das ist ja lebensgefährlich«, klagte er, während er seinen Scheitel betastete. »Das ist das letzte Mal, dass ich auf einen Kartoffelacker fahre.«

Am Straßenrand tauchten die schiefen Torpfosten auf.

»Halt hier an«, befahl Paula. »Das abgebrannte Haus ist da drüben. Du kannst davon Fotos machen, während ich zu einer Nachbarin gehe. Aber verschwinde nicht, bevor ich wieder da bin«, warnte sie noch, dann sprang sie aus dem Wagen und ging zu dem Haus der Hallas.

Der Geländewagen fuhr hinter ihr einen Bogen und brauste auf die Ruine zu. Das Motorgeräusch erlosch, und auf einmal war die Landschaft vollkommen still.

Paula blickte auf das Haus der Kujansuus, aber dort schien niemand zu Hause zu sein. Ein paar Blätter waren unbemerkt auf den Rasen gefallen. Die würde Aaro unverzüglich wegharken, wenn er zurückkam.

Auf dem Grundstück der Hallas herrschte das gewohnte Durcheinander. Zu den Steinwollebündeln und den Spanplatten war ein Stapel morscher Bretter hinzugekommen. An der Wand lehnte eine Rolle PVC-Bodenbelag. Kaisa Halla erschien auf der Treppe, bevor Paula klingeln konnte. Sie hielt eine Packung Zigaretten und ein Feuerzeug in der Hand.

»Die Kids gucken ein Video«, sagte sie, als sie sich auf die Treppe setzte. Nachdem sie sich eine Zigarette angesteckt hatte, zog sie einen Ärmel über ihre freie Hand. »Wenn ich wüsste, wer die Videos erfunden hat, würde ich ihm eine Danksagungskarte schicken. Ich würde verrückt werden, wenn es diese Dinger nicht gäbe.«

Die Frau trug denselben weiten Pullover wie zuletzt. Die Haare hatte sie zu einem fransigen Dutt zusammengesteckt. Ihre Augen jedoch waren sorgfältig geschminkt. Aus den grünen Lidern spross eine Reihe gerader, schwarzer Wimpern.

Ob ihr Mann bemerkte, wie viel Mühe sie sich gab, fragte sich Paula, als sie neben der Frau auf der eiskalten Treppe Platz nahm. Kaisa Halla schien sie kaum wahrzunehmen, sie blickte nur starr nach vorne und rauchte nervös ihre Zigarette.

»Ich glaube, Seppo hat eine andere«, platzte sie plötzlich heraus.

Die Mitteilung kam so abrupt, dass Paula nicht gleich eine passende Antwort einfiel.

»Falls das stimmt, drehe ich beiden den Hals um.«

»Was würde das bringen?«

»Das muss gar nichts nützen, aber es wär immerhin ein höllischer Spaß.«

»Vielleicht stimmt es gar nicht«, sagte Paula. »Vielleicht stellst du es dir nur vor.«

»Er lügt«, blaffte die Frau. »Zwei Mal hab ich ihn beim Lügen erwischt. Er hätte wo sein sollen und war es gar nicht.«

»Menschen lügen aus vielerlei Gründen«, meinte Paula. »Und außerdem, wenn er sich die Mühe gibt, zu lügen, heißt das, dass ihm was an dir liegt. Wenn das nicht so wäre, würde er dir einfach die Wahrheit ins Gesicht schleudern und verschwinden.«

Kaisa Halla zerquetschte die Zigarette auf der Treppenstufe. »Ich weiß nicht. Ich weiß überhaupt nichts mehr. Wenn die Kinder nicht wären ...«

»Mein Mann ist eines Tages verschwunden«, stieß Paula hervor. »Jahrelang war er verschwunden, dann haben sie seine Leiche in einer Sandgrube gefunden. Es wäre mir lieber gewesen, wenn er am Leben gewesen wäre und eine andere gehabt hätte. Falls dein Mann tatsächlich jemanden hat. Warum fragst du ihn nicht direkt?«

Die Frau biss sich auf die Unterlippe, sie schien nachzudenken. Paulas Worte hatten ihre Gedanken in eine neue Richtung gelenkt, und sie wirkte etwas weniger nervös. Sie schlang die Arme um die Knie und legte eine Wange darauf.

»Vielleicht frage ich ihn tatsächlich«, sagte sie schließlich. »Oder auch nicht. Er lügt ja doch, da kann ich mir die Mühe auch sparen.« Nachdem sie eine Weile nachgedacht hatte, zuckte sie mit den Schultern und richtete sich auf. Sie klopfte eine neue Zigarette aus der Packung und bot nun auch Paula eine an, die dankend ablehnte. Die Flamme des Gasfeuerzeugs flackerte schwach und erlosch. Kaisa Halla brauchte einige Male, bis ihre Zigarette rot glühte. »Lassen wir den verdammten Kerl«, meinte sie. »Reden wir von was anderem.«

»Dir ist also etwas eingefallen, was mit dem Brand zu tun hat«, fing Paula an, da die Frau schweigend ihre Zigarette rauchte.

»Mit dem Brand? Über den Brand weiß ich nichts«, entgegnete sie erschrocken.

»Ach?« Paula war enttäuscht. War sie umsonst hergekommen? Immerhin konnte Lefa ein paar Fotos für den Artikel machen, tröstete sie sich. »Ich dachte, du wolltest mir etwas zeigen.«

Der Blick der geschminkten Augen wechselte die Richtung. »Das hab ich auch, aber es hat nicht mit dem Brand zu tun.«

»Womit dann?«

»Ich dachte, es hätte etwas mit dem Typen zu tun. Mit dem, den sie aus den Trümmern ausgegraben haben.«

Das fertige Testament wog schwer in der Tasche, und Leeni verabscheute sich selbst für das, was sie vorhatte. Sie hatte Ami nach Martinlaakso zu Sanna gebracht. Sie hatten Kaffee getrunken und über vergangene Zeiten gesprochen. Forsmans Gestalt war aus Leenis Gedanken verschwunden, und sie konnte sich ein bisschen entspannen. Doch als sie Sannas Haus verlassen hatte, hatte die Wirklichkeit sie wieder eingeholt und schnürte die Schlinge um ihren Hals zu, dass es ihr den Atem raubte.

Was sollte sie ihrer Tante sagen? Leeni haderte mit sich, während sie ihre Schritte mit Gewalt auf das Krankenhaus zu lenkte. Sie war mit dem Zug gefahren, damit sich Sanna nicht über die ständigen Taxifahrten wunderte. Von der Bahnstation Rekola war es nur ein halber Kilometer bis zur Klinik. Der Weg kam ihr viel zu kurz vor. Eigentlich wollte sie gar nicht ankommen.

Was würde ihre Tante sagen, wenn sie ihr das Testament vorlegte und sie aufforderte zu unterschreiben. Was würden die Krankenschwestern sagen, wenn sie erfuhren, dass sie so etwas von der alten Dame verlangte?

Leeni versuchte sich mit dem Gedanken zu beruhigen, dass sie die Einzige war, der die Tante ihr Vermögen vermachen konnte. Die Tante mochte sie, und sie war eine direkte Verwandte. Was war daran verkehrt? Ihre Schritte wurden forscher, und die Beklemmung ließ nach.

Klammheimlich schlich sich der Gedanke an die versteckten Geldscheine in ihr Bewusstsein. Sie hatte das Geld genommen und die Augen vor einer Straftat verschlossen. Sie hatte zugelassen, dass das Haus ihrer Tante niedergebrannt worden war. Sie hatte zugelassen, dass ein unschuldiger Mann ermordet wurde. Sie hatte kein Recht, etwas von ihrer Tante zu fordern. Sie hatte ja längst alles genommen.

Leeni ging die letzten Meter zum Krankenhaus hinauf. Forsman war nicht zufrieden, dachte sie, er wollte mehr. Er war wie ein Sklaventreiber, der sich auf ihre Schulter gesetzt hatte und von ihr forderte, dass sie schneller lief. Schneller. Immer schneller.

Der Haupteingang. Gab es irgendeine Möglichkeit, das Ganze hinauszuzögern? Leeni holte tief Atem und ging zum Aufzug. Auch er war viel zu schnell in dem Stockwerk angekommen, in dem ihre Tante lag.

Als sie das nach Desinfektionsmitteln riechende Zimmer betrat, eilte ihr die Krankenschwester vom Tag zuvor entgegen. »Guten Tag! Ich wollte Sie gerade anrufen.«

»Mich?«

»Ja. Sie sind bestimmt gekommen, um ihre Tante zu sehen?«

Ohne die Antwort abzuwarten, führte die Schwester Leeni ans Ende des Ganges, wo ein Tisch und zwei Stühle standen. »Setzen wir uns hierhin, dann können wir in Ruhe reden«, sagte sie.

»Ist die Operation nicht geglückt?«, fragte Leeni besorgt.

»Sie wurde noch nicht operiert«, sagte die Schwester. »Wie ich gestern schon sagte, beobachten wir sie noch ein paar Tage. Wir hoffen, dass sich ihr Magen von selbst beruhigt, damit wir nicht operieren müssen. Das ist für alte Menschen eine solche Belastung.«

»Was ist es dann?« Leenis Stimme war plötzlich kalt. »Was versuchen Sie mir eigentlich zu sagen? Hat meine Tante Krebs?«

»Darum geht es nicht«, beruhigte sie die Schwester. »Ihre Tante hatte einen Schlaganfall – so was hatte sie früher schon mal –, und ihre linke Körperhälfte ist leicht gelähmt. In diesem Zustand wollen wir sie ungern operieren. Da ist es besser zu warten, bis sie wieder einigermaßen auf der Höhe ist.«

»Oder stirbt«, entgegnete Leeni unwirsch. Ihre Hand berührte die Tasche, und sie erinnerte sich an den Auftrag, den ihr Forsman erteilt hatte.

»Kann ich sie sehen?«, fragte Leeni. »Ist sie bei Bewusstsein?«

Die Schwester schüttelte den Kopf. »Wir haben ihr ein Beruhigungsmittel geben. Sie schläft jetzt. Am besten sie kommen morgen wieder.«

»Aber ich müsste sie etwas Wichtiges fragen«, insistierte Leeni. Plötzlich erinnerte sie sich, einmal von einem mündlichen Testament gelesen zu haben. Vielleicht würde das in diesem Fall gelten, wenn sie zwei Schwestern als Zeugen fände.

»Man kann sie nichts fragen«, antwortete die Krankenschwester. »Die Lähmung hat ihr die Sprechfähigkeit genommen. Aber sie wird sich erholen. Auch das Sprechen kann wieder normal werden, wenn der Kreislauf sich erholt.« Sie tätschelte Leeni die Hand. »Zum Glück war es ein ziemlich leichter Schlaganfall. Kein Grund zur Beunruhigung.«

Der Piepser der Frau meldete sich, und nach einem hastigen Abschied eilte sie ans andere Ende des Ganges.

Leeni ging zum Zimmer ihrer Tante und spähte hinein, doch wie die Schwester schon angekündigt hatte, schlief die alte Dame fest. Obwohl Leeni sie ein paar Mal beim Namen rief und sie leicht an der Schulter rüttelte, regte sie sich nicht.

Zunächst empfand sie riesige Erleichterung. Sie konnte die unangenehme Aufgabe noch etwas aufschieben. Sie brauchte nicht um die Unterschrift zu bitten, sie musste nichts erklären. Sie musste nicht die Verwunderung in den Augen ihrer Tante sehen. An der Tür drehte sich Leeni noch einmal um. Schlaf gut, Tante Milja, sagte sie leise. Leichten Schrittes ging sie zum Aufzug.

In der Eingangshalle verflüchtigte sich die Erleichterung allmählich. Mit scharfen Nägeln kratzte die Angst an ihr.

Forsman wird nicht gerade begeistert sein, dachte Leeni. Forsman wird das überhaupt nicht gefallen.

Lefa hatte das abgebrannte Haus fotografiert und suchte nun nach Paula. Sie sah ihn auf der Straße herumlungern, doch in diesem Augenblick hatte Kaisa Halla auf den unbekannten Toten angespielt, und Paula gab ihm heimlich ein Zeichen, wegzubleiben. Ihr Instinkt sagte ihr, dass Kaisa Halla schweigen würde, wenn Lefa dazukäme.

»Du hast den Mann also doch vor dem Brand gesehen?«, fragte Paula eifrig. Die Frau schüttelte den Kopf.

»Aber ich habe etwas, was ihm gehört hat«, triumphierte sie. »Das glaube ich wenigstens.« Sie warf Paula einen taxierenden Blick zu und fragte, was die Zeitung für das Beweisstück bezahlen würde.

Paula wusste, dass Tupala nicht sonderlich gewillt war, für Informationen zu zahlen, wagte es aber auch nicht, Kaisa Hallas Forderung direkt abzuschlagen.

»Das kann ich nicht so genau sagen«, versuchte sich Paula aus der Affäre zu ziehen. »Zunächst müssen wir sehen, ob die Information brauchbar ist, und dann kann man über das Honorar entscheiden.«

Die Enttäuschung ließ Kaisa Hallas Kopf herabsinken. Sie hatte sich offensichtlich ausgemalt, mindestens zweitausend Finnmark dafür zu bekommen. Eigenes Geld, um sich Kleider und Make-up zu kaufen. Paula beobachtete, wie sie auf der Treppe kauerte, die Arme um die Knie geschlungen, wie sie schweigend ihre Zigarette rauchte. Sie schien hin und her gerissen zu sein. Sollte sie es sagen, oder nicht? Paula wagte sich nicht zu rühren. Schließlich stieß Kaisa ihr den Ellbogen in die Seite und erklärte lachend: »Okay, du hast gewonnen.«

Lefa näherte sich erneut dem Grundstück, doch Paula wedelte abwehrend mit beiden Händen. Glücklicherweise hatte er so viel Verstand, hinter den Bäumen in Deckung zu gehen.

Kaisa Halla drückte die Zigarette auf der Treppe aus und verschwand im Haus. Die Geräuschkulisse des Videofilms vermischte sich mit dem Rufen der Kinder. Kaisa mahnte sie zur Ruhe. Schließlich kehrte sie mit einer Plastiktüte in der Hand zurück und hielt sie Paula kommentarlos hin.

Paula warf einen Blick in die Tüte. »Wo hast du das her?«, fragte sie, ohne ihr Interesse verbergen zu können.

»Aus dem kleinen Waldstück gegenüber dem Haus der Kanerva«, antwortete Kaisa Halla zufrieden.

Wie sich herausstellte, hatten die Kinder die Angewohnheit, in dem Waldstück zu spielen. Zwei Tage nach dem Brand war ihr älterer Sohn mit einer Geldbörse in der Hand nach Haus gerannt gekommen. »Die müssen wir zurückgeben«, hatte Kaisa gesagt und angefangen in der Geldbörse nach einem Hinweis auf den Besitzer zu suchen.

»Aber sie war leer. Kein Geld, keine Kreditkarten, kein Führerschein und kein Ausweis. Nichts. Ich dachte, jemand hat sie verloren, und ein anderer hat sie geleert. Die Kinder wollten damit spielen, aber ich habe es nicht erlaubt, weil sie aus so gutem Leder ist.«

Kaisa Halla warf einen Blick auf die Uhr und wirkte auf einmal nervös. Paula begriff, dass ihr Mann bald nach Hause kam und Kaisa wieder die bevorstehende Auseinandersetzung eingefallen war. Hastig sprudelte es aus ihr heraus:

»Plötzlich habe ich angefangen mich zu fragen, was die Geldbörse in dem Waldstück verloren hat. Normalerweise geht da niemand durch. Dann kam mir in den Sinn, dass sie dem Mann gehört haben könnte, der bei dem Brand ums Leben kam. Auch wenn ich nicht kapiere, warum sie da drüben im Wald lag. Warum haben sie das Ding nicht verbrennen lassen, wie alles andere auch?«

»Gute Frage«, gab Paula zu. Wenn die Geldbörse tatsächlich leer war, hätte man sie auch in der Tasche des Mannes lassen können. Doch vielleicht hatte es der Brandstifter plötzlich aus irgendeinem Grund eilig gehabt, sich die Geldbörse geschnappt und sie erst später geleert.

Nach Paulas erstem Besuch hatte Kaisa Halla die Geldbörse erneut hervorgeholt und sie noch genauer untersucht. Fach für Fach. »Ich habe gehofft, es wäre etwas darin, wofür mir eure Zeitung etwas zahlen würde«, gab sie grinsend zu.

Dann hatte sie die Quittungen entdeckt.

Die Wohnung wirkte trostlos, da Ami nicht da war. Leeni hatte Sanna erzählt, sie müsse Helsinki für ihre Arbeitssuche verlassen und wolle Ami daher auch über Nacht bei ihr lassen. Sanna hatte leicht amüsiert gegrinst. Sie ahnte, dass das nicht die Wahrheit war, vermutete jedoch, es hätte mit einem Mann zu tun.

Der Fernseher lief. Leeni interessierte sich nicht für die Sendung, aber die Stimmen gaben ihr das Gefühl, nicht allein zu sein. Das Testament, das Forsman ihr gegeben hatte, lag auf dem Couchtisch. Jedes Mal wenn ihr Blick darauf fiel, war sie froh darüber, dass ihre Tante nicht hatte unterschreiben können. Falls sie es getan hätte und falls Inspektor Kankaanpää Wind davon bekommen hätte, wäre sie schnurstracks im Gefängnis gelandet.

Leeni sah aus dem Fenster und erstarrte. Auf der anderen Straßenseite stand ein blauer Volvo, aus dem in diesem Moment Forsman ausstieg. Leeni versuchte das Nummernschild zu erkennen, aber es war von Schmutz überzogen, und die Nummer war nicht zu lesen.

Als es kurz darauf an der Tür läutete, ging Leeni widerstrebend in den Flur. Am liebsten hätte sie nicht aufgemacht, doch das hätte nichts geholfen. Wahrscheinlich besaß Forsman einen Schlüssel, und wenn nicht, so wäre er mit Sicherheit wiedergekommen. Es war besser, diese unangenehme Angelegenheit so schnell wie möglich hinter sich zu bringen.

Forsmans robuste Gestalt zeichnete sich im Dämmerlicht des Treppenhauses ab, er grüßte knapp und drängte frech an Leeni vorbei in den Flur. Zum Glück war Ami bei Sanna in Sicherheit, sodass er sie nicht wieder erpressen konnte, dachte Leeni.

Wieder ging Forsman, ohne den Mantel auszuziehen, ins Wohnzimmer und setzte sich aufs Sofa. Er musste die fehlende Unterschrift auf dem Testament sofort bemerkt haben, sagte aber nichts, sondern feuchtete in aller Ruhe eine Zigarre an. Aus irgendeinem Grund machte Leeni das unruhiger, als wenn er wütend geworden wäre. Sie versuchte ihre Nervosität zu verbergen, indem sie sich lässig in den Sessel gegenüber fallen ließ. Sie hatte nichts zu befürchten, redete sie sich ein.

Schließlich brach Forsman das Schweigen.

»Erzähl!«, verlangte er schroff.

Leeni berichtete von dem Schlaganfall ihrer Tante. »Es war nur ein leichter. Wenn alles gut geht, ist sie bald wieder okay.«

Forsmans Gesicht war nicht anzusehen, ob er wütend oder enttäuscht war. Er paffte eine Weile an seiner Zigarre, dann fragte er:

»Glaubst du, was sie dir sagen? Dass es deiner Tante bald wieder besser geht?«

»Woher soll ich das wissen, ich bin doch keine Ärztin«, blaffte Leeni. »Aber sie hatte schon einmal so einen Anfall, und von dem hat sie sich erholt. Was diesmal passieren wird, weiß ich nicht.« Sie drückte mit einem Finger auf das Testament und schob es näher an Forsman heran. »Und selbst wenn sie sich erholt, bin ich mir nicht sicher, ob sie in der Lage ist, das hier zu unterschreiben.«

Forsman betrachtete das Schriftstück mit einem berechnenden Blick. Schließlich nahm er es in die Hand und faltete es zum Quadrat. Diesmal hatte er seinen Aktenkoffer nicht dabei, weshalb er das Blatt Papier in der Innentasche seines Sakkos verschwinden ließ. »Wir kommen darauf zurück, wenn es sich als notwendig erweist«, erklärte er.

Hellgrauer Dunst füllte das Zimmer. Sein Geruch brachte Leenis Schläfen zum Pochen, und sie stand auf und öffnete die Balkontür. Als sie sich wieder gesetzt hatte, fragte der Mann: »Wo ist die Kleine?«

»Bei ihrem Vater«, log Leeni. »Er ist gerade an der Reihe.«

Der Zigarrenstummel flog in den Aschenbecher. Forsman stand ein wenig mühsam auf und knöpfte seinen Mantel zu. »Ich kenne deinen Exmann«, sagte er beiläufig. »Ist er nicht Verkäufer in einem Musikgeschäft?«

Leeni spürte, wie ihre Fingerspitzen kalt wurden. Er kannte Vesa! Er wusste, dass Ami nicht bei Vesa war! Warum hatte sie das auch gesagt? Forsman drehte sich um und ging in den Flur. Der Zigarrenstummel erlosch, doch sein Geruch schwebte noch im Raum. Leeni saß regungslos da und hörte, wie die Wohnungstür zufiel. Erst dann traute sie sich aufzuatmen. Es war, als wäre ein gefährliches Tier von ihr gewichen, doch sein Geruch lag immer noch in der Luft.

Die schmelzende Nussschokolade überzog Paulas Gaumen wie weicher Samt, und sie schloss genießerisch die Augen. Sie aß vier große Stücke, versteckte den Rest der Tafel in der Schreibtischschublade, holte sie wieder heraus und aß zwei weitere Stücke, bevor sie das Aufnahmegerät einschaltete und das Interview mit dem Komponisten in den Computer eingab. Anschließend zog sie die Schublade auf und verschlang den

Rest. Und selbst wenn man davon zunimmt, schnaubte sie dem Mädchen zu, das so beharrlich seinen Vogel hütete. Das ist mir völlig egal.

Das Fach fiel kaum auf, denn es befand sich unmittelbar hinter der Klappe für den Führerschein. Zumindest war es der Person nicht aufgefallen, die die Geldbörse geleert hatte. In Eile, und vielleicht auch im Dunkeln.

Kaisa Halla hatte Paula die Quittungen gezeigt und geschworen, das sei alles, was in dem Portemonnaie gewesen war. Sie hatte sie sich gar nicht näher angesehen, nachdem sie gemerkt hatte, dass es sich nur um Quittungen handelte. Sie konnte nichts damit anfangen.

»Was sind die eurer Zeitung wert?«, hatte sie sich mit gierigem Blick erkundigt.

»Schauen wir mal, wir werden uns schon was einfallen lassen«, hatte Paula geantwortet und die Frau auf der Treppe sitzen lassen.

Paula nahm den Block zur Hand, auf dem sie die Informationen notiert hatte, die sie den Quittungen entnehmen konnte. Es waren allesamt Warenbons, die aufbewahrt worden waren, da sie zugleich als Garantiescheine galten. Bei einem Teil der Einkäufe war die Garantiezeit längst abgelaufen. Ein anderer Teil war von geringem Wert, wie zum Beispiel ein Toaster und ein Mixer, und in den Geschäften konnte man sich gewiss nicht mehr an den Käufer erinnern.

Paula drehte sich auf ihrem Stuhl um. Das Fenster war von einer Rußschicht überzogen, die der Regen mit Streifen versehen hatte. Ein vorbeifahrender Schwertransporter ließ das Haus erzittern und wirbelte noch mehr Ruß ans Fenster. Paula dachte an das gelbe Haus an dem friedlichen See und spürte plötzlich, wie sie diese Wohnung hasste, die sie sich selbst die ganze Zeit versuchte schönzureden. Sie holte die Waschschüssel und den Schwamm aus dem Flur und fing an, die Fenster zu putzen. Das Wasser wurde sofort schwarz, und sie musste es mehrmals erneuern. Aber die körperliche Arbeit machte sie munter, und je sauberer die Fenster wurden, desto leichter fühlte sie sich.

Als das letzte geputzt war und selbst die Fensterbänke glänzten, kehrten ihre Gedanken zu der Geldbörse und den Quittungen zurück. Lediglich eine davon war interessant. Die Quittung für eine Kühl- und Gefrierkombination, die im zurückliegenden Juni gekauft worden war. Der Juni gehörte nicht gerade zu der typischen Zeit, in der man in Finnland ein solches Gerät kaufte, und es konnte gut sein, dass sich in dem Geschäft jemand erinnern konnte, wem das Gerät geliefert worden war.

Ruf Kankaanpää an, flüsterte ihr das Pflichtgefühl ins Ohr. Es ist Kaisa Hallas Sache, die Geldbörse mit den Quittungen zur Polizei zu bringen, entgegnete ihr Journalisten-Ich scheinheilig.

Schließlich rief Paula bei Lefa an. Das Geschäft, das das Gerät verkauft hatte, befand sich in Hämeenlinna, und dorthin war es ein weiter Weg.

Der Mann stand auf dem Balkon einer Wohnung im Stadtteil Munkkiniemi und schaute auf das Meer, das weit weg zwischen den Bäumen schimmerte. In Wahrheit sah er weder das Meer noch die Bäume, denn er konzentrierte sich vollkommen auf seine Gedanken.

Die Dinge entwickelten sich nicht so, wie er es sich vorstellte. Statt erleichtert zu sein und zu triumphieren, schlug er sich mit einem Gefühl der Unabgeschlossenheit herum. Er hätte die Ereignisse gern hinter sich gelassen, aber sie waren folgenschwer und verlangten nach weiteren Maßnahmen. Er hatte keine Angst zu handeln, er würde mit der Situation schon fertig werden. Doch die Zeit verstrich. Zeit, die er sinnvoller hätte nutzen können. Ungeduldig strich sich der Mann über die Haare und ging hinein.

Auf der Eichenkommode lag ein Blatt Papier, auf dem er sich einige Informationen notiert hatte. Für alle Fälle. Zum Glück war sein Partner vorausschauend gewesen, denn jetzt erwiesen sich genau diese Informationen als sehr hilfreich.

Der Mann setzte sich aufs Sofa und ging die Liste durch. Wie von selbst nahm der Plan in seinem Kopf Gestalt an, und er spürte seine Stimmung steigen. Schon vor langer Zeit hatte er erkannt, dass eine sorgfältige Planung die Voraussetzung für Erfolg war. Darum war ihm noch nie ein Fehler unterlaufen. Nur unvorhersehbare Zufälle konnten den besten Plan durchkreuzen. Diesmal würde er dafür sorgen, dass nichts dazwischenkam.

Am besten, er fing mit den Orchideen an.

Entgegen der Wettervorhersage war es ein grauer Tag. Die Autos ließen im Nieselregen Schmutz aufspritzen, während sie nebeneinander auf der Autobahn nach Norden rasten. Alle schienen es eilig zu haben. Alle schienen schneller sein zu wollen als die anderen. Das war die moderne Form der Jagd, dachte Paula bei sich.

Natürlich hatte Lefa strikt abgelehnt, als sie um die Fahrt nach Hämeenlinna gebeten hatte. »Kommt überhaupt nicht in Frage. Ich hab tierisch viel zu tun. Gleich morgens ein Werbeshooting und anschließend muss ich …«

»Ruf jemanden an, er soll das Shooting übernehmen«, hatte Paula gedrängt. »Wir haben's eilig. Sobald die Halla die Geldbörse zur Polizei bringt, sind wir aus dem Spiel.«

»Woher willst du wissen, dass sie nicht in diesem Moment auf dem Weg zur Polizei ist?«

»Weil sie in vollem Make-up und in Angriffshaltung zu Hause auf ihren Alten gewartet hat«, hatte Paula geantwortet. »Glaubst du, sie verdirbt alles, indem sie zur Polizei geht? Wenn sie die Geldbörse schon ein paar Tage zurückgehalten hat, wird sie sicherlich auch noch bis morgen warten. Ich wette, sie bringt sie erst am Nachmittag hin. Wenn überhaupt. Deshalb ist unsere einzige Chance, sofort morgen früh nach Hämeenlinna zu fahren.«

»Warum rufst du nicht einfach in dem Geschäft an und

fragst, wer im Juni eine Kühl- und Gefrierkombination gekauft hat?«

»Ha, ha, ha! So einen schlechten Vorschlag hätte ich von dir nicht erwartet. Niemand wird so etwas am Telefon verraten. Das sind vertrauliche Informationen«, erklärte Paula expertenhaft. »Im schlimmsten Fall erfahre ich nichts, auch wenn ich persönlich hingehe. Aber versuchen müssen wir es.«

Schließlich hatte Lefa nachgegeben. »Vielleicht kann ich Nike anrufen«, hatte er gesagt. »Aber wenn er nicht da ist, geht es nicht.«

Doch Nike war bereit gewesen, den Job zu übernehmen. Allem Anschein nach sogar begieriger, als Lefa geglaubt hatte.

Nun ärgerte er sich über den verlorenen Auftrag, und um seinen Ärger loszuwerden, raste er über die Autobahn. »Erklär mir jetzt mal, warum diese Geldbörse so wichtig ist?«, fragte er nach einem rasanten Überholmanöver.

»Kapierst du das nicht? Niemand, nicht einmal die Polizei, weiß, wer der Tote ist. Und wir haben jetzt die Chance, das herauszufinden. Womöglich erfahren wir sogar, warum der Mann im Haus der Kanerva war. Das wird eine Bombengeschichte für *Glück*, wenn wir ermitteln, wer für den Brand verantwortlich ist und wer den armen Mann umgebracht hat.«

»Brände und tote Männer. Du hast einen sonderbaren Geschmack«, stellte Lefa fest und überholte einen Holztransporter. »Du solltest mit einem Hochglanzkatalog in der Hand durch Ausstellungen schlendern und nicht in der Provinz nach Kühlschränken jagen, die von Toten gekauft worden sind.«

Er hob den Fuß ein paar Millimeter vom Gaspedal und drosselte die Geschwindigkeit. Trotzdem kamen sie so schnell voran, dass sie bereits um Viertel nach elf in Hämeenlinna waren. Lefa zockelte durch eine Straße, deren Häuser immer höher wurden, je mehr sie sich der Stadtmitte näherte. Am Busbahnhof öffnete sich der Blick auf den grau schäumenden See.

»Lass den Wagen hier stehen«, schlug Paula vor, als sie einen freien Parkplatz am Straßenrand entdeckte. »Wir suchen den Laden zu Fuß, er ist bestimmt ganz in der Nähe.«

Sie stieg aus und blickte sich um. Sie hatte eine alte Stadt mit Holzhäusern erwartet und war enttäuscht. Abgesehen von dem schmucken Feuerwehrhaus und ein paar alten Relikten waren die Häuser im Stadtzentrum neueren Datums und architektonisch nichts sagend, genau wie die Häuser in allen mittelgroßen Städten Finnlands. Wäre der große See nicht zu sehen gewesen, hätte man meinen können, sich in Kouvola zu befinden, oder in Järvenpää, oder in Seinäjoki.

»Auf der anderen Seite des Marktplatzes stehen noch ein paar Holzhäuser«, sagte Lefa, nachdem Paula sich beklagt hatte. »Und das alte Gymnasium. Dahinter ist die Burg. Wir können einen Blick hineinwerfen, falls wir noch Zeit haben. Da könnt ich auch ein paar Bilder machen.«

Wie sich herausstellte, war Lefa schon oft in Hämeenlinna gewesen, um die Tante seiner Frau zu besuchen, er hatte sogar einen Stadtplan im Auto. Mit dessen Hilfe fanden sie rasch das gesuchte Geschäft. Es lag an einer Straße, die vom Busbahnhof aus anstieg.

Sie vereinbarten, sich später in einem Café am Markt zu treffen, und Paula ging allein in das Geschäft. Sie hatte gelernt, dass jemand eher eine Information preisgab, wenn keine Zeugen anwesend waren. Also wartete sie, bis Lefa weitergegangen war, dann betrat sie den Laden.

Außer Haushaltsgeräten wurden dort auch Hi-Fi-Anlagen, Fernseher und Videogeräte verkauft. Im hinteren Teil des Ladens flimmerte eine Reihe von Bildschirmen, und es lief Musik. Das Leben war zu Bildern zusammengepresst worden, dachte Paula, welche die passende Menge an Lachen, Leidenschaft und Angst lieferten und das wirkliche Leben überflüssig machten. Auf dem größten Bildschirm ging gerade ein Auto in Flammen auf.

»Womit kann ich Ihnen helfen?«, fragte ein junger Mann in rotem Hemd und grauem Sakko höflich.

»Ein toller Fernseher«, sagte Paula, ohne den Blick von dem brennenden Auto abwenden zu können. Sie musste an den Mann denken, dessen Leiche in den Trümmern des Kanervahauses gefunden worden war. Tröstlich zu wissen, dass der Mann schon tot war, als das Haus in Brand gesetzt wurde.

»Stimmt, das ist ein ganz neues Modell. Stereo und scharfes Bild. Und die besten Farben, die auf dem Markt sind. Das kann ich ohne zu übertreiben sagen. Man sieht das an der Hautfarbe des Mannes dort, sehen Sie, wie natürlich sie ist. Und das Bildformat ist genau richtig für Filme, da stören keine schwarzen Streifen und kein verschmälertes Bild. Wie groß ist denn Ihr Wohnzimmer?«

»Fünfundzwanzig Quadratmeter mit Alkoven«, antwortete Paula. »Der wäre sicher prima, aber erstens kann ich ihn mir nicht leisten ...«

»Sie können ihn auf Raten kaufen«, schlug der Verkäufer vor und tippte etwas in seinen Taschenrechner ein. »Zwanzig Prozent sofort und den Rest in Monatsraten, wenn Sie wollen.« Seine braunen Augen sahen Paula hoffnungsvoll an.

»Erstens kann ich ihn mir nicht leisten«, wiederholte Paula, »und zweitens bin ich nicht gekommen, um einen Fernseher zu kaufen, sondern um Informationen einzuholen.«

Der Verkäufer schob den Rechner in die Tasche und verbarg seine Enttäuschung hinter einem erwartungsvollen Lächeln. »Machen Sie so etwas wie Marktforschung?«, wollte er wissen.

»Eigentlich nicht«, antwortete Paula. »Ich schreibe für die Zeitschrift *Glück* und suche einen Mann für ein Interview.«

Ein Paar betrat den Laden, um sich Videorecorder anzuschauen, und ihr Gespräch wurde unterbrochen. Paula verfolgte leicht amüsiert, wie der Verkäufer das Paar dazu verleitete, ein teureres Gerät als beabsichtigt zu kaufen, und ihnen den Floh von einem neuen Digitalfernseher ins Ohr setzte. Auch sie selbst konnte nicht leugnen, dass sie von dem neuen Gerät begeistert war.

Nachdem das Paar den Laden verlassen hatte, wandte sich der Verkäufer wieder Paula zu. »Sie suchen einen Mann, um ihn zu interviewen. Warum sind Sie dann hierher gekommen?«

»Weil wir über den Mann nichts wissen, außer dass er im Juni hier eine Kühl- und Gefrierkombination für viertausend Finnmark gekauft hat und zwischen sechzig und siebzig Jahre alt ist. Unsere einzige Hoffnung, ihn zu finden, sind Sie. Ich schätze, dass Sie ihm das Gerät geliefert haben. Mit Sicherheit finden sich sein Name und seine Adresse in den Auslieferungslisten.«

Der Mann tippte mit einem Stift gegen seine Zähne. »Warum wollen Sie ihn interviewen?«

»Er hat etwas gesehen, und wir möchten einen Zeugenbericht von ihm«, log Paula. Sie hatte das Gefühl, die Erwähnung von Brand und Mord würde den Verkäufer erschrecken und ihn davon abhalten, die Information jemand anderem als der Polizei preiszugeben.

»Woher wissen Sie, dass der Mann im Juni bei uns eine Kühl- und Gefrierkombination gekauft hat?«, verlangte der Verkäufer zu wissen.

Paula war auf die Frage vorbereitet.

»Ihm fielen ein paar Kassenbons aus der Geldbörse, und darunter war eine Quittung von Ihnen. Wir dachten, Sie erinnern sich vielleicht, da das Gerät im Juni gekauft wurde.«

Der Blick von Paulas goldbraunen Augen brachte den Mann, der bis dahin unerschütterlich gewirkt hatte, ins

Schwanken. Dieser Blick war nicht fordernd und nicht im Geringsten arglistig, sondern äußerst vertrauenserweckend, und zwar so sehr, dass es von dem Gegenüber geradezu unmenschliche Härte erforderte, die darin enthaltene Bitte abzuschlagen. Lefa zum Beispiel war dazu noch nie im Stande gewesen.

»Das ist doch nicht etwa eine zwielichtige Angelegenheit?«, erkundigte sich der Verkäufer skeptisch.

»Jedenfalls nicht, was den Mann betrifft, den wir suchen«, antwortete Paula, die Wahrheit streifend. »Wir wollen ihn lediglich als Augenzeugen interviewen, sonst nichts. Und Ihr Geschäft wird bei der ganzen Geschichte überhaupt nicht erwähnt – sofern Sie keine kostenlose Werbung haben möchten«, fügte sie listig hinzu.

Der Verkäufer schnalzte mit der Zunge.

»Unser Geschäft darf im positiven Sinn erwähnt werden, falls Sie verstehen, was ich meine. Falls unser Betrieb dabei hilft, ein Unrecht aufzuklären, habe ich nichts dagegen, wenn der Name erwähnt wird.«

Er ging in ein Hinterzimmer und kehrte kurz darauf mit einem dicken Ordner unter dem Arm zurück. Er schlug ihn auf dem Tisch auf und blätterte die Versandlisten rückwärts durch.

»Juni, Juni«, murmelte er. »Wissen Sie, an welchem Tag im Juni?«

»Am dreizehnten«, antwortete Paula.

An dem Tag war nichts anderes verkauft worden als eine Kühl- und Gefrierkombination. »Ich glaube, das ist der, den Sie meinen«, sagte der Verkäufer und ließ Paula einen kurzen Blick auf die Liste werfen. »Normalerweise kauft man so etwas mit der ganzen Familie, zumindest die Ehefrau ist bei der Entscheidung dabei. Aber dieser Mann kam allein. Jetzt, wo ich die Adresse sehe, kann ich mich genau an ihn erinnern. Sein Name war Mauri Hoppu.«

»Was fällt Ihnen noch ein zu dem Mann?«, fragte Paula.

Der Verkäufer runzelte die Stirn.

»Er war klein und selbstsicher, schien alles zu wissen. Hielt mir einen ziemlichen Vortrag über unsere eigenen Produkte, als würde ich sie selbst nicht kennen. Ich ließ ihn reden, immerhin kam es zum Kauf. Meiner Meinung nach war er eher siebzig, aber ich kann mich auch täuschen. Warum ist das wichtig?«, fragte er, und Misstrauen blitzte in seinem Gesicht auf. »Sie suchen ihn doch für ein Interview. Was spielt es dann für eine Rolle, wie er war?«

»Ich will mich nur versichern, dass es sich um denjenigen handelt, den wir suchen«, entgegnete Paula. »Hatte er ein Auto?«

Der Mann grinste. »Er fuhr einen kleinen weißen Renault, der so geglänzt hat, dass man sich davor hätte rasieren können. In jeder Hinsicht ein penibler Kerl. Einer, der am Ufer ein Regendach für die Enten baut. Sonst noch was?«

Paula lachte. »Fehlt nur noch der Beruf des Mannes und der Name der Ehefrau.«

»Wenn ich wetten müsste, würde ich sagen, ein ehemaliger Lehrer. Von einer Frau war nicht die Rede.«

Nachdem sie sich bei dem Verkäufer bedankt hatte, warf Paula noch einen letzten, wehmütigen Blick auf den Breitbildfernseher, auf dem nun statt Autos Hubschrauber unterwegs waren, und machte sich gut gelaunt auf den Weg, um Lefa zu suchen. Da fiel ihr etwas ein.

Falls Hoppu der Mann war, der bei dem Brand ums Leben gekommen war, wo war dann sein weißer Renault geblieben?

Jedes Mal, wenn die Wasserleitungen rauschten oder Schritte im Treppenhaus zu hören waren, fuhr Leeni zusammen. Es war schwer, sich daran zu gewöhnen, nicht mehr im eigenen stillen Häuschen zu wohnen, sondern in einem Mietshaus, wo die Menschen dicht gedrängt wie im Warenregal nebeneinander lebten. Wenn man aus dem Fenster blickte, sah man nicht auf Felder, sondern auf verstreute Wohnblocks hinter einem dünnen Dunstschleier. Leeni kam es vor, als blickte sie durch eine schmutzige Brille.

Wie gefährlich der Schlaganfall der Tante letzten Endes wohl war? Würde sie sich erholen, oder würde sie in diesem Zustand bleiben?

Plötzlich fiel ihr ein, dass sie versprochen hatte, sich um die Sache zu kümmern, die ihrer Tante auf dem Herzen lag. Sie hatte sie mehrmals flehentlich darum gebeten. Was konnte es nur sein? Leeni musste unbedingt im Altersheim anrufen.

Nachdem sie eine in der Mikrowelle aufgewärmte Fertigpizza gegessen hatte, stand sie auf und ging ins Schlafzimmer. Sie holte die Plastiktüte aus dem Schrank, von der sie sich etwas Aufmunterung erhoffte. Sie horchte, ob jemand im Treppenhaus war, dann leerte sie den Inhalt auf dem Küchentisch aus.

Als sie den grünen Haufen sah, fühlte sich Leeni gleich besser. Es schien, als sei es auch draußen ein wenig heller geworden. Sie nahm einige Geldbündel in die Hand und fing an zu zählen: fast zehntausend Finnmark, und das war nur ein kleiner Teil. Sie würde lange Zeit nicht auf den Pfennig schauen müssen, nicht mal auf die kleinen Scheine. Wenn sie oder Ami etwas brauchten, müsste sie nur in ein Geschäft gehen und es kaufen. Das Geld zu betrachten gab Leeni Kraft und Selbstvertrauen. Sogar Forsman schien weiter entfernt und irgendwie kleiner zu sein, sobald die Scheine zwischen ihren Fingern raschelten.

Das Läuten an der Tür ließ Leeni zusammenfahren. Schon wieder Forsman? Hastig raffte sie das Geld in die Tüte und verstaute sie hinter dem Abfalleimer unter der Spüle. Erst dann eilte sie zur Tür.

Als Leeni sah, wer dort stand, hatte sie das Gefühl, in eiskaltes Wasser getaucht zu werden.

»Was macht ihr denn hier?«, fragte sie schroff, um ihren Schrecken zu verbergen.

»Guten Morgen! Hoffentlich stören wir nicht«, sagte Ville Kankaanpää. »Wir müssten mal kurz mit Ihnen reden.«

Trotz der scheinbaren Höflichkeit klangen seine Worte hart wie Faustschläge. Die glauben immer noch, ich hätte den Brand veranlasst, dachte Leeni, als sie die Polizisten hereinließ.

Wie Forsman gingen auch die beiden Polizisten schnurstracks ins Wohnzimmer und blieben dort stehen, um sich umzusehen. Kankaanpää schien alles zu registrieren. Das teure Sofa mit dem Gobelinstoff, den großen Fernseher, die Essgruppe, das Bücherregal. Der Assistent nahm auf dem Sofa Platz und öffnete den Reißverschluss seiner schwarzen Windjacke.

»Schöne Wohnung«, stellte Kankaanpää fest. »Aber auch bestimmt teuer. Wie Sie sich das wohl leisten können ...« Es war weniger eine Frage als eine laut ausgesprochene Überlegung.

»Ich habe doch schon gesagt, dass meine Tante mir Fünfzigtausend geschenkt hat«, entgegnete Leeni. »Und dass die Kopie der Schenkungsurkunde mit dem Haus verbrannt ist.«

»Richtig. Die Schenkungsurkunde ...« Kankaanpää musterte Leeni aus den Augenwinkeln heraus.

Er weiß alles, dachte Leeni schluckend. Er weiß, dass mir Tante Milja kein Geld geschenkt hat. Aber er kann es nicht beweisen, beruhigte sie sich. »Ich hab euch doch schon gesagt, ihr sollt beim Finanzamt nachfragen«, sagte sie unfreundlich.

»Darf ich fragen, wie Sie diese Wohnung gefunden haben?«

Ich muss auf der Hut sein, dachte Leeni, ich darf mir nichts anmerken lassen. »Ganz normal«, antwortete sie mit gespielter Sorglosigkeit. »Ich hab ein paar Makler abgeklappert, aber nichts Passendes gefunden. Dann hab ich bei der Wohnungsvermittlung Aaltonen angerufen. Die hatten die Wohnung hier, und ich hab sie am Dienstag gemietet.«

Um dem Blick des Inspektors auszuweichen, ging Leeni den Mietvertrag holen und hielt ihn Kankaanpää zum Lesen hin.

»Wo ist denn Ihre Tochter?«, fragte der Assistent.

»Bei einer Bekannten. Sie ist Tagesmutter, und Ami fühlt sich dort wohl.« Obwohl Kankaanpää nicht danach gefragt hatte, gab sie ihm Sannas Namen und ihre Adresse.

Kankaanpää notierte alles. »Warum haben Sie Ihre Tochter dort hingebracht?«

Leeni erzählte dieselbe Geschichte von der Suche nach einem Job, die sie auch Sanna präsentiert hatte. Sie war einfach mobiler, wenn das Kind sicher untergebracht war.

»Warum suchen Sie dann keine Arbeit?«, fragte Kankaanpää. Er hatte neben dem anderen Polizisten auf dem Sofa Platz genommen. Leeni saß den beiden gegenüber auf der Sesselkante.

»Ich hab … eigentlich …« Leeni rieb sich mit den Fingerspitzen die Stirn. »Ich bin dabei«, bekam sie schließlich heraus. »Aber ich muss auch meine Tante besuchen und mich um ihre Angelegenheiten kümmern. Auch gestern war ich im Krankenhaus. Außerdem, auch wenn hier Platz ist, so ist es doch nicht annähernd so viel wie das, woran Ami gewöhnt ist. Wir hatten ein großes Haus, wie Sie sicherlich wissen, und Ami fühlt sich in so einer Etagenwohnung nicht wohl, sie weint ständig und will nach Hause.«

Das Reden verschaffte ihr Erleichterung, und Leeni blickte mutig von einem Mann zum anderen. »Sanna wohnt in einem Reihenhaus. Ami ist dort besser aufgehoben, bis ich meine Sachen geregelt habe.«

Die beiden Polizisten hakten nicht weiter nach, sondern erhoben sich. »Dürfen wir uns ein bisschen umsehen?«

Leeni zuckte mit den Schultern. Wenn sie verneinte, würden sie im Handumdrehen einen Durchsuchungsbefehl besorgen. Sie hatte den Brand nicht veranlasst. Dafür würden sie keinerlei Beweise finden. Und in der Wohnung befand sich auch nichts, was darauf hingedeutet hätte, dass sie schon vor der Reise davon gewusst hatte. Auch den Testamentsentwurf hatte Forsman wieder mitgenommen.

Die Männer schauten in Schränke und Schubladen. Doch es befanden sich nur wenige von Leenis und Amis Sachen in der Wohnung. Die Sommerkleider, die sie auf der Reise dabeigehabt hatten, Spielsachen von Ami und leere Koffer.

Kankaanpää wirkte enttäuscht und murmelte seinem Assistenten mit gedämpfter Stimme etwas zu.

Schließlich begaben sie sich in den Flur, und der Assistent schloss den Reißverschluss seiner Jacke. Dann brachte etwas, vielleicht die Erleichterung, die sich auf Leenis Gesicht widerspiegelte, Kankaanpää dazu, sich umzudrehen. »Lass uns noch einen Blick in die Küche werfen.«

Eine heiße Welle flutete durch Leenis Bauch. Sie dachte an das Geld hinter dem Abfalleimer. Warum hatte sie es nicht besser versteckt! Wenn Kankaanpää in den Schrank unter der Spüle guckte, war sie verloren. Mehr als hundertfünfzigtausend Finnmark waren in der Tüte. Würde man eine solche Summe bei ihr finden, glaubte niemand mehr, dass sie nichts mit dem Brand zu tun hatte.

Leeni lehnte sich mit gleichgültigem Gesichtsausdruck an die Wand. Ihre Augen verfolgten jedoch jede von Kankaanpääs Bewegungen. Die hohen Schränke. Die Hängeschränke. Der Abtropfschrank über der Spüle. Schließlich bückte er sich, um den Unterschrank zu öffnen. Nun war alles verloren, dachte Leeni mit pochendem Herzen. Wenn sie im Gefängnis säße, würde Vesa Ami bekommen und das Kind dazu erziehen, seine Mutter zu hassen.

Am liebsten hätte sich Leeni auf den Mann gestürzt und

ihm verboten, in den Schrank zu schauen. Aber das wäre dasselbe wie ein Geständnis, dachte sie und zwang sich dazu, sich nicht von der Stelle zu bewegen.

Sie wandte das Gesicht ab, um dem nahenden Untergang nicht ins Auge schauen zu müssen. Um nicht den triumphierenden Ausruf des Mannes zu hören, wenn er die Plastiktüte mit den raschelnden Geldscheinen fand.

Ein triumphierender Ausruf ertönte jedoch nicht. Stattdessen drang das aufdringliche Klingeln eines Handys an Leenis Ohr. Sie richtete ihren Blick auf den Inspektor, der sich aufgerichtet hatte und sein Telefon aus dem Sakko holte. Es war etwas Dringendes, wie Leeni dem Tonfall entnahm. Kankaanpää versprach dem Anrufer, so bald wie möglich zum Präsidium zurückzukommen, und ging mit dem Telefon am Ohr an Leeni vorbei in den Flur, wo sein Assistent auf ihn wartete.

Die Erleichterung raubte Leenis Beinen die Kraft, sie musste an der Wand Halt suchen.

An der Tür drehte sich Kankaanpää noch einmal um und schoss seine letzte Frage ab:

»Wie viel haben die Ihnen gezahlt?«

Leeni geriet fast aus dem Gleichgewicht.

»Ge … gezahlt?«, stotterte sie. »Wofür denn?«

Der Unmut verzerrte Kankaanpääs Gesicht, und es gelang ihm nicht mehr, in der nüchternen Rolle des Polizisten zu bleiben.

»Sie wissen ganz genau, wofür. Sie haben zugelassen, dass das Haus Ihrer Tante niedergebrannt wurde. Aber wir werden Sie schon noch drankriegen. Ich werde Sie nicht in Ruhe lassen, bis Sie bekommen haben, was Sie verdienen!«

Dann fiel die Tür ins Schloss. Heftige Schritte polterten auf der Treppe, wie Steine, die ins Rollen gekommen waren.

Der Platzregen setzte gegen Mittag ein.

Das Wasser schlug so heftig gegen die Scheiben, dass Joni nicht einmal die Ampeln erkennen konnte, von Straßen und Fußgängern ganz zu schweigen. Er hatte so viele Fahrten wie sonst nur Anfang Dezember, wenn die Firmen ihre Weihnachtsfeiern veranstalteten. Kaum hatte er einen Fahrgast abgeliefert, drängte auch schon der nächste in den Wagen.

Er brachte zwei Frauen in die Melkonkatu. Als sie bezahlt hatten, wendete Joni, ohne die Beleuchtung des Taxischildes auf dem Dach einzuschalten. Bei der Zentrale meldete er nicht, dass er frei war, und antwortete auch nicht auf deren Rufe. Er wusste, dass Leeni in der Nähe wohnte und hatte Lust, bei ihr vorbeizuschauen. In ökonomischer Hinsicht war das kein lohnender Entschluss, denn die Zentrale ratterte pausenlos Aufträge herunter, aber Joni scherte sich nicht darum. Soll der Boss doch selber fahren, wenn er nicht zufrieden ist, dachte er rebellisch und lenkte den Wagen in Richtung Meripuistotie.

Als er vor Leenis Haus ankam, fiel ihm sofort das Polizeiauto auf, das am Straßenrand geparkt war. Sein erster Impuls war weiterzufahren, aber die Neugier ließ ihn anhalten und die Situation beobachten.

Er hatte fünf Minuten gewartet, als ein Mann in grauem Sakko in Begleitung eines anderen in schwarzer Windjacke aus dem Haus trat. Beide liefen zu dem Wagen, der kurz darauf lospreschte und dabei eine hohe Fontäne hinter sich aufspritzen ließ.

Er stellte den Wagen frech auf dem Parkplatz des Nachbarhauses ab, wo Platz genug zu sein schien. Es goss noch immer in Strömen, als er im Laufschritt zur Tür von Leenis Haus eilte. Die Polizisten konnten aus jeder Wohnung gekommen sein, sagte er sich, kam aber nicht von dem Gedanken los, dass sie ausgerechnet Leeni aufgesucht hatten. Während er die Treppe hinaufging, beschloss er, ihr nicht zu sagen, dass er sie gesehen hatte. Sie sollte es selbst erzählen.

Als Leeni die Tür öffnete, merkte Joni sofort, dass etwas Unangenehmes passiert war. Sie sah ängstlich aus und schaute ihn an, als könne sie nicht glauben, ihn vor sich zu haben. Schließlich versetzte ein blasses Lächeln ihre Mundwinkel in Bewegung.

»Joni! Du bist es wirklich. Ich freu mich unheimlich.«

»Ich mich auch«, antwortete Joni und trat ein. Im Flur lagen ein paar Spielsachen auf dem Fußboden, aber das Kind war nirgendwo zu sehen. Joni blickte sich suchend um.

»Ich hab Ami zu einer Freundin gebracht, die eine Tochter im gleichen Alter hat. Die beiden verstehen sich gut«, erklärte Leeni, obwohl Joni gar nicht gefragt hatte.

Die Atmosphäre war gespannt, und keiner von beiden wusste, was er sagen sollte. »Scheußliches Wetter«, versuchte Joni die Situation aufzulockern.

»Ach ja? Regnet es?«, fragte Leeni, und Joni konnte nicht begreifen, wie ihr die breiten Wasserströme auf den Fensterscheiben verborgen geblieben sein konnten.

Er ging ins Wohnzimmer und setzte sich aufs Sofa.

»Komm her zu mir«, bat er sie und klopfte auffordernd auf das Sitzpolster. Leeni zögerte, setzte sich aber schließlich neben ihn. Er legte ihr den Arm um die Schultern, doch sie war steif wie ein Brett und drehte nicht einmal den Kopf, als er versuchte, sie zu küssen. Da ließ er sie los, und sie saßen eine Weile schweigend da.

»Was ist eigentlich los mit dir?«, platzte es schließlich aus dem enttäuschten Joni heraus. »Belastet dich das mit dem Brand so sehr?«

Leeni wandte ihm ihre blauen Augen zu. In ihrem Blick lagen ein Hauch Angst, etwas um Hilfe Bittendes, aber auch Berechnung, als würde sie innerhalb einer Sekunde die guten und schlechten Seiten einer Sache abschätzen. »Meine Tante hat einen Schlaganfall gehabt«, antwortete sie schließlich. »Gestern. Sie …« Leenis Arme öffneten sich wie Flügel.

War deshalb die Polizei hier, hätte Joni beinahe gefragt, beherrschte sich aber im letzten Moment. Er wusste ja gar nicht, aus welcher Wohnung die Männer gekommen waren. Und er wollte Leeni auf keinen Fall verunsichern, wo er nun schon so weit gekommen war.

»Das ist ja übel«, sagte er, weil ihm nichts Besseres einfiel.

Plötzlich tat Leeni etwas Unerwartetes. Sie schlang Joni einen Arm um den Hals und drückte sich an ihn. »Halt mich«, flüsterte sie. »Lass mich nicht allein.«

Joni spürte, dass sie außer dem Schlaganfall ihrer Tante noch etwas anderes belastete, aber er wollte in einem solchen Augenblick keine neugierigen Fragen stellen, stattdessen nahm er sie in den Arm und wiegte sie wie ein kleines Kind beruhigend hin und her.

Das Wasser lief über die Fenster, und das einzige Geräusch war das monotone Plätschern des Regens. Joni kam es vor, als wäre außer ihnen beiden kein Mensch im Haus. Vielleicht fühlte Leeni dasselbe, denn allmählich löste sich ihre Spannung, und sie blickte nicht mehr ständig misstrauisch um sich. Joni hielt sie umschlungen und wiegte sie sacht.

Gerade so, als wartete draußen kein Taxi mit Funkrufen auf allen Frequenzen auf ihn. Als gäbe es auf der ganzen Welt nichts anderes als Glück, Sonnenschein und die wunderbare Wärme der Liebe. Egal, dachte er. Was soll's?

Die Fahrt hatte abwechslungsreich begonnen. Zuerst waren sie auf einer breiten Straße, die in gutem Zustand war, nach Osten gefahren, von dort auf eine Landstraße abgebogen und schließlich auf einer alten Ölschotterpiste gelandet, in die der Regen tiefe Löcher gekerbt hatte, sodass der Wagen von einer Seite auf die andere schaukelte.

Die Bewegung erinnerte Paula an einen Ritt auf einem Kamel. Dem Wegweiser entnahm sie, dass die Straße nach Hauho führte. Kaum vorstellbar, dass jemand freiwillig dorthin wollte.

Beiderseits der Straße war Wald, der unvermittelt an einem Stoppelacker abbrach. Weiße Perlenbänder aus Futterballen säumten ihn wie zum Trocknen ausgelegte Käselaibe.

»Manche sagen, sie verschandeln die Landschaft«, sagte Paula. »Ich finde, sie sehen aus wie künstliche Zähne.«

Der Geländewagen brauste weiter und ließ den Waldrand hinter sich. Eine Zeit lang verlief die Straße gerade, dann schlängelte sie sich wieder durch die Landschaft. Schließlich tauchten die ersten Anzeichen von Besiedlung auf. Auf der einen Straßenseite sahen sie ein frisch gepflügtes Feld und auf der anderen einen steilen Hang mit einem Haus in einem verwaschenen Gelb. Lefa verringerte das Tempo.

Es war niemand zu sehen, nicht einmal ein Hund bellte.

»Sieht unbewohnt aus«, sagte Paula, »fahr noch ein Stück weiter.«

Gerade als Lefa wieder aufs Gaspedal trat, erschien hinter dem Haus ein Mann mit grauer Schildmütze und Tarnjacke, der ein Fahrrad schob. »Stopp!«, befahl Paula, als sie den Mann aufs Rad steigen sah. Lefa warf ihr einen gequälten Blick zu und trat auf die Bremse.

»Hier wohnt er nicht«, stellte er fest, nachdem er die Zahl

gelesen hatte, die auf den Briefkasten geschmiert worden war.

»Egal, aber ich will wissen, ob Hoppu überhaupt hier in der Gegend wohnt oder ob wir völlig falsch gefahren sind. Es hat den Anschein, als würde in der ganzen Gegend nur dieser eine Fahrradfahrer leben.«

»Wir befinden uns hier in der Provinz Häme«, erinnerte Lefa. »Hier wohnt man nicht dicht nebeneinander, hier brauchen die Leute Platz um sich herum. Auch die Tante meiner Frau ...«

Paula hörte nicht weiter zu, sondern sprang aus dem Wagen und rannte dem uralten Fahrrad in den Weg, sodass der Mann anhalten musste.

»Entschuldigung, aber könnten Sie uns eine Auskunft geben?«, fragte Paula außer Atem. »Wir suchen einen Mann namens Mauri Hoppu. Ist es von hier noch weit bis zu ihm?«

Der Mann hatte ein rundes Gesicht voller Aknenarben, was auch der schlecht rasierte Bart nicht verbergen konnte. Seine Nase war das bekannte Kartoffelmodell, wenngleich etwas größer als üblich. Der Mann schob seine Mütze zurück und kratzte sich den Kopf.

»Ach, der Hoppu. Der wohnt gleich da hinten.« Die Hand wies in eine unbestimmte Richtung. »Ein oder zwei Kilometer weiter.«

Zum Glück, atmete Paula innerlich auf. Zum Glück fuhren sie in die richtige Richtung. »Wissen Sie zufällig, ob er zu Hause ist?«

»Ach, zu Hause? Kann schon sein. Aber sicher kann ich das nicht sagen.« Der Mann hob seine Mütze und packte die Lenkstange fester. Er hatte gesagt, was er zu sagen gehabt hatte, und wollte weiterfahren.

»Hat er etwas von einer Reise erzählt?«, fragte Paula hastig.

»Von einer Reise.« Der Mann strich sich über das stoppelige Kinn. »Kann schon sein. Im Laden hat er was von einer Fahrt in den Süden gesagt. Aber das ist schon zwei Wochen her.«

In den Süden. Paula hatte das Gefühl, gestolpert und auf die Nase gefallen zu sein. Falls Hoppu in den Süden gereist war, konnte er nicht der Mann sein, der mit dem Haus der Kanerva verbrannt war. Die ganze mühsame Fahrt hierher war absolut umsonst gewesen. Lefa würde ausrasten, wenn er das hörte.

»Ach, in den Süden«, seufzte Paula. »Sind Sie sich ganz sicher?«

»So hat er's gesagt, mehr weiß ich nicht. Ich hab ihn in letzter Zeit nicht gesehen.«

Wieder hob er die Mütze und richtete die Pedale, um weiterzufahren. In der Hoffnung, dass er möglicherweise doch mehr wusste, sagte Paula:

»In Spanien ist es warm um diese Jahreszeit. Oder ist er vielleicht in Griechenland?«

»Wer?« Der Mann warf Paula einen misstrauischen Blick zu.

»Hoppu natürlich. Sie haben doch gerade gesagt, er sei in den Süden gefahren.«

Der Mann richtete sich auf und seufzte tief. Diese Fremden, schien seine Haltung auszudrücken.

»Vom Ausland hab ich nichts gesagt«, entgegnete er. »Ich hab nur gesagt, dass Hoppu in den Süden gefahren ist.«

Paula starrte den Mann verdutzt an. Seine Gedankenwege schienen vollkommen anders zu verlaufen als die ihren.

»Also nach Helsinki«, präzisierte er ungeduldig. »Oder wenigstens in die Richtung.« Nachdem er das geklärt hatte, setzte er sein Rad in Bewegung und schwang sich verblüffend behände in den Sattel. Um weiteren Fragen aus dem Weg zu gehen, strampelte er in vollem Tempo in die Richtung, aus der Lefa und Paula gekommen waren.

Paula klatschte triumphierend in die Hände. Es war genau so, wie sie es sich gedacht hatte. Hoppu war nach Helsinki gefahren und offensichtlich noch nicht zurückgekehrt. Das hieß ... Eine Krähe flog wie in Zeitlupe über die Straße und landete mit schlagenden Flügeln. Paula fuhr aus ihren Gedanken hoch und eilte zum Wagen zurück.

»Hoffentlich sind wir bald da, diese Landschaft geht mir allmählich auf die Nerven«, schimpfte Lefa, als er den Motor anließ. »Man kriegt richtig klaustrophobische Zustände.«

»Wir befinden uns hier in der Provinz Häme«, erinnerte ihn Paula.

Natürlich war der Weg länger, als der Mann geschätzt hatte. Sie waren fast drei Kilometer durch ein düsteres Waldstück gefahren, ohne an einem einzigen Haus vorbeizukommen.

»Hier gibt's bestimmt Wölfe«, meinte Lefa, während er sich umblickte.

»Und Bären. Fahr nur weiter«, trieb Paula ihn an.

Hinter einem kleinen Hügel bremste Lefa plötzlich. Vor sich sahen sie ein weiß gestrichenes Bauernhaus mit Butzenscheiben. Von hohen Bäumen umstanden, hockte es mitten in den Feldern. Am Anfang des Zufahrtsweges stand ein Pfosten, an dem ein schmiedeeisernes Schild mit der Hausnummer hing. Paula und Lefa stießen einen Seufzer der Erleichterung aus, und der Geländewagen schaukelte auf das Haus zu.

Der Rasen wuchs hoch, sein Grün mischte sich mit dem Gelb des herabgefallenen Laubes. Es rührte sich nichts. Keine Menschen, keine Tiere, nicht einmal Vögel. In der feuchten Landschaft ging auch kein Wind. Sogar die letzten Blätter hielten sich hartnäckig an den Bäumen.

An einem Nebengebäude stand eine Tür einen Spalt weit offen. Lefa parkte den Wagen. Paula sprang hinaus und ging geradewegs auf die offene Tür zu. Sie hatte ein dumpfes Gefühl im Magen, als sie im Schuppen ein weißes Auto sah. Wahrscheinlich war das der Renault, von dem der Verkäufer in dem Elektrogeschäft gesprochen hatte. War Hoppu mit dem Bus nach Helsinki gefahren? Oder handelte es sich doch um eine andere Person?

Paula drehte sich um. Lefa war inzwischen zum Haus gegangen und ruckelte an der Tür. »He! Die ist offen«, rief er Paula zu.

Paula eilte hinüber und folgte Lefa auf eine geräumige Veranda mit Korbstühlen und einem runden Glastisch. Lefa drückte den Klingelknopf an der Innentür. Niemand öffnete. Auf dem Verandatisch lagen ein Stapel Zeitungen und zwei Briefe. Paula blätterte die Zeitungen durch und stellte fest, dass sie aktuell waren. Zuoberst lag die Ausgabe dieses Tages. Offensichtlich hatte jemand die Post aus dem Kasten geholt.

Ein leichtes Knacken ließ sie zusammenfahren. Sie drehten sich um und sahen, wie langsam die Tür zum Flur aufging. Paulas Herz fing wild an zu hämmern, und sie ergriff Lefas Hand.

»Wer ist da?«, fragte Lefa, wobei er versuchte, einen barschen Eindruck zu machen.

Die Tür ging gerade so weit auf, dass die rechte Hälfte eines Gesichts und ein böse glotzendes Auge zum Vorschein kam. Der Mann war mittelgroß und fast kahl. Er trug einen dunkelgrauen Pullover und schwarze Hosen, von denen nur ein Bein zu sehen war. Sein Fuß war mit einem schwarzen Strumpf bekleidet, woraus Paula schloss, dass sie den Mann beim Mittagsschlaf überrascht hatten.

»E … Entschuldigung«, sagte Lefa und trat einen Schritt zurück. »Wir haben geglaubt …«

Paula stieß Lefa entschlossen zur Seite, bevor dieser ausplapperte, sie hätten geglaubt, der Mann sei tot.

»Wer sind Sie?«, fragte sie offensiv. Das war die beste Taktik, in solchen unerwarteten Situationen.

»Ich? Sie fragen, wer ich bin?«, entgegnete der Mann

mit zorniger Stimme und machte die Tür ein Stück weiter auf.

»Ja. Wer sind Sie?«, wiederholte Paula.

»Der Besitzer dieses Hauses, wer sonst.«

»Mauri Hoppu?«

Die wassergrauen Augen fixierten Paula unverwandt.

»Der Name steht auf dem Briefkasten, falls das Fräulein lesen kann. Aber ich habe Ihren Namen noch nicht gehört, und was machen Sie überhaupt hier?«

Paula antwortete, bevor Lefa etwas Unpassendes sagen konnte:

»Wir sind von dem Elektrogeschäft. Sie haben im Juni bei uns eine Kühl- und Gefrierkombination gekauft, und wir wollten uns versichern, ob sie richtig funktioniert. Eine Lieferung hat nämlich einen Herstellungsfehler. Der Gefrierschrank kühlt nicht, sondern wird heiß. Hat Ihr Gerät bis jetzt funktioniert?«

»Ja«, stieß der Mann hervor. »Es funktioniert gut.« Dann zog er sich zurück, um die Tür zu schließen.

»Warten Sie, ich möchte ...« Paula griff nach der Klinke, war aber nicht schnell genug. Die Tür fiel krachend zu und wurde auch nicht mehr geöffnet, obwohl Paula eine ganze Weile anklopfte.

»Da hast du deine Leiche«, schnaubte Lefa, als sie zum Wagen zurückkehrten. »Macht einen ziemlich lebendigen Eindruck ...«

»Schlag nicht, wer am Boden kriecht, brich nicht, wessen Herz zerbricht«, stöhnte Paula. Erneut hatte sie das Gefühl, gestolpert und auf die Nase gefallen zu sein. Hoppu war im Süden gewesen und ohne das Wissen seiner Nachbarn zurückgekehrt. Offensichtlich hatte er nichts mit dem abgebrannten Haus zu tun. Paula war der Identität des Toten kein bisschen näher gekommen.

Lefa ließ den Wagen an und fuhr zurück auf die Straße. In

den Birken neben dem Haus saßen jetzt Krähen, die, wie zum Hohn, lautstark krächzten. Sie fuhren in die Richtung, aus der sie gekommen waren. Paula blickte noch einmal auf das Haus und sah in einem Fenster einen hellen Fleck. Das Gesicht des Mannes, dachte sie. Er stand am Fenster und beobachtete, wie sie davonfuhren.

Etwas an Hoppus Art hatte Paula gestört, und sie versuchte den Eindruck zu erfassen, indem sie sich sein Verhalten noch einmal vor Augen führte.

Hoppu war nervös gewesen, wurde ihr plötzlich klar, nervöser sogar als sie und Lefa. Doch als sie diesem ihre Beobachtung mitteilte, schnaubte er bloß.

»Wenn du fremde Leute dabei erwischen würdest, wie sie auf deiner Veranda in deiner Post herumschnüffeln, wärst du auch nervös«, sagte Lefa und trat aufs Gas. Ein Rad traf ein Schlagloch, und der Wagen sprang so, dass Paulas Kopf an die Decke stieß.

»Das stimmt«, gab Paula zu und hielt sich den Kopf. Sie hatte sich für schlau gehalten und als Belohnung dafür eine Beule abbekommen.

Aber wenn Mauri Hoppu nichts mit dem abgebrannten Haus zu tun hatte, wie war dann seine Geldbörse in das Waldstück unmittelbar neben dem Haus geraten?

Leeni sah vom Fenster aus, wie der hellbeige Mercedes davonfuhr. Instinktiv hob sie die Hand zum Winken, obwohl sie wusste, dass Joni sie nicht sehen konnte. Es war wieder still in der Wohnung, und die Ereignisse bemächtigten sich wieder ihrer Gedanken.

Kankaanpää hatte gedroht, sie nicht in Ruhe zu lassen, bevor er sie überführt hatte. Er hatte gefragt, wie viel man ihr gezahlt hatte, so, als wüsste er von Forsmans Besuchen.

Leeni holte die Geldtüte unter der Spüle hervor und leerte ihren Inhalt auf dem Küchentisch aus. Wieder versuchte sie, aus dem Geld Kraft zu saugen, indem sie sich einredete, wie viel besser ihr Leben sein würde, wenn all das endlich vorbei wäre. Sie würde nicht mehr mit jeder einzelnen Rechnung zu kämpfen haben, sie müsste nicht mehr vor Beamten kriechen. Und sie konnte sich alles kaufen, was sie begehrte. Modische Kleider, Schmuck, einen großen Breitbildfernseher und sogar ein kleines Auto, wenn sie wollte.

Entschlossen schob sie das Bild von dem brennenden Haus und der verkohlten Leiche zur Seite. Das war Vergangenheit und hatte nichts mehr zu bedeuten. Das Geld war die Gegenwart.

Und dieser Inspektor wusste nichts, er hatte ihr nur Angst einjagen wollen, sagte sie sich und fing wieder an, das Geld zu zählen.

Allmählich beruhigten sich ihre Nerven. Jonis Zärtlichkeiten ließen ein zufriedenes Lächeln auf ihrem Gesicht aufscheinen. Zum Glück war er nicht gekommen, als die Polizei hier war, dachte Leeni.

Sie steckte das Geld in die Tüte und verstaute sie wieder im Schrank unter der Spüle. Sicherheitshalber stülpte sie eine Waschschüssel darüber.

Ein Bündel Hunderter war auf dem Tisch zurückgeblieben, und sie steckte die Scheine in ihr Portemonnaie. Joni hatte versprochen, nach dem Dienst wiederzukommen, dann würden sie zusammen ins Kino gehen. Leeni wollte sich zuvor etwas Neues zum Anziehen kaufen.

Bevor sie losging, rief sie bei der Wohnungsvermittlung an und bat darum, mit der Geschäftsführerin zu sprechen. »Es handelt sich um eine persönliche Angelegenheit«, fügte sie noch hinzu.

Nach einer Weile meldete sich eine andere Frauenstimme in der Leitung, die sehr hektisch klang, als wäre die Frau auf dem Weg nach draußen zurückgerufen worden.

»Kaija Aaltonen, wer ist da?«

Leeni stellte sich vor und erklärte, in einer von Aaltonen vermieteten Wohnung in der Meripuistotie zu wohnen. »Ich möchte nur wissen, wer diese Wohnung gemietet hat.«

Eine halbe Sekunde Stille. »Jetzt verstehe ich nicht. Sie haben die Wohnung doch selbst gemietet. Und bar bezahlt. Das kann man auch unserer Buchhaltung entnehmen.« Ein kurzes Auflachen. »Das haben wir übrigens auch der Polizei erzählt, die sich heute danach erkundigt hat.«

Das Lachen ärgerte Leeni, ebenso wie die Arroganz der Frau.

»Du weißt ganz genau, dass ich überhaupt nichts gemietet habe«, zischte Leeni. »Diese Bude hier hat Forsman ohne zu fragen für mich gemietet. Ich will wissen, wer dieser Forsman eigentlich ist.«

Leeni konnte sich vorstellen, wie die Frau ihre gezupften Augenbrauen hob. »Forsman? Ich kennen keinen Forsman. Den Namen habe ich noch nie gehört.« Die dunkle Stimme wurde einen Grad kälter. »Und wie ich gerade sagte, haben Sie selbst die Wohnung gemietet. Es hat keinen Zweck, etwas anderes zu behaupten. Ich muss jetzt gehen, auf Wiederhören!«

Leeni legte auf und ging ans Fenster. Die dünnen Wasserstreifen sahen aus wie haarfeine Risse, durch die Feuchtigkeit hereindrang und sich in der Wohnung ausbreitete, die ihr plötzlich eiskalt vorkam.

Wer war dieser Forsman eigentlich, fragte sich Leeni. Sie hatte das seltsame Gefühl, als wüsste das niemand. Als hätte Forsman anstelle eines Gesichts Hundertmarkscheine, und sie war die Einzige, die ihn jemals gesehen hatte.

Paula forderte Lefa auf zu wenden. »Wozu?«, fragte er und fuhr stur weiter.

»Weil ich den Mann noch etwas fragen muss«, antwortete Paula und erinnerte Lefa an die Geldbörse, die in dem Waldstück gefunden worden war.

»Wenn Hoppus Geldbörse in der Nähe des Kanerva-Hauses gefunden wurde, muss er etwas mit dem Brand zu tun haben. Und ich will wissen, was!«

»Außer sie ist ihm geklaut worden«, wandte Lefa scharfsinnig ein. »Diese Möglichkeit muss man in Betracht ziehen.«

Paula wischte eine solch unglaubwürdige Erklärung beiseite. »Du musst zurückfahren«, verlangte sie. »Hoppu ist uns eine Erklärung schuldig.«

»Wie du gerade gemerkt hast, scheint er nicht sonderlich begeistert davon zu sein, Erklärungen abzugeben. Was hat es für einen Nutzen zurückzubrettern, wenn er uns nicht mal reinlässt?«

»Das wird er schon tun«, beteuerte Paula selbstsicher. »Mir wird schon was einfallen.«

Schließlich gelang es ihr, Lefa dazu zu bringen, umzukehren. Wenn sie es geschickt anstellten, wäre der Mann vielleicht bereit, mit ihnen zu reden.

»Du trittst auf, und ich helfe dir«, erklärte Lefa, als er den Geländewagen an der Landstraße parkte, um den Mann nicht schon abzuschrecken, indem er auf den Hof fuhr.

Es fing an zu nieseln, und Paula schützte ihre Haare mit ihrem Schal. Lefa stellte den Kragen seiner Jacke auf und schimpfte über die miesen Situationen, in die er immer mit Paula geriet. Als sie den Hof erreichten, stand die Schuppentür immer noch offen. Er ist doch hoffentlich nicht weggefahren, schoss es Paula in den Kopf, und sie eilte hastig hinüber. Doch die weiße Motorhaube schimmerte unberührt im Dämmerlicht, und Paula war sichtlich erleichtert.

»Er ist zu Hause«, flüsterte sie Lefa zu, der am Haus im Schutz der Traufe auf sie wartete. »Jetzt müssen wir nur hineinkommen und aus Hoppu herauslocken, was er über den Brand weiß.«

»Vielleicht hat er ihn selbst gelegt«, brummte Lefa mit hochgezogenen Schultern.

»Du sagst es«, antwortete Paula und eilte auf die Veranda zu. Das Nieseln hatte sich in starken Regen verwandelt, ihr Kurzmantel wurde durch und durch nass, und der dumpfe Geruch von feuchter Wolle stieg ihr in die Nase.

Die Verandatür war nun verriegelt. Paula drückte lange auf die Klingel neben der Tür. Ohne Erfolg. Vielleicht war die Klingel kaputt, dachte sie und klopfte an die Tür und dann ans Fenster. Hoppu musste das Klopfen hören, doch er stellte sich stur.

Paula lief zu Lefa zurück, der immer noch im Schutz der Traufe stand. »Er kommt einfach nicht an die Tür. Wir müssen schauen, ob man irgendwo durchs Fenster gucken kann.

Vielleicht ist er bereit, durch das Fenster mit uns zu reden.«

»Geh nur«, meinte Lefa, »ich stell mich drüben im Autoschuppen unter.« Bevor Paula etwas sagen konnte, hatte er sich schon umgedreht und lief auf den Schuppen zu. Du Flasche, verwünschte ihn Paula, obwohl sie am liebsten seinem Beispiel gefolgt wäre. Der Wunsch, es Lefa zu zeigen, brachte sie aber dann doch dazu, wieder in den Regen einzutauchen. Das Wasser lief ihr über das Gesicht, als sie um das Haus herumging und versuchte, in eines der Fenster zu spähen, die allerdings so weit oben waren, dass sie nichts sehen konnte.

Als sie am anderen Ende des Hauses angekommen war, blieb sie triumphierend stehen. Dort war eine Tür. Und neben der Tür ein Fenster, das ein wenig niedriger eingesetzt war als die anderen, sodass Paula hineinlugen konnte, wenn sie sich streckte. Sie sah einen kleinen Vorraum voll mit Gartengeräten und allem möglichen anderen Zeug. Eine weitere Tür führte ins Innere des Hauses.

Paula rüttelte an der Tür, sicher, dass sie abgeschlossen war, doch sie öffnete sich unerwarteterweise, und nach kurzem Zögern betrat sie den Vorraum. Sie registrierte, dass die Tür kein Schloss hatte, sondern einen breiten Riegel, den Hoppu vergessen hatte vorzuschieben. Auch die Tür zur Wohnung schien ohne Schloss zu sein, und Paula konnte der Versuchung nicht widerstehen, drückte die Klinke und schob die Tür einen Spalt weit auf.

Sie führte in eine große Küche, an deren gegenüberliegenden Wand ein altmodischer Holzofen einträchtig neben einem modernen Elektroherd stand. Die Spüle mit ihren blinkenden Wasserhähnen sah neu aus. Dann fiel ihr Blick auf die Kühl- und Gefrierkombination. Offensichtlich war dies das Gerät, das Hoppu im Juni gekauft hatte.

Von dem Mann war jedoch nichts zu sehen und zu hören. »Huhu, wo sind Sie?«, rief Paula, während sie vorsichtig weiterging. Da sie keine Antwort bekam, wagte sie sich in den Nebenraum, der einst zusammen mit der Küche einen großen Raum gebildet haben musste. In einer Ecke hockte ein alter Schaukelstuhl, von dem aus der Mann sicherlich auf den Fernseher in der gegenüberliegenden Ecke schaute.

»Herr Hoppu!«, rief Paula erneut. »Sind Sie da?«

Als der Mann noch immer nicht erschien, fasste Paula Mut, ihre Entdeckungsreise fortzusetzen. Durch einen Bogen gelangte sie ins eigentliche Wohnzimmer, allerdings schien sich darin selten jemand aufzuhalten. Es war ein düsterer Raum, dessen Fenster von alten Fliederbüschen verschattet wurden. An der Wand hing ein Teppich in dunklen Farben, er schwebte über dem Sofa wie eine bedrohliche Wolke. Der schwere runde Couchtisch und der große Schrank waren aus braun gebeiztem Holz. Das unregelmäßige Muster auf dem Teppich, der auf dem Fußboden lag, erinnerte an getrocknete Blutlachen. Paula hatte keine Lust, den Schrank aufzumachen, um nachzuschauen, was er enthielt. Sie war sicher, dass er seit fünfzig Jahren nicht geöffnet worden war.

Vom Wohnzimmer führte eine Tür zum geräumigen Eingangsbereich, hinter dem die Veranda zu erkennen war. Die Türen rechts und links führten in kleinere Räume. Nachdem sie noch einmal nach Hoppu gerufen hatte, wagte sich Paula in eines davon. Es erwies sich als das Schlafzimmer und musste kürzlich renoviert worden sein. Eine neue Tapete mit blauem Blumenmuster zierte die Wände. Auf dem Bett lag eine leinenfarbene Tagesdecke, die so glatt war, als wäre sie mit der Wasserwaage ausgerichtet worden.

An der Wand hing eine Seelandschaft auf Öl und daneben eine gerahmte Fotografie, die eine alte Mühle zeigte. Eine unklare Erinnerung tauchte vor Paulas innerem Auge auf, es gelang ihr jedoch nicht, sie zu einem bewussten Gedanken zu verdeutlichen. Also setzte sie ihren Weg fort.

Sie wunderte sich, dass Hoppu immer noch nicht aufgetaucht war, um sie aus dem Haus zu jagen. Das hätte Paula beruhigt, stattdessen wurde sie immer unruhiger. Etwas stimmte nicht, sie wusste nur nicht, was.

Vor der Haustür polterte es, und Paula eilte zur Veranda, um zu sehen, ob Hoppu hereinkam. Doch auf der Treppe stand Lefa, von dessen Schnurrbart das Wasser tropfte.

»Wie bist du da reingekommen?«, wunderte er sich, als Paula ihm die Tür aufmachte. »Lass mich auch rein, ich erfriere.«

Paula berichtete ihm, dass die Hintertür offen gewesen war. »Ich habe gerufen, aber Hoppu will sich einfach nicht zeigen. Du hast ihn doch nicht zufällig draußen gesehen?«

»Zufällig habe ich niemanden gesehen«, knurrte Lefa und zog seine nasse Jacke aus. »Wenn ich eine Lungenentzündung kriege, darfst du dich um meine sämtlichen Fototermine kümmern, ist das klar?«

»Schau mal nach, ob er oben ist«, forderte Paula ihn auf und wies auf die Tür, hinter der sie die Treppe zur Dachkammer gesehen hatte.

»Warum gehst du nicht selbst?«

»Weil ich noch in ein Zimmer hier unten muss.«

Widerstrebend verschwand Lefa auf der halbdunklen Treppe. Lautstark schimpfte er über seine nassen Kleider und über Paulas idiotische Ideen, unter denen er stets zu leiden hatte.

Als seine Stimme endlich nicht mehr zu hören war, ging Paula in das letzte Zimmer, das sich auf der anderen Seite des Eingangsbereichs neben der Küche befand.

Vor dem Fenster stand ein Schreibtisch, als dessen Fortsetzung daneben ein Tisch mit einem Computer platziert war. In den Regalen an den Wänden standen meterweise Bücher, von prächtigen Bänden mit Lederrücken bis hin zu einfachen Taschenbüchern. Zwei Regale enthielten ausschließlich naturwissenschaftliche Publikationen.

Paula widmete sich jedoch nicht den Büchern, sondern ihre Aufmerksamkeit richtete sich auf den Schreibtisch. Sämtliche Schubladen waren aufgezogen und ihr Inhalt auf dem Boden verstreut worden. Einige Mappen lagen aufgeschlagen auf dem Tisch. Hier hatte jemand etwas gesucht, und zwar gründlich.

Lefa trat hinter sie. »Oben ist alles durchwühlt worden«, erstattete er aufgeregt Bericht. »Die Schubladen sind ausgeleert worden, und alles liegt durcheinander herum.« Als er das Chaos auf dem Schreibtisch sah, sagte er: »Scheint hopphopp gegangen zu sein, bei Hoppu. Ob er wohl gefunden hat, was er suchte?«

»Hoppu hat gar nichts gesucht«, antwortete Paula. »Jemand anderes hat das getan.«

»Woher weißt du das? Warum kann Hoppu nicht selbst was gesucht haben?«

»Ein Mann, dessen Renault so glänzt, dass man sich davor rasieren könnte, hinterlässt sein Arbeitszimmer nicht in einem solchem Zustand. Das war garantiert ein anderer.«

Lefa und Paula sahen sich schweigend um.

»Weißt du, was ich glaube?«, fragte Lefa.

Paula ahnte bereits, was Lefa sagen wollte, mochte ihm aber nicht den Spaß verderben. »Was denn?«, fragte sie.

»Der Kerl, den wir vorhin gesehen haben, war gar nicht Hoppu. Der ist gekommen, um hier alles zu durchwühlen, weil er wusste, dass Hoppu nicht zu Hause ist.«

Paula dachte an den Mann, der im Türspalt gestanden hatte, und nickte.

»Ein Mann, der es liebt, zu predigen und andere zurechtzuweisen, hätte uns nicht so leicht davonkommen lassen«, sagte sie. »Und ich glaube nicht, dass Hoppu auf Strümpfen an die Tür gekommen wäre. Warum trug der Mann eigentlich keine Schuhe?«

»Damit niemand merkt, dass er hier war«, sagte Lefa und

deutete auf den Fußboden, wo Paulas Schuhe eine Reihe schwarzer Spuren hinterlassen hatten. »Was hat er eigentlich gesucht?«

»Gute Frage«, gab Paula zu. »Aber ich habe noch eine bessere. Wenn Hoppus Wagen noch im Schuppen steht, wie ist der Kerl dann hier weggekommen? Ich habe jedenfalls kein Fahrzeug gesehen.«

»Vielleicht hat er sich beim Nachbarn ein Fahrrad ausgeliehen«, bemerkte Lefa ironisch.

Obwohl er fürs Kino angezogen war, hatte sich Joni vorgestellt, den Abend – und die Nacht – mit Leeni in ihrer Wohnung zu verbringen, wenn das Kind schon mal weg war. Er hatte sich schon im Voraus Leenis widerstrebende Hingabe ausgemalt und die Befriedigung, die ihm seine Eroberung verschaffen würde. Doch überraschenderweise kam Leeni ihm schon vor dem Haus entgegen, als wollte sie sicherstellen, dass sie auch tatsächlich irgendwo hingingen. Sie trug einen engen schwarzen Rock und schwarze Pumps mit hohen Absätzen. Beides sah neu aus.

Ein paar Regentropfen fielen von dem bewölkten Himmel, und Joni versuchte die Situation noch zu seinem Vorteil zu wenden. »Wär es nicht angenehmer, drinnen im Warmen zu bleiben?«

Leeni lachte. »Im Kino regnet es bestimmt nicht, und ich möchte etwas Schönes sehen.«

»Etwas Schönes?« Für Joni war es schön, zusammen unter einer Decke zu liegen. Oder auf der Decke, das war egal.

»Ja. Ich möchte vergessen ...« Leeni hakte sich bei ihm ein.

»Was vergessen?«

»Das weiß ich selbst nicht. Den Brand. Den Schlaganfall meiner Tante. Die elendige Jobsuche. Such dir was aus.«

Arm in Arm gingen sie zu Jonis Auto. Er hatte sich gerade einen dunkelroten Nissan gekauft. Gemessen an seinem Einkommen, war er etwas zu teuer gewesen, aber die Anzahlung war ihm so gering erschienen, dass er der Versuchung nicht widerstehen konnte. Als er Leenis Verblüffung sah, lachte er vor Freude auf. »Warte erst mal ab, bis du drinsitzt«, sagte er.

Das Innere verströmte den typischen Geruch eines neuen Wagens. Die Sitze waren mit graublauem Velours bezogen und mit gleichfarbigem Leder eingefasst. Das Armaturenbrett glänzte. Der Motor schnurrte sanft, als Joni eine Runde drehte, um sein Auto zu vorzuführen.

»Du scheinst Autos zu mögen«, stellte Leeni fest.

»Stimmt. Mein Traum wäre es, mal mit einem richtig geilen Sportwagen zu fahren, zum Beispiel mit einem Lamborghini. Aber hier in Finnland gibt es leider keine Autobahn, auf der man zweihundert fahren kann.«

»Du hättest Formel-Eins-Fahrer werden sollen.«

Joni lachte. »Wenn das so einfach wäre, wäre die Hälfte aller Männer Formel-Eins-Fahrer. Da gehört schon ein bisschen mehr dazu. Wenn mein Vater ...«

»Was ist mit deinem Vater?«

»Eigentlich nichts.« Joni wechselte souverän die Spur und fuhr in Richtung Lapinlahti-Brücke. »Ich wollte nur sagen, wenn mein Vater nicht gestorben wäre, würde bei mir vieles anders aussehen. Vielleicht wäre ich Rallyefahrer geworden, das habe ich mir oft gewünscht. Mein Vater mochte Autos. Aber es lohnt sich nicht, an früher zu denken. Statt Rallyefahrer bin ich Taxifahrer geworden. Ist das nicht fast dasselbe?« Joni lachte leicht gezwungen.

Er hoffte, Leeni würde nicht nachfragen, aber nach kurzem Überlegen sagte sie: »Das hat sich ein bisschen seltsam angehört, als du gesagt hast, dein Vater mochte Autos. Er ist doch nicht bei einem Unfall ums Leben gekommen?«

»Doch. Sie waren beide tot. Ich habe als Einziger überlebt.«

Joni befürchtete, Leeni würde nun anfangen, ihn zu bedauern. Das hasste er am allermeisten auf der Welt. Das Mitleid von Weibern. Aber zum Glück war Leeni intelligent genug und schwieg. Diese Frau hatte Stil, das hatte er von Anfang an im Gefühl gehabt. Er schaltete das Radio ein, und die Musik strömte durch die vier Lautsprecher in den Wagen. Die Kluft, die sich gerade aufgetan hatte, schloss sich wieder.

Joni parkte den Wagen auf dem Marktplatz in der Nähe der Werft, und sie gingen zu Fuß weiter. Es war halb acht, und auf dem Boulevard gingen die Laternen an. Es waren einige Leute in der Dämmerung unterwegs. Leeni blieb vor einem Schaufenster mit Damenmänteln stehen, und erst da bemerkte Joni, dass sie in ihrer dünnen Sommerjacke fror.

Er legte ihr den Arm um die Schulter und drückte sie leicht. »Lass uns nicht ins Kino gehen«, flüsterte er in ihre Haare. »Lass uns zu mir gehen. Ich wohne in Töölö.«

Da Leeni nicht antwortete, versuchte er weiter, sie zu überreden: »Ich habe eine Flasche Chivas Regal, die hat mir ein Freund vom Schiff mitgebracht, und Rotwein hab ich auch, falls du den lieber magst.«

Leeni lachte auf. »Und wenn ich nur Tee trinke?«

Auch Joni lachte. Das lief besser, als er geglaubt hatte. »Von mir aus kannst du auch Milch trinken. Ist alles da. Ich werde mich schon um dich kümmern.« Er drückte jetzt ein bisschen fester zu. »Was meinst du, wollen wir?«

Leeni blickte Joni mit einem schelmischen Lächeln auf den Lippen an. Dieses Lächeln enthielt ein Versprechen, und Joni war sicher, sie war einverstanden. Er machte schon Anstalten umzukehren, doch plötzlich änderte sich ihr Gesichtsausdruck. Leenis blaue Augen blickten über Jonis Schulter hinweg, und auf ihrem Gesicht machte sich eine Mischung aus Angst und Entsetzen breit.

Auch Joni drehte sich um, um zu sehen, was Leeni so in Angst versetzte, aber er konnte auf der Straße nichts Besonderes erkennen. Nur ganz normale Leute, Autos und eine Straßenbahn. Keine Bären, keine Tiger und auch sonst nicht Furcht Erregendes.

Leeni blickte abrupt in Jonis Gesicht. »Es tut mir Leid«, sagte sie, »aber ich kann nicht mit dir kommen. Ich muss sofort zu Sanna.« Ihre Stimme klang panisch.

»Zu Sanna. Warum, zum Teufel? Wir sind doch gerade erst …«

»Ami«, sagte sie und befreite sich von Jonis Arm. »Sie hatte heute Morgen ein bisschen Fieber. Mir ist gerade eingefallen, dass ich versprochen habe, zu sehen, wie es ihr geht.«

Sie lügt, dachte Joni. Die Kleine hat kein Fieber, wenn sie welches hätte, wäre Leeni gar nicht erst ausgegangen. Ein freies Taxi fuhr den Boulevard entlang. Bevor Joni etwas sagen konnte, hatte Leeni den Wagen angehalten und war auf die Rückbank gesprungen. Die Tür schlug vor Jonis Nase zu. Das Auto sauste los und bog an der nächsten Ecke ab.

Joni trat vor Wut gegen ein Haltestellenschild. Musste dieses Scheißtaxi ausgerechnet jetzt vorbeikommen, fluchte er enttäuscht.

Das Telefon schlug am Samstagmorgen um elf Alarm. Paula lag noch im Halbschlaf im Bett. Die grauen Gespenster der Einsamkeit und der Sehnsucht hatten sie bis in die frühen Morgenstunden wach gehalten, und sie hatte schlecht geschlafen.

Vielleicht ist es Ismo, dachte sie hoffnungsvoll. Sie hatten ihre Probleme gehabt, aber als sie in seinem Haus gewohnt hatte, waren die Gespenster fern geblieben und hatten ihr nicht den Schlaf geraubt. Ungeduldig hörte sie ihre eigene Stimme auf dem Anrufbeantworter. Der Piepton. Sie machte sich bereit, sofort aufzustehen, falls Ismo sich melden würde. Aber der Anrufer war Tane Toivakka.

Enttäuscht hörte Paula zu, wie der Mann sie bat, sich so

schnell wie möglich bei ihm zu melden, und seine Handynummer hinterließ.

Lustlos stand sie auf und schaltete das Radio ein. Die kalte Dusche erfrischte sie und machte sie ein bisschen munterer, ebenso wie die zwei Tassen starken Kaffees. Erst danach war sie fähig, sich so weit zusammenzureißen, dass sie Tane anrufen konnte. Es war besetzt, also rief sie bei ihren Eltern auf den Kanaren an.

Ihr Vater hatte seine Steuerkanzlei verkauft und das Geld so angelegt, dass sie es sich jetzt leisten konnten, ein recht bequemes Leben unter der südlichen Sonne zu verbringen.

Der Anruf erwies sich jedoch als deprimierend für Paula. Ihre Mutter war gerade vom morgendlichen Schwimmen zurückgekehrt und trank mit ihrem Vater auf der Terrasse Kaffee. Der Himmel war angeblich saphirblau, und die Sonne schien herrlich. Die Palmen schwankten, und die Blumen blühten.

»Doch, uns geht's gut«, seufzte die Mutter glücklich.

Paula hatte das Gefühl, durch ein Gitterfenster ins Freie zu blicken. Während ihre Mutter die Sonne genoss, war sie in ihrem Leben gefangen. Sie beendete das Gespräch schneller, als sie es beabsichtigt hatte, und wählte erneut Tanes Handynummer.

Seine Stimme war inmitten eines Stimmengewirrs nur schwer zu verstehen. »Warte mal kurz«, sagte er, und Paula hörte Stühlerücken. Es dauerte eine Weile, bevor Tane wieder sprach. Das Stimmengewirr hatte sich in Verkehrslärm verwandelt.

»Wo, um Himmels willen, bist du?«, fragte Paula.

»Beim Frühschoppen mit meiner Frau und ihrer Schwester«, antwortete er mit etwas schwerer Zunge. »Ist gestern ein bisschen spät geworden, aber jetzt ist mein Zustand schon stabiler.«

Paula wurde sauer. Sie mochte es nicht, wenn jemand sie

betrunken anrief. »Warum rufst du mich an?«, fragte sie wütend.

»Ich wollte dich einladen, uns Gesellschaft zu leisten«, antwortete Tane gut gelaunt.

»Mich? Ich hab für Bier am frühen Morgen nichts übrig.«

»Dann trinkst du eben Limonade. Das macht nichts.«

Als Paula noch immer nicht verstand, warum sie samstagmorgens in eine Kneipe kommen sollte, erklärte ihr Tane ungeduldig, die Schwester seiner Frau sei Krankenschwester und habe ihr etwas mitzuteilen. »Über die alte Kanerva.«

»Mir?«, fragte Paula ungläubig. »Du bist doch auch Journalist.«

Tane lachte verwundert. Schließlich gestand er unwillig: »Tomi hat mir einmal geholfen, und ich habe ihm versprochen, mich zu revanchieren. Es gab bisher bloß noch keine Gelegenheit. Tut mir Leid, das mit Tomi, oder hab ich das schon gesagt? Er war ein prima Kerl ...«

»Also gut«, unterbrach Paula entschlossen Tanes rührseligen Erguss.

Tomi, Paulas Exmann, war auch freier Journalist gewesen. Letzten Herbst hatte sich Paula eingebildet, den Namen Tomi nie mehr hören oder aussprechen zu wollen, doch ihr war bewusst geworden, dass sie sich vor ihm nicht verstecken konnte. Tomi hatte seine Spuren in der Welt hinterlassen, und solange sie auf denselben Pfaden gingen, konnte sie diesen Spuren nicht aus dem Weg gehen.

»Ich komme«, versprach sie.

Die Wolken jagten wie wedelnde Fächer über den Himmel. Ab und an verdeckten sie die Sonne, dann ließen sie sie wieder scheinen, sodass es abwechselnd hell und trübe war. Leeni und Ami gingen langsam einen Fußweg zwischen Reihenhäusern entlang.

Der Anblick des Kindes auf dem Boulevard hatte Leeni so

in Schrecken versetzt, dass ihr Herz noch immer pochte, wenn sie daran dachte. Das Kind hatte die gleiche Jacke wie Ami angehabt und war ungefähr in ihrem Alter gewesen. Ein großer Mann hatte es an der Hand hinter sich hergezogen. Leeni hatte das Mädchen weinen gehört, und dieses Weinen hatte wie Amis verzweifelter Hilferuf geklungen. Sie hatte keine Wahl gehabt, als in das Taxi zu springen.

Erst als der Wagen an dem Mann und dem Kind vorbeigefahren war, hatte Leeni ihren Irrtum erkannt. Die Haut des Kindes war dunkel gewesen, wie die des Vaters.

Trotz der Erleichterung war der Abend verdorben gewesen, und Leeni war nicht zu Joni zurückgekehrt. Anstatt ihrer guten Laune hatte sich ein Gefühl des Widerwillens eingestellt, als wäre ihr ein muffiges Kleidungsstück über den Kopf gezogen worden.

Plötzlich hatte sie nur noch weggewollt. Sie hatte dem Fahrer Sannas Adresse genannt und war weitergefahren. Es war klar, dass Joni wütend war, aber das war Leeni egal. Der Mann wollte etwas von ihr. Alle wollten etwas von ihr. Forsman, Kankaanpää, Joni, Sanna, sogar die Journalistin, der sie beim Haus begegnet war. Und sie hatte keine Kraft, irgendjemandem etwas zu geben.

Erst als Sanna ihr eine Flasche Bier angeboten hatte, hatte sich die merkwürdige Umklammerung von Hektik und Sorge allmählich gelöst. Sannas Mann hatte Spätschicht gehabt, und sie und Leeni hatten auf der Couch gesessen und an vergangene Zeiten zurückgedacht. Kati und Ami waren vergnügt umhergelaufen, und Leeni hatte es nicht übers Herz gebracht, Ami ins Bett zu schicken. Sanna hatte Leeni sogar zum Lachen gebracht, als sie ihren früheren Vorgesetzten nachahmte. Seit langem hatte sich Leeni wieder einmal vollkommen entspannt gefühlt. Schließlich hatte sie die Nacht auf der Couch verbracht. Sie hatte sich davor gefürchtet, in ihre leere Wohnung zurückzukehren, wo sie das

Gefühl hatte, für alle greifbar zu sein, wie ein Tier in freier Wildbahn.

Als Leeni Sanna gebeten hatte, auch am Wochenende auf Ami aufzupassen, hatte sich auf deren Gesicht ein wissendes Lächeln breit gemacht, obwohl Leeni behauptet hatte, sie müsse sich um die Angelegenheiten ihrer Tante kümmern. Sanna hatte ungläubig und leicht spöttisch geguckt. Erzähl, was du willst, ich weiß schon, woher der Wind weht, hatte ihre Miene zum Ausdruck gebracht.

Leeni hatte versprechen müssen, tausend Finnmark extra zu zahlen. Eine Kleinigkeit, hatte sie gedacht. Ohne mit der Wimper zu zucken, hätte sie auch zweitausend zahlen können.

Nach dem Frühstück hatte Leeni mit Ami einen Spaziergang gemacht, um etwas mit dem Kind alleine zu sein. Langsam liefen sie am Rand des Fußweges. Leeni drückte fest Amis Hand, die wie ein kleiner schutzloser Vogel in ihrer Hand ruhte. »Was hast du denn mit Kati gespielt?«, fragte sie.

»Alles Mögliche. Supermarkt und Kochstudio. Wir haben Fischstäbchen gekocht und im Fernsehen vorgeführt. Gestern haben wir meine Barbie und Katis Spielhund geklont. Jetzt hab ich auch einen Spielhund, und Kati hat eine neue Barbie. Aber nur im Spass«, fügte die Kleine hinzu.

Die spitzen Nadeln der Sorge drangen in Leenis Herz. Sie sorgte sich um das ungezwungene Spiel der Kinder, um ihre Sicherheit. Aus der Ferne sahen sie Forsmans Augen an.

»So was macht ihr also«, sagte Leeni lächelnd und kniff Ami zärtlich in die Wange. »Solange ihr mich und Sanna nicht klont, ist alles in Ordnung.«

»Natürlich nicht«, antwortete das Mädchen ernst. »Eigentlich klonen wir gar nichts, wir spielen bloß.«

Die Umgebung machte einen friedlichen Eindruck. Aus der Entfernung blickten düstere Wohnblocks auf die flachen Reihenhäuser, zwischen denen sie entlanggingen. Nur wenige

Leute kamen ihnen entgegen. Sie schoben Kinderwagen oder führten Hunde aus.

Leeni dachte an ihr Entsetzen vom Abend zuvor zurück, als sie das fremde Kind gesehen und für Ami gehalten hatte. Jetzt am Morgen, in dieser friedlichen Gegend, kam ihr schon der Gedanke, Forsman hätte Ami entführt, idiotisch vor. Hier war Ami in Sicherheit, dachte sie. Hier würde er sie nicht finden.

Die Sonne kam zum Vorschein, und ein zartes Gefühl von Freude streifte Leenis Herz. Bald würde sich alles zum Guten wenden, dachte sie. Am Montag würde sie ernsthaft anfangen, sich einen neuen Job zu suchen. Wenn sie sich Mühe gab, würde sie bestimmt bald etwas finden und käme von Forsman los.

Auf der gegenüberliegenden Straßenseite stand ein blaues Auto. Es sah so gewöhnlich aus, dass Leeni überhaupt nicht darauf achtete. Als sie mit Ami daran vorbeigegangen war, startete der Fahrer den Motor und ließ den Wagen langsam vorwärts gleiten.

Ein Mann, der seinen Hund ausführte, warf instinktiv einen Blick auf das Nummernschild, konnte es aber nicht lesen, weil es voller Schmutz war.

Die Fußgängerzone war schwarz vor Menschen, an den Eingängen der Kaufhäuser drängten sich die Kunden mit Plastiktüten in den Händen. Irgendwo wurden Luftballons verteilt, denn jedes zweite Kind trug einen grünen Reklameballon. Man gewann den Eindruck, als wären Karneval und Weihnachten zugleich.

Tane hatte gesagt, er sei im selben Lokal wie immer. Als Paula auf den Marktplatz zuging, sah sie ihn bereits von weitem mit einer dunkelhaarigen Frau mit üppigen Formen vor dem Lokal stehen. Paula hielt sie für Tanes Frau, aber wie sich herausstellte, war sie seine Schwägerin. Sie hatte dunkelbraune Augen, die Paula interessiert musterten. Gleich wird sie das Fieberthermometer aus der Tasche ziehen, dachte Paula.

»Sorry, meine Frau ist schon heim«, erklärte Tane leicht schwankend. Von dem Aussehen eines Rugby-Spielers waren heute nur die breiten Schultern übrig. Sein Sakko war zerknittert, das Kinn stoppelig. Die Wangen hingen herab wie Lederbeutel, in denen lose Knochen gesammelt worden waren. Sein Blick glitt immer wieder aus und stierte an Paula vorbei auf seine grölenden Freunde hinter sich.

Mit der unzufriedenen Stimme eines kleinen Jungen erklärte Tane, seine Schwägerin Kipsa habe auch nicht mehr in der Kneipe bleiben wollen. Alle Frauen wollten ihn verlassen. Doch als Paula und Kipsa in Richtung Bahnhof gingen, grämte er sich nicht weiter, sondern schlüpfte im Nu wieder in die Kneipe.

»Tane hatte gestern Geburtstag«, erläuterte Kipsa, als sie auf das Umspringen der Ampel warteten. »Den vierzigsten. Das ist hart für einen Mann – und warum nicht auch für eine Frau. In dem Alter wird erwartet, dass man etwas vorzuweisen hat, und wenn das nicht der Fall ist …«

»Etwas vorzuweisen?«

»Genau. Beweise dafür, dass du Erfolg hast und es zu etwas gebracht hast. Dass du das erreicht hast, was du seinerzeit angestrebt hast. In der Klinik sieht man viele erfolgreiche Menschen.« Sie lachte. Ob aus Verbitterung oder aus Schadenfreude, das vermochte Paula nicht zu entscheiden. Die Ampel wurde grün, und sie überquerten die Straße.

»Man bekommt allerdings auch die zu Gesicht, die gescheitert sind«, sagte Paula.

»In der Kneipe gibt es einige davon. Als ich vorhin mit Tane da drin war, hätte ich heulen können. All die Leute. Hat schon mal irgendjemand gezählt, wie viele Jahre Lebenszeit vor Biergläsern draufgehen?«

»Aber heute ist Samstag«, erinnerte Paula.

»Ich habe den Eindruck, dass es an Werktagen genauso viele sind«, entgegnete Kipsa lakonisch. »Tane nennt sie Lebensstandardflüchtlinge. Er kapiert nicht, dass er bald selber einer ist, wenn er so weitermacht. Und ein Ehefrauflüchtling noch dazu. Niemand hat Lust, alleine zu schuften, wenn der andere alles in die Kneipe trägt.«

Sie überquerten die Kielotie und näherten sich dem Bahnhof. Auf der linken Straßenseite war ein Blumenladen, dessen Schaufenster Paula neulich bewundert hatte. Jetzt stand ein Mann davor und schaute sich die Blumen an. In seinem Trench und mit der Designerbrille sah er sehr attraktiv aus. Ein erfolgreicher junger Geschäftsmann, schätzte Paula. Als er spürte, dass er beobachtet wurde, drehte sich der Mann um, und ihre Blicke trafen sich für einen Augenblick. Danach vertiefte er sich wieder in die Pracht des Schaufensters.

Vor ihnen war schon das rote Bahnhofsgebäude zu erkennen. Kipsa würde den Zug nach Kerava, in die andere Richtung nehmen, und Paula hatte es nun eilig, das Gesprächsthema zu wechseln.

»Tane hat gesagt, du hättest Informationen, die mit Milja Kanerva zu tun haben.«

»Na ja«, versuchte die Frau zu bagatellisieren, »was Besonderes habe ich nicht zu erzählen, Tane wollte nur aus irgendeinem Grund eine große Nummer daraus machen.«

Natürlich. Etwas anderes war auch nicht zu erwarten gewesen, dachte Paula enttäuscht. Typisch Tane, aus einer Maus einen Elefanten zu machen.

»Erzähl trotzdem, worum es geht«, bat sie, auch wenn sie nichts sonderlich Interessantes erwartete.

Sie blieben vor dem Bahnhofsgebäude stehen. Tanes Schwägerin blickte auf die Uhr, deren schmales Band an ihrem kräftigen Handgelenk kaum auffiel. »Wir haben zehn Minuten Zeit.«

Paula entgegnete nichts, sondern sah Kipsa erwartungsvoll an.

»Ich werde sicher keine großen medizinischen Geheimnisse ausplaudern, wenn ich erzähle, dass Frau Kanerva in der Nacht auf Mittwoch einen Schlaganfall erlitten hat«, berichtete Kipsa. »Ich hatte Dienst und wechselte gerade ihre Infusion, als sie mich am Handgelenk packte. Sie war unruhig und besorgt. Wahrscheinlich war der Anfall schon im Anzug, und sie hielt mich irrtümlich für eine Verwandte.«

»Was hat sie gesagt?«

»Ich solle mich um eine Sache kümmern. So was in der Art, sie hat es ein paar Mal wiederholt. Dann sagte sie, es sei ein Unrecht geschehen, aber als ich sie fragte, was für ein Unrecht, antwortete sie etwas ganz Komisches.«

Paula wurde hellhörig. Vielleicht konnte sie hier doch etwas erfahren. »Was hat sie geantwortet?«

»Sie murmelte etwas von Anabolen, und als ich sie fragte, was sie damit meinte, drückte sie meinen Arm und wiederholte: ›Die Freunde von Anabolen. Du musst dich darum kümmern.‹ Ich habe überhaupt nichts begriffen und verstehe es immer noch nicht.«

»Die Freunde von Anabolen«, wiederholte Paula verwundert. »Ob jemand versucht hat, ihr irgendwelche Hormone einzuflößen?«

»Das habe ich auch zuerst gedacht. Dann habe ich mir überlegt, ob jemand in dem Altersheim einen illegalen Hormonhandel betrieben hat, aber das kommt mir absolut unwahrscheinlich vor. Schließlich bekommen alte Leute Hormone ganz legal.«

»Vielleicht war das Ganze nur die Halluzination einer alten Frau«, spekulierte Kipsa nach einer kurzen Pause, während Paula noch über das nachdachte, was sie gehört hatte. »Manchmal hängen sie an der Vergangenheit und verwechseln alte Geschichten mit neuen. Vielleicht hat auch der sich ankündigende Schlaganfall ihre Gedanken durcheinander gebracht.«

»Oder sie hatte den Anfall bekommen, weil sie die Sache so sehr belastete«, sagte Paula.

Ein orangeroter Nahverkehrszug fuhr in den Bahnhof ein, und Kipsa verabschiedete sich hastig. Als sie den Zug sah, kam Paula ein Gedanke. »Ich glaube, ich komme mit. Kommt man mit dem nicht auch nach Hiekkaharju?«, fragte sie und eilte hinter Kipsa ins Bahnhofsuntergeschoss.

Sie sprangen im letzten Moment in den Zug. Paula wartete an der Tür, während Kipsa nach Sitzplätzen Ausschau hielt. Zuvor tätschelte sie Paula noch mütterlich die Hand:

»Nimm nicht so ernst, was die Kanerva sagt. Alte Leute haben oft die komischsten Einfälle, und ich hab das Gefühl, als wäre Frau Kanerva beim Fernsehen auf die anabolen Stoffe gekommen.«

Der vorige Kunde war gerade gegangen, als der Mann den Laden betrat. Pirjo Toiviainen taxierte ihn. Der Trench hatte sicher zweitausend Finnmark gekostet, dachte sie. Und das Rasierwasser duftete elegant. Er schien selbstsicher und erfolgreich. Vielleicht war er einer von diesen neuen IT-Millionären.

Pirjo witterte ein gutes Geschäft und beeilte sich, den Mann zu bedienen.

»Haben Sie Orchideen?«, fragte er, während er sich umblickte.

»Aber natürlich, sogar sehr schöne.« Pirjo steuerte den Mann zu dem beleuchteten Blumenschrank und nahm drei Orchideen aus einer Vase. Routiniert arrangierte sie einen kleinen Strauß und zeigte ihn dem Mann. Die Orchideen waren zart purpurrot und brauchten nur wenig Grün als Ergänzung.

Der Mann schaute sich den Strauß kritisch an und nickte. Ohne nach dem Preis zu fragen, erklärte er, die Blumen zu nehmen, und wartete ungeduldig, bis Pirjo den Strauß gebunden hatte.

Wenn solche Kunden nur öfter kämen, dachte Pirjo, während sie die Blumen behutsam in durchsichtige Folie einschlug. Kaufen teuer ein und zahlen, ohne zu murren. Anstatt zehn Minuten um zwei Nelken zu feilschen. Für wen sind die eigentlich, fragte sie sich. Vielleicht hatte der Mann Streit mit seiner Frau gehabt und wollte es mit den Orchideen wieder gutmachen. Hoffentlich weiß die Frau das zu schätzen, denn nicht alle Männer sind so aufmerksam.

Der Mann bezahlte die Blumen und wollte schon gehen, da sah er Pirjo genauer an. »Sind Sie nicht Pirjo Toiviainen?«, fragte er.

»Ja, das bin ich«, bestätigte Pirjo verwundert. »Woher kennen Sie mich?«

»Wir haben gemeinsame Bekannte, zumindest glaube ich das«, sagte der Mann. »Eigentlich ist sie keine Bekannte, sondern eine Verwandte von mir, und ich erinnere mich, dass wir uns vor ungefähr zehn Jahren schon mal gesehen haben.«

Pirjo grinste skeptisch. Sie war sicher, sie hätte sich an den Mann erinnern können, wäre sie ihm schon einmal begegnet. »Wer ist denn diese gemeinsame Bekannte?«, fragte sie.

»Eine alte Dame aus der Nähe von Hiekkaharju. Milja Kanerva.«

Pirjo freute sich, als sie den vertrauten Namen hörte. Vielleicht war sie dem Mann doch schon einmal über den Weg gelaufen. Immerhin hatte sie in derselben Gegend gewohnt wie Milja. Sie war sogar einmal bei ihr gewesen, als diese Denkmalschutzsache lief.

»Milja Kanerva! Na klar erinnere ich mich an sie. Lebt sie denn noch?« Pirjo fand es schön, mit dem gut aussehenden Mann etwas gemeinsam zu haben.

»Sie lebt, befindet sich jedoch in schlechter Verfassung. Meine arme Tante hatte einen Schlaganfall und liegt jetzt im Krankenhaus. Sie kann kaum sprechen. Aber sie ist eben in einem Alter, in dem man mit so etwas rechnen muss.« Der Mann erschrak über seine Unhöflichkeit und lächelte schüchtern. »Ich habe mich noch gar nicht vorgestellt. Saku Soisalo«, sagte er und streckte die Hand aus.

Pirjo war fünfundvierzig, aber ihr Körper war gut in Form,

weshalb sie sich neben Jüngeren nicht zu schämen brauchte. Auch ihr Gesicht war sorgfältig gepflegt. Sogar das Rauchen hatte sie aufgegeben, nachdem sie gelesen hatte, dass es die Haut austrocknete und für mehr Falten sorgte. Wenn sie sorgfältig geschminkt und ordentlich frisiert war, konnte man von ihrem Alter leicht zehn Jahre abziehen. Mit dem Bewusstsein, noch immer eine attraktive Frau zu sein, hob Pirjo das Kinn und lächelte. Als sie den Händedruck des Mannes erwiderte, spürte sie sofort, wie zwischen ihnen ein Funke übersprang. Die Hände blieben eine Spur länger ineinander, als es erforderlich gewesen wäre.

»Ihre Frau wird von den Orchideen begeistert sein«, sagte sie, um sie beide an die Realität zu erinnern.

»Meine Frau?« Soisalo blickte auf die Blumen in seiner Hand. »Ich habe keine Frau. Die sind für die Frau meines Bruders. Sie hat heute Geburtstag.«

Der Mann verabschiedete sich und schickte sich an zu gehen. An der Tür blieb er noch einmal stehen.

»Da fällt mir ein …« fing er eifrig an, brach den Satz aber mit verlegener Miene ab. »Nein, das ist zu unverschämt.«

Pirjos Herz pochte erwartungsvoll.

»Was ist denn plötzlich so unverschämt?«, fragte sie kokett.

»Na ja … also, die Feste von meiner Schwägerin sind immer etwas langweilig. Die Gäste sind zum großen Teil Geschäftsleute, wie ich, die über nichts anderes reden können als über Golf, Boote und Aktien. Ihre Ehefrauen, wenn sie eine haben, sind meistens noch ermüdender. Das einzige Vergnügen besteht darin, die Ereignisse des Abends zu prognostizieren und dann zu beobachten, ob das Vorhergesagte eintritt. Einer der Freunde meines Bruders nickt immer irgendwann ein. Das Vergnügen besteht darin, wie genau man die Uhrzeit voraussagen kann.« Der Mann lächelte wieder schüchtern:

»Mir kam in den Sinn, die Feier schon am frühen Abend zu verlassen, und dann könnten wir beide zusammen in ein Restaurant gehen oder … aber …« Er zuckte melancholisch mit den Schultern. »Sie haben bestimmt schon etwas anderes vor.«

Die Tür ging auf, und ein älteres Paar kam herein, um Nelken zu kaufen.

»Gehen Sie noch nicht«, sagte Pirjo zu dem Mann und wandte sich den Kunden zu. Diese Bitte war bereits eine Zustimmung, das begriff Soisalo. Während Pirjo das Geschäft abwickelte, blickten sie einander immer wieder über die Blumen hinweg an und tauschten wortlose Botschaften aus.

Pirjo hatte lange darauf gewartet, dass so etwas geschehen würde. Oft hatte sie sich vorgestellt, wie ein gut aussehender Mann den Laden betrat, um Blumen zu kaufen: Etwas würde zwischen ihnen entflammen, und der Mann würde sie zum Essen einladen.

Sie lebte schon viel zu lange alleine.

Wieder einmal stand Paula bei den schiefen Torpfosten. Sie hatte müde Beine. Der Wind hatte zugenommen und am Himmel noch mehr Wolken aufgehäuft. Paula fror an den Händen, und sie schob sie in die Taschen. Hoffentlich fängt es nicht an zu regnen, dachte sie. Auf der anderen Straßenseite wuchs ein spärlicher Mischwald. Die Wohnblocks von Hiekkaharju schimmerten durch die Zweige.

Dort wurde also die Geldbörse hingeworfen, schloss Paula und überquerte die Straße. Nach kurzem Zögern sprang sie über den flachen Graben in den Wald. Es roch nach Stille und Einsamkeit.

Sie blickte sich um und versuchte sich vorzustellen, wie die Sache abgelaufen war. Sicherlich war der Brandstifter mit der Geldbörse in der Hand aus dem Haus gekommen. Er hatte sie beim Laufen ausgeleert und dann hier hingeworfen. Das Motorrad hatte auf der Straße gewartet, und er war im Schutz der Nacht entkommen, bevor jemand an Ort und Stelle war.

Ein Zweig knackte, und Paula wandte sich um. Zuerst glaubte sie, ein Elch streife durch den Wald, doch dann erkannte sie, dass sich ein Mann zwischen den Bäumen bückte und Pilze pflückte, die er in einem kleinen Korb sammelte. Er richtete sich auf und blickte in Paulas Richtung. Es war Aaro Kujansuu.

Er schien nicht sonderlich erfreut zu sein, sie zu sehen. »Sind Sie schon wieder hier?«, schnauzte er, als Paula sich ihm näherte. »Als ordentlicher Bürger ist man nirgendwo mehr sicher vor der Neugier der Zeitungsleute. Jetzt wird man sogar schon beim Pilze Sammeln verfolgt.«

»Verfolgt?« Paula musste lachen. »Was ist das für eine Verfolgung, wenn ich Ihnen höflich guten Tag sage?«

»Jetzt haben sie guten Tag gesagt. Also dann auf Wiedersehen.« Kujansuu wandte sich ab und ging in die andere Richtung davon.

Beim letzten Mal war er viel freundlicher gewesen, erinnerte sich Paula. Leicht angespannt, aber nicht unhöflich. Etwas hatte ihn inzwischen nervös werden lassen, und Paula wollte wissen, was es war. Sie eilte ihm nach.

»Nun seien Sie nicht böse, ich mache doch nur meine Arbeit«, beschwichtigte Paula.

»Die haben Sie längst gemacht. Sie haben uns doch schon interviewt und alles. Was wollen Sie denn jetzt noch?«

»Dieser Bebauungsplan, auf den Ihre Frau angespielt hat, der ist wichtig. Das interessiert viele Leute. Darüber möchte ich mehr wissen.«

Kujansuu nahm den Korb in die andere Hand.

»Ich weiß darüber nichts«, brummte er verärgert. »Kein bisschen mehr als Eeva. Und das sind auch bloß Gerüchte, das kann man nicht in der Zeitung schreiben.«

»Natürlich nicht. Darum suche ich ja auch nach Tatsachen, mit denen ich die Gerüchte ersetzen kann. Aus ... hm ... zuverlässiger Quelle habe ich gehört, dass die Wahlkasse einer bestimmten Partei in letzter Zeit ganz schön angeschwollen ist«, log Paula mutig. »Haben Sie davon gehört?«

Der Mann blickte Paula von unten heraus an und grinste.

»Selbst wenn ich davon gehört hätte, was hätte das für einen Nutzen? Ein Gerücht wie alle anderen auch. Wenn bei einem das Konto anschwillt, muckst sich garantiert keiner. Wenn Sie diesem Weg folgen, werden Sie genauso schlechte Beute machen wie ich.« Er warf einen Blick in seinen Korb, in dem nur ein paar Reizker lagen. »Niemand will sich ins eigene Fleisch schneiden«, fügte er hinzu.

»Und hat man schon über die Identität des toten Mannes Klarheit erhalten?«, fragte Paula.

»Woher soll ich das wissen!«, zischte Kujansuu. »Fragen Sie die Polizei, die ermitteln in dem Fall.« Wieder wanderte der Korb von einer Hand zur anderen.

Der Mann war nervös, stellte Paula fest und fuhr fort: »Die Spatzen haben von den Dächern gepfiffen, dass der Tote Mauri Hoppu hieß. Sagt Ihnen das etwas?«

Kujansuu wandte das Gesicht ab. »Nein«, sagte er knapp.

»Er wohnte in der Nähe von Hämeenlinna in einem alten Bauernhaus. War ein bisschen älter als Sie, ein harmloser Mann, der nur zufällig zur falschen Zeit am falschen Ort war«, sagte Paula. »Derjenige, der ihn zusammengeschlagen, erwürgt und schließlich hat verbrennen lassen, verdient eine Strafe.«

Kujansuu schaute Paula starr an. Sein Mund öffnete sich, aber Worte waren nicht zu vernehmen. Schließlich nahm er alle Kraft zusammen.

»Ich habe doch schon gesagt, dass ich den Mann nicht kenne«, erklärte er. Zu Paulas Überraschung drehte sich Kujansuu um und ging trotz des leeren Korbs mit großen Schritten auf die Straße zu.

»Ich rufe die Polizei, wenn Sie nicht aufhören, uns zu stören«, rief er noch über die Schulter zurück.

Paula folgte ihm bis zur Straße, sah ihn zu seinem Haus eilen und die Haustür hinter sich zuwerfen. Die Schuppentür stand sperrangelweit offen, und das Auto war weg. Offensichtlich war Eeva Kujansuu einkaufen gefahren, sodass ihr Mann allein zu Hause war. Es war sinnlos, anzuklopfen, er würde Paula nicht hereinlassen, selbst wenn sie mit einer Bombe drohte.

Wie hatte ihr alter Kollege und Lehrer immer gesagt? Ein unreifer Apfel fällt nicht vom Baum, auch wenn man noch so sehr schüttelt. Paula erinnerte sich daran und beschloss, Kujansuu noch ein paar Tage reifen zu lassen.

Aus der Richtung des abgebrannten Hauses drang ein scharfer Knall an Paulas Ohr. Als hätte der Wind eine Tür zugeschlagen. Die Neugier ließ Paula kehrtmachen und in Richtung der Ruine gehen.

Mit seinen hohen Grundmauern und dem aus der Schlacke aufragenden Schornstein sah das Haus – oder das, was davon übrig war – wie ein Geisterschiff aus, das auf einem braunen Meer dahintrieb. Die Bäume ringsum waren kahl, und ihre schwarzen Stämme sahen ebenso unnatürlich aus wie die Ruine, die sie bewachten. Kein einziger Vogel verirrte sich in ihre Zweige.

Der Wind wirbelte Asche auf. Ein Gegenstand bewegte sich und stieß gegen einen verkohlten Balken. Paula schob die Hände tiefer in die Taschen und zog sich zurück. Sie kam nicht von dem Gedanken los, dass Mauri Hoppus Geist noch immer in der Ruine umging, auf der Suche nach dem, was er dort hatte holen wollen.

Als sie sich umdrehte, fiel ihr auf, dass am Fenster der Saunakammer der Vorhang fehlte. Beim letzten Mal war er zugezogen gewesen. Sie schlich zu dem Gebäude und stieg auf die Veranda.

Gerade als sie die Klinke ergreifen wollte, stieß jemand die Tür von innen auf. Zu Paulas Erleichterung erschien Leeni

Ruohonen in der Tür, die ebenso erschrocken zu sein schien wie sie.

»Entschuldigung, wenn ich störe«, sagte Paula. »Ich wollte mich nur noch einmal umsehen, um noch eine neue Idee für meinen Artikel zu bekommen.«

Die junge Frau schloss die Tür ab. Sie wirkte angespannter und nervöser als beim letzten Mal.

Da sie nichts sagte, fuhr Paula mit wohlwollender Stimme fort: »Ich habe gehört, dass deine Tante einen Schlaganfall hatte.«

»Meine Tante? Ja, das stimmt. Aber sie haben gesagt, er sei leicht gewesen und sie würde sich davon erholen.«

»Vor dem Anfall hast du sie bestimmt besucht.«

»Natürlich. Ich war mit Ami dort. Da war sie noch ganz munter. Na ja, vielleicht ein bisschen gedämpft von den Medikamenten, aber ansonsten ganz okay.« In Leenis Augen blitzte Misstrauen auf. »Warum willst du das wissen?«

Paula schien die Frage nicht gehört zu haben, sie folgte weiter ihrem Gedankengang: »Als du bei ihr warst, hat sie da was von anabolen Stereoiden gesagt?«

Leenis Mund öffnete sich einen Spalt. »Anabole … was?«, fragte sie ungläubig. »Warum hätte sie über so etwas reden sollen? Sie weiß wahrscheinlich nicht einmal, was das ist.«

»Hat sie über irgendetwas anderes geredet, worüber du dich gewundert hast?«

»Sie hat mich gebeten, mich um eine Sache zu kümmern, aber als ich gefragt habe, was sie meint, hat sie nur dieselben Worte wiederholt, und ich habe nicht verstanden, was es war.«

Sie verließen die Veranda. Leenis blaue Augen wandten sich Paula zu. »Über irgendwas Anabolisches, oder was das war, hat die Tante jedenfalls nicht geredet. Wie kommst du denn auf so etwas Merkwürdiges?«

»Eine Krankenschwester hat es gehört«, antwortete Paula unbestimmt. »Sagt dir der Name Mauri Hoppu etwas?«

»Hoppu?« Leeni schüttelte den Kopf. »Nie gehört. Wer ist das?«

Der Wind blies über das Grundstück und wirbelte eine Aschewolke auf. Es regnete schwarze Papierfetzen über sie, und sie entfernten sich.

Plötzlich ergriff Leeni Paulas Handgelenk und fragte irgendwie panisch: »Stimmt bei diesem Hoppu etwas mit einem Bein nicht? Ich meine, hinkt er ein bisschen?«

»Ich weiß es nicht«, antwortete Paula. »Ich bin ihm nie begegnet. Aber offensichtlich bist du jemandem begegnet, der womöglich Hoppu sein könnte. Erzähl mir mehr davon.«

Leenis Mund schloss sich so abrupt, dass Paula ihn fast zuklappen hörte. Sie versuchte, die Frau zum Reden zu bringen, aber Leeni blickte nur schweigend vor sich und schwieg. Paula schob ihr ihre Visitenkarte in die Tasche.

»Ich habe dir wohl schon eine gegeben, aber hier ist sicherheitshalber noch eine. Ruf mich an, wenn dir etwas einfällt, zum Beispiel über diesen hinkenden Mann.« Ein Blick in Leenis Gesicht ließ sie hinzufügen: »Du kannst auch sonst anrufen, wenn du Probleme hast. Die Großstadt ist eine unfreundliche Gegend für eine einsame Frau.«

Leeni blieb mitten auf dem Grundstück stehen, während Paula zwischen den Ahornbäumen eintauchte. Als sie ein Stück auf dem Zufahrtsweg gegangen war, blickte sie sich noch einmal um. Leeni sah ihr mit ratloser Miene nach. Mit ihrer hellblauen Jacke und den von der Sonne gebleichten Haaren erinnerte sie an einen Schutzengel, dessen schutzbefohlene Kinder gerade in einen Abgrund gestürzt waren.

Sie weiß etwas, dachte Paula. Aber sie traut sich nicht zu reden, oder sie will es nicht. Ob sie am Ende selbst den Brand veranlasst hat?

Auf dem Grundstück der Hallas waren noch immer Anzeichen der Renovierung zu sehen. Eine Leiter lehnte an der Hauswand, und darunter lag Werkzeug. Aber als Paula läutete, machte niemand die Tür auf. Schade. Sie hatte sich nur versichern wollen, ob Kaisa Halla die Geldbörse zur Polizei gebracht hatte. Paula hatte ein schlechtes Gewissen und wollte es auf diesem Wege beruhigen. Natürlich konnte sie selbst Kankaanpää gegenüber die Geldbörse erwähnen, aber sie wollte Kaisa Halla nicht in eine unangenehme Situation bringen. Sie schien ohnehin schon genug Schwierigkeiten zu haben.

Im letzten Haus hingegen war jemand daheim. Auf dem Grundstück stand der weiße Fiat, im Obergeschoss wurde aus dem offenen Fenster eine Tischdecke ausgeschüttelt. Paula probierte es an der Haustür. Sie war nicht abgeschlossen, und sie trat ohne Umschweife ein.

Vom Vorraum führte eine Treppe in den ersten Stock. In dem Zimmer am einen Ende wischte Eija Mesimäki den Fußboden mit einem Mopp. Sie trug dieselbe Jeans und denselben Pullover wie beim letzten Mal. Ihre rostfarbenen Locken wurden von einem geflochtenen Haarband im Zaum gehalten.

Als sie Paulas Schritte hörte, drehte Frau Mesimäki sich um und wischte sich den Schweiß von der Stirn. »Sie schon wieder?«

»Ich glaube, ich weiß, wer der Mann war, der in den Trümmern gefunden wurde«, verkündete Paula. Die Frau wandte ihr den Rücken zu und tauchte den Wischmopp ins Wasser. Betont geschäftig wischte sie den Boden, obwohl er frisch geputzt aussah.

»Und weiter? Was geht mich das an? Ein unbekannter Mann.«

»Woher wollen Sie wissen, dass er ihnen unbekannt ist?«, fragte Paula. »Ich habe doch noch nicht einmal seinen Namen genannt.«

Die Mesimäki richtete sich auf und sah Paula über die Schulter hinweg an.

»Also, wie war sein Name?«

»Mauri Hoppu.«

Die Frau schüttelte den Kopf.

»Kann sein, dass ich den Namen mal gehört habe«, gab sie zu, »aber er sagt mir nichts.«

»Er wohnte in der Nähe von Hämeenlinna«, half ihr Paula auf die Sprünge.

»Ich kenne niemanden aus dieser Gegend. Ich bin nie in Hämeenlinna gewesen.«

Falls sie Hoppu kannte, verbarg sie das äußerst gekonnt, dachte sich Paula. Und falls sie ihn kannte und es leugnete, wäre es interessant zu wissen, warum sie das tat.

Warum leugneten alle, Mauri Hoppu gekannt zu haben, obwohl dieser die Reise hierher gemacht und sich im Haus der Kanerva häuslich niedergelassen hatte?

Soisalo hatte vorgeschlagen, sie um acht vor dem Glaspalast zu treffen.

Pirjo Toiviainen war nervös wie ein fünfzehnjähriges Mädchen vor der ersten Verabredung. Sie hatte die Friseuse, mit der sie befreundet war, genötigt, einen Termin für sie einzuschieben, und sich eine etwas jugendlichere Frisur als sonst hinföhnen lassen. Für ihr Make-up hatte sie mehr als eine halbe Stunde geopfert. Sie trug ein in aller Eile gekauftes, zweiteiliges Seidenkleid, dessen Saum kühn oberhalb des Knies endete.

Pirjo wusste, dass sie attraktiv war, der Mann würde sich in ihrer Gesellschaft nicht schämen müssen, auch wenn sie ein paar Jahre älter war als er. Dennoch war sie nervös.

Es war bereits zehn nach, und von Soisalo war nichts zu sehen. Würde er noch kommen, oder hatte sie sich das alles nur eingebildet?

Enttäuschung machte sich in Pirjo breit, und sie überlegte bereits, wie sie am besten Nutzen aus ihrer kostspieligen Investition schlagen konnte.

Die Enttäuschung verwandelte sich in starke Erregung, als sie in der Menschenmenge den hellbraunen Trench aufleuchten sah. Sie strich sich übers Haar und gab sich Mühe, gleichgültig zu wirken.

»Entschuldigung«, platzte Soisalo heraus, als er näher gekommen war. »Es war schwerer wegzukommen, als ich dachte. Meine Schwägerin war sauer, und ihr Bruder fing an sie zu verteidigen, und wir bekamen fürchterlichen Streit, bis ich endlich gehen konnte.« Er ergriff Pirjos Schultern und sah sie anerkennend an. »He! Du bist aber schick. Da müssen wir uns auch ein richtig gutes Restaurant aussuchen.«

Pirjo kam sich vor wie eine ungeöffnete Flasche Champagner. Wenn sie jetzt nur eine Bekannte so sähe, dachte sie, als Soisalo vertraulich ihren Arm nahm. Ein reicher, schöner Mann führte sie groß zum Essen aus!

Sie gingen ins Restaurant des Hotels »Torni«, wo er einen Tisch reserviert hatte. Er nahm Pirjo den Mantel ab und zog seinen Trench aus. Der gut geschnittene Anzug stammte sicherlich aus der Produktion eines namhaften Designers, dachte Pirjo.

An der Garderobe war eine Schlange, und ihr Begleiter wartete, bis er an die Reihe kam. Pirjo drehte sich inzwischen vor dem Spiegel hin und her und prüfte, ob alles perfekt war, ob vom Make-up nichts verlaufen war oder Lippenstift an den Zähnen haftete. Im Spiegel sah sie Soisalos Profil, es gefiel ihr.

Genau in diesem Augenblick drehte er sich um, und Pirjo merkte, wie er sie sonderbar anschaute. Seine Miene war überheblich und leicht verächtlich. Einen kurzen Moment lang sah Pirjo sich mit den Augen des Mannes, sie sah eine leicht übergewichtige Frau, die deutlich älter war als er, die sich einbildete, zwanzig zu sein, und an den Weihnachtsmann glaubte.

Als sie sich umdrehte, lächelte er. Das plötzliche Lächeln veränderte sein Gesicht vollkommen, er wirkte schüchtern und attraktiv. Das war das gedämpfte Licht, ich muss mich verguckt haben, dachte Pirjo erleichtert, als sie ihm ins Restaurant folgte.

Diesmal war nichts Besonderes im Briefkasten gewesen, nur Reklame und die Rechnung für die Feuerversicherung. Die brauche ich jedenfalls nicht mehr zu bezahlen, dachte Leeni, als sie mit einer alten Teetasse ihrer Tante in der Hand auf dem Sofa saß. Sie hatte gerade im Schrank der Saunakammer nach der Tasse gesucht, als diese Journalistin aufgetaucht war. Sie hatte sich fürchterlich erschrocken! Einen Moment lang hatte sie die Frau für Forsman gehalten.

Was hatte diese Geschichte mit den Anabolika eigentlich zu bedeuten? Was verstand die Tante denn von solchen Dingen? Wahrscheinlich hatte sich die Krankenschwester verhört, oder sie verwechselte die Tante mit einer anderen Patientin.

Die Zehn-Uhr-Nachrichten waren zu Ende. Leeni stellte die Tasse auf den Couchtisch und schaltete den Fernseher aus. Obwohl die Wohnung sichtlich bewohnt war, wirkte sie kalt und unpersönlich wie ein Hotelzimmer für eine Nacht. Wäre Ami hier, wäre das ganz anders, dachte Leeni wehmütig. Sie fragte sich, ob sie voreilig gehandelt hatte, als sie das Kind zu Sanna gebracht hatte. Hätte es die Kleine hier bei ihr vielleicht doch besser gehabt?

Sie war gerade auf dem Weg ins Bad, als im Flur das Telefon läutete. Sie hatte Sanna die Nummer gegeben, für den Fall, dass der Akku ihres Handys leer sein sollte. Nun befürchtete sie, Ami könne etwas zugestoßen sein, und sie stürzte an den Apparat und riss den Hörer ans Ohr. »Hallo!«, rief sie ungeduldig.

Doch der Anrufer war nicht Sanna. Eine leise Stimme, bei der man nicht entscheiden konnte, ob sie von einem Mann oder einer Frau stammte, flüsterte:

»Falsch verbunden.« Unmittelbar darauf wurde aufgelegt.

Leeni zuckte mit den Schultern und ließ den Hörer auf die Gabel fallen. Sie hatte sich bereits die Zähne geputzt und war ins Bett gekrochen, als ihr plötzlich klar wurde, dass sie sich nicht mit ihrem Namen gemeldet hatte. Wie hatte der Anrufer also wissen können, dass er die falsche Nummer gewählt hatte?

Sie hatte viel zu viel getrunken, stellte Pirjo Toiviainen fest, als sie nach ihrer Handtasche tastete. Der Kellner hatte ihr ständig Wein nachgegossen. Zuerst Wein, und dann Cognac. Ihr Kopf summte wie ein Ventilator, und der Mann neben ihr schien aus Nebel zu bestehen. Aber sie hatten Spaß miteinander gehabt. Sie wusste nicht mehr, worüber sie den ganzen Abend geredet hatten, doch die Zeit war schnell vergangen. Vermutlich hatte sie ihm alles von sich erzählt, zumindest fühlte sie sich, als sei ihr Inneres nach außen gekehrt.

Soisalo nahm sie am Oberarm und steuerte sie am Portier vorbei aus dem Restaurant. Draußen wartete ein Taxi. Sie hatte Schwierigkeiten beim Einsteigen, und ihr Begleiter half nach, indem er sie in den Wagen schob. Pirjo kippte auf dem Rücksitz um und konnte sich nur mit Mühe wieder aufrichten und den Rocksaum nach unten ziehen. Ihr getrübtes Gehirn fragte sich, was dieser Mann eigentlich von ihr denken mochte.

Der Taxifahrer fragte nach der Adresse, und Soisalo schaute sie fragend an.

Meine Adresse, dachte Pirjo und grub die Information aus den Tiefen ihres Gedächtnisses. Beinahe hätte sie ihre frühere Adresse genannt. Sie und ihr Exmann hatten damals ein eigenes Haus gehabt, und sie gab noch hin und wieder diese Adresse an, bis ihr bewusst wurde, dass sie jetzt in einem Wohnblock in Tikkurila wohnte. Manchmal war es ihr auch, als sei sie immer noch verheiratet.

Schließlich nannte sie die richtige Adresse, und das Taxi fuhr los. Soisalo machte keine Annäherungsversuche, sondern hielt immer mehr Abstand. »Findest du mich hässlich?«, fragte Pirjo.

»Natürlich nicht«, antwortete er, doch seiner Stimme fehlte die Wärme.

»Was ist passiert?«, wollte Pirjo wissen. »Du kommst mir so fremd vor.« Sie streckte die Hand aus, um seine Wange zu berühren, aber er wich aus.

»Schließ jetzt die Augen«, befahl er. »Wir setzen den Abend fort, wenn wir angekommen sind.«

Er war immerhin ein Mann mit Format, machte sich Pirjo bewusst. Ein reicher, schicker Mann, der sich nicht vor einem Taxifahrer blamieren wollte. Aber sie wusste sich auch zu benehmen, dachte sie und richtete sich auf. Sie nahm ihre Handtasche auf den Schoß und drückte die Oberschenkel fest zusammen. Mit einer Hand richtete sie ihr strubbelig gewordenes Haar.

Der Motor schnurrte gleichmäßig. Pirjos Kopf neigte sich zur Seite, und die Augen fielen ihr zu. Ab und zu, wenn der Wagen bremste, fuhr sie kurz auf, nickte aber sogleich wieder ein.

Der Wagen hatte angehalten. Sie öffnete die Augen und blickte sich mit gemischten Gefühlen um. Was nun? Wo war sie eigentlich? Wer war dieser Mann? Sie erinnerte sich, eine Verabredung gehabt zu haben. Eine Verabredung mit einem tollen Mann, der gerade die Fahrt bezahlte und dann ausstieg. Als er auf ihre Seite herüberkam und die Tür öffnete, um ihr herauszuhelfen, kapierte sie, dass er mit in ihre Wohnung kommen wollte.

»Ich bin nicht so eine«, widersetzte sie sich.

»Bestimmt nicht. Ich tu dir nichts«, beruhigte sie Soisalo. »Ich bringe dich nur nach Hause.«

Auch das war nicht das, was sie wollte, stellte Pirjo fest. Obschon sie nicht sonderlich Lust hatte, mit ihm zu schlafen, kränkte es sie, dass er nicht einmal den Versuch unternahm. Das gehörte sich einfach, und dann war es Sache der Frau, zuzustimmen oder abzulehnen.

Als Soisalo den Arm um sie legte, um ihr die Treppe hinaufzuhelfen, registrierte Pirjo unter dem Duft seines Rasierwassers einen leichten Schweißgeruch. Stress bringt die Menschen zum Schwitzen, dachte sie.

Warum war der Mann gestresst? Bestimmt war etwas Geschäftliches schief gegangen, ein Auftrag war geplatzt, oder ein Kunde war zahlungsunfähig. Aber am Wochenende?

Pirjos Beine wollten ihr nicht gehorchen, und sie schleppte sich mit Soisalos Hilfe mühsam in den ersten Stock. An der Tür nahm er ihr die Handtasche ab und suchte ihren Schlüssel. Das grelle Flurlicht tat in den Augen weh. Pirjo dachte an ihr Make-up, das schrecklich verschmiert sein musste.

»Ich muss ins Bad«, sagte sie, als sie endlich den Mantel ausgezogen hatte. »Warte im Wohnzimmer auf mich.«

Sie reinigte ihr Gesicht und wusch sich mit kaltem Wasser. Ihre Haare bürstete sie hinter die Ohren zurück. Eine Spur Lippenstift brachte Farbe in ihr etwas eingefallenes Gesicht.

Soisalo stand vorm Bücherregal und drehte sich nicht einmal um, als Pirjo das Wohnzimmer betrat. »Ich schlage vor, dass du dich hinlegst und ein bisschen schläfst, während ich Kaffee koche«, sagte er, ohne Pirjo anzuschauen. »Das macht munter, und anschließend können wir den Abend noch ein bisschen fortsetzen.«

Pirjo war beleidigt, weil er nur die Bücher anschaute und nicht sie. »Wozu soll ich schlafen gehen«, fauchte sie, »ich bin nicht mehr müde.«

Der Mann drehte sich um, Pirjo erwischte ihn mit demselben eigenartigen Gesichtsausdruck, den er früher am Abend schon einmal gehabt hatte. Und auch diesmal milderte sogleich ein Lächeln seine Miene.

»Da steht ja ein ganz anderer Mensch als vorhin.« Er sah sie bewundernd von Kopf bis Fuß an. »Darf ich mich vorstellen. Sami Soisalo.« Scherzhaft streckte er die Hand aus, und Pirjo lachte erfreut.

Neben dem Regal stand ein schwarzer Servierwagen mit einigen Flaschen und Gläsern. Der Mann nahm eine Flasche nach der anderen in Augenschein und entschied sich schließlich für Gin und hohe Gläser. Er verschwand in der Küche und kehrte mit zwei Longdrinks zurück.

»Ich habe nur Bitter gefunden, ich hoffe, das ist recht«, sagte er, während er Pirjo eines der Gläser reichte. »Es fehlt noch ein Schuss Zitronensaft.« Er setzte sich neben Pirjo auf die Couch. »Prost«, sagte er ermunternd.

Er hatte den Drink ziemlich stark gemixt. Wie ein Feuerball schoss der Gin durch Pirjos Speiseröhre. »Ist da überhaupt Bitter drin?«, fragte sie mit skeptischem Blick auf ihr Glas.

Soisalo lachte. »So spät am Abend machen laue Getränke nur müde. Da braucht man was Starkes, um in Stimmung zu kommen. Weißt du das nicht?« Er zog den Couchtisch näher heran und stellte sein Glas darauf ab.

Pirjo war anderer Meinung, fing aber nicht an zu diskutieren. Auch sie wollte ihr Glas auf den Tisch stellen, als Soisalo sie erneut verleitete, einen Schluck zu nehmen.

»Nur keine falsche Bescheidenheit«, sagte er und trank. Pirjo tat es ihm gleich. Immerhin begann sich der Alkohol, den sie früher am Abend getrunken hatte, zu verflüchtigen, und ihr Gehirn funktionierte etwas besser als beim Verlassen des Restaurants. Der Mann machte keinerlei Annäherungsversuche. Warum war er dann mit heraufgekommen?

»Erzähl mir was von dir!«, bat ihn Pirjo. »Du hast gesagt, du bist Geschäftsmann. In welcher Branche bist du denn tätig?«

»Im Börsenbereich«, antwortete er unbestimmt und blickte sich suchend um. »Hast du einen Plattenspieler? Ein bisschen Musik wäre jetzt schön.«

»Aber leise«, warnte Pirjo. »Die Nachbarn beschweren sich beim geringsten Lärm.« Sie schickte Soisalo ins Schlafzimmer, wo er ein tragbares Radio-CD-Gerät und eine kleine Auswahl an CDs finden würde.

Sobald er im anderen Zimmer verschwunden war, schüttete Pirjo die Hälfte ihres Drinks in den nächsten Blumentopf. Sicherheitshalber, dachte sie. Als Soisalo mit dem Apparat und den CDs zurückkam, lehnte sie sich entspannt zurück und nippte genussvoll an ihrem Glas. Sie hatte ein wenig von dem Getränk auf dem Couchtisch verschüttet, was den Gingeruch erklärte, der sich im Wohnzimmer ausbreitete.

Er legte Nat King Cole ein. Das hätte sie sich ja denken können. Stimmungsvoll und entspannend. Am besten benehme ich mich dem Drehbuch entsprechend, dann stellt sich vielleicht heraus, worauf er eigentlich aus ist, dachte Pirjo.

Sie nahm zur Kenntnis, dass auch sein Glas leer war. Vielleicht war sie zu misstrauisch. Vielleicht hatte sie im Fernsehen zu viele Horrorgeschichten gesehen. Dieser Soisalo war immerhin ein Gentleman.

»Tanzen wir ein bisschen?«, fragte er.

Pirjo freute sich. Sie tanzte gern. Etwas schwerfällig stand sie auf und stieß mit dem Knie an die Kante des Couchtisches.

Soisalo führte sie in die Mitte des Raumes und schlang die Arme um sie. Sie tanzten ganz eng, und Pirjo legte zum Gesang von Nat King Cole die Wange auf sein pulsierendes Herz. Die Musik und die Nähe des Mannes wärmten ihr Inneres. Doch Pirjo hatte das Gefühl, auf Kissen zu tanzen. Sie stolperte über den Teppichrand und geriet ins Schwanken.

»Vielleicht solltest du dich ein bisschen ausruhen«, schlug Soisalo vor und steuerte Pirjo auf das Schlafzimmer zu.

Sie wollte gerade beteuern, ihr Schwanken habe nichts mit ihrer Trunkenheit, sondern mit dem Teppich zu tun, als sich wieder Zweifel in ihrem vernebelten Gehirn meldeten. Warum will er dauernd, dass ich schlafe, fragte sie sich. Sie ließ sich von ihm ins Schlafzimmer führen, schleuderte die Schuhe von den Füßen und fiel mit dem Rücken auf das mit rotem Satin bezogene Bett. Die perfekte Beute, schoss es ihr in den Kopf. Wenn er mich jetzt vergewaltigt, bin ich selbst schuld. Die momentane Angst verflog jedoch, als sie merkte, dass Soisalo überhaupt nicht die Absicht hatte, zu ihr ins Bett zu hüpfen.

»Schlaf nur in aller Ruhe«, sagte er, als er sah, dass Pirjos Augen noch immer geöffnet waren. »Mach ein Nickerchen. Ich koche uns inzwischen Kaffee. Es ist erst halb zwei, und bis zum Morgen haben wir noch viel Zeit.«

Gehorsam schloss sie die Augen und nahm wahr, wie er das Licht ausmachte und das Zimmer verließ.

Das weiche Bett und der Alkohol, den sie im Laufe des Abends zu sich genommen hatte, machten sie müde. Sie spürte, wie lange Arme sie in die sumpfige Tiefe des Schlafes zogen. Sie war kurz davor, ihrer Erschöpfung nachzugeben, da ließ sie eine plötzliche Erkenntnis hochfahren.

Sami Soisalo, hatte sich der Mann vorhin vorgestellt. Aber im Blumenladen hatte er sich Saku Soisalo genannt. Er hatte ganz bestimmt Saku und nicht Sami gesagt. Ein kaltes Stechen schoss durch Pirjos Körper. Was wollte der Mann von ihr?

Aus dem Wohnzimmer war ein gedämpftes Poltern zu hören, als wäre ein Buch auf den Fußboden gefallen. Es folgte tiefe Stille. Die ganze Wohnung schien den Atem anzuhalten. Mit bangen Augen starrte Pirjo ins Dunkel.

Die Stille dauerte eine Weile an. Dann setzten wieder Geräusche ein. Es hörte sich an, als würden Gegenstände aus dem Regal geräumt. Da fiel Pirjo die Geldkassette ein, die sie im Unterschrank des Regals versteckt hatte, und die kleine Notkasse, die den Schlüssel für das Bankfach und etwas Schmuck enthielt.

In ihrem Mund brannte die gallige Bitternis der Enttäuschung. Sie hatte gedacht, es mit einem reichen Geschäftsmann zu tun zu haben, und nun entpuppte er sich als billiger Dieb. Die Wut trübte ihr strategisches Denkvermögen. Sie sprang aus dem Bett und riss die Tür auf.

Gegen elf Uhr am Sonntagvormittag läutete es an der Tür. Welcher Idiot klingelt um diese Zeit, dachte Joni und grub sich tiefer in sein Kissen. Bestimmt die Zeugen Jehovas oder irgendwelche blöden Kinder. Besser gar nicht aufmachen.

Kurz darauf läutete es erneut, gefolgt von lautem Klopfen. Verdammt, die machen mir noch die Tür kaputt, dachte Joni und quälte sich aus dem Bett. Er zog seine Jeans an und taumelte in den Flur. Er machte die Tür einen Spalt auf und wollte den Störenfried gerade anbellen, doch der Schrei blieb ihm im Halse stecken.

»Leeni! Was, um Himmels willen, machst du denn hier? Ich bin bis sechs Uhr gefahren, und ich ... ich wollte schlafen.«

Nervös blickte Leeni sich um. »Lass mich rein und frag mich dann.«

Joni trat zur Seite, und sie huschte in den Flur. »Woher weißt du, wo ich wohne?«

»Das ist nicht schwer gewesen«, antwortete Leeni unbestimmt. »Ich kenn die Nummer von deinem Wagen.«

Joni zuckte mit den Schultern. Egal, wie sie ihn ausfindig gemacht hatte, Hauptsache, sie war jetzt hier. Er führte sie in das kleine Wohnzimmer, das von einer schwarzen Ledergarnitur dominiert wurde. Auch das Bücherregal und der Fernsehwagen waren schwarz, ebenso der Couchtisch und die

Stereoanlage. Alle Farbe konzentrierte sich auf den roten Teppich, der den Raum wärmte wie glühende Kohle.

»Ziemlich außergewöhnliches Zimmer«, bemerkte Leeni, als sie sich umsah. »Man hat das Gefühl, es wäre Abend.«

»Gefällt es dir?«, fragte Joni.

»Ich weiß nicht«, antwortete sie ehrlich. »Mir fehlen vielleicht ein paar mehr Farbtöne. Aber es spielt ja keine Rolle, was ich denke, solange du dich wohl fühlst.« Ohne die Jacke auszuziehen, setzte sie sich in den imposanten Sessel. Leicht erstaunt strich sie über das weiche Leder. »Der muss ja ein Vermögen gekostet haben.«

»Mein Vater hat mir ein bisschen Kohle hinterlassen«, sagte Joni. »Ansonsten allerdings nicht besonders viel.« Da Leeni nichts sagte, verschwand er im Bad.

Als er kurz darauf mit nassen Haaren und nach Rasierwasser duftend wiederkam, sah Joni, dass sich Leeni inzwischen nicht von der Stelle gerührt hatte. Sie saß steif auf ihrem Platz und starrte auf die rote Glut des Teppichs. Ihre Hände umklammerten die Handtasche, die sie auf dem Schoß hielt, als säße sie in der Straßenbahn. Wovor hat sie denn Angst?, fragte sich Joni.

»Warte mal kurz.« Er ging in die Küche und kam kurz darauf mit einem Glas Rotwein zurück. »Trink, das entspannt«, bestimmte er und blieb so lange neben ihr stehen, bis sie das Glas geleert hatte. Leenis Gesicht wurde rot, und die Anspannung wich aus ihren Augen. Etwas Schreckhaftes hatte sie jedoch immer noch an sich.

Joni nahm ihr das Glas aus der Hand und stellte es auf den Tisch. Nachdem er es sich auf der Sessellehne bequem gemacht hatte, sagte er: »Und jetzt erzählst du Onkel Joni, was dich quält. Obwohl ich natürlich weiß, dass ich wahnsinnig gut aussehe und in jeder Hinsicht attraktiv bin, habe ich das Gefühl, als hättest du einen anderen Grund, hierher zu kommen.«

Leenis Schultern zuckten. »Ich hab einfach Angst, allein zu Hause zu sein«, sagte sie. »Es war so trostlos, Ami ist nicht da, und ich halt es in dieser Wohnung einfach nicht aus. Ich musste einfach raus, ich konnte nicht anders.«

Die Erklärung klang dünn, und Joni glaubte ihr nicht. Er erinnerte sich, wie sie am Freitagabend in das Taxi gestürzt und irgendwo hingefahren war. Jetzt hatte sie sich hierher geflüchtet. Außerdem, wenn sie ihre Kleine so vermisste, warum holte sie sie dann nicht zu sich? Die Frage lag ihm bereits auf den Lippen, doch etwas an Leenis Art ließ ihn schweigen. Stattdessen legte er ihr den Arm um die Schulter und drückte sie fest an sich. Der Duft frisch gewaschener Haare wehte ihm in die Nase. Derselbe Duft, den er an jenem Morgen wahrgenommen hatte, als er die Frau mit ihrem Kind zum Flughafen gefahren hatte. Das schien bereits Jahre her zu sein.

»Wir machen alle Lampen an und den Fernseher und die Waschmaschine, damit du keine Angst mehr haben musst«, schlug Joni vor und drückte seine Lippen leicht auf Leenis Haare. »Ich find's wahnsinnig schön, dass du gekommen bist.«

Doch der Funke sprang nicht auf Leeni über. Sie wirkte starr und widerspenstig und antwortete in keinster Weise auf Jonis Zärtlichkeiten. Schließlich ließ er sie in Ruhe und machte ihnen Frühstück. Nachdem er Kaffee gekocht hatte, stellte er Toast und Käse auf den Tisch und rief Leeni zum Essen. Sie saßen sich an dem kleinen Tisch gegenüber und schauten sich an.

»Du bist lieb«, sagte Leeni und berührte Jonis Wange.

Joni kam es vor, als erhelle ein Lichtstrahl einen dunklen Raum. Vielleicht wird es ja doch noch etwas, dachte er, während er seinen Blick über Leenis watteweiches Haar und den weichen Bogen ihres Halses streifen ließ. Sie musste sich nur ein bisschen entspannen. Zum Glück hatte er immer etwas zu trinken im Haus. Joni redete über dieses und jenes, merkte jedoch bald, dass Leeni nicht zuhörte sondern zerstreut an ihm vorbeisah. Das ärgerte ihn. Er wusste, dass er ein attraktiver Mann war, und normalerweise flogen die Frauen auf ihn und seine Art. Aber diese hier hörte ihm nicht einmal zu, er hätte ebenso gut gegen die Wand reden können. Er streckte die Hand aus und schüttelte Leeni an der Schulter.

»Was kommst du hierher, wenn du nur vor dich hinträumst und mir die Zeit stiehlst!«, fuhr er sie an. »Du hättest mich lieber schlafen lassen sollen.«

Leeni erschrak. »Entschuldige, ich war wohl in meiner eigenen Welt versunken. Ich ... ich mache mir solche Sorgen.« Plötzlich brach sie in Tränen aus und suchte in ihrer Handtasche nach einem Taschentuch.

Joni wartete geduldig, bis sie sich beruhigt hatte, und forderte sie dann auf, zu erzählen, was mit ihr los war. »Und sag jetzt bloß nicht wieder, du hast Angst, allein zu sein, denn im Moment bist du es nicht.«

Leeni trocknete sich die Augen und schnäuzte sich. »Ich werde es dir später erzählen«, sagte sie kaum hörbar. »Wenn alles vorüber ist.« Ein unvermitteltes Angstgefühl weitete ihre blauen Augen. »Schau bitte nach, ob auf der Straße ein blauer Volvo steht!«

Joni starrte Leeni perplex an. »Warum sollte dort ein blauer Volvo stehen?«

»Dort sollte kein blauer Volvo zu sehen sein«, fuhr sie ihn an, »ich hoffe, dass da kein blauer Volvo steht. Jetzt geh und sieh nach, sei so gut!«

Joni merkte, dass Leenis Nerven bis zum Zerreißen gespannt waren. In ihrer Stimme lag eine Spur von Hysterie. Er hielt es für das Beste, zu gehorchen, zog sich die Jacke über und eilte hinaus. Er blickte in beide Richtungen der Töölönkatu. Zwei blaue Autos konnte er erkennen, aber keines von beiden war ein Volvo. Er drehte sich um und ging zurück in die Wohnung.

»Und?«, fragte Leeni aufgeregt.

»Da war kein blauer Volvo«, antwortete Joni, nachdem er wieder am Küchentisch Platz genommen hatte. »Ich hab jedenfalls keinen gesehen.«

Er hatte geglaubt, sie wäre erleichtert, dies zu hören, aber Leeni wirkte noch immer besorgt. »Würdest du meine Tasche holen, ich muss Sanna anrufen.«

Würdest du dies, würdest du das. Joni fluchte innerlich. Das lief ganz und gar nicht so, wie er es sich vorgestellt hatte. Trotzdem stand er auf und holte Leenis Tasche aus dem Wohnzimmer.

Sie nahm ihr Handy heraus und tippte hektisch eine Nummer. Nach den ersten Sätzen schien sie sich zu beruhigen. Auch Ami war ans Telefon gekommen, denn Leeni gurrte mit der säuselnden Mamastimme, die Joni schon immer gehasst hatte. Warum mussten Frauen so sprechen, fragte er sich. Nicht mal die Kinder selbst redeten so.

Nachdem sie das Gespräch beendet hatte, holte Leeni tief Luft. »Vielleicht bin ich ein bisschen hysterisch«, gab sie zu. »Aber mein Leben besteht nur noch aus Scherben. Kein Job, kein wirkliches Zuhause, mein Exmann droht damit, mir Ami wegzunehmen …« Sie legte ihre Fingerspitzen auf die Schläfen. »Ich hab das Gefühl, als würde mein Kopf jeden Moment explodieren.«

Joni glaubte endlich, verstanden zu haben.

»Gehört der blaue Volvo deinem Exmann? Hast du vor ihm Angst?«

»Ja. Ich habe Angst vor ihm.«

Leeni sagte das voller Eifer. Mit ein bisschen zu viel Eifer, dachte Joni. Obwohl sie lächelte, hatte er das Gefühl, als hätte sie ihn ins Treppenhaus gestoßen und die Tür zugeknallt, damit er nicht sehen konnte, was sie dahinter versteckt hatte.

Forsman hatte am Morgen vor der Tür gestanden. Er hatte zunächst geklingelt, und als Leeni nicht öffnete, hatte er mit seinem Schlüssel aufgesperrt. Doch die Sicherheitskette war vorgelegt gewesen, und er war nicht hineingekommen. »Mach die Kette los!«, hatte er gerufen. »Wir müssen miteinander reden.«

Nach der Belastung des vorigen Tages und einer Nacht mit wenig Schlaf waren Leenis Nerven gespannt wie ein Flitzbogen.

»Verschwinde, oder ich rufe die Polizei!«, hatte sie gefaucht. »Das ist jetzt meine Wohnung.«

Der Mann hatte abwechselnd geflucht und gedroht, aber Leeni war hart geblieben. Sie wollte nichts mehr von ihm wissen. Sie hatte getan, worum er sie gebeten hatte, und nun war sie ihm nichts mehr schuldig. Sie hatte ihm direkt ins Gesicht geschrien, das sie mit kalten Augen durch den Türspalt ansah. Anschließend hatte sie sich ins Bad geflüchtet und die Tür hinter sich geschlossen. Nach einer kurzen Weile vernahm sie, wie das Schloss einrastete und Forsman davonging.

Obwohl Forsman gegangen war, schien er immer noch gegenwärtig. Er sah Leeni aus jedem Winkel der Wohnung an, durch jeden Türspalt, aus jedem Schrank fixierte er sie mit seinen blassen Augen, die an Glaskugeln erinnerten. Aus lauter Angst hatte Leeni schließlich fluchtartig die Wohnung verlassen und war zu Joni gegangen.

Sie hatte die Absicht gehabt, Joni alles zu erzählen, damit er ihr half, doch als sie versuchte zu reden, hatte sie das Gefühl, Forsman würde auch das auf irgendeine Weise erfahren, und schwieg.

Der Junge hatte sich zum Lesen in den ersten Stock zurückgezogen. Kati und Ami saßen in Katis Zimmer und sahen sich einen Zeichentrickfilm an. Das Schnarchen von Sannas

Mann drang wie ein gedämpftes Schnurren durch die Wand. Ein gesegneter Frieden, dachte Sanna zufrieden, als sie es sich auf der Couch gemütlich machte. Wenn sie tagelang Kindergeschrei gehört hatte, schienen ihre Ohren aus Blech zu sein. Noch immer hallten die schrillen Stimmen der Mädchen nach. Sie ließ den Kopf aufs Kissen sinken und schloss die Augen. Das Essen lag ihr schwer im Magen, und sie fühlte sich matt.

Sie war gerade eingeschlafen, als es an der Tür klingelte.

Sanna hielt die Augen fest geschlossen und tat so, als hätte sie nichts gehört.

»Mama, hörst du nicht, es hat geklingelt«, rief Kati von oben.

Leeni natürlich wieder, dachte Sanna verärgert. Sie kommt, um sich zu vergewissern, dass alles in Ordnung ist. Soll sie sich doch selber um ihre Göre kümmern, wenn sie mir nicht vertraut. In einem fort ruft sie an und fragt, wie es Ami geht, als hätten sie alle Typhus. Mit zornigen Schritten marschierte Sanna zur Tür.

Dahinter stand jedoch nicht Leeni, sondern eine ihr völlig fremde Frau.

»Ich bin Raija Korhonen«, stellte sie sich vor und reichte Sanna die Hand. »Leeni hat sicher von mir gesprochen?«

»Nein, ich kann mich jedenfalls nicht daran erinnern.« Zögernd ergriff Sanna die ausgestreckte Hand. Die Frau war ebenso blond wie Leeni, aber älter als sie. Vielleicht war sie Leenis Schwester? Nein. Leeni war Einzelkind.

»Ich bin Amis Patin«, sagte die Frau. »Leeni wollte Ami zum Puppentheater abholen, aber ihre Tante ist wieder zu sich gekommen und hat nach ihr gefragt, deshalb musste sie ins Krankenhaus. Wir haben ausgemacht, dass ich mit Ami ins Theater gehe.«

Sanna wurde wütend. Typisch Leeni, dachte sie. Zuerst liefert sie ihr Gör hier ab, dann ruft sie alle fünf Minuten an, um zu fragen, wie es der Kleinen geht, und jetzt lässt sie sie plötzlich abholen. Das ist das letzte Mal, dass ich mich um Ami gekümmert habe, zürnte sie innerlich.

»Soll Ami ihre Sonntagssachen anziehen?«, fragte sie mürrisch.

»Gern.« Die Frau schien Sannas Entrüstung nicht zu bemerken, sondern lächelte freundlich. »Irgendwas Hübsches, wenn wir schon mal ins Theater gehen.«

»Okay. Ich ziehe sie an«, sagte Sanna. Als sie die Frau hereinbat, lehnte diese ab und sagte, sie warte lieber draußen.

Beim Schließen der Tür streifte Sannas Blick den Straßenrand. Ein blauer Volvo mit schmutzigem Nummernschild fiel ihr ins Auge.

Sie hatte das Auto schon einmal gesehen. An zwei Tagen hatte es am Straßenrand gestanden. Jemand hatte am Steuer gesessen, ohne auszusteigen. Genau das hatte Sannas Neugier geweckt. Sie hatte ihrem Mann von dem Volvo erzählt, aber er hatte die Polizei dahinter vermutet. »Die überwachen irgendeinen Drogendealer«, war er überzeugt. »In das letzte Haus sind ein paar zwielichtige Gestalten eingezogen. Die behalten sie bestimmt im Auge.«

Jetzt stand das Auto wieder da. Sanna spürte eine leichte Unruhe in ihrem Körper. Sie war nicht sicher, ob ihr Mann Recht hatte.

Aber darüber brauchte sie sich jetzt keine Gedanken zu machen. Sie ging in Katis Zimmer hinauf, wo sie die Mädchen lachen hörte. Was sollte sie Ami anziehen, überlegte sie. Sie legte die Hand auf die Türklinke. Komisch, dass Leeni nichts gesagt hatte, wunderte sie sich. Dass sie einfach so, ohne vorher anzurufen, jemanden geschickt hatte, um Ami abzuholen.

Kati hatte ein hübsches blaues Kleid, das genau richtig fürs Theater gewesen wäre. Schade, dass Ami hinging, die bloß dünne Sommerklamotten und Jeans hatte.

Sanna drückte die Klinke und trat ins Kinderzimmer.

Aaro Kujansuu saß am Küchentisch und hatte die Zeitung vor sich aufgeschlagen. Er war an ihrem Inhalt nicht interessiert, aber wenn die Zeitung da lag, ließ Eeva ihn in Ruhe. Andernfalls würde sie ihm ständig auf den Pelz rücken und dieses und jenes fragen und ihre ewigen Geschichten von der Arbeit erzählen.

Dieses Haus war viel zu klein, dachte Aaro seufzend. Der Garten bot zwar Zuflucht, aber es müsste auch im Haus eine Ecke geben, in die Eeva nicht gelangte und wo er in aller Ruhe seinen eigenen Gedanken nachhängen könnte.

Wie hatte die Journalistin das mit Hoppu herausgekriegt, fragte sich Kujansuu. Sie hatte den Namen einfach so herausgezogen wie ein Messer und vor seinen Augen damit herumgewedelt. Der Angriff war so überraschend gekommen, dass nicht viel gefehlt hätte, und ihm wäre etwas Unpassendes herausgerutscht.

Kujansuu blätterte um, damit Eeva glaubte, er läse. Er wollte nicht, dass sie etwas von der ganzen Sache erfuhr. Sie hatte noch nie ihren Mund halten können und würde ihn auch jetzt nicht halten. Verstohlen warf er einen Blick auf seine Frau, die an der Arbeitsplatte Gemüse schnippelte.

Hoppu war das Problem, stellte Kujansuu besorgt fest. Schon als er noch lebte, war er ein Problem gewesen. Als Toter war er es nun erst recht.

Leenis Finger zitterten, als sie Feuer im Kamin machte, und ein Streichholz nach dem anderen brach entzwei. Schließlich hatten die züngelnden Flammen das Anmachholz ergriffen, zögernd zunächst, dann gieriger, bis das Feuer hoch loderte und anfing, Wärme im Zimmer zu verbreiten.

Der Nachmittag war bereits weit fortgeschritten, und es war einiges geschehen. Das Wichtigste von allem war Sannas Anruf gewesen. Nervös strich sich Leeni über die Wange. Welch ein Glück, dass Sanna missgünstig war, dachte sie. Sie wollte für Kati dasselbe, was auch die anderen bekamen. Zum Glück hatte sie Leeni angerufen, um zu fragen, ob Kati mit ins Theater gehen dürfe.

Forsman, dachte Leeni beim Blick auf die flackernden Flammen. Forsman war wütend gewesen, weil sie ihn nicht hereingelassen hatte, und hatte seine Macht demonstrieren wollen. Er hatte sie daran erinnern wollen, dass seine Drohungen keine leeren Worte waren.

Aber wie hatte er von Sanna wissen können, fragte sich Leeni. Sie war so vorsichtig gewesen, als sie Ami nach Martinlaakso gebracht hatte.

Was hatte Forsman nach der Reise gesagt? Er sei am Flughafen gewesen, um sie abzuholen, hatte sich aber zurückgezogen, als er die Polizisten gesehen habe. Nach dem Verhör hatte Leeni bei Sanna angerufen. Anschließend hatte sie ein

Taxi genommen – hätte Joni doch nur ein wenig länger gewartet! – und war direkt nach Martinlaakso gefahren. Forsman musste ihr gefolgt sein, schloss Leeni.

Sie wandte sich von den Flammen ab und setzte sich an den Tisch. Der Rauch verriet, dass sie hier war, aber das war ihr egal. Sollten die Nachbarn denken, was sie wollten.

Joni war völlig konsterniert gewesen, als Leeni erklärt hatte, sie müsse zu Sanna fahren. Er hatte ihr angeboten, sie mit seinem Wagen hinzubringen, aber sie hatte abgelehnt und ein Taxi bestellt. Niemand sollte wissen, wohin sie Ami bringen würde.

Leeni wusste selbst nicht mehr genau, wie sie es begründet hatte. Wahrscheinlich hatte sie Vesa ins Spiel gebracht. Joni hatte sie angesehen, als glaubte er ihr kein Wort. Das spielt keine Rolle, dachte sie. Nichts spielte eine Rolle, außer dass Ami in Sicherheit war. Hier würde sie Forsman nicht so leicht finden.

In der Sauna gab es fließendes Wasser, und in der Kammer selbst stand ein kleiner Herd. Sie konnten sich hier in aller Ruhe ein paar Tage aufhalten, bis sie ein besseres Versteck gefunden hatte.

Sie war gespannt gewesen, was Ami beim Anblick der Ruine sagen würde. Das Mädchen hatte ernst auf die Asche und die verkohlten Balken gestarrt. Als Leeni ihr erzählen wollte, was geschehen war, hatte Ami langsam den Mund geöffnet. »Großes Feuer«, hatte sie mit großen Augen gesagt. Dann hatte sie sich umgedreht und in ihrer Tasche nach der Barbie gesucht, um auch ihr die Ruine zu zeigen.

Als sie dann mit der Kleinen in die Saunakammer gegangen war und ihr erklärt hatte, hier würden sie nun ein paar Tage bleiben, hatte Ami das umstandslos akzeptiert und um etwas Brot gebeten. Leeni musste lächeln. Das Kind nahm die Situation gelassener hin als sie.

Doch jetzt fing sie an zu quengeln und wollte mit den Kindern der Hallas spielen. Leeni stellte fest, dass es sie selbst zu einem kleinen Plausch bei Kaisa zog. Zu Tratsch, einem Glas Wein, vor allem zu dem Gefühl, dass nicht alles um sie herum in Scherben lag. Sie wollte sehen, wie weit der Umbau bei den Hallas fortgeschritten war und ob die Kloschüssel schon an ihrem richtigen Platz stand. Aber Kaisa war so neugierig, und Leeni wollte nicht auf ihre Fragen antworten. Es gab einfach zu viel, was sie für sich behalten musste.

»Morgen vielleicht. Mal sehen«, antwortete Leeni und nahm das Kind auf den Schoß.

Das Klingeln ihres Handys ließ sie zusammenfahren. Es war Joni, er wollte wissen, ob alles in Ordnung war. »Du bist so merkwürdig weggerannt.«

»Es ist alles in Ordnung. Wir haben Vesa ausgetrickst und sind jetzt in Sicherheit«, beteuerte Leeni. Am liebsten hätte sie Joni verraten, wo er sie finden könnte, aber sie traute sich nicht. Woher sollte sie wissen, ob Forsman nicht ihr Telefon abhörte?

Joni hatte eine weitere Schicht übernehmen müssen, denn einer seiner Kollegen hatte ein Messer in den Arm bekommen. »Aber wir fangen noch mal von vorne an, sobald das hier alles vorbei ist, okay?«

Nach dem Gespräch schien es in der kleinen Kammer heller zu sein. Lächelnd wandte sich Leeni Ami zu, die mit neugierigem Gesicht neben ihr stand.

»Viele Grüße von Tante Milja«, sagte sie und streichelte dem Kind die Wange. »Es geht ihr besser. Bald können wir sie besuchen. Sie ist hier ganz in der Nähe. Wenn wir ein richtig hohes Haus hätten, könnten wir ihr Zimmer sehen und ihr winken.«

Doch Ami ließ sich nicht täuschen. »Wer ist Joni?«, fragte sie mit heller Stimme.

Leeni biss sich auf die Lippen. Während des Gesprächs mit Joni hatte sie für einen Moment vergessen, dass die Kleine im

Zimmer war. Und sie hatte vergessen, wie genau sie zuhörte. Leeni wollte nicht, dass Vesa von ihrem Freund erfuhr. Wer wusste, in welche Richtung er das bog, um es zu seinem Vorteil zu nutzen. Sie hörte ihn schon bei der Behörde sagen: »Sie ist rausgeschmissen worden, ihr Haus ist abgebrannt, und jetzt macht sie mit fremden Männern rum und lässt das Kind allein. So eine taugt nicht als Mutter.«

»Ich habe nicht Joni gesagt, sondern Jonna«, log Leeni. »Jonna ist eine ehemalige Arbeitskollegin, so wie Sanna.«

Das Mädchen blickte sie trotzig an. »Du hast Joni gesagt und nicht Jonna«, widersprach sie voller Gewissheit.

Der Wind hatte zugenommen. Rings um das kleine Gebäude rauschte der Herbst in den Bäumen. Der Himmel war bewölkt, es war noch vor acht Uhr und schon stockdunkel. Leeni zog die Vorhänge zu und schaltete die kleine Tischlampe an, in deren Schein sie Ami ein Märchen vorlas. Danach brachte sie das Mädchen ins Bett. Sie wollte eine Weile für sich sein.

Nachdem Leeni die Kleine aus Martinlaakso geholt hatte, war sie mit dem Taxi in die Meripuistotie gefahren. Ami hatte im Taxi gewartet, und sie hatte alle ihre Sachen aus der Wohnung geholt. Abgesehen von ein paar wenigen neuen Kleidungsstücken, hatte alles in den Koffer gepasst, den sie auf der Griechenlandreise dabeigehabt hatte. So sehr war ihr Eigentum geschrumpft.

Sie versicherte sich, dass Ami die Augen geschlossen hatte, dann nahm Leeni die Plastiktüte aus dem Koffer und leerte sie auf dem Tisch aus. Die grünen Scheine waren ihre Therapie geworden. Ihr Beruhigungsmittel. Sie liebkoste sie mit den Händen und betastete sie mit den Fingerspitzen.Damit konnte man alles kaufen, dachte sie. Aber Geld war auch grausam, sagte eine Stimme in ihr. Geld diktierte die Bedingungen, nach denen die Menschen zu handeln hatten. Wegen dieses Geldes hatten sie und Ami kein Zuhause mehr und mussten fliehen und sich verstecken.

Nein, leugnete Leeni. So war es nicht. Das Geld hatte ihr auch genützt. Sie hatte sich ein Handy und neue Kleider gekauft, und erst gestern eine warme Jacke. Wenn sie erst mal ihre Angelegenheiten in Ordnung gebracht hatte … Hundertfünfzigtausend …

Leeni drückte die Geldbündel gegen ihr Gesicht und berauschte sich. Die Scheine waren wie Flügel, die Freiheit verliehen, dachte sie. Sie ließen Träume wahr werden.

Träume von Luxus, Macht und Freiheit.

»Was ist das?«, fragte eine helle Stimme neben ihrem Ohr.

Erschrocken drehte sich Leeni um und stellte fest, dass Ami aufgewacht war. Das Mädchen stand auf und griff mit ihren kleinen Händen nach den Geldscheinen.

»Finger weg!«, rief Leeni aufgebracht, und das Kind fing an zu weinen. Leeni erschrak. Sie nahm das Mädchen auf den Schoß und strich ihm über die weichen Locken. »Das darf man nicht anfassen, das geht kaputt«, erklärte sie zärtlich.

»Was ist das?«, wiederholte Ami und neigte den Kopf, um den Tisch hinter Leenis Rücken sehen zu können. Sie hatte instinktiv gespürt, dass die grünen Bündel wichtig waren.

Leeni wollte dem Mädchen nicht sagen, dass es sich um Geld handelte. Wie es Kinder nun einmal tun, würde sie es womöglich jemandem erzählen, im schlimmsten Fall sogar der Polizei. Wenn sich herumsprach, dass sie bündelweise Geld zu Hause herumliegen hatte, wäre sie geliefert.

»Das sind nur Tapetenstücke«, sagte sie, um das Kind abzulenken. »Die Mama klebt sie irgendwann an die Wand. Zeig der Mama noch mal das Kleid, das dir Sanna für die Barbie geschenkt hat.«

Die Gedanken des Mädchens lösten sich von dem grünen Papier, es rannte los, um seine Puppe zu holen. Eifrig zog sie ihr das neue Kleid an. Leeni atmete vor Erleichterung auf und steckte rasch das Geld in die Plastiktüte.

Als die Barbie angezogen war, spielte Leeni mit Ami Rotkäppchen und der böse Wolf. Leeni war der Wolf, Ami spielte die Großmutter und den Jäger, und die Barbie war das Rotkäppchen. Am meisten mochte Ami die Stelle, wo der Jäger dem Wolf den Bauch aufschnitt und das Rotkäppchen herausholte.

Das Handy klingelte. Diesmal sagte der Anrufer nicht einmal »falsch verbunden«, sondern schwieg. Nur ein schwaches Atmen war zu hören, bevor die Verbindung unterbrochen wurde.

Bloß ein Störenfried, beruhigte sich Leeni selbst. Von denen gibt es genug. Sie zog sich aus und legte sich neben Ami ins Bett. Der Anruf ließ ihr jedoch keine Ruhe. Forsman überwachte sie, dachte Leeni. Mit seinen Anrufen wollte er sie daran erinnern, dass sie ihm niemals entkommen würde.

Leeni lauschte auf Amis gleichmäßiges Atmen, das sich deutlich von der dichten Stille, die in der Kammer herrschte, abhob. Es war das einzige Geräusch, das sie hörte. Nicht einmal ein entferntes Verkehrsrauschen drang an ihr Ohr. Es war leicht gewesen, das Haus ihrer Tante in Brand zu setzen, ohne dass es jemand bemerkte, dachte sich Leeni. Um das Haus herum wuchsen Bäume und dichte Hecken, niemand sah, was hier passierte.

Dieser Gedanke beunruhigte sie. Sie spitzte die Ohren und lauschte, aber der Wind hatte nachgelassen, und die Zweige regten sich nicht. Eine Nacht für Diebe und Liebende, dachte sie, und schob all die anderen beängstigenden Gedanken beiseite.

Leeni war auf einmal sehr müde. Der Tag war lang gewesen, und sie hatte einiges zu verdauen. Forsmans Besuch in der Meripuistotie, ihre Flucht zu Joni und nicht zuletzt der Versuch, Ami zu kidnappen. Ob Forsman in dem blauen Volvo vor Sannas Haus gewartet hatte?

Es lohnte sich nicht, jetzt darüber nachzudenken. Ami war hier, in Sicherheit. Sie waren beide in Sicherheit, sie brauchten keine Angst mehr zu haben. Auch ihrer Tante ging es allmählich besser. Es war alles in Ordnung ... Ihre Gedanken flogen hin und her und begannen sich mit ihren Träumen zu vermischen.

Leeni wusste nicht, wie lange sie schon geschlafen hatte, als sie von einem Geräusch geweckt wurde. Ohne es näher identifizieren zu können, horchte sie eine Weile. Die angenehme Schwere der Nacht ruhte über dem Gebäude und drückte sie wieder in den Schlaf zurück.

Plötzlich fuhr sie auf, als ihr bewusst geworden war, was sie geweckt hatte.

Von der Landstraße her war das gedämpfte Surren eines Motors zu hören, das allmählich stärker wurde.

Ein Motorrad, dachte Leeni. Jemand fuhr auf dem Motorrad über die Landstraße.

Das Geräusch brach ab, bevor es die Höhe des Hauses erreicht hatte. Die Landschaft versank in Stille. Leeni war hellwach und fragte sich, was der Motorradfahrer vorhatte. Neben dem Küchenschrank war ein schmales Fenster. Auf Zehenspitzen schlich sie hin und spähte hinaus.

Langsam entfaltete sich ihre Angst, als sie das runde Licht einer Taschenlampe sah. Es hüpfte zwischen den Bäumen und näherte sich dem Saunagebäude.

Trotz ihrer Angst wusste Leeni genau, wie sie vorzugehen hatte. Die eine Gehirnhälfte gab Befehle, und die andere befolgte sie. Als Erstes trug sie Ami, in die Decke gewickelt, in die Ecke hinter dem Kamin. Danach machte sie schnell das Bett und schob den Koffer neben Ami in die Ecke. Sie tastete nach Amis Spielsachen auf dem Tisch und auf dem Fußboden und brachte sie ebenfalls außer Sichtweite.

Das Licht der Taschenlampe fiel auf das hintere Fenster und warf einen hellen Lichtfleck in den Raum. Für einen kurzen Augenblick war Amis Barbie zu sehen, die unbemerkt auf dem Tisch liegen geblieben war. Leeni stürzte herüber, griff sich die Puppe und kauerte sich anschließend selbst in der Ecke zusammen. Ami stöhnte im Schlaf, und Leeni nahm sie in die Arme. Sanft strich sie dem Kind übers Haar, um es zu beruhigen.

Wieder erleuchtete die Lampe den Raum, diesmal durch das Fenster zur Veranda. Die Vorhänge dämpften das Licht, sodass man hätte meinen können, der Mond scheine durch die Wolken. Der Eindringling ergriff die Türklinke, und Leeni stockte der Atem.

Anschließend war ein gedämpftes Knacken zu hören. Das Schloss gab nach, und feuchte Nachtluft strömte herein. Der schmale Lichtkegel der Taschenlampe strich über die Rückwand und warf einen hellen Widerschein auf das Fenster. Er streifte auch die Kaminecke, drang aber nicht bis zu Leeni vor, die mit Ami im Arm im hintersten Winkel kauerte. Er erreichte auch nicht ihre Sachen, die Leeni neben sich verstaut hatte.

Zwei Schritte ertönten. Sie klangen schwer, und Leeni sah vor ihrem inneren Auge Stiefel mit dicken Sohlen, wie sie Motorradfahrer trugen. Sie drückte Ami fester an ihre Brust. Sie zweifelte nicht daran, dass der Eindringling das Haus der Tante angesteckt und den Mann umgebracht hatte. Sie konnte seine bedrohliche, bösartige Energie fast riechen.

Noch einmal zwei Schritte, anschließend ein leichtes metallisches Klirren. Ami drückte auf Leenis Bein, doch sie wagte nicht, sich zu rühren. Sie hatte ohnehin schon das Gefühl, als spürte der Mann ihre Anwesenheit und ihre Angst. Erneut wanderte der Schein der Taschenlampe über die Ecke.

Plötzlich fiel Leeni ein, dass sie am Abend Feuer im Kamin gemacht hatte. Die Wärme strahlte noch immer in den kalten Raum ab. Der Eindringling würde es bald bemerken, und dann wüsste er, dass jemand hier war.

Sie beugte sich nach vorne und schützte Ami mit ihrem Arm, als der Mann ein triumphierendes Geräusch ausstieß und mit schweren Schritten auf die Ecke zuging.

Die roten Zahlen des Radioweckers zeigten ein Uhr an, als Paula aus dem Schlaf hochfuhr. Der vergangene Tag war sehr anstrengend gewesen. Sie hatte zwei Ausstellungen besucht und war abends noch mit Maiju im Theater gewesen. Das wäre alles ganz schön gewesen, hätte sie sich nicht die ganze Zeit Notizen machen müssen. Zuhause hatte sie ihre Eindrücke dann noch in den Computer eingegeben. Anschließend war ihr Kopf so schwer gewesen, dass sie ihn nicht mehr aufrecht halten konnte. Sie war ins Bett gekrochen und sofort eingeschlafen.

Trotz ihrer Müdigkeit hatte sie unruhig geschlafen. Sie hatte von Mauri Hoppu geträumt. Von seinem Aussehen her erinnerte der Mann sie an einen Freund ihres Vaters, den sie nie gemocht hatte. Hoppu hatte sie in seinem Haus willkommen geheißen und ihr ein Zimmer nach dem anderen gezeigt. Paula wollte gehen, aber Hoppu hatte sie nicht weggelassen.

Es war heiß im Haus gewesen, und plötzlich hatte Paula bemerkt, dass es brannte. Hoppu war nirgendwo mehr zu sehen, trotzdem wusste Paula, dass er sich in der Nähe versteckt hielt. Die Flammen schlugen immer höher, Paula suchte eine Tür, um hinauszukommen, aber alle Türen waren abgeschlossen.

Unmittelbar vor dem Aufwachen hatte Paula etwas wiedererkannt. Etwas, das in Hoppus Haus war. Sie versuchte, sich krampfhaft zu erinnern, was es war, doch der Splitter der Erkenntnis war in den Traum zurückgespült worden.

Das Licht traf Leenis Gesicht wie ein vernichtender Faustschlag. Ami blinzelte und bewegte sich, sie wachte jedoch nicht auf. Der Eindringling blieb stehen, um seine Handschuhe auszuziehen. Die Dunkelheit wurde von seinem schweren Atem ausgefüllt.

Der Raum war in einen helleren und einen stockdunklen Bereich geteilt. Der Mann war mit der Dunkelheit verschmolzen, er war gestaltlos und ohne Form, während Leeni und Ami klar und deutlich zu erkennen waren.

Leeni tastete mit der Hand über den Fußboden, um irgendeinen Gegenstand zu finden, mit dem sie sich verteidigen konnte. Ihre Finger stießen auf die dünne Eisenstange, mit der man das Feuer im Kamin schürte. Sie war sehr schmächtig, aber im Notfall konnte sie dem Mann damit in die Augen stechen.

Ami war aufgewacht und fing an zu jammern. Leeni streichelte das Kind beruhigend. Die Finger ihrer anderen Hand umklammerten fest die Eisenstange. Sie war auf alles gefasst. Um ihr Kind zu schützen, war sie auch bereit zu töten.

Das Licht erlosch. Die Kleider des Mannes raschelten, als er näher trat. Ein scharfer Geruch von Erregung ging von ihm aus. Leeni spannte ihren Körper auf das Äußerste an und nahm die Eisenstange in beide Hände. Sie bereitete sich darauf vor, sie ihm ins Gesicht zu stoßen, sobald er nahe genug war.

Plötzlich blieb der Mann stehen, als lausche er auf etwas. Auch Leeni hörte kurz darauf ein Auto. Es fuhr langsam die Straße entlang. Ein Lichtschein streifte über das Fenster und ließ für einen Augenblick den dunklen Schatten des Mannes erkennen. Als das Motorgeräusch erlosch, bewegte er sich wieder. Leeni umklammerte ihre Waffe. Geh weg, sprach sie innerlich. Geh weg, und lass uns in Ruhe!

Der Mann machte zwei Schritte. Es dauerte einen Moment, bis Leeni begriff, dass die Schritte nicht mehr auf sie zukamen, sondern sich entfernten. Ohne die Lampe einzuschalten, ging der Mann rückwärts auf die Tür zu. Dann strömte wieder feuchte Luft in den Raum. Das Schloss knackte, als die Tür zugedrückt wurde.

Leeni hatte das Gefühl, minutenlang unter Wasser gewesen und nun endlich wieder an die Oberfläche gelangt zu sein. Mit pochendem Herzen holte sie tief Luft, bevor sie Ami, die wieder eingeschlafen war, in ihr Bett trug. Sie setzte sich an den Rand und wartete darauf, dass das Motorrad angelassen wurde, doch die Stille war vollkommen. Die Geräusche der Nacht drangen an ihr Ohr. Irgendwo raschelte eine Maus, auf der Landstraße surrte ein Auto. Ein paar Zweige bewegten sich im erwachenden Wind. Die Minuten dehnten sich zu Stunden.

Wo hielt sich der Mann versteckt?

Leeni erschrak, als ein schrilles Geräusch die Stille zerriss. Der Motor sprang an, und das Motorrad setzte sich in Bewegung. Das Geräusch entfernte sich in Richtung Landstraße.

Leeni zog sich an und rief ein Taxi. Bis der Wagen kam, trug sie alle Sachen vor die Tür und holte zuletzt Ami. Draußen nahm Leeni einen seltsamen Geruch wahr.

Sie atmete tief durch die Nase ein und erkannte den beißenden Geruch von Rauch, der sich mit der feuchten Nachtluft vermischt hatte.

Es war Viertel nach neun. Der Blumenladen hätte um neun aufmachen sollen, doch die Türen waren verschlossen, und die matten Pflanzenlampen brannten noch immer. Zwei Kunden hatten bereits an der Tür gerüttelt und waren verdrossen weitergegangen.

Die meisten Topfpflanzen brauchten täglich Wasser, und seit Samstag waren sie nicht mehr gegossen worden. Die Alpenveilchen am Rand des Schaufensters ließen bereits die Köpfe hängen. Doch das genügte nicht, um die Passanten, die viel mit ihren eigenen Sorgen beschäftigt waren, aufmerken zu lassen. Wenn sich jemand über das beschauliche Dasein des Blumenladens wunderte, kam er zu dem Ergebnis, dass die Besitzerin wahrscheinlich krank war und dass ihn das nichts anging.

Unsicher, ob am anderen Ende der Straße noch etwas frei war, parkte Lefa seinen Geländewagen zwischen den Torpfosten des Kanervagrundstücks. Paula stieg aus und streckte sich.

Der Zufahrtsweg war mit einer roten Schicht Laub bedeckt. Zwischen den Blättern blitzte grünes Gras auf und hier und da die rosa Stupsnase einer Kleeblüte. Der farbenfrohe Weg bildete einen merkwürdigen Kontrast zu der Ruine, um die herum das Gras, die Erde und die Bäume noch immer grau von Asche waren. Es war, als betrachte man ein Schwarzweißbild und ein Farbbild direkt nebeneinander.

»Du solltest einen Führerschein machen und dir selbst ein Auto kaufen«, lamentierte Lefa, als sie auf das Haus von Eija Mesimäki zugingen. »Ich bin sicher, die Hälfte dieser Geschichten könntest du allein erledigen, jetzt, da die Digitalkamera erfunden wurde. Du brauchst mich eigentlich gar nicht. Ich spiele bloß deinen Chauffeur.« Schlecht gelaunt ging er neben Paula her, denn er hatte, seinen eigenen Worten zufolge, verdammt noch mal etwas Besseres zu tun.

»Vielleicht mach ich ihn noch«, sagte Paula. »Vielleicht kaufe ich mir sogar ein Auto. Aber glaub bloß nicht, dass ich in dein Revier eindringe und anfange zu fotografieren. Davon verstehe ich überhaupt nichts.«

Sie gingen am Haus der Kujansuus vorbei, dessen Garten so grellgrün leuchtete wie Tiefkühlerbsen. Der Rasen musste gerade gemäht worden sein, doch es war niemand zu sehen. Selbst der Rasenmäher war schon wieder im Schuppen verstaut worden.

Neben der Haustür der Hallas stand ein Farbeimer, und auf der mit Eternitplatten verkleideten Wand waren probehalber ein paar Streifen mit preiselbeerroter Farbe gezogen worden.

Es war ziemlich spät im Jahr, um ein Haus zu streichen, dachte Paula. Wahrscheinlich würde die Wand bis zum Frühling so bleiben. Der Schuppen und die Garage waren zu, aber die Haustür stand sperrangelweit offen, und man hörte die Kinder zanken.

Auf dem Grundstück der Mesimäkis war es wider Paulas Erwartung menschenleer. Nicht mal die Vertreter der Lokalblätter waren zu sehen. Das Publikum bestand allein aus Kaisa Halla und Aaro Kujansuu. Von den drei Fahrzeugen, die auf dem Grundstück standen, gehörte eines der Polizei. Als Paula und Lefa erschienen, drehte Kujansuu den Kopf und grüßte unfreundlich. Kaisa Halla hingegen eilte auf Paula zu.

Auf ihren Anruf hin hatte sich Paula auf den Weg gemacht. Sie hatte so aufgeregt geklungen, dass Paula nicht sofort kapiert hatte, wovon eigentlich die Rede war.

»Seppo ist irgendwann gegen halb zwei nach Hause gekommen«, hatte Kaisa Halla berichtet. »Angeblich hat er einem Arbeitskollegen beim Bau geholfen, aber das glaube, wer will. Ich bin natürlich aufgewacht, als er kam, und ich war so wütend, dass ich nicht mehr schlafen konnte. Ich hab mich hin und her gewälzt und mir überlegt, womit ich ihn erschlage. Schließlich bin ich aufgestanden und aufs Klo gegangen. Ich hab aus dem Fenster geguckt, und da ... Ich hab solche Angst gekriegt, dass ich geschrien hab. Es ist kein Laub mehr an den Bäumen, sonst hätte ich es gar nicht gesehen.«

Kaisa Halla ergriff Paulas Hand und zog sie auf die andere Seite des Hauses. »Der Rauch quoll aus dem oberen Fenster«, erklärte sie, wobei sie nach oben in den ersten Stock zeigte. »Dazwischen waren auch Flammen zu sehen. Ich hab versucht, Seppo wachzurütteln, aber der hat nur geschnarcht und sich nicht stören lassen. Dann wollte ich die Feuerwehr anrufen, aber ...« Sie warf Paula einen leicht irritierten Blick zu. »Die kam schon, bevor ich die Nummer gewählt hatte.«

Das war Paula neu. »Aha? Wer hat dann die Feuerwehr alarmiert?«

»Ich weiß es nicht. Der Feuerwehrmann, der als Wache dageblieben ist, hat behauptet, Eija Mesimäki habe angerufen, aber Eija sagt, sie habe von der ganzen Sache nichts gewusst, bevor ich sie angerufen habe.«

Die Wand war schwarz geworden, schien aber sonst nicht beschädigt zu sein. »Zum Glück waren sie rechtzeitig hier«, stellte Kaisa fest.

Paula betrachtete das verzogene Fenster. »Hast du irgendeine Ahnung, wie der Brand entstanden ist?«

»Eija hat erzählt, in der Dachkammer sei ein Feuerchen gelegt worden. Zum Glück ist nur ein bisschen alter Plunder verbrannt.«

»Das müsste ich mal ausprobieren«, mischte sich Lefa ein. »Auf die Weise könnte man die alten Möbel loswerden, von denen meine Frau sich einfach nicht trennen kann.«

Kaisa Halla musterte Lefa neugierig und zog die Schleife fester, mit der sie ihre Haare zusammengebunden hatte. Paula registrierte, dass Kaisa Lidschatten und Lippenstift aufgelegt hatte. Vermutlich war die Hoffnung, mit einem Bild in die Zeitung zu kommen, ein zusätzlicher Anstoß für den

Anruf gewesen. Paula gab Lefa ein Zeichen, der daraufhin ein paar Bilder von der Frau machte.

»Es war nicht das erste Mal, dass mein Seppo so viel Promille gehabt hat, dass Führerschein und Arbeitsplatz vom Winde verweht gewesen wären, falls er hätte blasen müssen«, ließ Kaisa Halla Lefa wissen. »Seppo ist Monteur auf Bereitschaft, und wie soll er den Job machen, wenn man ihm seinen Lappen weggenommen hat. Also ich war sauer. Aber komisch war das schon. Er hat's mir erst heute Morgen erzählt, als er zur Arbeit ist.«

Paula war auf einmal hellwach. »Was war komisch?«, fragte sie.

»Als Seppo gestern nach Hause gefahren ist, hat ein Motorrad am Straßenrand gestanden.«

»Hat Seppo die Nummer gesehen?«, fragte Paula gespannt.

»Ich bin froh, dass er überhaupt die Straße gesehen hat«, entgegnete Kaisa bitter.

Paula richtete den Blick auf den verkohlten Fensterrahmen. Ein Motorrad war auch da gewesen, als das Haus der Kanerva gebrannt hatte, dachte sie. Der Brandstifter war offenbar derselbe, nur die Methode eine andere. Das Feuer im Kanervahaus war so gelegt worden, dass es garantiert bis auf die Grundmauern abbrannte. Diesmal hatte sich der Brandstifter damit begnügt, ein kleines Lagerfeuer in der Dachkammer zu machen. Dabei hätte er bestimmt effektivere Mittel zur Verfügung gehabt.

Endlich konnte man richtig atmen. Endlich hatte sie das Gefühl, in Sicherheit zu sein. Es war luxuriös, in dem breiten Bett zu liegen, ohne etwas zu tun und ohne sich um etwas Sorgen machen zu müssen. Man musste weder aufräumen noch spülen noch kochen. Alles wurde einem fertig vorgesetzt. Man musste sich um nichts kümmern, sondern nur daran denken, einen Friseurtermin zu machen und neue Kleider zu kaufen. Ein königliches Leben. Und was das Beste war: Sie konnte es sich leisten.

Ihr Blick tastete sich durch das Zimmer, das derzeit ihr Zuhause war. Es gab zwei Betten mit Nachttischen, einen Schreibtisch, zwei Sessel, einen runden Couchtisch, einen Fernseher samt Videorecorder sowie eine Minibar. In dem einen Sessel saß Ami und sah sich ein Zeichentrickvideo an.

Leeni hatte das entsetzliche Erlebnis in der vergangenen Nacht bewusst aus ihrer Erinnerung verbannt und sich gezwungen, an angenehmere Dinge zu denken. Sie tastete nach der Tasche auf dem Boden, in der sie die Tüte mit Geld versteckt hatte. Das Geld hatte es ihr ermöglicht, in diesem teuren Hotel abzusteigen, dachte sie zufrieden. Aber andererseits hätte sie ohne das Geld erst gar nicht hierher kommen müssen, brachte ihr eine innere Stimme in Erinnerung.

Verärgert stand Leeni vom Bett auf und ging ans Fenster. Ein schwarz gekleideter Motorradfahrer fuhr vor, und die nächtlichen Ereignisse kamen ihr erdrutschartig wieder in den Sinn. Der Mann, der in der Saunakammer gewesen war, hatte das Haus der Mesimäkis angesteckt. Zum Glück hatte sie den Rauch gerochen und den Schein der Flammen gesehen. Hoffentlich war die Feuerwehr rechtzeitig da gewesen. Sie hatte nicht auf sie gewartet, um Kankaanpää kein frisches Wasser auf seine Mühlen zu gießen. Stattdessen hatte sie den Taxifahrer gebeten, sie zu irgendeinem großen Hotel zu fahren.

Als Amis Film zu Ende war, fing das Mädchen an zu quengeln. Sie hatte genug davon, drinnen zu sein, und wollte hinaus.

Das Zimmertelefon klingelte. Ami rannte hin. »Darf ich abnehmen?«, fragte sie. Ihre kleinen Finger griffen aufgeregt nach dem Hörer.

»Nein!«, rief Leeni strenger als beabsichtigt und riss dem Mädchen den Hörer aus der Hand, dessen Lächeln sich zu einem weinerlichen Ausdruck verzog. Der Anrufer hatte sich jedoch nur in der Zimmernummer geirrt und legte nach einer hastigen Bitte um Entschuldigung auf.

»Ich will in den Park!« Ami schwenkte den Kopf und strampelte mit den Füßen. Gleich würde das Weinen in Geschrei übergehen.

»Und wenn du ein bisschen malst?«, schlug Leeni vor. »Wo sind denn Amis Wachsmalstifte?« Sie suchte in der Tasche nach den Malsachen und breitete sie auf dem Tisch aus. »Mal doch mal das Zimmer hier. Hier steht das Bett und hier ... hier der Sessel ...«

»Ich will nicht malen!«, schnaubte Ami und warf die Farbkreiden auf den Boden. »Ami will raus!« Die Augen des Mädchens quollen über, und ihr Zorn vermischte sich mit dem Schmerz der Sehnsucht. »Ami hat Heimweh!«, heulte sie. »Ami will heim!«

Bestimmt hat die Kleine Hunger, dachte Leeni. Seit dem Frühstück ist viel Zeit vergangen. »Die Mama bestellt was zu essen«, sagte sie. »Und Ami bekommt so viel Mumin-Limo, wie sie will.«

Die Erwähnung der Mumins beruhigte das Mädchen, und es schluchzte nur noch ein wenig. Leeni bestellte Fleischbällchen und Pommes frites sowie zwei Flaschen Mumin-Limonade.

Schon bald klopfte es leicht an die Tür. Leeni versicherte sich, dass es sich um den Zimmerservice handelte, bevor sie aufmachte. »Haben sie Fleischbällchen bestellt?«, fragte die Frau und trat ein. »Leider haben wir keine Mumin-Limonade. Hoffentlich geht stattdessen auch Donald Duck.«

Sie stellte das Tablett auf dem Couchtisch ab und bat Leeni um eine Unterschrift. Ami starrte die Limonadenflaschen mit verzogenem Mund an. »Ami will kein Donald Duck, Ami will Mumins«, maulte sie.

»Dem Kind scheint es an Schlaf zu fehlen«, sagte das Zimmermädchen, während Leeni ihren Namen auf die Rechnung setzte.

»An Schlaf und Essen«, ergänzte Leeni und begleitete sie zur Tür. Ami brach wieder in Tränen aus, beruhigte sich aber, als Leeni mit Wachsmalkreide eine Muminfigur auf das Flaschenetikett malte.

Leeni und Ami fingen an zu essen. Das Zimmer war ruhig, man hörte nur vereinzelte Verkehrsgeräusche. Irgendwo weit weg fiel eine Tür ins Schloss.

Auf einmal fiel Leeni auf, dass Ami mit geneigtem Kopf verwundert in eine Richtung blickte. »Was ist denn da?«, fragte sie und drehte sich um.

Es war, als hätte der Winter Einzug in das Zimmer gehalten. Forsman stand mit einem Kamelhaarmantel über dem Arm in der Tür zum Vorraum. Er trug einen dunkelblauen Anzug, den eine dezente Krawatte mit grauem Muster zierte. Seine schwarzen Schuhe glänzten mit dem Aktenkoffer um die Wette, den er in der rechten Hand hielt.

Leeni starrte den Mann mit einer Mischung aus Unglauben und Angst an. Wie hatte er sie hier gefunden? Konnte er durch geschlossene Türen gehen? War er überhaupt real?

»Ein ordentliches Zimmer«, stellte Forsman fest. Seine Augäpfel bewegten sich kaum, als er sich umblickte. »Du hättest allerdings in der Meripuistotie bleiben sollen.«

Die Polizisten verließen Eija Mesimäki als Erste. Darauf ging der stämmige Mann in der Windjacke, der für eine Instandsetzungsfirma arbeitete. Breit lächelnd verteilte er seine Visitenkarten an die draußen Wartenden, offensichtlich in der Hoffnung, dass es mit den Bränden in der Gegend so weiterging.

Eija Mesimäki erschien in engen schwarzen Hosen und einem schwarzen T-Shirt, auf dem ein rubinrotes Herz leuchtete. Ihre roten Haare waren strubbelig, offenbar war sie in aller Eile zu Hause aufgebrochen. Paula eilte zu ihr und bat sie, den Tatort besichtigen zu dürfen.

»Die von der Versicherung kommen gerade«, antwortete die Mesimäki wichtigtuerisch, doch Paula gab nicht auf. Schließlich folgte sie der Frau mit Lefa, Kaisa Halla und Aaro Kujansuu im Schlepptau ins Haus.

Beim letzten Mal war die Haustür offen gewesen. Jetzt war sie geschlossen, und der abgestandene, muffige Geruch, der sich im Lauf der Jahre entwickelt hatte, strömte ihnen entgegen. Der Vater der Mesimäki hatte hier mit Sicherheit viele Jahre allein gelebt, dachte Paula. Ein gewöhnlicher alter Mann, so wie Mauri Hoppu auch.

Frau Mesimäki führte die Gruppe ins obere Stockwerk, wo sich an einem Ende das Sommerzimmer befand, das die Frau bei Paulas letztem Besuch geputzt hatte. Die andere Hälfte des Dachgeschosses war offen. Auf dem Fußboden in der Nähe des Fensters lagen auf einem Haufen verkohltes Papier und die Überreste von verbrannten Korbmöbeln. Darüber hinaus hatte das Feuer einen Teil des Fensters verkohlt und die Dachsparren geschwärzt, größere Schäden waren jedoch nicht zu erkennen.

An einer Wand war aus Brettern ein Regal zusammengenagelt worden, in dem stapelweise alte Zeitungen lagen. Ein Teil der Fächer war leer, und Paula vermutete, dass deren Inhalt auf dem Boden als Brennmaterial ausgebreitet worden war. Unter den schwarzen Papieren ragten die verbogenen Deckel von Aktenordnern hervor.

»Was ist in diesen Ordnern gewesen?«, erkundigte sich Paula, während Lefa ein paar Bilder schoss.

»Nichts Wichtiges. Alte Rechnungen und Quittungen. Mein Vater war einer von denen, die alles aufheben. Er hatte noch zwanzig Jahre alte Steuererklärungen, obwohl ich ihm immer sagte, dass sechs Jahre genügen.« Eija Mesimäki rieb sich müde die Stirn.

Paula bückte sich und schob die Papiere mit dem Fuß zur Seite. »Ob jemand hier etwas gesucht hat?«, fragte sie.

»Bestimmt nicht«, entgegnete die Mesimäki schroff. »Niemand interessiert sich für alte Steuererklärungen und Ölrechnungen.«

»Bestimmt nicht«, stimmte Paula zu. »Trotzdem hätte jemand glauben können, dass etwas Wichtiges darunter ist.« Sie dachte an die offenen Schubladen und die Papiere auf dem Fußboden bei Hoppu. »Kannst du dir vorstellen, was das gewesen sein könnte?«

Obwohl sie ihre Worte an Eija Mesimäki gerichtet hatte, antwortete überraschenderweise Aaro Kujansuu: »Wie kann man sich so was nur einbilden? Wie soll Eija wissen, was hier irgendwann mal aufbewahrt worden ist?« Sein Tonfall war streitsüchtig und aggressiv. Wie ein Windstoß, der auch in Eija Mesimäki neue Energie entfachte.

»Genau. Woher soll ich wissen, was der Täter hier gesucht haben soll«, präzisierte sie. »Das gibt nur einen großen Aufruhr wegen nichts. Ich lass das Ganze hier renovieren und vermiete das Haus. Und damit basta. Ihr könnt jetzt alle gehen. Und ich will nicht, dass Bilder gemacht werden«, fuhr sie Lefa an, der immer noch fotografierte.

Es polterte auf der Treppe, als die Gruppe hinunterging. Paula war die Letzte in der Reihe und blickte sich noch einmal um. Sie wurde den Gedanken nicht los, dass Eija Mesimäki genau wusste, was auf dem Dachboden gesucht worden war, aber nicht wollte, dass es die anderen erfuhren.

Der Blumenladen war noch immer geschlossen, als Marja-Riitta Pelli vor der Tür stand. Sie half Pirjo in den Stoßzeiten und vertrat sie jeden Tag zwei Stunden, damit Pirjo ihre Erledigungen in der Stadt machen konnte. Sie wunderte sich über die verschlossene Tür, da es bereits halb zwölf war. Sie machte zwei Schritte zurück und bemerkte die welken Alpenveilchen im Schaufenster. Auch das war seltsam, dachte sie. Pirjo achtete genau darauf, dass die Blumen nicht die Köpfe hängen ließen. Ihrer Meinung nach erkannte man das Niveau eines Blumenladens genau daran, wie die Blumen gepflegt wurden.

Marja-Riitta schloss mit ihrem eigenen Schlüssel auf und trat ein.

Man sah eindeutig, dass am Tag zuvor niemand hier gewesen war. Die Topfblumen ließen die Köpfe hängen, und in den Vasen war das Wasser verdunstet. Als Erstes goss sie die Pflanzen, dann füllte sie die Vasen. Anschließend griff sie zum Telefon und rief bei Pirjo an.

Pirjo nahm nicht ab, obwohl sie es lange klingeln ließ. Wenn sie nicht zu Hause war, wo war sie dann, fragte sich Marja-Riitta. War sie überraschend verreist?

Aber das hätte Pirjo nie getan, ohne ihr vorher Bescheid zu sagen. Für Pirjo standen die Blumen stets an erster Stelle, und erst dann kam alles andere. Sie wäre niemals weggefahren und hätte ihre Blumen verkümmern lassen, auch wenn sie wusste, dass Marja-Riitta am Montag kam.

Marja-Riitta öffnete die Kasse, um nachzusehen, ob dort eine Nachricht für sie lag. Aber da war nichts. Das Geld war allerdings weg. Pirjo musste es am Samstag zur Bank gebracht haben.

Wäre sie am Samstag hergekommen, hätte ihr Pirjo vielleicht von ihren Plänen erzählt, aber der Samstag war ein ganz normaler Tag gewesen. Keine Hochzeit und keine Beerdigung. Darum hatten sie vereinbart, dass Marja-Riitta freinehmen und mit ihrem Mann in aller Ruhe zum siebzigsten Geburtstag ihres Schwiegervaters fahren konnte.

Was sollte sie nun tun? Marja-Riitta war es nicht gewohnt, selbstständig zu denken, sondern tat am liebsten das, was sie schon immer getan hatte. Wenn es galt, Entscheidungen zu treffen, überließ sie das ihrem Mann. Und hier im Laden war Pirjo der Boss.

Ein Kunde betrat den Laden und sah sich nach einem Geburtstagsstrauß um. Dankbar für die Ablenkung beeilte sich Marja-Riitta, ihn zu bedienen. Sie mochte Blumen. Pirjo kritisierte manchmal, ihren Arrangements würde es an Kühnheit fehlen, aber Marja-Riitta hatte festgestellt, dass die meisten Kunden auf Nummer Sicher gingen. Rosen und Nelken. Im Herbst bot sie auch gern Chrysanthemen an. »Diese dunkelroten Chrysanthemen sind sehr schön«, sagte sie und nahm zwei von ihnen aus der Vase. »Aber wenn das Geburtstagskind jünger ist, empfehle ich Ihnen diese kleinen rosa Rosen.«

Gleich darauf kam ein zweiter Kunde, und Marja-Riitta verschob das Problem mit Pirjo erleichtert auf später. Wahrscheinlich war sie aufs Land gefahren und blieb nun länger, als sie geplant hatte. So war es bestimmt, dachte Marja-Riitta. Kein Grund, sich Sorgen zu machen. Pirjo wusste, was sie tat.

Zum Glück hatte sie heute sonst nichts vor und konnte, falls nötig, bis zum Abend bleiben.

Die Lupinen waren schon lange verblüht. Entlang der Straße standen nur noch eine Reihe schwarzer Stängel. Die Sonne schien durch die Birken. Die wenigen Blätter, die sie noch trugen, blinkten wie Reflektoren vor dem blauen Himmel. Lefa machte ein paar Aufnahmen vom Haus der Mesimäkis, obwohl der ganze Besuch seiner Meinung nach reine Zeitverschwendung gewesen war. »So ein Aufruhr wegen zwei verbrannter Stühle«, murrte er, als er zum Auto trottete.

Kaisa Halla und Aaro Kujansuu gingen wenige Meter voran, aber nur Kaisa schien zu reden, während Kujansuu verstockt neben ihr herging. Er blickte über die Schulter zurück und beschleunigte seine Schritte, als er merkte, dass Paula ihm fast auf dem Fuß folgte.

Die Kinder der Hallas spielten im Garten. Beide waren auf ein Malergerüst geklettert und ritten darauf, wobei sie ohrenbetäubende Schreie ausstießen. »Kommt ihr mit rein?«, fragte Kaisa. Sie blickte von Kujansuu auf Paula und schließlich auf Lefa und dessen Kamera. »Ich kann euch einen Schluck Weißwein anbieten, wenn es euch recht ist.«

Paula zögerte, denn sie wollte Kujansuu nicht ziehen lassen. Andererseits wollte sie auch nicht rundheraus ablehnen, für den Fall, dass Kujansuu sich entschließen sollte, die Einladung anzunehmen. Offenbar wartete er ab, was sie tun würde, weshalb niemand etwas sagte.

»Aaro?«, trieb Kaisa Halla ungeduldig an. »Kommst du, oder kommst du nicht?«

Nun musste Kujansuu antworten. »Vielen Dank, aber jetzt nicht. Ich muss noch Holz machen. Aber die anderen kommen bestimmt mit.«

Lefa machte bereits die ersten Schritte – er hatte noch nie abgelehnt, wenn es etwas zu essen oder zu trinken gab –, aber Paula kam ihm zuvor: »Danke, aber wir haben jetzt leider auch keine Zeit. Beim nächsten Mal gerne.«

Kaisa Halla zuckte mit den Schultern, das Ganze war ihr nicht sonderlich wichtig. Sie drehte sich um und rief den Kindern zu, sie sollten sofort herunterkommen. Keines von beiden gehorchte, und die Frau ging ins Haus, wohl um sich den im Kühlschrank wartenden Wein zu Gemüte zu führen.

Da er nun mit Paula und Lefa allein war, machte Kujansuu einen nervösen, unsicheren Eindruck, wie ein Mann, der in einer unbekannten Gegend an eine Kreuzung gelangt war und nicht wusste, in welche Richtung er gehen sollte. Er blickte sich um, stellte fest, dass es keinen Fluchtweg gab, wandte sich ab und eilte nach Hause.

Paula und Lefa liefen ihm hinterher und nahmen ihn in die Mitte. »Wir haben unser Gespräch neulich gar nicht zu Ende geführt«, sagte Paula.

»Ich kann mich nicht erinnern, dass irgendwas offen geblieben wäre«, brummte Kujansuu, ohne Paula anzusehen.

»Ich wiederum kann mich gut erinnern. Sie sind davongelaufen, als wir gerade zur Sache kamen.«

Paula bog umstandslos mit Kujansuu auf dessen Grundstück ein. »Wir dürfen doch mit reinkommen? Ich hätte da noch ein paar Fragen.«

»Nein, ich ...« Der Mann breitete hilflos die Arme aus und warf einen Hilfe suchenden Blick auf Lefa. Dieser grinste.

»Hat keinen Sinn, Nein zu sagen, wenn sie so drauf ist«, riet er. »Das ist, wie wenn man gegen eine Wand reden würde.«

Dieser kleine Beweis von Mitgefühl ließ Kujansuu nachgeben. »Also gut, dann gehen wir rein, obwohl ich nicht verstehe, was das nützen soll.«

Er machte die Haustür auf und führte seine Gäste ins Wohnzimmer, dessen graue Farbtöne selbst der hereinflutende Sonnenschein nicht aufzuhellen vermochte. Nur die Kristalle des Lüsters kokettierten in allen Regenbogenfarben.

Paula und Lefa nahmen auf dem Sofa Platz und Kujansuu in dem Schaukelstuhl, in dem er auch beim letzten Mal gesessen hatte. Er nahm die Brille ab und fing an, sie griesgrämig zu putzen. Offenbar hatte er beschlossen, kein Wort zu sagen, solange er nicht musste.

»Wir haben zuletzt über Mauri Hoppu gesprochen«, sagte Paula, während sie ihren Notizblock hervorholte. Sie wagte es nicht, das Aufnahmegerät zu benutzen, weil sie befürchtete, dann würde der Mann endgültig dichtmachen. »Wenn ich mich recht erinnere, erwähnte ich« – sie tat, als suchte sie auf ihrem Block die richtige Stelle, dabei hatte sie sich in Wirklichkeit gar nichts notiert –, »dass Lefa und ich herausgefunden haben, wer der Mann war, der in den Trümmern des Kanervahauses gefunden wurde. Er hieß Mauri Hoppu und wohnte in der Nähe von Hämeenlinna. Wir waren bei ihm zu Hause, um uns zu vergewissern.«

»Wie konntet ihr euch vergewissern, wenn er tot war?«, warf Kujansuu ein.

»Indem wir gefragt haben«, entgegnete Paula.

»Und wen? Da ist doch ...« Kujansuu biss sich auf die Lippen und verstummte.

»Da war auch keiner, den man hätte fragen können«, fuhr Paula sanft fort. »Das wollten Sie doch gerade sagen?«

»Wollte ich nicht. Ich kenne diesen Hoppu nicht, geschweige denn weiß ich, wer bei ihm wohnt.« Er verschränkte fest die Arme, um zu demonstrieren, dass der Fall für ihn erledigt war. Aber für Paula war er das noch lange nicht.

»Offen gesagt, glaube ich Ihnen nicht.«

»Ob Sie mir glauben oder nicht, ist mir egal.«

Lefa stand auf und machte ein Foto von Kujansuu, worauf dieser zusammenfuhr und sein Gesicht mit den Händen bedeckte.

»Was soll das? Warum fotografieren Sie mich?«

»Weil Sie etwas verheimlichen«, antwortete Paula. »Wir gehen von hier aus direkt zur Polizei und teilen denen mit, dass Sie Mauri Hoppu gekannt haben. Vielleicht haben Sie ihn ja umgebracht und anschließend das Haus angesteckt, um Ihre Tat zu vertuschen.«

Aaro Kujansuus Hände fielen schlaff in den Schoß. Weit aufgerissen vor Entsetzen, starrten seine Augen Paula an.

»Was reden Sie da, um Himmels willen? Ich hab ihn nicht umgebracht.« Er wandte sich Lefa zu. »Sag dieser Frau, dass sie völlig verrückt ist.«

»Sag es ihr selbst«, erwiderte Lefa und hob seine Kamera.

Eine atavistische Angst löste in dem Mann ein Gefühl der Bedrohung aus. Er mochte die auf ihn gerichtete Linse nicht und wich ihr aus, indem er sich in seinem Stuhl zurückneigte.

Paula hatte so etwas schon öfter gesehen, besonders wenn die Person etwas zu verbergen hatte. Sie hatte einmal einen Psychologen darauf angesprochen, der behauptete, die Linse der Kamera erinnere den Menschen unbewusst an das über allem wachende Auge Gottes. »Das Auge Gottes oder der Überwachungskamera«, erinnerte sich Paula entgegnet zu haben.

»Hör schon auf«, zischte Kujansuu. »Wenn du den Apparat wegnimmst, erzähle ich euch, was passiert ist.« Er zog ein Taschentuch aus der Hose und tupfte sich über das schweißnasse Gesicht.

»Ich wusste nicht, dass der Mann Hoppu hieß. Ich hatte ihn in meinem ganzen Leben noch nicht gesehen«, sagte Kujansuu.

Kraftlos lehnte sich Leeni in ihrem Sessel zurück. Wie eine Marionette, deren Fäden mitten in der Vorstellung gerissen waren. Ami spürte, dass etwas nicht stimmte, und kletterte auf Leenis Schoß. Nachdem sie Forsman einen ängstlichen Blick zugeworfen hatte, verbarg sie ihren Kopf an der Brust ihrer Mutter. Die Zuflucht suchende Gebärde des Kindes gab Leeni ihre Handlungsfähigkeit zurück. Sie legte den Arm um das Mädchen und fragte mit dünner Stimme: »Wie bist du hier reingekommen?«

»Der Zimmerservice hat freundlicherweise die Tür offen gelassen«, antwortete Forsman. Er legte den Mantel ab und nahm in dem Sessel Platz, von dem Ami gerade aufgestanden war. Den Aktenkoffer legte er sich auf die Knie, und Leeni war nicht in der Lage, die Augen davon abzuwenden.

»Woher wusstest du, dass ich in diesem Hotel bin?«, fragte sie weiter. Die Angst ließ ihre Stimme schrill klingen.

»Du brauchst dir nicht einzubilden, dass du mir entkommen kannst. Wie ich gerade sagte, du hättest in der Meripuistotie bleiben sollen, das wäre für dich und mich viel angenehmer und würde dich keinen Pfennig kosten«, antwortete Forsman, ohne sich die Mühe zu machen, seine Informationsquelle preiszugeben.

»Warum verfolgst du mich? Ich habe genommen, was du mir angeboten hast, und bin nach Griechenland geflogen. Reicht das nicht?« Leeni wagte es nicht, in Amis Anwesenheit über das Geld und das Haus zu reden. Sie hatte schon oft gemerkt, dass die Kleine wie einen Schatz in einer Truhe aufbewahrte, was sie gehört hatte, um es dann bei den unpassendsten Gelegenheiten hervorzuholen.

Forsman tastete nach dem Zigarrenetui in seiner Tasche, warf einen Blick auf Ami und ließ das Etui, wo es war. »Wie geht es deiner Tante?«, fragte er.

»Wohl ein bisschen besser«, antwortete Leeni. »Na und? Was geht dich das an?«

Forsman tat so, als habe er Leenis freche Bemerkung nicht gehört. Er schob Amis Teller von sich weg und verzog die Lippen, als er ein paar von den Pommes frites auf dem Tisch liegen sah.

»Hat deine Tante je von einem Mann namens Mauri Hoppu gesprochen?«

Leeni war verblüfft. »Diese Journalistin hat auch nach einem Mauri Hoppu gefragt«, sagte sie.

»Und was hast du geantwortet?«

»Dass ich noch nie von einem Hoppu gehört habe. Und das ist absolut wahr.«

Der Mann nahm erneut das Zigarrenetui zur Hand. Sein Blick folgte Leeni unablässig, um sie zu zwingen, die Wahrheit zu sagen. Aber die hatte sie ja gesagt, dachte Leeni. Warum ging er nicht?

»Die Tante hat von Hoppu geredet«, verkündete Amis helle Stimme überraschend.

Leeni wollte nicht, dass Forsman mit Ami sprach, sie fand seine Stimme, ja sogar seinen Blick schmutzig.

»Ami, willst du ein bisschen fernsehen?«, fragte sie.

»Lass das Kind erzählen!«, bestimmte Forsman. »Vielleicht ist es klüger als seine Mutter.«

Ami warf ihm mit einem Auge einen Blick zu. Mit dem Bemühen um einen freundlichem Tonfall fragte Forsman:

»Weißt du noch, wann deine Tante über Hoppu gesprochen hat und was sie gesagt hat?«

»Wir haben sie im Altersheim besucht, und sie hat die Post angeguckt, und da hat sie den Namen gesagt. Mauri Hoppu. Ein lustiger Name, so lustig.« Ami fing an zu kichern.

»Hat sie noch etwas anderes über diesen Hoppu gesagt?«, fragte Forsman, aber das Kind wusste nicht mehr. Forsman aschte auf den Teller und lehnte sich im Sessel zurück. »Und hat sie jemals über Pirjo Toiviainen gesprochen?«

»Nein!«, fauchte Leeni. »Sie hat immer nur über meinen

Vater gesprochen, den sie verabscheut hat.« Leeni spürte, wie ein starker, schneidender Schmerz hinter ihrer Stirn pulsierte. »Ich weiß nichts, also lass mich in Ruhe.«

Forsman ließ die halb gerauchte Zigarre auf den Teller fallen. »Ich habe einen Vorschlag«, sagte er. »Du unterschreibst ein Blatt Papier, und ich verschwinde aus deinem Leben.«

Leeni hatte das Gefühl, als zöge sich die Schlinge um ihren Hals weiter zu. Was für ein Papier? Was will er jetzt schon wieder? Sie drückte Ami so fest an sich, dass das Mädchen anfing zu jammern.

Der Mann ließ den Koffer aufschnappen und zog ein amtlich wirkendes Papier heraus. Es erinnerte an den Testamentsentwurf, war jedoch mit Sicherheit etwas anderes.

»Hier ist es«, sagte Forsman und legte das Blatt auf den Tisch. »Fertig geschrieben, fehlt nur noch dein Name.«

Sein leerer Blick heftete sich auf Leeni. Auch seine Stimme war ausdruckslos, als er ihr erklärte, was sie zu tun hatte: »Wenn du den Mund hältst und niemandem von unserer Vereinbarung erzählst, wirst du nie mehr ein Wort über dieses Papier hören. Wenn du aber unvorsichtig bist und auch nur einem einzigen Menschen von unserem Geschäft erzählst, werde ich das unweigerlich erfahren, und dann wird dieses Papier der Polizei zugespielt. Wenn du es liest, wirst du verstehen, dass es wesentlich klüger ist, den Mund zu halten.«

Widerstrebend streckte Leeni die Hand nach dem Papier aus. Sie sah, dass der Text darauf nicht besonders lang war, aber schon die ersten Zeilen ließen sie zusammenfahren. Sie wollte eigentlich nicht weiterlesen, doch ihr Blick glitt wie von selbst von einer Zeile zur nächsten.

»Ich, Leeni Ruohonen, gestehe, die Brandstiftung am Haus meiner Großtante Milja Kanerva veranlasst zu haben, indem ich Mauri Hoppu bat, den Brand zu legen, während ich selbst verreist war. Ich versprach Hoppu dafür fünfzigtausend Finnmark, von denen ich zehntausend vorab bezahlte. Die restliche Summe sollte nach dem Tod meiner Tante gezahlt werden, sobald ich ihr Vermögen geerbt hätte. Ich habe Grund zu der Annahme, dass sie es mir testamentarisch vermacht hat.«

Leeni hob den Kopf und starrte den Mann entsetzt an. »So etwas würde ich niemals unterschreiben«, sagte sie. »Das ist ja die reinste Lüge!«

Forsmans Blick streifte Ami. »Vielleicht solltest du es doch unterschreiben«, sagte er mit sanfter Stimme.

Leeni wurde plötzlich eiskalt. Der Mann meinte es ernst, das hatte sie von Anfang an gewusst. Sollte sie doch unterschreiben? Dann würden sie und Ami ihn endlich los.

Forsman merkte, dass sie nicht abgeneigt war, und nahm einen goldenen Füller aus dem Aktenkoffer.

»Eine Unterschrift nur«, redete er ihr gut zu. »Dann hast du deine Ruhe.«

Leeni ergriff den Stift und zog das Blatt zu sich heran. Das Kind spürte ihre Verzweiflung und bekam Angst.

»Der Onkel ist böse«, sagte Ami und drückte sich tiefer in Leenis Arme. Wieder gab die Geste des Schutz suchenden Kindes Leeni ihre Kraft zurück. Sie warf den Stift auf den Tisch und riss das Geständnis in kleine Fetzen.

»Raus!«, schrie sie. »Hau ab! Sofort! Oder ich hol die Polizei.«

Forsmans Miene gefror. Er nahm den Stift und steckt ihn in die Tasche. »Das ist nicht besonders klug«, erklärte er kühl. »Weder klug noch notwendig. Das Papier wäre nur eine Art Sicherheit gewesen.« Er klappte den Koffer zu und stand auf. »Wenn keine Sicherheiten da sind ...«

Die Arme fest um Ami geschlungen, hörte Leeni zu, wie Forsman die Tür zum Vorraum hinter sich schloss. Ich muss etwas unternehmen, dachte sie.

Verschiedene Möglichkeiten schossen ihr durch den Kopf, aber sie verwarf eine nach der anderen.

Schließlich kam sie auf einen ganz neuen Gedanken. Wenn man sich zwischen Regen und Traufe entscheiden muss, ist es besser, den Regen zu wählen, auch wenn man dabei nass wird«, überlegte sie. »Lass uns ein bisschen rausgehen«, sagte sie zu Ami, die sogleich eifrig nach ihren Schuhen suchte.

Die Unruhe, die sich noch am Mittag so leicht angefühlt hatte wie ein Vogeljunges, war den Nachmittag über zu einer Krähe ausgewachsen. Obwohl Marja-Riitta sich noch so sehr versicherte, sie brauche sich keine Sorgen zu machen, musste sie unablässig an Pirjo denken. Sie kam nicht von dem Gedanken los, dass sie angerufen und Bescheid gesagt hätte, wenn sie länger irgendwo geblieben wäre. Pirjo besaß zwei Handys, eines davon hatte sie bestimmt bei sich.

Und wenn Pirjo einen Schlaganfall gehabt hatte? Das kam vor, auch bei gesunden Menschen. Im Gehirn platzt eine Ader, und das war's dann. Sollte sie vielleicht nachschauen gehen? Pirjo wohnte eine Straße weiter. Ganz in der Nähe. Es würde nicht länger als eine halbe Stunde dauern.

Ein neuer Kunde trat ein. »Die Chrysanthemen sind in dieser Jahreszeit so schön«, pries Marja-Riitta und nahm zwei Chrysanthemenzweige aus der Vase.

Wenn sie die Kundschaft nicht bediente und Pirjo davon erfuhr, würde sie böse werden, kam es Marja-Riitta in den Sinn. Sie konnte nirgendwo hingehen, nicht jetzt, zur besten Geschäftszeit. Sie musste den Laden geöffnet halten. Vielleicht am Abend.

So würde sie es machen, beschloss sie. Am Abend würde sie in Pirjos Wohnung gehen, zu der sie auch einen Schlüssel hatte. Sollte Pirjo nicht zu Hause sein, würde sie zur Polizei gehen.

Nach ihrem Entschluss war ihr leichter zu Mute. Die Unruhe war weg. Sie spürte nur ein leichtes Kribbeln in ihrem Inneren, als würde sie ein Grashalm kitzeln.

Lefa war aufgestanden. Unruhig ging er hin und her und betrachtete die Gegenstände im Regal. Paula warf ihm einen flüchtigen Blick zu, bevor sie die Augen auf Kujansuu richtete.

»Hoppu wollte also Milja Kanerva besuchen«, sagte sie.

Der Mann wirkte gequält. Wieder nahm er die Brille ab und rieb sie am Hosenbein.

»Ich verließ gerade das Haus, als er im Garten auftauchte. Ich hielt ihn für einen Händler und sagte, wir kaufen nichts, aber er sagte, er wolle nichts verkaufen, sondern die Kanerva besuchen. Ich sagte, sie wohne nicht mehr hier, sondern im Altersheim, im Haus wohne jetzt eine Verwandte mit ihrer Tochter. Er bat darum, die Kanerva anrufen zu dürfen, und da er einen ganz ehrlichen Eindruck machte, ließ ich ihn rein. Wir unterhielten uns ein bisschen, und schließlich rief ich selbst im Altersheim an, doch dort sagten sie mir, die Kanerva sei auf einem Ausflug und käme erst spät am Abend zurück.«

Paula ahnte bereits, wohin die Geschichte führen würde. »Wessen Idee war es, dass Hoppu im Haus der Kanerva übernachtet?«

Kujansuu setzte die Brille auf und blickte zum Fenster.

»Meine. Und das geht mir so an die Nieren, dass ich nicht schlafen kann. Ich sagte, das Haus stehe leer, weil die Verwandte im Urlaub sei, und Hoppu – da hatten wir uns schon vorgestellt – könne dort die Nacht über bleiben. Ich konnte nichts Schlechtes darin sehen.« Verteidigend fügte Kujansuu hinzu: »Schließlich war Hoppu ein alter Freund der Kanerva und kein Landstreicher.«

»Wie ist er ins Haus gekommen?« Lefa fing wieder an, an seiner Kamera herumzufingern.

»Wir haben einen Schlüssel«, entgegnete Kujansuu unwirsch. »Die Kanerva hat ihn uns gegeben, für den Fall, dass ihr etwas zustoßen sollte. Mit dem Schlüssel gingen wir dann rüber, da waren keine miesen Tricks nötig.«

»Und dann?«, fragte Paula.

»Und dann, und dann! Ich ließ Hoppu hinein! Sonst nichts. Ich sagte, es wäre besser, wenn er sich still verhalte, damit ihn niemand sehe. Ich dachte, sobald er die Kanerva getroffen hätte, würde er schon wieder gehen.«

Paula saugte an ihrem Stift.

»Das ist alles? Er ist bei Ihnen reingeschneit, und Sie haben ihn für die Nacht ins Haus der Kanerva gelassen?«

»Genau. Genau so war's.« Kujansuu verschränkte mürrisch die Arme. »Was hätte sonst noch gewesen sein sollen?«

»Nichts«, gab Paula zu, und dennoch hatte sie das Gefühl, als hätte sie vergessen, etwas zu fragen. »Und Hoppus Auto?«

»Auto? Was für ein Auto? Er war zu Fuß unterwegs.«

»War sein Wagen nicht auf dem Grundstück der Kanerva zu sehen? Ein weißer Renault?«

»Da war nichts!« Kujansuu geriet in Zorn. »Überhaupt nichts. Ich hab doch gesagt, er kam zu Fuß.«

Paula versuchte sich vorzustellen, was geschehen war. Der Mann war nach Helsinki gefahren und von dort mit dem Zug oder mit dem Bus nach Hiekkaharju, von wo aus er zu Fuß hierher kam. Vielleicht war er früher schon einmal hier gewesen und kannte die Gegend.

»Hat er etwas von sich erzählt?«, fragte sie.

»Das Übliche«, antwortete Kujansuu. »Wo er wohnte und

was er machte. Er war Personalchef in Rente. Kannte die Kanerva von früher. Mehr hab ich nicht gefragt. Was ging mich das an.« Kujansuu legte die Handflächen auf die Armlehnen des Schaukelstuhls, zum Zeichen, dass das Gespräch für ihn beendet war.

Aber Paula hatte noch eine Frage:

»Als Hoppu über Nacht blieb, war das dieselbe Nacht, in der das Haus brannte?«

»Ja«, bestätigte Kujansuu.

Es folgte eine kurze Stille. Paula sah den Mann an, aus dem es plötzlich herausplatzte:

»Sie wissen ja gar nicht, wie ich mir vorkomme. Ich habe ihn dorthin gebracht, und dann ... dann.« Seine Brille beschlug, und er musste sie erneut abnehmen. Mit etwas ruhigerer Stimme fügte er hinzu: »Als ich die Flammen sah und die Feuerwehr alarmierte, dachte ich sofort an Hoppu und hoffte, er hatte sich noch retten können. Am nächsten Tag erfuhr ich dann, was passiert war, und ich fühlte mich so elend, dass ich nicht schlafen konnte. Ich dachte, die Polizei würde mir die Schuld für den Brand geben und traute mich nicht, mit irgendjemandem darüber zu reden, nicht einmal mit Eeva.«

Paulas Blick suchte Lefa, der sich bereits auf die Tür zu bewegte.

»Das ist schon ein komische Gegend hier«, sagte Lefa über die Schulter. »Bloß ein paar Häuschen, aber in jedem brennt es, und dazu kommen noch Leute ums Leben. Ich hätte jedenfalls ganz schön Hosenflattern, wenn ich hier wohnen würde.«

Kujansuu machte den Mund auf, um zu antworten, aber obwohl sich seine Lippen bewegten, kam kein Wort heraus. Der Mann hatte vor etwas Angst, dachte Paula, als sie Lefa nach draußen folgte. Und das hatte mit dem zu tun, was er nicht erzählt hatte.

Der Verkäufer sortierte CDs in einen Ständer ein und bemerkte die Frau nicht, die unmittelbar hinter ihn getreten war. Er hatte dunkle, gewellte Haare, die ihm bis zum Kragen reichten. Seine langen, femininen Wimpern beschatteten braune Augen.

Leeni musste sein Gesicht nicht sehen, um sich jeden einzelnen Zug in Erinnerung zu rufen. Die vollen Lippen, die Locke, die in die Stirn fiel und ein starkes Gefühl von Zärtlichkeit bei ihr geweckt hatte, was Vesa geschickt auszunutzen verstanden hatte.

»Na, hast du das Alphabet gelernt?«, fragte Leeni spöttisch.

In der Öffentlichkeit traute sie sich, so etwas zu sagen. Wären sie allein gewesen, hätte sie dafür eine Faust ins Gesicht bekommen können. Vesa konnte nicht mit Worten kämpfen.

Er erschrak und ließ eine CD auf den Boden fallen. »Was machst du denn hier?«, fuhr er sie an. »Und wo ist Ami?«

»In einem Taxi an der Ecke«, antwortete Leeni mit gezwungen ruhiger Stimme, denn sie brauchte Vesas Hilfe. »Ich wollte nicht, dass sie uns streiten sieht.«

Vesa hob die CD-Hülle auf und versicherte sich, dass sie unversehrt war. Er wirkte nervös und fühlte sich in Leenis Nähe sichtlich unwohl.

»Also? Was willst du? Falls du Ami am Wochenende bei dir behalten willst, kannst du dir die Mühe sparen. Ami kommt zu mir, und damit basta. Ich hab genauso ein Recht, mit ihr zusammen zu sein, wie du. Eigentlich sogar ein größeres, wenn ...«

»Hast du noch Urlaub übrig?«, fragte Leeni.

Die Frage irritierte ihn. »Eine Woche noch, wieso?«

»Könntest du ihn sofort nehmen?«

»Sofort? Wieso sofort?« Misstrauen zeichnete sein Gesicht. »Du willst mit irgendeinem Kerl in den Süden fahren, und ich darf das Kindermädchen spielen, während ihr euren Spaß habt. Dass du die Stirn hast, mir so was auch nur vorzuschlagen!«

»Falsch!«, rief Leeni. »Du fährst eine Woche in den Süden, und ich zahle die Reise, unter der Bedingung, dass du Ami mitnimmst.« Obwohl sie Vesa mittlerweile verabscheute, wusste sie, dass man sich auf ihn verlassen konnte, wenn es um Ami ging.

»Ich?« Er schien noch immer misstrauisch. »Und warum solltest du das tun? Damit du dich hier mit einem Kerl amüsieren kannst, während Ami und ich dir aus dem Weg sind? Nee. Daraus wird nichts.«

Vesa war noch immer eifersüchtig, begriff Leeni. Die Liebe war tot, aber die Eifersucht lebte genauso stark wie früher weiter.

»Ich habe keinen anderen«, versicherte sie. »Aber wie du bestimmt längst weißt, bin ich gefeuert worden, und unser Haus ist abgebrannt. Und jetzt muss ich mir erst mal einen neuen Job suchen, bin aber nicht mobil genug, weil ich mich um Ami kümmern muss.«

Vesa spielte mit den CDs. Er schien über etwas nachzudenken. »Wo wohnt ihr denn jetzt, nachdem das Haus abgebrannt ist?«

»Ich habe ein schöne Wohnung in Lauttasaari«, erklärte Leeni mit fester Stimme. »Und zwei Arbeitsstellen in Aussicht. Du brauchst dir also nichts einzubilden, was Ami betrifft.«

»Schauen wir mal«, entgegnete Vesa und drehte das Gestell mit dem Finger.

Am liebsten hätte sich Leeni umgedreht und wäre auf der Stelle davongegangen. Für einen Moment hatte sie vergessen, wie widerlich Vesa sein konnte. Der Gedanke an Forsman zwang sie jedoch, sich zu beherrschen.

»Für Samstag gibt es noch zwei stornierte Plätze, aber die

müssen spätestens morgen gebucht werden«, sagte sie. »Deshalb müsste ich jetzt wissen, ob du fahren kannst oder nicht. Dein Pass ist doch noch gültig?«

»Ja«, bestätigte Vesa und strich sich durchs Haar. Die Reise interessierte ihn, erkannte Leeni, aber schnelle Entscheidungen waren nicht seine Sache.

»Wohin ginge die Reise denn?«

»Nach Kreta. Du würdest in einem Fünf-Sterne-Hotel wohnen. Eigener Strand und reiche Frauen, die auf der Suche nach gut aussehenden Männern sind.«

Vesa lachte vergnügt auf. Er bekam immer gute Laune, wenn man auf seine Chancen bei den Frauen anspielte.

»Ich muss zuerst mit meinem Chef reden. Sonst kann ich nichts versprechen.«

Leeni seufzte erleichtert auf. Wenn alles gut ginge, wäre Ami ab Samstag für eine Woche in Sicherheit. Bis dahin würden sie sich im Hotel aufhalten. Dort gab es Läden, eine Sauna und ein Schwimmbad. Auch wenn Forsman wusste, wo sie wohnten, konnte er nichts tun, weil ständig andere Leute um sie herum waren. Die paar Tage würden sie schon überstehen. Wenn Ami weg wäre, müsste sich Leeni eine Woche lang nicht ängstlich umschauen. Sie würde sich einen Job und eine neue Wohnung suchen. Alles würde anders werden. Leeni merkte, dass sie lächelte.

»Ich bringe dir morgen die Reisebestätigung«, versprach sie, »und zweitausend Finnmark Reisegeld.«

Das war Verlockung genug für Vesa.

Nachdem Paula und Lefa gegangen waren, schlich Kujansuu vor die Tür und blickte in Richtung Kanervahaus. Da nur noch wenig Laub an den Bäumen war, konnte er deutlich den blauen Geländewagen am Tor erkennen. Er wartete, bis Paula und Lefa eingestiegen waren und der Motor ansprang. Erst dann drehte er sich um und ging wieder hinein. Er eilte in die

Küche, wo das Telefon stand, und wählte hastig eine Nummer.

»Aaro hier, störe ich?«, fragte er, als am anderen Ende abgenommen wurde.

»Diese Zeitungstante war wieder hier, und ich musste ihr sagen, dass Hoppu an jenem Montag hier war. Sie wusste es schon, und es hätte einen merkwürdigen Eindruck gemacht, wenn ich es nicht zugegeben hätte.«

Vom anderen Ende der Leitung kamen zornige Worte.

»Natürlich nicht!« Kujansuu schlug einen beleidigten Ton an. »Darüber habe ich kein Wort gesagt. Ich habe nur gesagt, dass Hoppu hier war, um die Kanerva zu besuchen, und dass ich ihn für die Nacht ins Haus gelassen habe, weil es leer war. Mehr habe ich nicht gesagt.«

Kujansuu hörte eine Weile zu.

»Das muss ich jetzt der Polizei mitteilen. Wenn ich es nicht sage, erfahren sie es von der Zeitungstante, und dann sitze ich in der Tinte.«

Erneut ertönten aufgeregte Worte.

»Hältst du mich für blöd?«, schnaubte Kujansuu. »Ich erzähle der Polizei nur das, was ich auch der Zeitungsfrau gesagt habe. Kein bisschen mehr.«

Er legte auf und ließ sich auf einen Küchenstuhl sinken. Sein Gesicht war aschfahl, und auf der Stirn glänzten Schweißtropfen. Sein ganzer Oberkörper schien in einen Schraubstock eingespannt zu sein. Kujansuu tastete nach dem Tablettenröhrchen in seiner Tasche und steckte sich eine Pille in den Mund.

Allmählich wurde ihm leichter zu Mute. Der Griff des Schraubstocks ließ nach, und das Blut fing wieder an zu zirkulieren. Auch sein Kopf wurde etwas klarer, die Gedanken kehrten in die Gegenwart zurück: zu dem Motorradfahrer, der im Haus der Mesimäkis gewesen war.

Was würde der Mann als Nächstes tun?

Um fünf nach drei klingelte das Telefon. Die Gärtnerei rief an. Man wunderte sich, da Pirjo Toiviainen ihre Bestellung für diese Woche noch nicht aufgegeben hatte.

Marja-Riitta spürte, wie die Panik ihre Flügel hob. Sie hatte völlig vergessen, dass Montag Bestelltag war. Pirjo wäre das nie entgangen. Das Überleben des Blumenladens hing davon ab, dass ständig frische Blumen im Angebot waren. Sie sagte, Frau Toiviainen sei krank, und bat darum, das Übliche zu liefern. In der Gärtnerei wusste man, was in dem Laden gut ging. Von Hochzeiten oder Beerdigungen stand nichts im Auftragsbuch, es gab also keinerlei Sonderwünsche.

Irgendetwas stimmt nicht, dachte Marja-Riitta, als sie auflegte.

Zum Glück konnte sie die Kasse abschließen und das Geld zum Nachttresor bringen, sodass es in dieser Hinsicht keine Probleme gab. Sie wusste auch, welche Blumen kühlere Luft brauchten. Sie hatte schon oft den Laden abgeschlossen, wenn Pirjo nicht da war, aber da hatte sie immer gewusst, wo sie sich aufhielt. Pirjo hatte immer ihre Nummer hinterlassen, für den Fall, dass es ein Problem gab. Diesmal gab es keine Nummer.

Ihr Mann wartete um halb sechs auf das Abendessen. Würde sie um fünf Uhr schließen, wäre das Essen auf keinen Fall bis halb sechs fertig. Sie würde es in dieser Zeit nicht einmal bis nach Hause schaffen. Sie sorgte sich nun mehr als zuvor. War ihr Mann bereit, sich etwas in der Mikrowelle aufzuwärmen, damit sie Pirjos Wohnung aufsuchen konnte?

Es waren gerade keine Kunden im Laden, daher rief sie ihren Mann auf der Arbeit an. Noch bevor sie etwas sagen konnte, erklärte er mit Bedauern, im Büro sei so wahnsinnig viel los, dass er frühestens um acht zu Hause wäre. Marja-Riitta brach fast in Gelächter aus. Das machte alles wesentlich einfacher. Wäre ihr Mann um die übliche Uhrzeit nach Hause gekommen, hätte sie ihm von ihrer Sorge um Pirjo erzählen müssen. Und es war nicht schwer zu erraten, was er darauf gesagt hätte: »Vergiss nicht, dass du nicht überall deine Nase hineinstecken musst! Das gibt nur Scherereien.«

Jetzt konnte sie das tun, was sie für richtig hielt. Nachdem sie den Laden geschlossen hatte, blieb ihr noch reichlich Zeit, bei Pirjo vorbeizugehen, um sich zu versichern, dass ihr nichts passiert war. Sie wäre rechtzeitig vor ihrem Mann daheim, und der brauchte von der ganzen Sache nichts zu erfahren.

Er machte niemals Fehler, dachte der Mann, als er sich vor dem Badezimmerspiegel die Haare glatt strich. Darum war er so gut. Er konnte seine Spuren verwischen, und die Polizei wusste nichts über ihn. Manchmal musste er geradezu lachen bei dem Gedanken, wie dumm sie waren.

Er nahm die Brille aus der Brusttasche und setzte sie auf. Lächelnd schaute er sein Spiegelbild an. Plötzlich gefror das Lächeln, und seine Lippen bebten vor Zorn. Hätte die Frau doch nur geredet! Aber sie hatte keinen vernünftigen Ton herausgebracht. Selbst schuld, wenn es ihr schlecht erging.

Er drehte sich um, kehrte ins Wohnzimmer zurück und machte die Balkontür auf, damit die feuchte Meeresluft hereinströmte. Obwohl es normalerweise seine Nerven beruhigte, wenn er diese Luft einatmete, blieb ein Gefühl von Unruhe. Seit dem vorigen Tag quälte ihn die Befürchtung, doch einen Fehler begangen zu haben.

Ihm fiel ein, wie er im Bad geflucht hatte, als er sich das Knie an der Waschmaschine stieß, aber daher kam das Gefühl nicht.

Hatte er etwas im Bad vergessen?

Nein. Er hatte das Waschbecken gereinigt, die Hähne abgewischt, den WC-Deckel und nicht zu vergessen den Hebel der Toilettenspülung. Auch die Türgriffe und Lichtschalter hatte er abgewischt. Er ging alles systematisch durch und fand den

Fehler nicht. Vielleicht hatte er gar keinen gemacht. Vielleicht hatte das Gefühl nur mit seiner Frustration zu tun. Er hatte geglaubt, am Ziel zu sein, und war es nun doch nicht. Auch der gestrige Abend war vergeblich gewesen. Er hatte seine Wut an den Korbstühlen ausgelassen, die er zuerst in Stücke getreten und dann angesteckt hatte.

Und diese Frau ... So ausgeliefert dort in der Ecke. Er war scharf auf sie gewesen, aber die Autoscheinwerfer hatten ihn zur Vernunft gebracht. Sie hätte ihm das Gesicht zerkratzen können, und diese Spuren wären sichtbar gewesen. So etwas konnte er sich nicht leisten.

Ein weiterer Gedanke kam ihm in den Sinn. Er eilte in den Flur zurück und nahm den teuren Trench aus dem Schrank. Er mochte ihn sehr, zumal er genau zu seinem Stil passte, aber es war gefährlich, ihn zu tragen. Zu viele Leute hatten einen Mann im Trench in Begleitung der Toiviainen gesehen. Der Portier des Restaurants, der Taxifahrer, Passanten. Er musste auf den Mantel verzichten. Er knüllte ihn zusammen und steckte ihn in eine Plastiktüte. Am Abend würde er aus der Stadt hinausfahren und ihn im Wald vergraben. Selbst wenn er irgendwann gefunden würde, wäre niemand in der Lage, die Spur bis zu ihm zurückzuverfolgen, denn er hatte ihn in Tallinn gekauft und bar bezahlt.

Wieder im Wohnzimmer setzte er sich auf die Couch und streckte sich, um das Hochglanzmagazin vom Tisch zu nehmen. Sein Knie stieß gegen den Couchtisch, der sich dadurch leicht bewegte.

Da wusste er, dass er einen Fehler gemacht hatte.

Lefa bog in die kurvenreiche Asphaltstraße ein und fuhr Richtung Autobahn. Paula schaute nach links auf die weitläufige Wiese und versuchte sich vorzustellen, wie sie aussähe, wenn sie voller großer Betonbauten wäre. Anstelle der kleinen Häuser würde man einen asphaltierten Parkplatz bauen, auf dem endlose Reihen von Autos stünden.

Bei ihrem gemeinsamen Mittagessen hatte Tane gesagt, die Stadt Vantaa sei nicht im Besitz der Wiese. Diese Information war Paula entfallen, da sie über so viele Dinge nachzudenken hatte. Plötzlich begriff sie, wie wichtig das war. Wenn die Stadt nicht im Besitz des Landes war, wer dann?

Die schnellste Methode, eine Antwort auf diese Frage zu bekommen, war ein Grundbuchauszug. Nach langem Murren wendete Lefa den Geländewagen und fuhr Paula zum Justizgebäude. Er wartete allerdings nicht mehr ab, bis sie ihre Nachforschungen angestellt hatte, sondern brauste trotz Paulas Einspruch auf der Stelle in Richtung Helsinki davon.

Das Amtsgericht befand sich im südlichen Flügel eines deprimierenden Verwaltungsgebäudes. Sogar die Kunstlederstühle im Warteraum sahen traurig aus. Während Paula darauf wartete, an die Reihe zu kommen, rief sie bei den *Spitzenmeldungen* an, deren Redaktion ganz in der Nähe, in der Lummetie untergebracht war. Ihr war nämlich der Gedanke gekommen, dass sie von Toivakka die Information über den

Landbesitzer bekommen könnte, ohne warten zu müssen, bis ein Beamter frei wurde. Bei Tane war jedoch ständig besetzt, und schließlich war Paula an der Reihe.

Die Beamtin fragte nach der Registernummer des Grundstücks. Natürlich hatte Paula keine Ahnung davon, aber als sie beschrieb, welches Stück Land sie meinte, wusste die Frau sofort, um welches Grundstück es sich handelte, und suchte im Computer nach den richtigen Angaben. Sicherheitshalber bat Paula auch um einen Auszug über das Grundstück von Milja Kanerva. Auch dessen Registernummer kannte sie nicht, aber die Beamtin erwies sich erneut als hilfsbereit. Vor kurzem hatte schon einmal jemand nach denselben Angaben gefragt, berichtete sie und bediente routiniert ihren Computer.

Die Welt hatte sich tatsächlich in eine bessere Richtung entwickelt, stellte Paula fest, als sie zusah, wie der Drucker ratterte und zwei Blatt Papier ausspuckte. Vor zwanzig Jahren hätte es eine Woche gedauert, bis man die Papiere bekommen hätte, dachte sie auf dem Weg zur Kasse.

Einer der Stühle war frei, und sie setzte sich, um sich die Auszüge anzuschauen. Auf dem Blatt zum Grundstück der Kanerva stand nichts Überraschendes. Es war seit über dreißig Jahren auf ihren Namen registriert. Auch der Name war die ganze Zeit über derselbe geblieben, woraus Paula schloss, dass Milja Kanerva nie verheiratet gewesen war. Der einzige Aspekt, der Paula überraschte, war die Größe des Grundstückes von über einem Hektar. Da passten schon eine Menge Autos drauf, dachte sich Paula und nahm sich das andere Blatt vor.

Das Stück Land hatte eine Größe von etwas über zehn Hektar. Ursprünglich hatte es einer Familie Gustafsson gehört. Mats Gustafsson hatte es Anfang der 80er Jahre für eine Million an einen gewissen Lauri Jousa verkauft. Dieser war 1992 gestorben, worauf der Besitz in seinen Nachlass überging.

Paula stellte sich eine Schar zankender Kinder und Kindeskinder vor, die keine Einigung darüber erzielten, was sie mit der öden Lehmpampa machen sollten. Also wurde das Grundstück 1994 an ein Unternehmen namens City-Immobilien AG verkauft, in dessen Besitz es sich noch immer befand. Der Kaufpreis von 2,3 Millionen schien für ein Gebiet dieser Größe, das in der Nähe der Stadt lag, nicht gerade hoch. Allerdings hatte die Rezession damals ihren Tiefpunkt erreicht. Womöglich waren die Erben in finanziellen Schwierigkeiten gewesen. Paula erinnerte sich an viele traurige Geschichten von Leuten, die durch einen Hauskauf in die Schuldenfalle geraten waren. In einer solchen Situation war bestimmt jedes Angebot für ein unbebautes Grundstück recht.

Die City-Immobilien AG.

Der Name sagte Paula nichts. Sie hatte ihn nie zuvor gehört und wusste nicht, wer hinter dem Unternehmen stand. Vielleicht wusste Tane es, dachte sie, als sie das Gebäude verließ und in Richtung Lummetie ging.

Der Fußweg betrug lediglich zehn Minuten. Paula hatte ein Etagenhaus erwartet, erkannte jedoch schon von weitem das orangerote Logo der Zeitung an der Wand eines zweistöckigen Backsteinhauses. Im asphaltierten Hof stand eine Reihe Autos, von denen zwei mit demselben Logo bemalt waren. Das Blatt schien gut zu laufen.

Durch den Haupteingang gelangte man in eine geräumige Halle, die mit Grünpflanzen dekoriert war. Ein junges Mädchen war an einem Kopiergerät zugange. Sie warf einen Blick auf Paula, ließ sich von ihr jedoch nicht bei der Arbeit stören. Die Telefonzentrale war inmitten der Halle platziert, und ein Telefon läutete. Das Mädchen seufzte tief auf und rannte mit klappernden Absätzen zum Apparat. Im Raum gegenüber verhandelte ein junger Mann über eine halbseitige Vierfarbanzeige für die Samstagsausgabe.

Am anderen Ende der Halle befand sich die Treppe. Da das

Mädchen an ihrem Telefontisch hängen zu bleiben schien, stieg Paula in den ersten Stock hinauf. Sie hörte Tanes Stimme aus einem der Büros auf dem Hauptgang und ging darauf zu.

Die Tür stand offen. Tane telefonierte, die Füße lässig auf dem Schreibtisch. Als er ihre Schritte hörte, richtete er sich auf und nahm die Füße vom Tisch. Bei Paulas Anblick machte er eine Handbewegung und redete weiter. Paula setzte sich an den Konferenztisch und blickte sich um.

Sie kannte Tane und hatte ein chaotisches Büro mit meterhohen unbearbeiteten Papierstapeln erwartet, aber zu ihrer Verblüffung stellte sie fest, dass es nahezu klinisch sauber war. Es herrschte keine Zettelwirtschaft, weder auf dem Konferenztisch noch auf den Fensterbänken. Kein Durcheinander auf dem Schreibtisch. Lediglich ein Notizzettel lag neben dem Computer.

Sämtliche Unterlagen waren wahrscheinlich sauber und ordentlich archiviert, dachte Paula mit Blick auf zwei Metallschränke. All dem zufolge war Toivakka einer jener übermenschlichen Typen, die in der Lage waren, fast ausschließlich mittels Computer und Telefon zu operieren.

Tane beendete das Gespräch mit einer Drohung: »Beim nächsten Mal mixe ich dir einen Strychnincocktail.« Dann legte er auf.

»Das ist aber eine Überraschung!«, sagte er. »Eine angenehme Überraschung.« Er zog sein Sakko an und sprang für seine Größe erstaunlich behände auf. »Kaffee gefällig? Kein Automatenkaffee, wir haben eine kleine Kaffeemaschine in der Küche.«

Paula nahm das Angebot gerne an, und Tane verschwand aus dem Büro, um kurz darauf mit einem Tablett wiederzukommen. Der Kaffee dampfte noch, und Paula stellte zu ihrer Freude fest, dass er frisch gebrüht war. »Hier ist es aber ordentlich«, sagte sie, als sie die Tasse abstellte.

»Ich habe gerade aufgeräumt«, gestand Tane. »Ich hatte ein

wichtiges Papier verloren und gemerkt, dass die Grenze erreicht war. Vier Mülltüten voll Papier habe ich weggeschmissen, den Rest habe ich in die Schränke einsortiert. Du kannst dir gar nicht vorstellen, wie viele Unterlagen ich gefunden habe, von denen ich glaubte, ich hätte sie schon vor Ewigkeiten begraben.«

Er ließ ein Stück Zucker in seinen Kaffee fallen.

»Und jetzt sieht es hier aus wie im Wartezimmer des Ärztezentrums«, sagte er wehmütig. »Ich dachte, ich fühle mich wohler, wenn alles aufgeräumt ist, aber das ist beklemmend. Als stünde in der Ecke der Lehrer mit dem Zeigestock in der Hand, und jedes Mal, wenn ich es mir ein bisschen bequem mache, droht er mit dem Stock.« Tane beugte sich zu Paula hinüber. »Ehrlich gesagt hasse ich es, wenn das Büro so aufgeräumt ist. Am liebsten würde ich zum Altpapiercontainer gehen und mir ein bisschen Füllstoff holen.«

Paula lachte. »Freut mich, zu hören. Ich dachte schon, ich bin die Einzige, die in Papier ertrinkt.«

»Apropos Papier, hast du schon von dem Pyromanen gehört, der bei der Nachbarin der Kanerva das Lagerfeuer angezündet hat? Interessanter Fall, nicht wahr?«

»Sehr interessant«, stimmte Paula zu. Plötzlich fiel ihr Tanes Schwägerin mit ihren seltsamen Geschichten ein. »Wäre schön zu wissen, was Kanervas anabole Stereoide damit zu tun haben.«

»Kann doch sein, dass die Mesimäki damit gehandelt und den Brand selbst verursacht hat, um Beweismaterial zu vernichten.«

Obwohl Paula wusste, dass Tane einen Scherz machte, gerieten ihre Gedanken dadurch in eine neue Bahn. Seppo Halla hatte ein Motorrad am Straßenrand stehen sehen, und sie hatte sich die ganze Zeit vorgestellt, ein Mann habe es gefahren. Aber es gab auch Frauen, die Motorrad fuhren. Vielleicht auch Frau Mesimäki.

Die mit Schokolade überzogenen Kekse sahen köstlich aus, und Paula aß einen. »Eigentlich hätte ich da noch eine Bitte«, sagte sie. »Ich war gerade im Amtsgericht, um herauszufinden, wem die Wiesen hinter dem Haus der Kanerva gehören, aber ich bin daraus nicht schlau geworden. Ich dachte …«

»Du dachtest, ich wüsste vielleicht, wem die City-Immobilien AG gehört«, setzte Tane den Satz fort, wobei er sich das Kinn kratzte. »Wenn ich es wüsste, würde ich es dir sagen, aber ich habe auch nur herausfinden können, dass die Eigentümer andere Firmen sind. Sieht so aus, als versteckten sich die wahren Besitzer absichtlich hinter einer wirren Eigentumskette. Ich wette, ein Ende der Kette führt ins Ausland.«

»Steuerhinterziehung«, folgerte Paula und schob sich einen zweiten Keks in den Mund. »Oder jemand will einfach nicht, dass sein Name in diesem Zusammenhang fällt.«

Tane sah Paula schräg von unten an. »Sollen wir mal in die Gerüchteküche gehen?«

»Ich kann es kaum erwarten«, antwortete Paula lachend. »Mir macht es Spaß, ab und zu mal reinzuschnuppern. Das ist ein bisschen so, wie zum Schlussverkauf zu gehen. Das meiste, was angeboten wird, ist nutzloses Zeug, aber unter Umständen findet man echte Kostbarkeiten. Gehen wir.«

Tane schloss die Tür, dann begann er halblaut zu erzählen.

»Ich habe gehört, ein Mitglied der Stadtverwaltung habe für das geplante Geschäftszentrum besonders eifrig Lobbyarbeit betrieben. Einem Mitglied des Stadtrats wiederum ging es im Winter so schlecht, dass es mit der Liquidität haperte und seine Firma ein paarmal kurz vor der Insolvenz stand. Und dann machte es im Frühling plötzlich Simsalabim! Die Firma bekam einen Kredit und konnte sich retten. Das kann natürlich alle möglichen Gründe haben, aber da fängt man schon mal an nachzudenken. Namen möchte ich keine nennen. Jedenfalls noch nicht.«

»Warum erzählst du mir das alles?«, fragte Paula. »In gewisser Weise bin ich doch deine Konkurrentin.«

»Wie gesagt, ich stehe in Tomis Schuld.« Tane warf Paula ein leicht verlegenen Blick zu. »Am Samstag war ich wohl ziemlich in Fahrt. Ich hatte am Tag zuvor Geburtstag.« Er strich sich mit beiden Händen über die Haare.

»Ich weiß, Kipsa hat es mir erzählt.«

»Außerdem sind die neuesten Nachrichten mein Metier«, fügte Tane hinzu. »Die Einweihung einer Tankstelle und der Beginn der Ausbaggerungsarbeiten im See, drüben in Tuusula. Diese Sache hier ist keine Nachricht, bevor das Planfeststellungsverfahren nicht abgeschlossen ist, und das dauert noch.«

Paula verspürte ein Hungergefühl. Kein Wunder, schließlich hatte sie seit dem Frühstück nichts gegessen. »Ich sollte jetzt vielleicht ...«, fing sie an.

Tane blickte auf die Uhr. »Was! Es ist ja schon fast fünf! Was hängen wir noch hier rum, lass uns ein Bier trinken gehen. Ich mach nur den Computer aus, dann verschwinden wir. Die Gedanken sprudeln viel besser vor einem Bier als vor einem Kaffee, findest du nicht?«

Paula wäre lieber nach Hause gefahren, zu einem Butterbrot und ihrem Computer. Sie hatte an diesem Tag viel Neues erfahren und wollte die Informationen aufzeichnen, solange sie noch frisch waren. Aber Tane schenkte ihrem Einspruch kein Gehör, und letztendlich gab sie nach. »Aber nur auf ein Glas«, sagte sie streng.

Ami weinte wieder. Die Spielsachen und die Kassetten waren kreuz und quer durch das Hotelzimmer geflogen. »Ami will fort!«, schrie das Kind und strampelte mit den Füßen. Keiner von Leenis Beruhigungsversuchen wirkte, das Quengeln des Mädchens war längst zu stürmischem Geschrei angeschwollen.

Leeni schaute sich wehmütig in dem sicheren und komfortablen Hotelzimmer um, doch da Amis Zorn mehr und mehr zunahm, musste sie sich eingestehen, dass es keinen Zweck hatte, länger zu bleiben. Ami hasste das Zimmer, und seit Forsman wusste, wo sie waren, wurde es auch Leeni in dem Raum allmählich unbehaglich.

Sie setzte Ami auf den Fußboden und fing an, ihre Sachen einzusammeln. Ami hörte auf zu weinen, als Leeni den Koffer aufmachte.

»Gehen wir heim?«, fragte die Kleine mit tränenfeuchten Wangen.

»Bald«, antwortete Leeni. Sie wünschte sich inständig, dass sie tatsächlich nach Hause gehen könnten. Dass alles nur ein Traum gewesen war und sie in das alte Haus in ihre vertraute Umgebung zurückkehren könnten. Was machte es schon, wenn die Hähne tropften und die Dusche nicht funktionierte? Wen störten die Mäuse und die undichten Fenster? Was wollte sie mit Geld, an dem sie keine Freude hatte?

Sie versteckte die Tüte mit dem Geld zwischen den Kleidern und schloss wütend den Koffer.

Der Flur mit dem weichen Teppich war so still, dass man das Gefühl hatte, unter der Erde zu gehen. Niemand kam ihnen entgegen, und aus den Zimmern drang nicht der geringste Laut. Hier könnte man einen Mord begehen, ohne dass es jemand merken würde, dachte Leeni, als sie mit Ami an der Hand zum Aufzug ging. Die hohe Stahltür öffnete sich, und Ami juchzte vor Begeisterung, als sie den zimmergroßen Lift betraten. Leeni hob sie hoch, damit sie den Knopf ins Erdgeschoss drücken konnte. Die Tür glitt zu, und der Aufzug rauschte abwärts.

In der Halle blickte sich Leeni um, denn sie war sicher, Forsman würde in einem der großen Sessel sitzen. Doch sie sah ihn nirgends und war beruhigt. Nachdem sie die Rechnung bezahlt hatte, bat sie die Frau an der Rezeption, ihr ein Taxi zu bestellen.

Leeni erinnerte sich, wie sie einmal von zu Hause weggelaufen war, nachdem sie Schläge bekommen hatte. Sie hatte sich geschworen, nie wieder zurückzukommen. Als ihr aber der Proviant ausging und die Kälte unter die Kleider kroch, musste sie klein beigeben. Als sie dem Taxifahrer nun sagte, er solle in die Meripuistotie fahren, fühlte sie sich genau wie damals.

Die Wohnung nahm sie leer und lautlos in Empfang. Leeni hatte befürchtet, Forsman würde sie erwarten, doch es war niemand da. Nur die Zigarrenasche im gläsernen Aschenbecher verriet, dass er hier gewesen war.

Leeni räumte die Kleider in den Schrank und setzte Teewasser auf. Sie ärgerte sich, den Taxifahrer nicht gebeten zu haben, vor einem Geschäft anzuhalten, um nicht noch einmal zum Einkaufen aus dem Haus zu müssen. Sie machte den Kühlschrank auf, um nach etwas Essbarem zu suchen.

Der Kühlschrank war voll. Milch, Wurst, Käse, Fertiggerichte, alles war da. Im Gemüsefach lagen Salat und Obst. Im Türfach standen eine Reihe Erfrischungsgetränke und eine Flasche Salatdressing.

Forsman hatte gewusst, dass sie zurückkommen würden, und den Kühlschrank aufgefüllt, dachte Leeni. Auch wenn das eine freundliche Geste war, hatte sie das Gefühl, als rolle ihr eine kalte Münze den Rücken hinab.

Sie wollen mich hier festhalten, mutmaßte sie. Das hier ist keine Wohnung, das ist ein Gefängnis.

Sie fuhren mit dem kleinen Peugeot zu dem Lokal, das Paula schon kannte und das offenbar nun auch zu ihrer Stammkneipe wurde.

Auf der Restaurantseite waren um diese Tageszeit fast alle Tische leer. Die Tischlampen beleuchteten vergebens die rosa Damasttischdecken und die Arrangements der Plastikblumen. Nur am hintersten Ecktisch saßen vier lautstarke Frauen, die offenbar noch immer nicht ihr Mittagessen beendet hatten.

Um den Tresen hingegen scharten sich die Leute ebenso wie um die runden Tische davor. Die glänzenden Servierwagen waren weggeräumt worden. Statt Tellern standen Gläser auf den Tischen. Zum Glück waren noch zwei Plätze frei. Tane bestellte per Handzeichen und steckte sich zufrieden eine Zigarette an.

»Drüben auf der Restaurantseite darf man nicht mehr rauchen«, brummte er aus einem Mundwinkel. »Auch in der Redaktion darf man nicht mehr rauchen, angeblich gefährdet das die Gesundheit des Mädchens in der Telefonzentrale. Ich habe gesagt, Miniröcke gefährden die Gesundheit, die sollte man ihr verbieten.« Er stieß kleine Rauchwolken aus. »Ehrlich gesagt, habe ich das alles satt. Am liebsten würde ich meine Siebensachen packen und zum Abhängen nach Paris fahren. Aber leider hab ich nicht genug Knete.«

Paula beobachtete den Weg der Rauchwölkchen in das Rauchmeer unter der Decke und fragte: »Wärst du bereit, dich bestechen zu lassen?«

Tane stellte geräuschvoll sein Bierglas ab und musterte Paula interessiert. »Wie viel? Was soll ich tun?«

Paula lachte. »Ich versuche nicht, dich zu bestechen, das war nur eine theoretische Frage.«

Tane verzog enttäuscht den Mund. »Ich dachte schon, ich komme doch noch nach Paris.«

»Nein, im Ernst. Wenn du zum Beispiel wüsstest, dass dieses Mitglied der Stadtverwaltung, von dem du erzählst hast, seine persönlichen Interessen bei der Planfeststellung hat und andere unter Druck setzt, eine Entscheidung nach seinem Gusto zu treffen, und wenn dann jemand käme und dir viel Geld böte, damit du den Mund hältst, würdest du ihn dann halten?«

Während Tane über seine Antwort nachdachte, verwandelte sich seine Zigarette allmählich in Asche. »Letztendlich geht es darum, wie hoch man seine Ehre einschätzt, beziehungsweise ob man bereit ist, seine Ehre für eine bestimmte Summe zu verkaufen«, sagte er schließlich. »In der Situation, in der ich mich jetzt befinde – meine Frau packt ihre Sachen und zieht zu ihrer Mutter, mit dem Chefredakteur habe ich Streit wegen dieses albernen Christbaumschmucks, den er in irgendeiner Kneipe aufgegabelt hat als Ersatz für unsere bisherige, äußerst tüchtige Redaktionssekretärin, und passenderweise bin ich auch noch vierzig geworden, was mich daran erinnert, dass der Countdown läuft –, in der Situation würde ich mich nicht wundern, wenn ich mich zu einer so würdelosen Sache wie Bestechung herablassen würde, vorausgesetzt, die Summe wäre hoch genug. So hoch, dass ich für den Rest meines Lebens ausgesorgt hätte.« Tane trank zwei Schlucke und wischte sich den Mund ab.

»Da ist aber noch mehr als nur das Geld und die Frage, ob man seine Ehre verkauft oder nicht«, meinte Paula. »Es gibt doch auch noch die moralische Seite. Wenn du etwas herausgefunden hast, dessen Veröffentlichung vielen Menschen nutzen würde, bedeutet das Verschweigen dieser Informationen, dass du auch diese anderen Menschen betrügst.«

Ihre Gläser waren leer. Obwohl Paula getönt hatte, nur eins zu trinken, griff sie nicht ein, als Tane dem Kellner signalisierte, er solle noch zwei Bier bringen. Um sie herum summte die Menschenmenge, Gläser klirrten, und auf der Damastseite hatten inzwischen sogar einige Gäste zum Essen Platz genommen.

»Ich sagte ja gerade, ich würde mich nicht wundern, wenn ich mich darauf einließe. Wäre meine Lage hoffnungslos genug, würde ich nur noch an mich denken. So machen es alle anderen auch, sogar die, die nicht einmal das Geld brauchen. Ich bin nur ehrlich genug, es zuzugeben.«

Wieder griff Tane nach der Marlboro-Schachtel. »Aber

noch bin ich nicht in einer so hoffnungslosen Lage«, fuhr er fort. »Glaube ich jedenfalls. Selbst wenn ich die Chance hätte, nach Paris zu kommen, würde ich wahrscheinlich berichten, was ich wüsste.«

Paula war erleichtert, über Tanes Antwort. Sie hatte der Verdacht geplagt, er könnte mehr wissen, als er zugab, verschwiege es aber aus irgendeinem Grund. Und ihr war kein besserer Grund eingefallen als Geld.

Tane hatte seine Zigarette angezündet. Nachdenklich betrachtete er ihre glimmende Spitze. »Warum fragst du mich so was?«

Leicht beschämt gab Paula zu, was sie sich vorgestellt hatte. Zu ihrem großen Erstaunen beugte sich der Mann vor und schmatzte ihr einen nassen Kuss mitten auf den Mund.

»Du bist eine großartige Frau«, lobte Tane. »einfältig, aber großartig.«

»Jetzt entscheide dich mal«, verlangte Paula.

»Auf großartige Art einfältig«, präzisierte Tane. »Das schließt sich nicht aus. Großartig, weil du noch so altmodische Vorstellungen hast. Heutzutage hält man ja bekanntlich denjenigen für clever, der am meisten Geld zusammenrafft, ohne sich über die Mittel den Kopf zu zerbrechen. Prost.« Er hob sein Glas und stieß damit gegen Paulas Glas.

»Du hast mich als einfältig bezeichnet«, sagte Paula beleidigt.

»Na klar. Denk doch mal nach! Wenn ich fürstlich bestochen worden wäre, glaubst du, dann würde ich jetzt mit dir in einer verrauchten Kneipe in Tikkurila sitzen? Ich würde in einem Café vor der Pariser Oper sitzen, ein Glas Pastis vor mir, und es genießen, dem regen Treiben der Leute zuzuschauen. Aber wie ich schon meiner Angetrauten oft gesagt habe, fehlt Frauen einfach der Sinn für Logik.«

Paula begriff, dass Tane nur stichelte, und ging nicht darauf ein. Sie führte ihr Glas zum Mund und blickte dabei auf die drei Männer, die im hinteren Teil des Lokals gesessen hatten und sich gerade geräuschvoll von ihren Stühlen erhoben. Derjenige, der mit dem Rücken zu Paula gesessen hatte, drehte sich um und ging auf die Tür zu.

Der Mann war nicht sehr alt, auch wenn er schon ein Glatze hatte. Sein Sakko stand offen und gab einen Bauch frei, der an einen Wäschesack erinnerte und vom Hosengürtel eingeschnürt war.

Obschon sie nur einen Teil des Mannes sah, erkannte Paula ihn sofort.

Als sie sich zuletzt begegnet waren, hatte er ihr im Türspalt eines allein stehenden Bauernhauses gegenübergestanden und sich als Mauri Hoppu ausgegeben.

Kurz vor Ladenschluss war ein Kunde mit einer Geburtstagsbestellung gekommen, und Marja-Riitta hatte länger bleiben müssen als üblich. Der Besuch bei der Bank hatte auch Zeit gekostet, und so ging sie ziemlich nervös zu Pirjos Wohnung. Und wenn sie sich vergeblich verrückt machte? Wenn Pirjo nur vergessen hatte, ihr Bescheid zu sagen?

Pirjo wohnte in einem der massiven Backsteinhäuser in der Unikkotie. Es war gleich der erste Eingang, und Marja-Riitta betrat das Treppenhaus. Amüsiert erinnerte sie sich an ihren letzten Besuch in diesem Haus. Sie hatten zusammen Grabschmuck gemacht, und Pirjo hatte ihr zum Abschluss der Arbeit ein Glas Wein angeboten. Es waren dann zwei Flaschen geworden. Marja-Riitta musste lachen. Am nächsten Morgen hatte sie so entsetzliches Kopfweh gehabt, dass sie fest davon überzeugt war, den Grabschmuck selbst zu brauchen. Und ihr Mann war vielleicht außer sich gewesen!

Die Treppe war steil. Als sie im ersten Stock angelangt war, schnaufte Marja-Riitta schon erschöpft. Sie kam sich vor, als hätte sie den Mount Everest bestiegen. Nach dem langen Arbeitstag taten ihr die Beine weh. Am allerliebsten hätte sie sich daheim auf die Couch gelegt.

Pirjos Wohnung befand sich auf der linken Seite. Die Nachbarin hieß Rosgren. Ein schnippisches Weib, erinnerte sich Marja-Riitta. Sie verstand nicht, wie sich Pirjo mit der hatte anfreunden können. Sie drückte die Klingel und wartete.

Wenn Pirjo doch nur zu Hause ist, hoffte sie. Aber in der Wohnung rührte sich nichts. Das hatte noch nichts zu bedeuten, dachte Marja-Riitta, um ihre flatternden Nerven zu beruhigen. Es hieß nur, dass Pirjo nicht zu Hause war. Wie unangenehm, sich in die Angelegenheiten anderer Leute einzumischen.

Sie spielte mit dem Wohnungsschlüssel und überlegte, ob sie es wagen sollte, hineinzugehen. Eine Stimme sagte ihr, geh, eine andere wiederum sagte, warte noch. Die Stimme, die sie zum Warten mahnte, war stärker, und Marja-Riitta machte kehrt. Sie war bereits einige Stufen hinabgegangen, als ihr plötzlich die Nachricht von dem Mann einfiel, der sechs Jahre lang tot in seiner Wohnung gelegen hatte. Vielleicht war auch da jemand gekommen, um nachzuschauen, und war dann wieder gegangen, dachte sie und ging wieder zurück.

Als sie den Schlüssel ins Sicherheitsschloss schob, merkte sie, dass es offen war. Wie achtlos, tadelte sie Pirjo innerlich.

In der Diele lag Post auf dem Fußboden. Marja-Riitta sammelte sie ein und sah, dass nicht nur die Zeitung vom Montag, sondern auch die vom Sonntag dabei war. Es sah aus, als wäre Pirjo über das Wochenende irgendwo hingefahren. Genau das hatte sie ja schon vermutet, und höchstwahrscheinlich machte sie sich überflüssige Sorgen.

Dennoch zog sie pflichtbewusst ihre Schuhe aus und tappte auf Strümpfen ins Wohnzimmer.

Paula versuchte dem Mann nachzueilen, doch ein großformatiger Ringertyp versperrte ihr mit seinem Stuhl den Weg. Auch die Bedienung hinderte sie am Vorankommen. Die Männer waren bereits draußen, bevor Paula den Hindernissen ausgewichen war und hinterherlaufen konnte. Als sie auf der Straße ankam, waren sie verschwunden. Enttäuscht kehrte Paula an ihren Tisch zurück.

»Willst du es mir erzählen, oder behältst du es für dich?«, fragte Tane Toivakka träge. Er musterte Paula neugierig über seine Zigarette hinweg. »Auch wenn ich nicht mehr ganz klar bin, haben meine Augen doch erkannt, dass du ein gewisses Interesse für den Typen von eben gezeigt hast. War das womöglich dein lange Zeit verschwundener Stiefbruder?«

»Nein, aber ich erzähle dir, wo ich ihn schon mal gesehen habe, wenn du mir erzählst, wer er ist.«

»Wie?« Tane schien sich zu wundern. »Du weißt nicht, wer das war?«

»Nein! Genau deswegen war ich auch an ihm interessiert.«

»Wenn du dich für Männer interessierst, weil du sie nicht kennst, dann gibt es hier ein großes Potenzial für dich.« Tane zeichnete mit der Hand einen Bogen, der das gesamte Lokal einschloss.

Als er Paulas Miene bemerkte, seufzte er tief. »Leider

kenne ich den Kerl nicht. Ich habe ihn noch nie hier gesehen. Vielleicht weiß Rousku etwas.«

Rousku war der bärtige Kellner, der sie bedient hatte. Auf Tanes Wink kam er an den Tisch. »Ich erinnere mich an die drei«, antwortete er auf Paulas Nachfrage. »Die kommen nur ab und zu, trinken ein paar Bier und bleiben nicht lange. Ich kenne sie nicht.«

Paula gab dem Kellner ihre Visitenkarte. »Falls du zufällig erfahren solltest, wer der mit dem Kugelbauch ist, ruf mich doch kurz an. Vielleicht kriegst du sogar eine Belohnung dafür.«

Der Kellner schob die Karte in seine Brusttasche und beeilte sich, am Tisch nebenan zu bedienen, wo die Gläser leer, die Köpfe jedoch voll waren. Der Geräuschpegel stieg gleichmäßig. Paula machte mehrere Anläufe zu einem Gespräch, aber Tane antwortete jedes Mal kurz und mürrisch. Offensichtlich war er beleidigt, weil Paula nicht mehr von dem Mann erzählt hatte. Bärbeißig trank er sein Bier.

Paulas Gedanken machten einen Sprung zu Kujansuu und dessen Geständnis. Er hatte behauptet, Hoppu sei gekommen, um die Kanerva zu treffen. Hatte sie Hoppu tatsächlich eingeladen, und wenn ja, warum? Und was hatte der Mann von vorhin in Hoppus Haus gemacht? Wo war er von dort aus hingefahren, und wie?

Paula betrachtete die glatte Oberfläche ihres Bieres, als könnte sie darunter die Antwort auf ihre Fragen finden. Doch wenn man zu tief ins Glas schaute, fand man selten etwas. Und Paula verspürte bereits einen stechenden Schmerz in den Schläfen. Wäre ich nur nach Hause gefahren, dachte sie. Ob ich etwas essen soll?

Sie hatte gerade ein Sandwich verschlungen, als Tanes Handy anfing, eine unangenehme Melodie zu spielen. Tane brummte schlecht gelaunt ins Telefon, wurde aber sogleich munter, als der Anrufer zu reden begann. »Das ist aber interessant«, sagte er und warf einen schrägen Blick auf Paula. »Danke für die Information, ich fahr sofort hin.«

Tane winkte Rousku, er solle die Rechnung bringen, und wollte sich von Paula verabschieden, doch sie war damit keineswegs einverstanden. Tane hatte einen Hinweis bekommen, und sie wollte herausfinden, worum es dabei ging. Wenn sie sonst keinen Grund hatte, dann wenigstens um Tane zu ärgern.

»Ich komme mit«, erklärte sie so entschlossen, dass er seufzend nachgab.

Auf der Straße blieben sie kurz stehen, um frische Luft zu schnappen. Tane schüttelte den Kopf wie ein durchnässter Hund und wirkte anschließend verblüffend nüchtern. Eigentlich wirkte er immer nüchtern. Er war in der Lage, mit unveränderter Miene ein Bier nach dem anderen zu trinken. Das einzige Mal, dass Paula ihn betrunken erlebt hatte, war an dem ominösen Samstagmorgen, dem Tag nach seinem Geburtstag.

Der Abend war kalt und klar. Am westlichen Himmel glühte noch das Lilienrot des Sonnenuntergangs, während im Osten bereits Nacht herrschte. Die Straßenlaternen schnitten Lichtöffnungen in die Dämmerung. Tane hatte nicht gesagt, wohin sie unterwegs waren. Paula fragte sich, ob er sie eiskalt zum Zug bringen und allein den Ort des Geschehens aufsuchen würde, zu dem man ihn telefonisch gerufen hatte.

So heimtückisch war Tane jedoch nicht. Schon von weitem sah Paula die Polizeiwagen, die an der Unikkotie geparkt waren, und die Menschenmenge, die sich auf dem Gehsteig drängte. Einer der Polizisten versuchte die Gaffer zu verscheuchen.

»Weißt du, was da los ist?«, fragte Paula, aber Tane antwortete nur mit einem verzerrten Lächeln.

Sie gingen in die Menschenschar hinein und blieben dort unauffällig stehen.

»Ist jemandem etwas passiert?«, fragte Paula einen älteren Mann vor ihr.

»Ich weiß nicht genau, was passiert ist«, antwortete der Mann. »Aber sie haben jemanden mit dem Leichenwagen abtransportiert.«

»Das war die Blumenhändlerin«, mischte sich eine Frau ein. »Mein Sohn wohnt in der Nachbarschaft, er hat mich angerufen und gesagt, sie ist umgebracht worden. Meine Schwiegertochter musste aufs Polizeirevier.«

»Ihre Schwiegertochter?«, wollte Tane wissen. »Hat Ihre Schwiegertochter die Tote gefunden?«

»In gewisser Weise. Oder so gut wie. Eine Frau hat lauthals geschrien, und da ist meine Schwiegertochter hin, um nachzuschauen. Mein Sohn war furchtbar sauer. Schließlich hätte der Mörder ja noch dort sein können. Aber meine Schwiegertochter ist schon immer ein bisschen stur gewesen. Einmal zum Beispiel ...«

»Die andere Frau hat die Blumenhändlerin also tot aufgefunden«, unterbrach Paula.

»Genau. So war es. Sie war total hysterisch, und meine Schwiegertochter musste sie mit zu sich nehmen und konnte erst anschließend die Polizei rufen. Mein Sohn ist fertig mit den Nerven. Er hat mich angerufen, und jetzt lässt mich die Polizei nicht ins Haus, obwohl mein eigener Sohn dort wohnt. Ist schon komisch. Nicht mal seinen eigenen Sohn darf man besuchen.«

Paulas Gedanken blieben an einem einzigen Wort der Frau hängen. »Sie haben gerade gesagt, die Blumenhändlerin sei ermordet worden. Welche Blumenhändlerin?«

»Pirjo Toiviainen. Sie hat ihren Laden drüben in der Asemakatu. Ich hab oft dort Blumen gekauft. Eine entsetzliche Geschichte, wirklich wahr.«

Paula erinnerte sich an den kleinen Blumenladen in der Nähe des Bahnhofs, an dem sie einige Male vorbeigegangen war. Die arme Frau, dachte sie voller Mitleid. Wahrscheinlich hatte ein Mann damit zu tun, den sie flüchtig kannte und den sie mit nach Hause genommen hatte, um mit ihm etwas zu trinken. Der Mann hatte sie überrumpelt, es war zum Streit gekommen, und er hatte sie im betrunkenen Zustand umgebracht.

Eine alte Geschichte. Wahrscheinlich kein Stoff für einen Artikel, dachte Paula. Für den Fall, dass doch noch etwas Interessantes zu Tage treten sollte, notierte sie sich sicherheitshalber den Namen der Schwiegertochter. Anschließend versuchte sie vergebens, einen Polizisten, der die Absperrung bewachte, und die umstehenden Leute danach zu befragen, was sie über die Blumenhändlerin wussten. Sie hielt nach Tane Ausschau und sah, dass er wieder zu der Frau von vorhin zurückgekehrt war. Er hatte aus dem Inneren seines weiten Mantels ein Aufnahmegerät hervorgezaubert, das er der älteren Dame nun vors Gesicht hielt. Paula stellte fest, dass sie auf die Schnelle nichts mehr erreichen konnte, und nachdem sie noch einen Blick auf Tane geworfen hatte, ging sie in Richtung Bahnhof davon.

Sie war erst zwanzig Meter gelaufen, als sich ihr von hinten eilige Schritte näherten. Paula rechnete mit Tane und erschrak, als sie einen wildfremden Mann neben sich auftauchen sah. Sie griff schon nach dem Gas in ihrer Tasche, als sie das teure braune Sakko bemerkte, unter dem ein hellbrauner Pullover hervorblitzte. Auf legere Weise elegant, urteilte Paula innerlich und ließ die Sprühflasche mit dem Gas, wo sie war.

Der Mann hatte blonde, gelockte Haare und ein reizendes Lächeln. Er kam ihr irgendwie bekannt vor, aber Paula vermochte sich nicht zu erinnern, wo sie ihn schon einmal gesehen hatte.

»Du bist doch Paula Mikkola von *Glück*, nicht wahr?«, fragte der Mann. »Ich bin in derselben Branche tätig, ich arbeite als Freelancer für ein paar Blätter. Ich habe von einem Hausbewohner den Hinweis bekommen und ihn noch schnell interviewt, bevor ich dir nachlief. Aber er hat so gut wie nichts gewusst. Nicht mal, wer die Tote gefunden hat.« Er sah Paula verschämt grinsend an.

»Und jetzt hoffst du, ich erzähle dir alles, was ich weiß«, sagte Paula sarkastisch. Sie war schon oft solchen Kollegen begegnet. Sie waren zu faul, selbst etwas auszugraben, und hängten sich an die Geschichten von anderen dran.

Der Mann breitete die Arme zu einer entschuldigenden Gebärde aus. »Ist natürlich idiotisch zu glauben, du würdest mir irgendwas erzählen, wahrscheinlich würde ich es auch nicht tun, in der umgekehrten Situation. Aber probieren muss man's.« Wieder lächelte er, und Paula konnte nicht mehr zornig bleiben.

»Kann ich meinen *Fauxpas* irgendwie wieder gutmachen?«, fragte er hoffnungsvoll. »Vielleicht mit einem kleinen Bier ...«

»Nein, danke«, lachte Paula. »Für heute habe ich genug Bier gehabt.«

Der Mann grinste. »Wie auch immer. Aber etwas muss ich tun. Darf ich dich wenigstens nach Hause fahren?«

Dieses Angebot war verlockend. Die Vorstellung, mit dem Zug nach Helsinki fahren und dann vom Bahnhof nach Hause laufen zu müssen, begeisterte Paula nicht sonderlich. Zumal es kalt war und sie trotz ihres Kurzmantels fror. Andererseits war ihr schon von klein auf eingetrichtert worden, nicht mit unbekannten Männern mitzufahren. Der Mann machte einen sympathischen und ehrlichen Eindruck, aber das war bei dem Frauenmörder Sven Christianssen auch der Fall gewesen.

Paula zögerte.

Er bemerkte ihre Skepsis und hob die Hände. »Okay, okay, du kennst mich nicht und bist vorsichtig. Das ist in Ordnung. Aber zum Bahnhof werde ich dich doch begleiten dürfen.

Jetzt am Abend sind alle möglichen Typen unterwegs.« Ohne eine Antwort abzuwarten, nahm er Paulas Arm und ging in Richtung Bahnhof weiter. »Wie du siehst, versuche ich nicht, dich irgendwo anders hinzuführen«, beruhigte er sie.

»Woher kennst du meinen Namen?«, fragte Paula.

»Ich habe dich bei irgendeiner Einladung gesehen, da hat mir jemand gesagt, wer du bist. Aber ich habe mich wohl noch nicht vorgestellt.« Er wandte sich Paula zu. »Miikka Jokinen.«

Paula nutzte die Gelegenheit, um ihren Arm zu befreien. »Schön, dich kennen zu lernen, Miikka. Aber ich kann schon alleine ...«

»Nein, nein, ich bring dich zum Bahnhof. Ganz der Tradition entsprechend. Außer dass ich nicht vorhabe, winkend neben dem Zug herzurennen und dir ein Proviantpaket durchs Fenster zuzustecken.«

Gegen ihren Willen stellte Paula fest, dass ihr der Mann und sein lockerer Stil gefielen. Vielleicht hätte sie sein Angebot doch annehmen sollen, dachte sie wehmütig. Jetzt war es allerdings zu spät. Vor ihnen erhob sich schon das von fahlen Lampen erleuchtete Bahnhofsgebäude. Am Rand des Bahnhofsplatzes stand ein Mann und blickte auf die Uhr.

»Schau dir den an«, raunte Miikka ihr zu. »Wartet wahrscheinlich auf eine Frau. Sie haben sich auf eine Anzeige hin verabredet, und jetzt kommt sie nicht.«

Wieder nahm er Paulas Arm, und sie überquerten den Platz. »Nochmal zu der Blumenhändlerin. Die Polizei wird natürlich eine Pressemitteilung über den Fall herausgeben, aber ich müsste mir zusätzlich noch was Eigenes angeln. Welchen Eindruck hast du denn bekommen, als du mit den Leuten geredet hast? War es ein Mord aus Eifersucht?«

»Vorläufig ist es unmöglich, irgendetwas zu sagen, aber ich würde auf die übliche Geschichte wetten: Ein bisschen feiern, einen sympathischen Typen kennen lernen, ihn mit nach

Hause nehmen und weitertrinken. Betrunken sind alle Menschen Freunde – dadurch sterben mehr Leute als im Straßenverkehr.«

»Aber nicht so viele wie bei ›Betrunken sind alle Menschen Feinde‹«, behauptete Miikka. »Darum will ich dich ja auch zum Zug begleiten. Sieh dir nur mal die Radaubrüder da drüben an.« Er deutete auf eine Gruppe Skinheads, die auf der anderen Seite des Platzes herumlungerten.

Sie betraten die Bahnhofshalle und sahen, dass der Zug vom ersten Gleis abfuhr. Bis zur Abfahrt waren es nur noch fünf Minuten. Paula versicherte erneut, alleine zurechtzukommen, aber Miikka wollte sie unbedingt bis zum Zug bringen, und sie gingen gemeinsam zum Bahnsteig.

Die Tragödie dieses Abends beschäftigte ihn noch immer. »Ich frage mich die ganze Zeit, welcher Ausgangspunkt besser rüberkommt, die übliche Geschichte, auf die du angespielt hast, oder die Variante, dass hier jemand aus Hass getötet hat. Vielleicht ein Exfreund.«

»Aber du kannst dich doch so was nicht fragen, bevor du nicht genügend Informationen gesammelt hast«, sagte Paula erstaunt.

»Warum nicht?«

»Du hast doch noch gar keine Ahnung von den Tatsachen. Wie kannst du dann …«

»Tatsachen?« Der Mann stieß ein amüsiertes Lachen aus. »Die Leute interessieren sich nicht für Tatsachen. Man muss ihnen erzählen, was sie hören wollen. Dann glauben sie es. Denk doch nur an die Estonia. Obwohl sämtliche Ermittler versichert haben, das Schiff sei gesunken, weil es beschädigt war, haben es die Leute nicht geglaubt. Erst als jemand aus Amerika gekommen ist und erklärt hat, das Schiff sei gesprengt worden, haben sie es geglaubt.«

Während er sprach, gingen sie am Bahnsteigrand entlang aus der Halle hinaus. Die Lichter des Zuges waren bereits in einiger Entfernung am Bahnhof von Hiekkaharju zu erkennen und glitten von dort aus langsam näher heran.

»Für welche Blätter schreibst du?«, fragte Paula.

»Mal hier mal da.« Miikka zuckte mit den Schultern. Als Paula ihn erwartungsvoll ansah, zählte er schließlich einige Zeitschriften auf.

Sein Arm legte sich um Paula und drückte spielerisch zu.

»Willst du, dass ich ein gutes Wort für dich einlege?«

»Nicht nötig. Ich lasse meine Artikel für mich sprechen.«

Der Mann lachte, als hätte Paula etwas Witziges gesagt, und zog sie näher an den Bahnsteigrand heran.

Die Lichter des Zuges kamen immer näher. Die Geleise glühten matt im Schienenbett. Plötzlich begriff Paula, dass sie in Gefahr war. Sie blickte zur Seite und sah die Wand des Wartehäuschens, das sie vor den anderen Wartenden verbarg. Die Bahnsteige gegenüber waren leer. Paula hatte das Gefühl, als wären sie allein auf dem Bahnhof. Sie versuchte sich zu befreien, doch der Arm des Mannes drückte immer fester zu.

Wie ein Berg rollte der Zug auf Paula zu. Mit aller Kraft versuchte sie, sich loszureißen, aber ein Fuß rutschte über die Bahnsteigkante, und sie hatte das Gefühl, zu fallen.

Paula erwachte von ihrem eigenen Schreien. Sie rappelte sich auf und blickte sich um, ohne etwas zu begreifen. Sie lag in ihrem Bett, und es war bereits halb neun. Ihr Kopf schmerzte, und ihr war übel. Sie begann den Morgen mit einer Schmerztablette und einer kalten Dusche.

Was wäre passiert, wenn das Paar nicht aufgetaucht wäre?

Nichts, redete sie sich energisch ein. Das Bier auf den leeren Magen und der Mordfall hatten ihre Wahrnehmungsfähigkeit verzerrt und alles merkwürdig erscheinen lassen. Wenn sie jetzt mit klarem Kopf an den Abend zurückdachte, begriff sie, dass Miikka nichts anderes getan hatte, als den Arm um ihre Schulter zu legen. Sie hatte selbst angefangen, sich zu sträuben, und wäre dabei fast vom Bahnsteig gestürzt. Zum Glück hatte Miikka sie zurückgezogen.

Paula zwang sich, eine kleine Scheibe Brot zu essen, was ihre erschlafften Eingeweide wieder etwas stabiler machte. Auch der Kaffee schmeckte ihr schon wieder. Sie holte die Zeitung aus der Diele. Darin fand sie eine interessante Meldung. Die Identität des Brandopfers war geklärt. Sieh an, dachte Paula und las die Meldung genauer.

Von der Geldbörse und den Quittungen war darin nicht die Rede. Offensichtlich hatte ein Verwandter angefangen, sich zu wundern, da der Mann lange nicht mehr ans Telefon gegangen war. Er war hingefahren, um nachzusehen, und stellte fest, dass er verschwunden war. Die Identität konnte dann anhand der Zähne und einer alten Oberschenkelverletzung bestätigt werden.

Zum Glück hatte Hoppu Verwandte, dachte Paula. Hätte das Ganze von dem Nachbarn mit dem Fahrrad abgehangen, wäre sein Verschwinden wahrscheinlich erst nach Jahren bemerkt worden.

Beim Weiterlesen erlebte Paula eine Erschütterung. In der Meldung wurde auf das Durcheinander hingewiesen, das in dem Haus herrschte, und man tippte auf einen Einbruch. Am Ende des Artikels bat man einen Mann und eine Frau, die mit einem blauen Geländewagen unterwegs gewesen waren, sich mit der Polizei in Verbindung zu setzen. Zum Glück wurde die Marke des Wagens nicht genannt und das Paar nicht sonderlich genau beschrieben.

Das Küchenfenster stand offen. Die Stadt redete und atmete durch den Fensterspalt. Sie redete in der lärmenden Sprache der Busse und Lastwagen, und ihr Atem roch nach Abgasen. Paula stellte fest, dass die Geräusche seltsam beruhigend auf sie wirkten. Allmählich fühlte sie sich in der Wohnung zu Hause. Zumindest gehörte sie ihr und nicht Tomis Schatten. Sie goss sich eine zweite Tasse Kaffee ein.

Kaisa Halla schien die Geldbörse nicht zur Polizei gebracht zu haben, folgerte Paula aus dem Artikel und nahm einen Schluck Kaffee. Vielleicht würde ihr Besuch in dem Elektrogeschäft doch nicht herauskommen. Die Sache belastete sie, denn Kankaanpää wäre alles andere als erfreut, wenn er erführe, dass sie und Lefa Informationen geheim gehalten hatten.

Paula dankte dem Schicksal dafür, dass der Fahrradfahrer

nicht neugierig gewesen war und nicht besonders genau hingesehen hatte.

Die Landschaft schien sich unter einer schweren Last zu ducken. Es war so dämmrig wie am Abend. Bald würde es anfangen zu regnen. Na und, dann regnet es eben, dachte Leeni in ihrem Zorn. Soll sich nur der ganze Himmel über sie ergießen, das würde den Dreck von ihr und Ami abwaschen, der noch von Forsmans Besuch an ihnen haften geblieben war.

Das Taxi hielt vor dem Haupteingang der Klinik. Leeni half Ami auf den Rücksitz und gab die Adresse eines Reisebüros an. Am Abend zuvor hatte Vesa angerufen und gesagt, der Urlaub ließe sich einrichten. Das war die erste gute Nachricht seit langem. Leeni war so erleichtert gewesen, dass sie nicht einmal auf die Palme gegangen war, als Vesa wieder Anspielungen auf ihre Freunde gemacht hatte. Eine Woche war keine lange Zeit, würde ihr aber eine Atempause verschaffen.

Unter die Erleichterung mischte sich eine Spur von Neid. Vesa und Ami fuhren in die Sonne. Leeni wäre gerne mitgefahren, um den Regen, die Arbeitslosigkeit, die Angst und das Verbrechen hinter sich zu lassen. Gleichzeitig wusste sie, dass dies keine Lösung war, selbst wenn sie einen Rückzugsort fände. Der Ring würde sich nur noch enger schließen, wenn sie jetzt die Flucht ergriff. Forsman, der Motorradfahrer, Kankaanpää – sie alle würden auf ihre Rückkehr warten, und dann würde alles wieder von vorne anfangen. Jetzt hatte sie immerhin eine Woche Zeit, ihre Angelegenheiten in Ordnung zu bringen.

Die Bauchschmerzen ihrer Tante waren schlimmer geworden, sie würde bald operiert werden. Zum Glück klang die Lähmung allmählich ab. Vorhin hatte sie Leeni und Ami erkannt, sie hatte sogar versucht zu sprechen. Ihre Worte waren nicht zu verstehen gewesen, aber Leeni war es vorgekommen, als hätte sie wieder wirres Zeug erzählt.

Aus irgendeinem Grund belastete ihre Tante etwas, auch wenn Leeni immer noch nicht herausgefunden hatte, was und warum.

»Hast du ›die Freunde von Anabolen‹ gesagt, Tante Milja?«, hatte Leeni nachgefragt, weil sie geglaubt hatte, sich verhört zu haben.

Ihre Tante hatte mühsam genickt. Ihre Lippen hatten sich bewegt und dieselben Worte noch einmal wiederholt. Kurz darauf hatte sie noch ein Wort hinzugefügt: »Nicht ..« Danach hatte sie die Augen geschlossen. Leeni und Ami waren gegangen.

Leeni fragte sich, was die Tante gemeint haben konnte, kam aber zu dem Ergebnis, dass die Krankheit sie verwirrt hatte und sie deshalb Dinge sagte, die keinen Sinn ergaben.

Paula war einkaufen gewesen und sortierte die Lebensmittel gerade in den Kühlschrank, als das Telefon klingelte und der Anrufbeantworter ansprang. Als sie Tupalas Stimme hörte, ließ sie alles stehen und liegen und stürzte zum Apparat. Der Chefredakteur rief selten an und nie ohne wirklichen Grund.

Zum Einstieg lutschte Tupala geräuschvoll an einem Bonbon. Offenbar versuchte er, sich wieder einmal das Rauchen abzugewöhnen. Das bedeutete, dass er tagelang grimmig und äußerst kritisch war und keinerlei neue Ideen für Artikel akzeptierte. Auch jetzt wollte er sich wahrscheinlich über etwas beklagen, dachte Paula gequält.

Tupala überraschte sie jedoch.

»Hukari ist zufrieden«, erklärte er. »Hat deine Kulturseiten gelobt. Was bedeutet, dass seine Frau damit zufrieden ist. *Glück* hat an Niveau zugelegt, und die Gattin muss sich nicht mehr schämen, mit ihren vornehmen Freunden über das Blatt zu reden.«

Der Chefredakteur sprach mit bissigem Unterton, doch Paula freute sich. Mit Lob wurde man in diesem Beruf selten überschüttet. Sie machte den Mund auf, um sich zu bedanken, Tupala hatte jedoch noch ein weiteres Anliegen.

»Hukari hat einen Vorschlag für dich«, sagte er.

Aus irgendeinem Grund klang das nicht verheißungsvoll. Paula hatte schon oft beobachtet, wie diese Technik angewendet wurde: Zuerst blendet man jemanden mit Sonnenschein, und dann zieht man ihm die Beine weg.

»Für mich?« Paula hatte Angst. Vielleicht hatte der Verkäufer aus dem Elektrogeschäft Kontakt mit der Polizei aufgenommen und Paula besser beschreiben können als der Fahrradfahrer. Die Polizei war verärgert wegen der zurückgehaltenen Informationen und hatte sie bei Hukari angeschwärzt. Paula ging im Geiste alle unbezahlten Rechnungen durch und überschlug, ob die ausstehenden Honorare ausreichten, um sie zu begleichen. »Was für einen Vorschlag?«, fragte sie vorsichtig.

Tupalas Lachen klang wie ein stumpfes Beil, das gegen einen Baumstamm schlug. »Es ist Hukaris Vorschlag, den soll er dir selber unterbreiten. Kommst du morgen in die Redaktion?«

Aber Paula ließ nicht locker. »Ich werde mein Gesicht dort nicht zeigen, bevor du mir nicht erzählt hast, worum es sich bei diesem Vorschlag handelt. Ich muss die Chance haben, mich vorzubereiten. Falls ihr vorhabt, mich rauszuschmeißen …«

»Rauszuschmeißen? Das geht bei Freelancern doch gar nicht. Die werden höchstens mundtot gemacht. Das ist hier aber nicht der Fall, keine Sorge.«

»Was dann? Du musst es mir sagen.«

Tupala stieß einen leidenden Seufzer aus. »So stur wie immer«, klagte er. »Also von mir aus, ich sag es dir, aber verrate Hukari bloß nicht, dass du es schon weißt. Einer seiner Geschäftsfreunde aus Stockholm hat sich bei ihm gemeldet und nach einem guten Journalisten für seine finnischsprachige PR-Abteilung gefragt. Sie haben viele Kunden hier in Finnland, auch wenn die Firma ihren Sitz in Stockholm hat. Hukari erinnerte sich an die Kulturseiten und empfahl dich. Das ist eine gute Gelegenheit, ein bisschen was von der Welt zu sehen, Mädchen«, ermunterte sie Tupala.

Stockholm klingt spannend, dachte Paula. Jetzt, da ihre Eltern dauerhaft auf die Kanaren gezogen waren, hielt sie hier nichts mehr. Eine neue Herausforderung und eine völlig neue Umgebung könnten jetzt genau das Richtige sein. Vor ihrem inneren Auge blitzte Ismos amüsiertes Gesicht auf, und sie hörte seine Stimme, die ihr vorwarf zu fliehen.

»Wann würde ich dort anfangen?«, fragte sie.

»Ziemlich bald. Dein Vorgänger wurde plötzlich krankgeschrieben und wird voraussichtlich nicht mehr zurückkommen.«

Paula versuchte weitere Details zu erfahren, aber Tupala weigerte sich, mehr preiszugeben. Seine Bonbonschachtel raschelte. »Wie geht es den Kulturseiten für Oktober?«

»Die erste Doppelseite ist fertig«, berichtete Paula. »Auf die zweite kommt was über bildende Kunst, und das ist auch schon ziemlich weit gediehen. Sie werden schon rechtzeitig fertig, Frau Hukari wird zufrieden sein können.« Sie sprach emotionslos, denn diese Seiten zu machen hatte seinen Reiz verloren. Mit seinen scharfen Ohren hörte Tupala sogleich den Mangel an Interesse heraus.

»Wühlst du immer noch in dieser Brandstiftung herum? Ich dachte, das Ganze wäre mittlerweile ein bisschen veraltet. Die Identität des Toten scheint jetzt auch geklärt zu sein.«

»Stimmt, aber da steckt noch viel mehr drin. Es kommt mir vor, als ufere die Geschichte immer weiter aus. Gestern erst habe ich eine Menge neuer Dinge erfahren.« Voller Eifer berichtete sie Tupala von Kujansuus Geständnis und erzählte ihm von dem Brand im Haus der Mesimäkis. Jetzt lagen Farbe und Gefühl in ihrer Stimme. »Das wird was Großes«, versicherte sie. »Einigen Leuten werden die Knie schlottern wie

Wackelpudding, wenn die Geschichte erscheint. Und dann verkauft sich *Glück* wieder wie Hering!«

»Man merkt, dass du gerne isst«, röhrte Tupala. Doch er war Journalist und wusste gute Geschichten zu schätzen. »Vielleicht ist das was«, gab er zu.

Paula spürte, dass er noch etwas zu sagen hatte. Sie lauschte auf das Rascheln der Bonbonschachtel am anderen Ende der Leitung und auf den rasselnden Atem des Mannes.

»In der Zeitung stand, die Polizei suche einen Mann und eine Frau, die in der Gegend, wo der Tote gelebt hatte, mit einem blauen Geländewagen unterwegs waren«, sagte Tupala schließlich.

Der Satz hing wie ein Geschoss in der Luft. Der Chefredakteur war nicht dumm, und Paula blieb nichts anderes übrig, als ein Geständnis abzulegen:

»Ich bekam … hm … aus zuverlässiger Quelle einen Hinweis darauf, wer der tote Mann sein könnte. Aber es war niemand zu Hause. Wir waren nur an der Tür und sind dann wieder gefahren.«

Zum Glück begnügte sich Tupala damit, wegen der überflüssigen Fahrtkosten zu murren, und ließ die Sache auf sich beruhen.

Das Taxi wartete vor dem Kaufhaus Stockmann, während Leeni im nahe gelegenen Reisebüro die Tickets bezahlte. Nachdem sie zum Auto zurückgekehrt war, bat sie den Fahrer, zum Musikgeschäft zu fahren. Sie wollte Vesa das Voucher und Amis Pass bringen, den sie zum Glück schon für ihre Reise nach Griechenland besorgt hatte. Sie hatte gedacht, wenn ihr selbst der Pass abhanden käme, würde wenigstens Ami nach Haus kommen.

Der Fahrer wurde allmählich misstrauisch. »Das wird eine teure Fahrt«, warnte er sie mit einem Hinweis auf das Taxameter.

Leeni nahm zwei Hundertfinnmarkscheine aus der Handtasche und reichte sie ihm. »Das ist die Anzahlung«, sagte sie.

Der Mann nahm die Scheine wortlos an sich und ließ den Motor an. Als die Ampel grün wurde, blickte Leeni sich um. Ihr war der Gedanke gekommen, dass der schwarze Motorradfahrer Sonntagnacht das Taxi verfolgt und gesehen hatte, wie sie ins Hotel gegangen waren. So hatte Forsman herausgefunden, wo sie und Ami sich versteckten.

Jetzt war allerdings weit und breit kein Motorradfahrer zu sehen. Auch kein blauer Volvo. Leeni blickte in Fahrtrichtung und entspannte sich.

Als sie das Geschäft betrat, stand Vesa an der Kasse und drehte lustlos ein kleines Tischgestell mit CDs. Die Haare hingen ihm in die Stirn, und seine Augen waren gerötet. Er bemerkte Leeni sofort, als sie hereinkam, gab sich aber nicht die Mühe, sie zu grüßen.

»Ich habe eure Reise bezahlt«, sagte Leeni und suchte in ihrer Tasche nach dem Voucher. Als Vesa die Hand ausstreckte, um ihren Arm zu berühren, erzitterte sie und wich zurück.

»Ach, jetzt darf man sie nicht mal mehr anfassen«, sagte Vesa höhnisch.

Leeni merkte sofort, dass er schlechte Laune hatte. So wie er aussah, hatte er am Abend zuvor gefeiert, und etwas war vorgefallen. Wahrscheinlich hatte eine Frau ihn lechzend zurückgelassen, und jetzt suchte er einen Grund, um seine Demütigung zu rächen.

»Hoffentlich hast du nicht vergessen, mit deinem Chef zu reden«, sagte Leeni mit angespannter Stimme. »Wie du dich bestimmt erinnerst, fliegt ihr am Samstag nach Kreta.«

Hätte es die Situation nicht anders erfordert, wäre Leeni auf der Stelle hinausmarschiert. Aber sie durfte Vesa jetzt nicht verärgern, sagte sie sich. Er musste Ami in Sicherheit bringen. Es ging nicht anders.

In Vesas Augen blitzte es auf. »Und was bekomme ich dafür, dass ich Ami nach Kreta bringe?«

»Die Reise«, antwortete Leeni verblüfft. »Ich habe dir doch versprochen, die Reise plus Taschengeld zu zahlen.«

Er nahm den Hefter und ließ ihn an einem Finger baumeln.

»Das reicht nicht«, sagte er. »Du hast was anderes im Sinn als deine Arbeitssuche.«

Ungeduldig wechselte Leeni die Haltung. »Was bildest du dir jetzt schon wieder ein? Fährst du nun am Samstag oder nicht?«

Vesa wischte sich die Haarsträhne aus dem Gesicht und sah Leeni aus den Augenwinkeln an.

»Hier hat ein Typ angerufen«, sagte er mit zweideutigem Unterton.

Leeni verspannte sich nur leicht, doch blieb es Vesa nicht verborgen, er kannte sie zu gut.

»Du hast irgendwas laufen«, sagte er, und auf seinem Gesicht erschien jenes Grinsen, das Leeni von ganzem Herzen hasste. »Deshalb frage ich, was ich kriege, wenn ich fahre.«

Das Wort »wenn« erstickte Leenis Atem wie eine würgende Hand. Warum hatte Vesa »wenn« gesagt?

»Was meinst du mit ›wenn ich fahre‹?«, fragte Leeni und biss sich auf die Lippen.

Eine Kunde kam, um eine CD umzutauschen, daher wurde ihr Gespräch kurz unterbrochen.

»Ich will wissen, warum du dich eigentlich so anstellst«, brauste Leeni sofort auf, als sich die Tür hinter dem Kunden geschlossen hatte. »Worauf willst du hinaus?«

Als Vesa erneut grinste, verlor sie die Beherrschung und zischte: »Und hör auf zu grinsen!«

Seine Miene verfinsterte sich. »Ich hab keine Lust, für Weiber das Spielzeug abzugeben. Wenn du einem hinterherlaufen willst, von mir aus, aber mich kriegst du dann nicht als Kindermädchen.«

»Ich hab doch gesagt, dass ich mir einen Job suche.«

»Ja, ja, das hast du gesagt. Aber ich lass mich nicht verarschen. Geh du nur mit deinem Macker, wohin du willst, aber zieh mich da nicht mit rein!«

Das waren die bekannten Worte, die üblichen Vorwürfe. Leeni konnte nicht begreifen, wie sie diesen Mann einmal hatte lieben können. »Mit anderen Worten, du fährst nicht mit Ami nach Kreta«, sagte sie mit leiser, gepresster Stimme.

Sein Zorn verschwand, und Vesa grinste wieder. Diesmal war sein Grinsen eine Spur verschämt, als hätte er selbst begriffen, dass er zu weit gegangen war.

»Ich möchte schon, aber es geht nicht«, gab Vesa zu. »Ich hab mit dem Chef geredet, und er hat gesagt, er fährt nächste Woche selbst irgendwo hin.« Vesas Gesichtsausdruck war eine Mischung aus Schadenfreude und Enttäuschung. Er wagte es nicht, Leeni in die Augen zu schauen.

Sie stand einen Moment regungslos da. Sie sagte kein Wort, sondern starrte nur den Mann vor sich an wie ein seltsames Tier. Schließlich drehte sie sich um und ging auf die Tür zu.

Vesa rief ihr etwas nach, doch sie hörte nicht hin. Sie hatte den Entschluss gefasst, dass dieser Mann Ami nie wiedersehen würde. Und wenn sie dafür mit Ami nach Australien auswandern müsste.

Auf Paulas Tagesprogramm stand die Ausstellung von Papierskulpturen im Kiasma, dem Museum für zeitgenössische Kunst. Sie steckte das Aufnahmegerät in die Handtasche, denn sie wollte ihre Eindrücke auf Band sprechen, und zog ihre bequemsten Schuhe an. Auch den Schirm nahm sie am besten mit.

Im Radio wurden die Nachrichten verlesen, und Paula hörte nur mit einem Ohr den Resultaten des Politbarometers zu. Als der Nachrichtensprecher kurz darauf aber das Wort

Tikkurila erwähnte, war sie hellwach. Sie erfuhr allerdings nichts Neues. Es hieß, die Blumenhändlerin sei brutal ermordet worden. Man habe sie am Abend zuvor in ihrer Wohnung aufgefunden, von dem Täter gäbe es noch keine Spur. Wie die Tat begangen worden war, wollte die Polizei vorläufig noch nicht bekannt geben. Alle Personen, die Frau Toiviainen am Samstagabend gesehen hatten, wurden gebeten, sich mit der Polizei in Verbindung zu setzen.

Paulas neue Wohnung befand sich im dritten Stock. Als sie hörte, wie der Lift rasselnd nach oben kletterte, beschäftigte sie der Gedanke, eben etwas Wichtiges überhört zu haben. Doch obwohl sie den Nachrichtentext noch einmal innerlich durchging, kam sie nicht darauf, was es war.

Als sie aus dem Haus trat, ließ sie der Südwestwind tief Luft holen. Er brachte Regentropfen mit sich, aber Paula mochte ihren Schirm nicht aufspannen, denn sie befürchtete, er könne dem Wind nicht standhalten. Sie zog den Kopf ein und eilte die Ruoholahdenkatu entlang in Richtung Stadtmitte. Der Regen nahm zu. Ihre Haare wurden nass, und allmählich rann ihr das Wasser in den Kragen. Der Asphalt schien glatt zu sein.

Plötzlich blieb sie stehen. Endlich begriff sie, was ihr keine Ruhe ließ: Der Nachrichtensprecher hatte gesagt, die Blumenhändlerin sei brutal ermordet worden.

Auch Mauri Hoppu war brutal ermordet worden, dachte Paula. Zusammengeschlagen und anschließend erwürgt. Natürlich konnte die Blumenhändlerin auf andere Art ums Leben gekommen sein. Brutale Methoden gab es mehr als genug. Vielleicht erklärte die Todesart, warum die Frau, die die Leiche gefunden hatte, so hysterisch gewesen war.

Die Sache ließ Paula keine Ruhe. Zwei Morde in derselben Gegend, fast unmittelbar nacheinander. Beide Male war der Mörder brutal vorgegangen, und die Polizei hatte keine Informationen an die Öffentlichkeit gegeben.

Ihr fiel ein, dass auf dem Notizblock in ihrer Handtasche der Name der Frau stand, die die Polizei alarmiert hatte. Die Geschichte hatte zwar nichts mit der Brandstiftung zu tun, aber sie könnte die Frau trotzdem mal interviewen. Tupala betonte doch immer, die Leser wollten die Menschen hinter den Ereignissen sehen.

Anstatt das Kiasma zu betreten, ging Paula weiter zum Bahnhof und kaufte eine Fahrkarte nach Tikkurila.

Joni nahm zwei Stufen auf einmal. Als er den zweiten Stock erreichte, erwartete ihn eine Überraschung. Leeni und Ami saßen vor seiner Tür auf der Treppe, einen tropfenden Regenschirm neben sich.

»Na endlich!«, stöhnte Leeni. »Wir warten schon wer weiß wie lange.«

Joni war müde und wurde sauer. »Woher soll ich wissen, dass ihr hier seid! Du hättest mich anrufen können. Aber du erzählst mir ja nichts, und dann verlangst du trotzdem, dass ich an Ort und Stelle bin, wenn es dir genehm ist, dich blicken zu lassen.«

Leeni erschrak, ihre Augen waren ängstlich wie die eines Kindes. Auch ihre Lippen zitterten.

Der Ärger in Joni schmolz schnell dahin. Er zog Leeni hoch und drückte seine Wange kurz gegen ihre. »Gehen wir rein«, sagte er.

Joni setzte Leeni und Ami auf die Couch und brachte kurz darauf ein Tablett mit zwei Whisky-Grogs und einem Glas Orangensaft herein. »Jetzt trinken wir erst mal das hier, und dann erzählst du mir alles.«

Leeni legte ein Kissen auf den Fußboden und setzte Ami darauf. Im Fernsehen kam eine Kindersendung, die das Mädchen vergnügt anschaute.

Joni hob sein Glas und stieß mit Leeni an. »Jetzt erzähl mir doch endlich, was eigentlich mit dir los ist«, forderte er Leeni auf, als ihr Gesicht ein wenig Farbe angenommen hatte.

»Vesa – mein Ex – sollte am Samstag mit Ami nach Kreta fahren, damit ich mir in Ruhe einen Job suchen und mich um ein paar Dinge kümmern kann. Und jetzt erklärt er mir auf einmal, dass er nicht fahren kann, und ich weiß nicht, wo ich Ami lassen soll.«

Joni runzelte die Stirn. »Aber du hast doch genau vor diesem Vesa Angst gehabt! Und trotzdem hättest du ihn mit Ami nach Kreta fahren lassen!«

Leeni biss sich auf die Lippen. »Ja, stimmt. Ich dachte …« Ihr Gedanke führte in eine Sackgasse, und sie begann von neuem: »Jedenfalls hatte ich mir vorgestellt, die ganze nächste Woche in aller Ruhe meinen Kram in Ordnung zu bringen, und jetzt wird nichts daraus.«

Nichts als Blabla, dachte Joni. Er erinnerte sich, wie Leeni von ihm verlangt hatte, er solle nachsehen, ob auf der Straße ein blauer Volvo stand. Später hatte sie panisch Ami von ihrer Freundin Sanna abgeholt und dafür eine unglaubhafte Erklärung zusammengepfuscht, ihr Exmann wolle ihr das Kind wegnehmen.

»Ist das alles, was dir Sorgen macht?«, fragte er und zwang Leeni, ihm in die Augen zu schauen. »Dass du dir keinen Job suchen kannst?«

»Na klar, das ist total wichtig.« Ihre blauen Augen wichen sogleich wieder aus.

»Und dieser Volvo?«, konnte Joni sich nicht verkneifen zu fragen.

Leenis Lippen öffneten sich einen Spalt, schlossen sich aber gleich wieder. Sie konnte es ihm einfach nicht erzählen.

»Vesa hat von dir erfahren und es sich deshalb anders überlegt, da bin ich mir sicher. Wir sind zwar seit über zwei Jahren getrennt, aber er ist noch immer eifersüchtig.«

»Wie kann dein Alter von mir wissen?«

»Jemand hat ihn angerufen und es ihm erzählt«, entgegnete Leeni. »Ein Mann. Die müssen auch dich verfolgen, sonst wüssten sie es nicht.«

»Die? Wer die?«

Leeni schluckte. »Könntest du ...«, fing sie an, und Joni erriet, worum sie bitten wollte.

»Okay, ich gehe nachsehn. Und du bleibst inzwischen hier sitzen und trinkst deinen Whisky.«

Ein blauer Volvo war draußen nirgendwo zu sehen.

Joni blickte in beide Richtungen der Straße und wartete sicherheitshalber noch ein paar Minuten. Da kein einziger blauer Wagen auftauchte, ging er wieder hinein. Zu seiner Freude hatte Leeni ihr Glas leer getrunken, und ihre Wangen waren leicht gerötet.

Nachdem Joni berichtet hatte, die Luft sei rein, klatschte Leeni lachend in die Hände.

»Ich lieb dich«, sagte sie und sprang Joni an den Hals. Ami kam zu ihnen, und Leeni nahm sie auf den Schoß. Das Mädchen lachte, Leeni lachte, und schließlich fing auch Joni an zu lachen. Er fühlte sich wohl, obwohl er nicht genau verstand, was los war. Er küsste Leeni auf die Nase, die jetzt feuerrot leuchtete. Als er sie mit der Fingerspitze berührte, war sie ganz heiß. »Ich lieb dich auch«, flüsterte Joni.

Er schickte Ami zum Fernseher zurück und rückte nun ganz nah an Leeni heran. Sie wollte ihn von sich wegschieben, aber Joni gab nicht nach, sondern drückte seinen Mund auf ihre widerstrebenden Lippen. Ihr Widerstand spornte ihn an. Diese Frau hatte lange genug mit ihm gespielt. Schließlich gelang es Leeni, sich aus der Umklammerung zu lösen. Sie rückte ans andere Ende der Couch und sah Joni ernst und unverwandt an.

»Was ist denn los mit dir?«, fragte er verärgert.

»Es hat nichts mit dir zu tun«, sagte Leeni. Sie blickte auf das Mädchen, das auf dem Kissen saß, und flüsterte: »Ami.

Ich mache mir solche Sorgen. Ich weiß nicht, wo ich sie hingeben kann, damit sie in Sicherheit ist.«

In Sicherheit.

Es ging hier also nicht nur darum, einen Job zu suchen, so wie er es schon geahnt hatte, dachte Joni. »Für's Erste nirgendwo hin«, erklärte er großspurig. »Auch wenn der Besitzer des blauen Volvos weiß, dass wir uns kennen, überwacht er garantiert nicht meine Wohnung. Er kann eigentlich gar nicht wissen, dass ihr hier seid. Ich kann euch Essen und Kleider bringen, alles was ihr braucht.«

Leeni überlegte kurz und schaute schon wieder etwas zuversichtlicher. »Stimmt eigentlich. Wir könnten eine Weile hier bleiben. Wenn du kurz bei Ami bleiben könntest, würde ich schnell nach Hause gehen und ein paar Sachen erledigen.«

Ein paar Sachen, dachte Joni. Was für Sachen denn? Er entschloss sich jedoch, nicht zu viele Fragen zu stellen. Jetzt war die Frau endlich hier, da wollte er seine Chancen nicht durch unnötige kleinliche Fragen verderben.

»Eigentlich könnte ich meine Sachen hierher bringen«, schlug Leeni vor. »Wenigstens für ein paar Tage.«

»Dann lass sie uns gleich holen«, beschloss Joni und schob seinen Drink von sich weg. »Ami ist hier garantiert in Sicherheit. Die Tür hat ein Sicherheitsschloss, da kommt keiner rein.«

Nach kurzem Hin und Her war Leeni einverstanden. Sie erklärte Ami, sie würde jetzt einen Moment ganz alleine sein. »Ich und Vakelimontonen, wir passen hier auf«, sagte das Mädchen eifrig und wandte sich wieder der Mattscheibe zu.

»Vakelimontonen?«, wunderte sich Joni und erfuhr, dass es sich dabei um einen Spielzeughund handelte, für den Ami selbst den Namen ausgesucht hatte.

Der Besuch in der Meripuistotie verlief ohne Zwischenfälle. Sie holten Leenis Sachen und trugen sie zum Wagen. Als sie zurückfuhren, war kein blauer Volvo zu sehen, auch nicht auf der Töölönkatu. Sicherheitshalber huschten sie jedoch durch den Hof ins Treppenhaus, für den Fall, dass jemand von einem Fenster oder der Hofeinfahrt gegenüber den Hauseingang überwachte.

Joni verließ als Erster den Aufzug, um sich zu versichern, dass niemand vor der Wohnungstür wartete. Das war natürlich übertrieben, aber er betrachtete das Ganze als Spiel und genoss es nun in vollen Zügen.

Der Fernseher lief noch immer, aber Ami war nirgendwo zu sehen. Leeni rief nach ihr und rannte verzweifelt hin und her. Auch Joni bekam es mit der Angst zu tun. Er spähte ins Bad und machte alle Schränke im Schlafzimmer auf, doch Ami war verschwunden. Leeni griff panisch zum Telefon, um die Polizei anzurufen, da stürmte Ami mit vor Begeisterung roten Wangen hinter der Couch hervor.

»Ami hat sich versteckt!«, juchzte sie. Leeni hatte wackelige Knie vor Erleichterung. Dann umarmten sich alle und lachten.

Joni hatte noch nie so viel umarmt und gelacht. In seiner Pflegefamilie hatte es das nicht gegeben. Manchmal tätschelten sie einem den Kopf, was er aus ganzem Herzen gehasst hatte, aber er wurde niemals umarmt, geküsst schon gar nicht.

Sie hatten ihm alles gegeben, was er brauchte. Er hatte stets gute Kleider gehabt und alles Spielzeug, das er sich wünschte, aber er hätte gerne darauf verzichtet, wenn sie ihn stattdessen ab und an in die Arme genommen hätten.

Aber es ist nie zu spät, dachte Joni. Jetzt hatte er wenigstens jemanden, den er lieb haben konnte.

Als Paula am Bahnhof von Tikkurila aus dem Zug stieg, war von den Regenwolken nur noch ein grauer Fetzen übrig, den der stürmische Wind nach Nordosten trieb. Die Sonne schimmerte bereits als zarter Lichtfleck hervor. Paula überquerte den Bahnhofsplatz und lenkte ihre Schritte in Richtung Unikkotie.

Da sie aus einer spontanen Eingebung heraus hergefahren war, wusste Paula nicht, ob sie Pirjo Toiviainens Nachbarin zu Hause antreffen würde. Falls sie Pech hatte, würde sie in Tanes Stammkneipe gehen und ein ordentliches Steak zu sich nehmen. Mit etwas Glück würde sie auch Tane dort treffen. Schade, dass Lefa nicht dabei war, dachte sie, als sie die Straße hinunterging. Doch falls das Interview stattfand, könnte er auch später noch Fotos machen. Aus irgendeinem Grund gefiel es den Leuten, ihr Gesicht in der Zeitung zu sehen.

Nachdem sie die Adresse überprüft hatte, betrat Paula das Treppenhaus. Die Tafel mit den Namen der Hausbewohner verriet, dass Frau Toiviainen und die besagte Nachbarin im ersten Stock wohnten.

Nur dass Frau Toiviainen nicht mehr am Leben war, dachte Paula, als sie die Treppe hinaufging. Die Frau hatte am Samstag ihre letzten Blumen verkauft. Was das wohl für Blumen gewesen sein mochten? Paula warf einen Blick auf die Tür, die mit einem gelben Streifen versiegelt war, und klingelte dann nebenan.

Gleichmäßige Schritte näherten sich. Jemand spähte durch den Spion und öffnete anschließend die Tür einen Spalt weit. Eine dünne Frau mittleren Alters mit einer Schürze und einem bunten Tuch um den Kopf. Paula dachte als Erstes an einen Großputz, doch dann bemerkte sie das Mehl auf der einen Wange der Frau.

»Frau Rosgren?«, fragte Paula, und die Frau nickte. Paula stellte sich vor und erklärte, sie schreibe für *Glück* einen Artikel über die Tragödie, die in der Nachbarwohnung passiert war.

Die Augen der Frau erinnerten an eingeweichte Rosinen. Möglicherweise lag das an ihren farblosen Wimpern. Ihr Blick war allerdings unangenehm durchdringend.

»Ich bin beim Brötchenbacken«, erklärte sie. »Ist Ihnen schon mal aufgefallen, wie sehr backen beruhigt? Schon das Teigkneten ist die beste Therapie. Darüber sollte man in der Zeitung schreiben, und nicht immer nur über traurige Dinge.«

Paula konnte nicht backen, hielt es aber für das Beste, etwas zu murmeln, was zur Situation passte. Frau Rosgren schien schwerer zu knacken zu sein, als sie es sich vorgestellt hatte. Sie war nicht darauf aus, in die Zeitung zu kommen, und sie schien nicht die geringste Absicht zu haben, Paula in ihre Wohnung zu lassen. Die Tür ging langsam wieder zu.

»Frau Rosgren, darf ich Ihnen beim Backen zusehen?«, rief Paula durch den Türspalt.

Die Tür ging wieder auf. Die Frau musterte Paula von oben bis unten.

»Also gut, kommen Sie«, sagte sie kurz. »Aber schnell, sonst quillt mir der Teig über.« Sie führte Paula in die Küche, wo auf der Arbeitsplatte eine mit einem Handtuch zugedeckte Schüssel stand.

Paula setzte sich an den Tisch und beobachtete neugierig, wie die Frau den Inhalt der Schüssel auskippte, sich die Hände bemehlte und begann den Teig mit geschickten Griffen zu länglichen Stücken zu formen.

»Es waren heute schon mehr Leute hier«, bemerkte die Frau beiläufig. »Der Redakteur von den *Spitzenmeldungen* stand gleich morgens auf der Matte.«

Tane Toivakka, dachte Paula. Ein raffinierter Kerl, auch wenn er nicht so aussah. »Schildern sie doch mal mit eigenen Worten, was gestern eigentlich passiert ist«, wagte sie sich vor. »Sie haben in der Nachbarwohnung einen Schrei gehört, behauptet Ihre Schwiegermutter.«

Der Kehle der Frau entwich ein gedämpftes Schnauben. »Bald behauptet sie, Pirjo selbst gefunden zu haben. Durch die ganze Stadt rennt sie und erzählt es herum. Kann keine

Sekunde still sein.« Mit einem langen, gefährlich aussehenden Messer schnitt sie die Teigstücke in Scheiben. Zum Glück war die Frau nicht böse auf sie, dachte Paula.

»Aber Sie haben einen Schrei gehört?«

»Das hab ich.« Flink formte sie die Scheiben mit beiden Händen zu kleinen Brötchen. »Meine Schwägerin schrie genauso, als sie vor unserem Sommerhaus eine Schlange sah. Sie ist nie wiedergekommen.« Der Tonfall klang zufrieden. »Zuerst dachte ich, auch zu Pirjo hätte sich eine Schlange verirrt, und Pirjo würde schreien. Aber als ich in die Wohnung kam, war es ihre komische Aushilfe, die schrie. Immer wenn man in den Laden geht, und die Aushilfe ist da, muss man Chrysanthemen oder Rosen kaufen. Nie bietet sie etwas anderes an. Ich habe Pirjo vorgeschlagen, sie zu entlassen, aber angeblich ist es nicht einfach, zuverlässige Aushilfen zu finden.«

Die Brötchen kamen auf ein Blech und wurden mit einem Leinentuch abgedeckt. Frau Rosgren stellte die Eieruhr und wusch sich die Hände.

»Zuerst dachte ich, die Aushilfe ist verrückt geworden«, gestand sie und setzte sich Paula gegenüber an den Küchentisch. »Aber dann habe ich ihr Gesicht gesehen. Entsetzlich.« Frau Rosgren schloss einen Moment die Augen. »Jemand hat Pirjo umgebracht, dachte ich und befahl der Marja-Riitta, mit dem Schreien aufzuhören. Als ich ging, um die Polizei anzurufen, rannte sie mir hinterher und zitterte dermaßen, dass ich ihr ein Glas Cognac gab. Ausgerechnet da kam mein Mann nach Hause und musste auf der Stelle die Schwiegermutter zu Hilfe holen, als wäre ich nicht in der Lage, mit einer hysterischen Ladenhilfe fertig zu werden. Immerhin bin ich Familienberaterin.«

Abgesehen von Frau Rosgrens Beruf war Paula alles andere schon bekannt gewesen, aber dennoch notierte sie den Bericht auf ihrem Block. Sie schaute die Frau gespannt an.

»Können Sie sagen, wie Pirjo Toiviainen ermordet worden ist?«

»Geschlagen und erwürgt«, antwortete die Frau knapp. »Ihr Gesicht war ganz blau.«

Paula durchzuckte es. Ihr Instinkt hatte ins Schwarze getroffen. »Woher wissen Sie, dass Frau Toiviainen erwürgt worden ist?«

Frau Rosgren warf einen Blick auf die Eieruhr, die wie eine Zeitbombe am Rand des Tisches tickte. »Solche Augen hat niemand, der nicht erwürgt wurde. Oder sich erhängt hat. Als ich klein war, hat sich unsere Nachbarbäuerin erhängt, die hatte genau solche Augen. Ich habe oft Albträume davon gehabt.«

Sie schob den Salzstreuer zwei Zentimeter nach rechts. »Ich kann mir denken, was Sie als Nächstes fragen werden. Sie werden fragen, ob mir etwas Besonderes aufgefallen ist. Zumindest eine Sache ist mir aufgefallen. Pirjo hatte ein ziemlich schickes Seidenkostüm an. Ich habe es nie zuvor gesehen und glaube, es war ganz neu.«

Paula und Frau Rosgren sahen einander an.

»Ja«, antwortete die Frau auf Paulas unausgesprochene Frage. »Ich hatte den Eindruck, als wäre Pirjo aus gewesen. Die Kleider waren zerknittert, aber heil. Was nicht heißt, dass sie nicht jemand hätte vergewaltigt haben können. Falls Pirjo betrunken war, ist das bestimmt leicht gewesen.«

Es hörte sich an, als wäre es auch ohne Alkoholeinfluss leicht gewesen. Paula fragte sich, ob Pirjo Toiviainen oft Männerbesuch gehabt hatte. Als sie Frau Rosgren danach fragte, zuckte diese viel sagend mit den Schultern.

»Ich gehöre nicht zu denen, die anderen mit der Nase im Türspalt nachspionieren«, erklärte sie tugendhaft.

»Und am Wochenende? Haben Sie Frau Toiviainen da mit einem Mann gesehen?«

»Nicht gesehen, aber gehört«, antwortete die Frau. »Unsere Badezimmer liegen nebeneinander, und wenn drüben jemand ins Bad geht, hört man das bei uns. Ich war zufällig nachts auf der Toilette, und da war auf der anderen Seite ein Mann. Ich hörte, wie er Wasser laufen ließ und fluchte, weil er sich irgendwo gestoßen hatte.«

»Samstagnacht?«, fragte Paula interessiert.

»Genau. Irgendwann gegen drei Uhr.« Wieder blickte sie auf die Eieruhr, dann stand sie auf und schaltete den Backofen an.

»Ist Ihnen noch etwas aufgefallen?«

»Ich hatte nicht viel Zeit, mich umzusehen«, entgegnete Frau Rosgren. »Neben mir schrie eine aus vollem Hals, die Nachbarn drängten in die Tür, und ich musste die Polizei verständigen.«

Erst jetzt erinnerte sie sich an die Gebote der Gastfreundschaft und bot Paula eine Tasse Kaffee an. »Wir können dann frische Brötchen dazu essen.«

Paula zögerte. Es war schon spät am Nachmittag, und sie war um sieben mit einer ehemaligen Kommilitonin verabredet. Sie blickte auf den Backofen, hinter dessen Glasscheibe die Brötchen bald verlockend duften würden. Im schlimmsten Fall könnte sie ein Taxi nehmen, dachte sie und nahm das Angebot an. Sie hatte schon vor langer Zeit gelernt, dass man nirgendwo mit leerem Magen hingehen sollte.

Frau Rosgren schob das erste Blech in den Ofen und stellte erneut die Eieruhr. »Da war dieser Ordner unter der Couch«, sagte sie unvermittelt.

»Ein Ordner?«, fragte Paula aufgeregt. »Was für ein Ordner?«

»Ein ganz normaler grüner Ordner. Er lag unter der Couch. Er wäre mir gar nicht aufgefallen, wenn ich nicht Pirjos Gesicht mit dem Taschentuch zugedeckt hätte. Ich ertrug es nicht, wie sie guckte. Der Ordner lag direkt neben ihr, nur eine Ecke war zu sehen. Ich zog ihn heraus und sah, dass er

Unterlagen des Blumenladens enthielt. Dann hab ich ihn auf den Tisch gelegt und bin telefonieren gegangen.«

Es war das erste Mal seit langem, dass sich Leeni einmal wohl fühlte. Joni gab ihr Sicherheit, und sie hatte nicht mehr das Gefühl, beobachtet zu werden. Selbst wenn Forsman von Jonis Existenz wusste, hieß das nicht, dass sie seine Wohnung überwachten. Wahrscheinlich hatten sie lediglich den Taxifahrer in der Meripuistotie zu Besuch kommen sehen und daraus geschlossen, er sei Leenis Freund. Aber war Joni denn ihr Freund?

Leeni sah den Mann an, der ihren Blick mit unsicherem Gesichtsausdruck erwiderte. Sie hatten einander ihre Liebe gestanden, aber hatten sie gemeint, was sie sagten, oder waren ihre Worte nur einem momentanen Wohlbefinden entsprungen?

Leeni versuchte sich vorzustellen, wie ihr Leben ohne Joni wäre. Das war stets die beste Methode, die Wichtigkeit eines Menschen zu messen. Sie kam zu dem Ergebnis, auch ohne Joni auskommen zu können, solange sie Ami hätte, jedoch gehandicapt, so als würde ein Teil von ihr fehlen. Unmerklich hatte der Mann die Lücke ausgefüllt, die Vesa seinerzeit hinterlassen hatte. Die Antwort musste »ja« lauten. Joni war ihr Freund. Sie lächelte, und Joni lächelte zurück. Seine Hand streichelte ihren Rücken, und sie kuschelte sich tiefer in seinen Arm.

In diesem Moment hätte Leeni ihm gern die Wahrheit gesagt. Sie hätte ihm gern von dem Geld erzählt, das sie in ihrer Tasche versteckt hatte. Sie wollte gestehen, welchen Anteil sie am Brand des Hauses ihrer Tante hatte. Sie wollte, dass er alles wusste und dann mit seinen Worten die Angst milderte, die sie innerlich frieren ließ. Sie wollte, dass er entscheide, ob sie Kankaanpää anrufen und ihm von Forsman erzählen sollte.

Leeni machte schon den Mund auf, doch es kam kein Wort heraus. Sie traute sich schlicht und einfach nicht, zu reden. Forsman hatte es ihr verboten, und obwohl sie hinter dicken Wänden saß, kam es ihr vor, als würde er es hören können. Quatsch! Wie sollte Forsman erfahren, dass sie Joni die Wahrheit gesagt hatte?

Und doch wusste er immer alles.

Und Leeni konnte es sich nicht leisten, sich ihm zu widersetzen.

Das Wohnzimmer der Rosgrens war wie ein blühender Garten angelegt. Vor dem Fenster hingen drei Blumenampeln. Auf dem Fußboden standen eine übergroße Palme und ein noch größerer Zimmerphilodendron. Die Fensterbank und zwei Tische bogen sich unter dem Gewicht von Blumentöpfen. Zum Sortiment gehörten verschiedenste hängende, stehende, blühende und immergrüne Pflanzen. An den Wänden rankten Wachsblumen und Efeu. Paula musste an die Fleisch fressende Pflanze in dem Musical *Mein kleiner Horrorladen* denken und blieb sicherheitshalber mitten im Raum stehen, während Frau Rosgren in der Küche mit den Kaffeetassen klimperte.

Neben zwei Blumenbildern – was sonst – hing an der Wand ein verblasstes Landschaftsaquarell, das einen Bach und eine alte Mühle zeigte. Die Landschaft kam Paula bekannt vor, und es dauerte nur einen Augenblick, bis sie sich erinnerte, ein ähnliches Bild im Haus von Mauri Hoppu gesehen zu haben.

Frau Rosgren kam mit dem Tablett herein. Sie hatte das Tuch vom Kopf genommen. Darunter war hellbraunes, glattes Haar zum Vorschein gekommen, das sie jünger als vierzig aussehen ließ. »Pirjo hat mir das geschenkt«, sagte sie, als sie sah, dass Paula das Bild studierte.

Paula hatte das Gefühl, als schlinge sich der Efeu plötzlich um ihren Körper. Das Aquarell hatte also Pirjo Toiviainen gehört. Ein ähnliches Bild hatte bei Mauri Hoppu an der Wand gehangen. Und beide waren jetzt tot.

»Warum hat sie es Ihnen geschenkt?«

»Sie hatte keinen Platz mehr dafür, außerdem ist es auch schon ein bisschen verblasst. Ich habe es nur dahin gehängt, weil mein Mann von einer Zyklame genug hatte und sie an die Wand schleuderte. Dabei hat die Tapete Schaden genommen. Fünf Wochen lang habe ich kein Wort mit ihm geredet.«

Paula blinzelte ein paar Mal nach dieser befremdlichen Offenbarung der Familienberaterin. Diese schien an dem Vorfall nichts Besonderes zu finden, sondern stellte in aller Ruhe die Tassen auf den Tisch.

»Wissen Sie, wo dieses Bild gemalt worden ist?«, fragte Paula.

Frau Rosgren sah das Aquarell an, als sähe sie es zum ersten Mal.

»Ich habe nicht die geringste Ahnung. Pirjo hat es zwar mal gesagt, aber ich habe es mir nicht gemerkt. Mir ist gleich, wo es her ist oder ob es überhaupt irgendwoher ist. Diese alten Mühlen sehen überall gleich aus.«

Paula betrachtete das Bild noch eine Weile. Tief in ihrem Inneren blitzte etwas wie eine Erkenntnis auf, aber was immer es auch sein mochte, es drang nicht bis in ihr Bewusstsein vor.

Der Morgen war bleich und kalt. Vom üppigen Licht des Sommers war keine Spur mehr übrig. Leeni kuschelte sich noch einen Moment in Jonis Arme, sie redete sich ein, in Sicherheit zu sein. Sie stellte sich vor, sie schliefe im Schlafzimmer ihres alten Hauses, als es noch Sommer war. Als Forsman noch nicht bei ihr gewesen war.

Ami schlief im Wohnzimmer auf der Couch, fiel Leeni ein, und sie zwang sich, aufzustehen. Joni wachte nicht auf, obwohl Leenis Lippen leicht seine Wange berührten. Er rührte sich unwillig, wurde aber nicht wach.

In der Nacht hatten sie miteinander geschlafen, und Leeni hatte sich wie ein zugefrorener Fluss gefühlt, dessen Eis brach. Alles in ihr schien sich vorwärts zu bewegen, zu wachsen und stärker zu werden. Sie musste lachen und weinen zugleich.

Ami war bereits aufgestanden, sie saß im Sessel und zog ihre Puppe an. »Mama, ich hab Hunger«, jammerte sie.

Sie bückte sich und tätschelte dem Kind die Wange.

»Die Mama macht dir Knusperflocken«, versprach sie und drückte das Mädchen kurz an sich. Ami wand sich los und tappte barfuß in die Küche.

Während sie ihre Flocken aß, kochte Leeni Kaffee. Mit entschlossenen Schritten ging sie ins Schlafzimmer und rüttelte Joni an der Schulter.

»Komm noch ein bisschen schlafen«, brummte Joni, den Kopf halb unter der Decke. »Um diese Zeit stehen doch nur Katzen auf.«

»Der Kaffee ist fertig«, verkündete Leeni. »Komm frühstücken.«

»Wozu? Warum muss ich um diese grauenvolle Zeit Kaffee trinken? Es ist doch noch nicht mal neun Uhr, und ich muss erst heute Abend um sechs fahren.«

»Ich muss alles Mögliche erledigen«, sagte Leeni. »Ami muss für die Reise ausstaffiert werden, sie braucht neue Kleider.«

»Für die Reise?« Jonis rechtes Auge starrte Leeni an. »Du hast doch gesagt, dein Alter hätte alles abgeblasen.«

»Hat er auch«, bestätigte Leeni. »Darum habe ich beschlossen, dass du stattdessen fährst. Ami hat einen eigenen Pass, das ist also kein Problem.«

Jetzt war Joni wach.

»Ich!« Er warf die Decke zur Seite und setzte sich auf. »Hast du gesagt, ich soll mit Ami irgendwo hinfahren? Das ist doch nicht dein Ernst!«

»Doch, du fährst mit Ami nach Kreta«, erklärte Leeni klipp und klar. »Du bist der Einzige, dem ich vertraue.« Sie kehrte ihm den Rücken zu und ging aus dem Zimmer. Joni versuchte noch etwas zu sagen, aber Leeni hörte nicht hin. Joni musste fahren, eine andere Möglichkeit gab es nicht.

Aromatischer Kaffeeduft verbreitete sich im Raum, und Leeni goss sich eine Tasse ein. Ami wollte fernsehen. Leeni warf einen Blick ins Schlafzimmer. Joni war wieder in den Schlaf gesunken. Sie seufzte und fing an die Zeitung zu lesen, die durch den Briefschlitz gefallen war, bevor sie am frühen Morgen eingeschlafen waren.

Die Welt sah so normal aus, wenn man sie mit den Augen der Zeitung betrachtete, dachte Leeni. Dieselben Streitereien, Zwischenfälle, politischen Konflikte dauerten Tag für

Tag, Monat für Monat an. Gäbe es die Reklame nicht, würde ihr nicht auffallen, wenn sie eine Zeitung vom letzten Jahr lesen würde, da war sie sich sicher.

»Blumenhändlerin in Tikkurila ermordet«. Die Überschrift machte sie aufmerksam, und sie las den Artikel. Er war kurz und enthielt nur die nötigsten Informationen. Das Ganze hätte sie gar nicht interessiert, wenn ihr der Name der Blumenhändlerin nicht bekannt vorgekommen wäre. Pirjo Toiviainen. Wo hatte sie den Namen schon einmal gehört? Auf dem schwarzen Platzdeckchen aus Bast war ein Aufkleber, den sie mit dem Finger abkratzte. Pirjo Toiviainen, wiederholte Leeni bei sich. Wer hatte nur vor erst ganz kurzer Zeit von einer Pirjo Toiviainen gesprochen?

Plötzlich erinnerte sie sich an Forsmans Besuch im Hotel. Er hatte wissen wollen, ob ihre Tante jemals von einer Person namens Pirjo Toiviainen gesprochen hatte. Und jetzt war diese Frau ermordet in ihrer Wohnung aufgefunden worden. Ein eiskalter Schauer durchlief ihren Körper.

Leeni griff nach der Kaffeetasse und wollte sie an die Lippen führen, ihre Hand zitterte jedoch so sehr, dass sie die Tasse wieder abstellen musste.

Tupala schaukelte in seinem knarrenden Chefsessel hin und her, die Jacke über der Rückenlehne und die Hemdsärmel bis zu den Ellbogen aufgekrempelt. Er war schlecht gelaunt, und Paula konnte sich bildlich vorstellen, wie spitze Stacheln aus seinem Rücken herausragten. An einer Ecke des Tisches lagen eine Packung Nikotinkaugummi und eine Bonbonschachtel.

»Wie geht's den Kulturseiten für November?«, knurrte Tupala, wobei seine Hand auf die Bonbonschachtel zuwanderte und einen kleinen Haufen schwarzer Pastillen herausschüttelte. Er warf sie sich in den Mund und schob noch einen Nikotinkaugummi hinterher.

»Für November?« Paula erschrak, als sie das Wort November hörte. Sogar bei den Seiten für Oktober fehlte noch ein bisschen. »Für die erste Doppelseite habe ich an ein Buch gedacht, eigentlich an zwei«, improvisierte sie. »Irgendwas, worüber Kritiker und Autor völlig entgegengesetzter Meinung sind.«

Tupala gab ein kleines zustimmendes Grunzen von sich, es war sicherlich das erste an diesem Tag.

»Gut! So was ist reines Gold. Mach nur so weiter, dann bleiben der Alte und seine verehrte Gattin zufrieden. Falls du nicht den neuen Herausforderungen folgen willst.« Er blickte auf die Uhr und griff zum Telefon. »Frau Mikkola ist hier in meinem Büro«, teilte er mit. »Ja, ich schicke sie zu dir.«

Seine grauen Knopfaugen wendeten sich Paula zu. »Überleg es dir gut, bevor du eine Entscheidung triffst«, riet Tupala. »Diese Entscheidung kann dein ganzes Leben ändern.«

»Als ob ich das nicht wüsste«, entgegnete Paula, die auf einmal sehr nervös war.

Das Büro des Geschäftsführers Hukari am Ende des Flures war der größte Raum in der Redaktion, obwohl der Chef sich darin kaum aufhielt. Der gedrungene Schreibtisch aus Palisanderholz war schräg in einer Ecke platziert, und zwar so, dass man von dort aus den ganzen Raum beherrschen konnte. Als Konferenzstühle dienten massive Sessel. An der Wand hing ein Gemälde des finnischen Malers Albert Edelfelt, das Hukari zwei Jahre zuvor für eine halbe Million im Auktionshaus Bukowski ersteigert hatte.

Hukari stand hinter seinem Schreibtisch auf und kam mit ausgestreckter Hand auf Paula zu.

»Ich habe schon lange einmal mit dir reden wollen«, sagte er. »Wir können uns doch duzen. Ich heiße Perttu. Kimmo hat viel von dir erzählt, und ich weiß, wie viel *Glück* dir zu verdanken hat. Gute Ideen und die Fähigkeit, sie umzusetzen, das ist keine ganz alltägliche Kombination. Solche Leute werden überall gesucht. Und nun habe ich das Vergnügen, dir bei deiner Karriere weiterzuhelfen.«

Die Stimme des Mannes war warm und ein wenig heiser. Es war nicht schwer, sich vorzustellen, wie er eine Verhandlung in die von ihm gewünschte Richtung lenkte.

»Schön zu hören«, antwortete Paula leicht erstaunt. Sie war Lob nicht gewöhnt.

Hukari war in den Fünfzigern. Sein Körper, den ein gut sitzender Anzug bekleidete, war schlank geblieben. Die gewellten, hinten etwas zu langen Haare waren stilvoll ergraut. Wenn er sprach, hatte Paula das Gefühl, dass er an nichts anderes dachte als an die gegenwärtige Situation. Und trotzdem verriet sein Blick eine gewisse Art von Ruhelosigkeit. Er war in alle Richtungen aufmerksam, wie der typische Blick eines Nachrichtensuchers oder eines Börsenmaklers, dachte sich Paula.

Hukari geleitete Paula zu einem Ledersessel und bestellte per Telefon Kaffee. Anschließend nahm er in dem Sessel gegenüber Platz. Auf dem niedrigen Glastisch standen eine Zigarrenkiste und ein Kristallaschenbecher. Hukari machte eine instinktive Bewegung in Richtung Zigarrenkiste, zog aber die Hand zurück.

»Später«, sagte er lächelnd. »Reden wir zuerst. Ich habe die große Freude, dir ein Angebot zu übermitteln, wie du es mit Sicherheit noch nie bekommen hast. Du hast die Möglichkeit, nach Stockholm zu gehen, um deine Flügel auszuprobieren und einen interessanten PR-Job zu übernehmen. Wenn du gut bist, kannst du dort schnell auf der Karriereleiter nach oben klettern.«

Obschon Paula bereits von dem Angebot wusste, versetzte es sie in Aufregung. Nach Stockholm, wiederholte sie innerlich.

»Und was erwartet mich dort oben?«, fragte sie neugierig.

»Chefin der PR-Abteilung, Mediendirektorin, alles ist möglich.« Hukari zeichnete einen weiten Bogen in die Luft, der die unendlichen Möglichkeiten zum Ausdruck bringen sollte. »Wie steht es eigentlich um deine Schwedischkenntnisse?«

»Mittelmäßig«, gab Paula zu. »Fließend, aber mit starkem finnischen Akzent.«

Der Mann lachte wohlwollend.

»Haben wir den nicht alle?«, entgegnete er. »Das Unternehmen verfügt über zahlreiche Kontakte nach Finnland, ein Teil der Kommunikation läuft also auf finnisch. Der Teil, um den du dich kümmern würdest.« Er lächelte. »Aber eine zufrieden stellende Beherrschung der schwedischen Sprache ist natürlich unumgänglich.«

Hukaris und Tupalas gemeinsame Sekretärin stellte Tassen, einen Teller mit Keksen und eine Thermoskanne auf den Tisch und schenkte ihnen Kaffee ein.

»Ein Bekannter von mir ist Personalchef in dieser Firma. Er rief mich am Montag an und fragte, ob ich einen guten Journalisten wüsste, den ich empfehlen könnte. Ihr bisheriger PR-Mann ist plötzlich erkrankt.« Hukari griff zur Kaffeetasse. »Ich musste nicht lange überlegen, da fiel mir dein Name ein. Ich habe dich wärmstens empfohlen und hoffe, du wirst dich meiner Empfehlung als würdig erweisen.«

Nachdem er das Wichtigste gesagt hatte, lehnte er sich entspannt zurück. »Jetzt bist du an der Reihe, mir Fragen zu stellen. Dort auf dem Schreibtisch liegen Broschüren, die ich dir mitgeben kann.«

Paula stellte ein paar Fragen: In welcher Gegend Stockholms befand sich die Firma? In welcher Branche war sie tätig? Wo würde sie wohnen?

Während Hukari ihr antwortete, blickte Paula aus dem Fenster hinter ihm. Die Möwen segelten hoch am Himmel wie weiße Papierdrachen. Paula folgte den leichten, losgelösten Bögen, die sie an Ismo erinnerten. Für Ismo war Freiheit wichtiger gewesen als alles andere. Viel wichtiger als sie, begriff Paula. Vielleicht hatte ihr Versuch, zusammenzuleben, gerade deshalb so schnell geendet. Ismo wollte keinerlei Kompromisse eingehen, während sie alles aufgegeben hätte. Dennoch waren sie nicht sonderlich verschieden. Auch Paula hatte immer frei sein wollen. Freelancer. Bindungen jeder Art beunruhigten sie. Die Vorstellung, mit festem Gehalt für eine Firma zu arbeiten, bedeutete in der Tat Sicherheit. Das Geld für die Miete kam so sicher wie der Steuerbescheid, es gab Sommer- und Winterurlaub, aber auf der anderen Seite war sie gezwungen, zu einer bestimmten Zeit zur Arbeit zu gehen und jeden Tag eine festgesetzte Anzahl von Stunden zu machen. Routine, die den Geist betäubte.

Hukari bemerkte ihre Nachdenklichkeit.

»Bereitet dir das Gehalt Kopfzerbrechen? Ich denke, sie werden dir eine Summe anbieten können, die interessant für dich ist. Dazu kommt noch ein Auto. Ein funkelnagelneuer Renault Megane. Die Firma erklärte sich sogar bereit, die Kosten für einen Führerschein zu übernehmen, falls du keinen haben solltest.«

»Auch noch ein Auto«, seufzte Paula. »Ich kann nicht leugnen, dass dieses Angebot verlockend klingt.«

Warum nicht, dachte sie. Warum nicht für einige Zeit nach Stockholm gehen. Dann könnte ich mal was ganz anderes machen und würde neue Leute kennen lernen.

Vor ihren Augen tauchte ein erdbeerrotes Auto auf. In ihrer Fantasie steckte sie schon den Schlüssel ins Zündschloss. Wie viel leichter alles zu erledigen wäre, wenn sie auch ein Auto hätte. Und sie müsste sich keine Sorgen mehr machen, wie sie die Miete zusammenbekäme.

Wieder blickte Paula aus dem Fenster und sah eine weiße Möwe über den Himmel gleiten. Sie ist frei, dachte Paula. Sie kommt und geht und lässt sich nur von ihren Instinkten leiten. Sie braucht kein Monatsgehalt und kein rotes Auto. Überleg es dir gut, bevor du eine Entscheidung triffst, hatte ihr Tupala geraten.

»Könnte ich Bedenkzeit bekommen?«, bat Paula ihn. »Das ist eine große Sache, das kann ich nicht aus dem Augenblick heraus entscheiden.«

Hukari wirkte leicht enttäuscht.

»Ich begreife zwar nicht, was es da zu zaudern gibt, ich jedenfalls würde eine solche Gelegenheit sogar mit verbundenen Augen ergreifen. Aber ich akzeptiere, dass du es dir reiflich überlegen willst. Warte aber nicht zu lange«, mahnte sie Hukari. »Die Sache eilt, das wirst du verstehen. Der Posten muss bald besetzt werden.«

»Spätestens Mitte Oktober lasse ich dich wissen, wie ich mich entschieden habe«, versprach Paula. »Ist das in Ordnung?« Im gleichen Moment stand sie auf.

Auch Hukari erhob sich. »Mein Bekannter hat sich zwar eine frühere Antwort erhofft, aber sei's drum. Auf das Gute lohnt es sich stets zu warten, ist mein Motto. Doch bevor du gehst, gebe ich dir noch die Broschüren mit.« Er nahm zwei Hochglanzprospekte von seinem Schreibtisch. »In der einen wird die Firma vorgestellt, in der anderen die Produkte, die sie herstellen. Sie sind auf Schwedisch, aber das ist ja wohl kein Hindernis für die Lektüre.«

»Natürlich nicht.« Paula schob die Prospekte in ihre Tasche. »Ich bringe sie zurück, wenn ich mich entschieden habe.«

Sie gaben sich zum Abschied die Hand. Erst im allerletzten Moment dachte Hukari daran, zu sagen, wie zufrieden seine Frau mit Paulas Kulturseiten gewesen sei, und somit endete das Treffen in jeder Hinsicht angenehm.

Paula ging den gewundenen Flur entlang zum Ausgang. Sie hätte begeistert sein sollen, geradezu schweben vor Glück. In Stockholm arbeiten zu dürfen, sich neuen Herausforderungen zu stellen und neuen Menschen zu begegnen. Aus irgendeinem Grund fühlte sie sich wie ein Fisch, den man mit Gewalt aufs Trockene ziehen wollte.

Die Tür der Redaktionssekretärin stand offen, und Paula ging hinein, um sich mit Maiju über das Angebot zu unterhalten. Aber auch hier war keine Hilfe zu bekommen. Als sie von Hukaris Offerte berichtet hatte, zuckte Maiju nur mit den Schultern.

»No comment«, sagte sie. »Solche Dinge entscheidest du am besten selbst.«

Paula wunderte sich kurz über Maijus kühle Reaktion, bis sie begriff, dass die gestresste Redaktionssekretärin gegen ihren Willen ein bisschen neidisch war.

Leeni saß daneben und hörte zu, als Joni seinen Chef anrief und darum bat, eine Woche freinehmen zu dürfen. Er verriet natürlich nicht, dass er in Urlaub fahren wollte, sondern erklärte, seine Pflegemutter habe einen Herzanfall erlitten und schwebe zwischen Leben und Tod. Als der Chef widerstrebend eingewilligt hatte, lachte Joni und nahm Leeni in die Arme. Sie tanzten durchs Zimmer, und Ami nahm an ihrer Freude teil, obwohl sie nicht verstand, worum es ging.

»Du wirst mit Joni nach Kreta fliegen«, erklärte Leeni, während sie die Kleine im Arm hielt.

»Mit Joni? Warum kommt Mami nicht mit?«

»Mami muss sich um viele Dinge kümmern«, sagte Leeni, »um Arbeit und so.«

»Ami will nicht nach Kreta, Ami will daheim bei Mami bleiben.« Der kleine Mund verzog sich, und aus ihren Augen quollen Tränen.

»In Kreta ist es schön. Da kannst du am Strand spielen und schwimmen und dich sonnen«, beschwor Leeni das Kind.

»Und du darfst so viel Eis essen, wie du magst«, versprach Joni.

»Jeden Tag?« In den tränennassen Augen blitzte Gier auf.

»Jeden Tag.« Joni nahm die Hand des Mädchens. »Und wir schreiben ganz viele Postkarten an deine Mami. Und rufen sie jeden Tag an.«

»Vorerst fahrt ihr nirgendwo hin«, sagte Leeni. »Erst am Samstag. Aber jetzt muss die Mami los, und du bleibst hier bei Joni.« Zu ihm sagte sie: »Und du bleibst bitte mit Ami die ganze Zeit hier.« Wenn es um das Kind ging, war sie hart und entschlossen. Joni behauptete, sie sei dann wie eine Oberschwester im Krankenhaus.

»Ist mir egal«, entgegnete Leeni. »Du bist jetzt Amis Leibwächter und dafür verantwortlich, dass sie in Sicherheit ist.«

»Was ist ein Leibwächter?«, fragte Ami.

»Das … das ist …«

»Das ist dasselbe wie ein Schutzengel«, fiel Joni ein. »Ich bin dein Schutzengel.«

»So einer, der die kleinen Kinder beschützt?«, wollte Ami wissen.

»Genau so einer. Und jetzt werden wir ein bisschen fernsehen, damit die Mama in die Stadt kommt.«

»Ich hab viel zu erledigen«, erklärte Leeni. »Wundert euch also nicht, wenn es eine Weile dauert.«

Sie stand schon in der Diele und hatte die Jacke an, als ihr plötzlich das Geld einfiel. Es war in der Plastiktüte in ihrem Koffer. Was, wenn Joni etwas für Ami brauchte und in dem Koffer wühlte? Dann würde er das Geld finden und anfangen, Fragen zu stellen. Wie könnte sie die Existenz des Geldes erklären, ohne Forsman und den Brand zu erwähnen?

Leeni dachte kurz nach und ging dann ins Schlafzimmer. Nachdem sie sich versichert hatte, dass Joni neben Ami auf der Couch saß, stopfte sie die Plastiktüte mit dem wertvollen Inhalt in eine Einkaufstasche, die sie mitnahm. Das war natürlich riskant, denn sie konnte die Tasche irgendwo vergessen, aber zu ihrer Überraschung stellte sie fest, dass sie diese Möglichkeit nicht besonders entsetzte.

Als Allererstes ging Leeni ins Reisebüro, um mitzuteilen, dass Joni an Stelle von Vesa mit Ami nach Kreta flog. Die Angestellte warf ihr einen befremdeten Blick zu, weshalb Leeni sich zu einer Erklärung veranlasst sah:

»Mein Exmann kann nun doch nicht, da hat mein Freund sich angeboten, statt seiner mit Ami zu fahren. Sie hat sich so auf die Reise gefreut, meine Oma hat sie ihr geschenkt, und ich kann selber nicht ...«

Die Angestellte nickte verständnisvoll und gab die Änderung in ihren Computer ein. Als Leeni wenig später das Reisebüro verließ, fühlte sie sich so leicht, als würde sie plötzlich zehn Kilo weniger wiegen. Es schien, als löse sich Forsmans Umklammerung allmählich.

Sie blickte auf ihre Tasche, in der das Geld steckte. Bevor sie zum Einkaufen ging, musste sie entscheiden, wo sie es versteckte. Ein Depot zu mieten erschien ihr zu kompliziert. Dann müsste sie jedes Mal anstehen, wenn sie Geld brauchte, außerdem hatten die Banken nur werktags und bis zum Nachmittag geöffnet. Und eine so große Tüte würde auch gar nicht in ein Depot passen. In der Bank wollte sie nur das Geld aufbewahren, über das sie die Schenkungsurkunde der Tante hatte. Die Schließfächer am Bahnhof und in den Kaufhäusern wiederum waren ihr zu riskant.

Sie war, in Gedanken versunken, weitergegangen und fand sich plötzlich vor einem Taxistand wieder. Ohne weiter nachzudenken, stieg sie in einen Wagen und gab ihre frühere Adresse an. Sie wusste, wie teuer die ständigen Taxifahrten wurden, aber es war ihr gleich. Das Geld von Forsman war zum Verschwenden da. Sie konnte es nicht wertschätzen wie Geld, das sie durch Arbeit verdient hatte. Schon im Portemonnaie fühlte es sich anders an. Es war unruhig und wollte heraus.

Das Auto fuhr schnurrend los. Leeni nickte ein und schlief während der ganzen Fahrt. Erst als der Wagen vor den schiefen Torpfosten anhielt, fuhr sie zusammen und öffnete die Augen.

»Könnten Sie hier warten?«, fragte sie, bevor der Fahrer das Taxameter ausschalten konnte. »Es dauert nicht lange. Ich sehe nur nach, ob alles in Ordnung ist.«

Der Mann versprach zu warten und drehte das Radio lauter.

Leeni leerte den Briefkasten, in dem sich ein dicker Stapel Reklame angesammelt hatte. Darunter waren ein Brief von der Versicherung, die Telefonrechnung sowie ein Brief, der an ihre Tante adressiert war. Name und Adresse waren mit der Hand geschrieben worden. Leeni legte die Post auf einen Stein neben dem Briefkasten und ging auf dem laubbedeckten Weg zur Saunakammer.

Inmitten der nackten Bäume verbreitete die Ruine eine Atmosphäre von Tod und Verfall. Das braune Gras schlang sich wie knochige Finger um Leenis Beine. Es kam ihr vor, als würde ihr der Tote aus dem Haus auflauern wie eine hungrige Bestie. Du hast mich zu dem gemacht, was ich bin, beschuldigte er sie.

Die Saunakammer roch feucht und verlassen. Von ihrem Aufenthalt mit Ami kündeten nur noch die Pappteller im Kamin und eine Spielkarte, die auf den Fußboden gefallen war. Leeni machte die Tür zum Waschraum auf und blickte nachdenklich in den Waschkessel. Sie überlegte, ob sie das Geld darin verstecken konnte, aber dort war es viel zu leicht zu finden. Jeder, der hereinkäme – sie konnte nicht anders, als an den Motorradfahrer denken, der am Sonntagabend eingebrochen war –, würde das Geld sofort entdecken.

Das erste Versteck schien ihr noch immer das beste zu sein. Sie ging zu dem Sack in der Kaminecke und verbarg die Tüte mit dem Geld unter den Sonnenblumenkernen. Warf man einen Blick in den Sack, konnte man unmöglich erkennen, dass er mehr als Vogelfutter enthielt.

Als sie die Saunakammer verließ, würdigte Leeni das abgebrannte Haus keines Blickes. Dennoch spürte sie seine Nähe wie eine bedrückende Last auf ihren Schultern. Als blickte es ihr hinterher. Du bist schuld, schien es zu rufen. Sie bückte sich nach dem Poststapel und steckte ihn in ihre Handtasche. Durch die klare Luft hallte Kindergeschrei. Die Kinder der Hallas spielten im Freien.

Ami könnte jetzt bei ihnen sein, dachte Leeni und spürte erneut ihr Gewissen wie ein scharfes Messer in ihrem Innern.

Immerhin konnte sie es sich jetzt leisten, mit dem Taxi von einem Ende der Stadt zum anderen zu fahren.

Eine Waschmaschine, zwei Kühlschränke und ein zerfetztes Sofa«, zählte der Mann auf, als Paula eintrat. »Alles an derselben Stelle neben der Bahnlinie.« Er fläzte sich auf seinem drehbaren Bürostuhl, klemmte den Telefonhörer mit der Schulter ein und schrieb etwas auf seinen Block.

Paula nahm zögernd in einem instabil wirkenden Korbsessel Platz und stellte ihre Handtasche auf den Boden. Nachdem sie die Redaktion verlassen hatte, waren ihre Gedanken um Hukaris Vorschlag gekreist. Momentweise reizte er sie, dann wieder nicht. Sie hatte darüber mit einem Kollegen reden wollen und versucht, Tane zu erreichen. Der führte allerdings gerade ein Interview, und Paula war in den Stadtteil Kallio gefahren, um Jere Holma zu treffen. Er war der Chefredakteur einer kleinen Umweltzeitschrift und ein alter Freund von ihr.

»Schön, dass du mal reinschaust«, sagte der Mann, nachdem er sein Telefonat beendet hatte. »Wir müssen was gegen diese illegalen Müllkippen unternehmen. Könntest du nicht einen kleinen Artikel für uns schreiben?«

Jere war gut im Überreden, und es dauerte keine zehn Minuten, bis Paula ihm versprach, einen Artikel zu übernehmen. Einen Moment lang war sie begeistert und hatte das Gefühl, genau das tun zu wollen. Aber bald schon schlich sich das neue Jobangebot in ihr Bewusstsein und ließ das umweltpolitische Thema verblassen.

»Ich muss mich entscheiden und weiß selbst nicht, was ich will«, klagte Paula, nachdem sie Jere ihr Problem geschildert hatte. »Was würdest du an meiner Stelle tun?«

Jere kratzte sich nachdenklich den Bart. Er hatte ihn wachsen lassen, seitdem er auf die Idee gekommen war, dass auch Rasierklingen die Umwelt belasteten. »Mir würde die Entscheidung sehr leicht fallen. Ich würde nirgendwo hingehen. Ich bin mit dem zufrieden, was ich mache. Aber ich kann nicht für dich entscheiden. Du musst selbst wissen, ob du Journalistin bleiben oder Karriere in der PR-Branche machen willst.«

»Und Stockholm? Würde es dich nicht interessieren, mal in ein anderes Land zu gehen, eine ganz neue Umgebung kennen zu lernen?«

»Ich würde vielleicht nach Neuseeland gehen«, entgegnete Jere mit verträumtem Gesichtsausdruck. »Oder nach Vancouver. Ich wollte schon immer mal die prächtigen Holzhäuser an der Küste sehen. Aber nach Stockholm würde ich nicht gehen. Da kann man genauso gut in Helsinki bleiben.«

Gedankenlos merkte Paula an:

»Zum Gehalt gehört ein Dienstwagen. Ein Renault Me ...«

Weiter kam sie nicht, denn Jere blökte:

»Ein Dienstwagen! Bist du jetzt völlig durchgedreht? Dass du überhaupt einen Job in Erwägung ziehst, zu dem ein Dienstwagen gehört! Weißt du eigentlich, wie Autos die Umwelt belasten? Ich habe hier gerade eine Statistik, die zeigt ...«

Paula hatte diese Predigt schon oft gehört. Während Jere seine Statistik vorlas, wanderte ihr Blick durch das chaotische Büro. Die Wände zierten Umweltplakate, die darauf schließen ließen, was im Umweltschutz in den letzten Jahren Thema gewesen war. Radioaktivität, Kohlendioxidausstoß, Verklappung, Bewahrung der Artenvielfalt. Rechts von Jere hing eine Pinnwand aus Kork, an der Postkarten befestigt waren. Wald, Kühe auf der Weide, ein Strand, eine Blumenwiese, eine alte Mühle, eine Bärenmutter mit ihren Jungen, Heureuter.

Paulas Blick kehrte zu der Karte mit der alten Mühle zurück. Plötzlich begriff sie, warum ihr das Bild, das bei Hoppu an der Wand gehangen hatte, so bekannt vorgekommen war. Sie hatte es unzählige Male hier bei Jere gesehen. Zugleich hatte sie das Gefühl, es auch in irgendeiner Zeitschrift gesehen zu haben. Als Jeres Wortflut abgeklungen war, deutete sie mit dem Finger auf die Postkarte.

»Wo ist das denn?«, fragte sie neugierig.

Jere drehte sich um. »Meinst du die Mühle?«

»Genau. Wo steht die?«

»Nirgendwo mehr. Sie ist verschwunden, so wie viele andere Dinge auch hier in der Hauptstadtregion.« Jere seufzte tief.

»Und wo war sie?«, korrigierte Paula ihre Frage.

»In Hanaböle«, antwortete Jere. »Hinter den Wohnblocks von Havukoski. Du kennst doch die Mühle von Hanaböle.«

Paula hatte das Gefühl, als fügte sich ein Puzzleteil zum anderen. Na klar. Die Mühle von Hanaböle. Sie hatte etwas darüber gelesen, und das war noch gar nicht lange her. Im Zusammenhang mit dem Artikel war das gleiche Bild abgedruckt worden.

In Gedanken versunken, starrte Paula auf das Bild. Die Krankenschwester hatte Milja Kanerva von den Freunden von Anabolen reden hören – das ergab natürlich keinen Sinn.

Frau Kanerva musste die Freunde von Hanaböle gemeint haben.

Das war schon wesentlich plausibler. Sie musste nur herausfinden, was dahinter steckte.

Leenis Handy klingelte gerade, als das Taxi die kleine Nebenstraße verließ. Sie dachte, es sei Joni, und antwortete unmittelbar. Kurz darauf wünschte sie sich, das Gespräch niemals entgegengenommen zu haben.

Der Anrufer war Inspektor Kankaanpää. Als er hörte, dass Leeni in Tikkurila unterwegs war, bat er sie, ins Polizeipräsidium zu kommen.

Kankaanpää kam sofort zur Sache. Er verlangte von Leeni, zuzugeben, dass sie den Mann, der in der Ruine gefunden worden war, gekannt hatte.

»Mauri Hoppu. Ich glaube, zumindest der Name ist Ihnen bekannt, vielleicht auch der Mann selbst«, redete ihr Kankaanpää ein. Der andere Polizist im Raum nickte. Beide Männer sahen Leeni erwartungsvoll an.

»Wie oft muss ich noch sagen, dass ich noch nie von ihm gehört habe«, fauchte Leeni. Sie ahnte, worauf Kankaanpää hinauswollte. Sie sollte zugeben, dass Hoppu in ihrem Auftrag in das Haus ihrer Tante eingedrungen war, um es anzustecken. Zum Glück hatte sie nicht Forsmans irrsinniges Papier unterschrieben. Damit hätte sie genau das zugegeben. Hätte Kankaanpää das Papier in die Hände bekommen, hätte sie nichts mehr vor dem Gefängnis retten können, und Vesa hätte Ami bekommen. Bei diesem Gedanken wurde sie offensiv.

»Haben Sie vergessen, dass jemand diesen Hoppu umgebracht hat? Glauben Sie, das hätte ich auch besorgt? Vielleicht bin ich von Kreta mit einer Privatmaschine hierher geflogen, um ihn umzubringen, und dann schnell wieder zurück, ohne dass jemand was gemerkt hat.«

»Ein leeres Haus zieht immer Kriminelle an«, entgegnete Kankaanpää gelassen. »Einer hat den anderen umgebracht.«

»Ich habe den Kerl nicht gekannt«, sagte Leeni scharf. »Fragen Sie meine Tante, vielleicht kannte sie ihn.«

»Wir werden sie fragen, sobald sie in einem Zustand ist, in dem sie antworten kann«, erklärte Kankaanpää.

»Wo hätte ich so einen Mann überhaupt finden sollen?«, merkte Leeni an. »Hat der nicht irgendwo in Häme gewohnt?«

»Doch, aber es gab mal eine Zeit, da wohnte er in Vantaa, und zwar nicht allzu weit von dort, wo Sie gewohnt haben.« Kankannpää sah Leeni von unten herauf an.

»Aber er ist mit Sicherheit lange bevor ich dorthin kam weggezogen.«

Kankaanpää antwortete nicht, und Leeni wusste, dass sie Recht hatte. Der Mann konnte nichts beweisen, er drohte ihr nur, in der Hoffnung, sie würde einen Fehler machen.

Schließlich ließ er sie gehen, schärfte ihr aber noch einmal ein, dass sie sich zur Verfügung zu halten hatte.

Leeni hatte schon die Tür erreicht, als Kankaanpää meinte: »Mir ist aufgefallen, dass Sie mit dem Taxi gekommen sind. Unsereiner könnte sich so etwas nicht leisten.« Und nachdem er einen flüchtigen Blick auf Leeni geworfen hatte, fügte er hinzu: »Und die Jacke scheint auch neu zu sein.«

»Ich habe von meiner Tante fünfzigtausend bekommen«, erinnerte ihn Leeni.

»Na klar, das wissen wir doch«, antwortete Kankaanpää. »Wäre nur interessant zu wissen, wo die fünfzigtausend hergekommen sind.«

Der aus Zeitungsmasse geformte Stuhl sah bequem aus, abgesehen davon, dass aus seiner Sitzfläche drei spitze Stacheln ragten. Eine uraltes Radio, das Marschmusik spielte, bildete den Kopf des Riesenvogels. Paula ging mit dem Aufnahmegerät in der Hand von einem Werk zum nächsten und sprach mit leiser Stimme ihre Kommentare. Jere würde diese Ausstellung gewiss gefallen, ging ihr durch den Kopf. Ein Musterbeispiel für Recycling.

Von Jere gingen ihre Gedanken zur Mühle von Hanaböle über, und von dort zu den Freunden von Hanaböle.

Das musste eine Art Verein sein, dachte Paula, während sie einen hellen karamellfarben lackierten Würfel betrachtete. Ein Verein, zu dem auch Frau Kanerva gehört hatte. Aber worum ging es bei dem ungerechten Vorfall, den die alte Frau angedeutet hatte? Hatte der Verein etwas mit den Grundstücksgeschäften zu tun, die mit der City-Immobilien AG gemacht worden waren?

Die Ausstellung war erfrischend und machte gute Laune. Hukari hatte die Kulturseiten gelobt, und in Stockholm wartete ein neuer Job auf sie, wenn sie nur wollte. Paula beschloss, sich eine Shopping-Runde zu gönnen, bevor sie nach Hause ging. Sie brauchte eine Stehlampe für ihre Wohnung.

Der Einkaufsbummel zog sich in die Länge. Sie kaufte keine Stehlampe, aber dafür einen Hut, Handschuhe und einen Pullover. Schließlich ging Paula noch eine Pizza essen. Es war bereits acht, und das Licht der Straßenlaternen lag friedlich auf den Bürgersteigen, als sie sich auf den Heimweg machte. Auf dem Weg die Kalevankatu hinunter blieb sie vor dem Schaufenster eines Schuhgeschäfts stehen. Mit dem Augenwinkel nahm sie eine Bewegung wahr und drehte den Kopf. Jemand huschte in eine Hofeinfahrt, wie um sich zu verstecken. Paula kam der unangenehme Gedanke, die Gestalt könnte jemand sein, der sich vor ihr versteckte. Jemand, der sie verfolgte.

Sie ging weiter, die ersten zwanzig Meter besonders schnell, dann blieb sie abrupt stehen und blickte hinter sich. Es waren nur normale Passanten zu sehen, die auf dem Weg nach Hause oder zu ihren abendlichen Vergnügungen waren. Niemand schien in Paulas Richtung zu schauen. Es war bloß Einbildung, dachte sie, jemand, der nach Hause geeilt ist. Sie nahm die Einkaufstüte in die andere Hand und setzte ihren Weg fort.

An der Ecke Kalevankatu und Abrahaminkatu blickte sie sich noch einmal um. Es hatte den Anschein, als wären zwei Schatten abrupt zu einem verschmolzen. Als sie aber genau hinschaute, sah sie nichts als einheitliche Dunkelheit. Ein betrunkener Mann näherte sich ihr, im Glauben, sie böte ihre Dienste an. Paula bog um die Ecke und eilte nach Hause, während ihr der Mann Obszönitäten hinterherrief. Gerade als sie die Haustür erreichte, fielen die ersten Regentropfen. Kaum hatte sie das Treppenhaus betreten, setzte hinter ihr ein heftiges Prasseln ein. Um ein Haar wäre sie klitschnass geworden.

Sie zog sich etwas Bequemes an und verstaute ihre neuen Errungenschaften im Schrank, da läutete es an der Tür. Paula tat so, als hätte sie nichts gehört, und schaltete den Fernseher ein. Doch es läutete erneut, und zwar fordernd. Kurz darauf hämmerte jemand gegen die Tür. Wer um Himmels willen mochte das sein? Paula schlich in den Flur und spähte durch den Türspion. Im Treppenhaus stand ein unbekannter Mann. Sie zog sich leise zurück.

»Mach auf! Hier ist Miikka Jokinen«, schallte es durch die Tür.

Paula fiel die Bekanntschaft von Montagabend ein und öffnete die Tür einen Spalt. »Was machst du denn hier?«, fragte sie.

»Jetzt mach endlich auf, bevor ich mir eine Lungenentzündung hole!«, rief Miikka.

Seine Stimme klang ein wenig verängstigt, und genau das veranlasste Paula, den Mann hereinzulassen. Sie wollte ihn nicht in dem Zustand draußen stehen lassen.

Miikkas Haare hingen ihm klatschnass in die Stirn. Von seinem Kinn tropfte das Wasser.

»Zum Glück bist du zu Hause«, prustete er und schob sich an Paula vorbei in den Flur. »Ich hab das Auto im Parkhaus stehen und meine Besorgungen zu Fuß gemacht. Plötzlich fängt es an, wie aus Eimern zu schütten. Und ein Taxi war natürlich weit und breit nicht zu sehen. Ich dachte, ich wärme mich etwas bei dir auf, bevor ich mich erkälte.«

Er zog seinen nassen Mantel im Badezimmer aus. »Hättest du was Heißes zu trinken da?«, fragte er schlotternd.

Paula kochte einen Tee und trug die dampfende Tasse ins Wohnzimmer. »Bist du mir vom Zentrum aus gefolgt?«, fragte sie.

Miikka sah sie verdutzt an. »Warum sollte ich dir gefolgt sein?«

»Um herauszufinden, wo ich wohne«, antwortete Paula.

Er lachte amüsiert. »Ich wusste, wo du wohnst, das habe ich schon gestern herausgefunden. Und noch manches andere mehr. Du interessierst mich.«

Paula wusste nicht, ob sie sich geschmeichelt fühlen oder Angst haben sollte. Sie wusste auch nicht, ob sie Miikka glauben sollte, dass er ihr nicht gefolgt war. Er wirkte arglos, und doch war er ziemlich schnell nach Paulas Heimkehr aufgetaucht. Er war schwer zu durchschauen.

»Es war nicht meine Absicht, mich aufzudrängen, aber der Regen hat meine Pläne durcheinander gebracht, und ich erkälte mich leicht«, erklärte Miikka und trank von seinem Tee. »Ich hatte schon zweimal eine Lungenentzündung und bin nicht scharf auf die dritte. Vielen Dank dafür.« Er deutete auf die Tasse. »Wirklich. Danke, dass du die Samariterin spielst.«

Miikkas Pullover war aus Kaschmirwolle, registrierte Paula. Auch die im Regen zerknitterten Hosen machten einen teuren Eindruck. »Werden männliche Freelancer eigentlich besser bezahlt als weibliche?«, konnte sie sich nicht verkneifen zu fragen.

Aber Miikka schien daran nichts zu finden.

»Wegen der Klamotten, meinst du?«, fragte er arglos. »Jeder steckt sein Geld irgendwo rein. In gutes Essen, in Reisen, in Kultur. Ich kaufe Klamotten. Lieber esse ich eine Woche nichts, als im Freizeitdress oder verbeulten Kordhosen herumzulaufen.«

Paula begann sich zu entspannen. Der Mann sah gut aus und war wirklich nett. Da brauchte sie nicht unnötig kleinlich zu sein. Sie fragte ihn, ob er ein Glas Rotwein mochte, aber er lehnte ab.

»Ich bin nicht gekommen, um mich kostenlos bewirten zu lassen«, sagte er. »Der Tee war schon fast zu viel, aber in Anbetracht der Situation unumgänglich. Nimm ruhig selbst ein Glas, wenn du magst.«

»Ja, vielleicht tue ich das«, antwortete Paula und goss sich aus einer offenen Flasche etwas Wein ein. Es war kein besonderer Jahrgang, aber er wärmte innerlich genauso gut wie ein edler Tropfen. Sie setzte sich ans andere Ende des Sofas und nahm nachdenklich zwei Schlucke, bevor sie fragte:

»Woher wusstest du eigentlich, dass diese Blumenhändlerin ermordet worden war? Ich meine, wie konntest du am Montagabend so passend an Ort und Stelle sein?«

Miikka sah Paula schief an. »Ich könnte dich genau dasselbe fragen.«

»Aber ich bin doch nur …« Sie schwieg. Sie wollte Tane nicht in dieses Gespräch hineinziehen.

»Genau. Entweder du bist zufällig dorthin gekommen, oder jemand hat dir einen Tipp gegeben. Warum hätte es bei mir nicht genauso sein sollen?«

Stimmt. Warum nicht.

Miikka trank seine Tasse aus und stellte sie vorsichtig auf den Tisch.

»Ich muss zugeben, dass ich aus ganz und gar egoistischen Gründen nach dir gesucht habe. Ich dachte, da mir der Fall mit der Blumenhändlerin schon mal in den Schoß gefallen ist, könnte das meine erste große Geschichte und der Anfang meiner Karriere werden. Aber es sieht schlecht aus. Die Polizei ist nicht bereit, mehr herauszurücken als das, was in der Pressemitteilung steht, und aus den Nachbarn habe ich auch nichts herausbekommen.« Ein jungenhaft flehender Blick wandte sich Paula zu. »Hättest du vielleicht ein paar Tipps?«

Paulas mütterliche Instinkte waren äußerst schwach ausgeprägt, und sie hatte keine große Lust, ihre Informationen an unfähige Kollegen weiterzugeben. Sie wollte aber auch nicht herzlos erscheinen – immerhin sah der Mann gut aus und war überdies ihr Gast – und erzählte ihm von der Stimme, die Frau Rosgren Samstagnacht aus dem Badezimmer der Toiviainen gehört hatte.

Miikka sah Paula erwartungsvoll an. »Aha. Und weiter?«

»Nichts weiter«, sagte Paula. »Was sollte denn weiter sein? Ein Mann ist nach Mitternacht im Bad gewesen. Reicht das nicht?«

Der Schimmer der Begeisterung erlosch in seinen Augen. »Das ist nicht viel. Wir wissen doch, dass ein Mann bei ihr war.«

»Woher wissen wir das?«, fragte Paula.

»Auf Grund der Kleider. Ich habe gehört, dass die Frau schick angezogen war. Und du hast doch schon am Montag vermutet, dass sie aus war und gefeiert hat, dass sie beim Tanzen einen Begleiter aufgegabelt und zu sich mitgenommen hat. Ich muss zugeben, ich bin ein bisschen enttäuscht. Ich hatte erwartet … Ich weiß nicht. Ich habe nicht einmal ihren Freund ausfindig machen können. Weder den früheren noch den jetzigen. Ein Eifersuchtsdrama wäre viel interessanter.« Er strich sich durchs Haar.

Seine Locken vom Montag lagen ihm nun nass am Kopf an. Dasselbe Gefühl wie an dem Abend blitzte wieder in Paula auf. Sie hatte den Mann schon einmal gesehen. Sie konnte sich nur nicht erinnern, wo.

»Schreib deine Geschichte auf der Basis dessen, was du weißt«, riet Paula ihm. »Stelle den Lesern einfach den Fall vor. Du musst hier nichts für die Ewigkeit schreiben.«

»Stimmt. Klar.« Miikkas Blick sprang von einem Gegenstand zum nächsten. Seine Miene verriet nicht, ob er mochte, was er sah, oder nicht. Schließlich drehte er sich um und nahm die Ecke mit Paulas Arbeitsplatz in Augenschein. »Macht einen effizienten Eindruck«, lobte er und stand auf.

Ohne Umstände ging er zum Schreibtisch, nahm Paulas Aufnahmegerät in die Hand und wandte sich dann ihrem Computer zu. »Du schreibst an einem Artikel über diese Brandstiftung«, sagte er und berührte den Bildschirm mit der Fingerspitze. »Bei der ein Mann ums Leben gekommen ist.«

Paula erschrak. »Woher weißt du das?«

Miikka lachte. »Wir sind doch Kollegen, hast du das vergessen? Ich versuche auch, darüber eine Geschichte zu schreiben. Und jedes Mal, wenn ich mit jemandem rede, heißt es, es war schon jemand von *Glück* da, und Fotos sind auch gemacht worden. Da ist es nicht schwer, die richtigen Schlussfolgerungen zu ziehen.«

»Hast du etwas Neues herausgefunden?«

»Vielleicht. Vielleicht auch nicht. Ich gehe jedenfalls von der Annahme aus, dass diese junge Frau jemanden beauftragt hat, das Haus anzustecken. Falls sie die Kanerva beerbt, wird sie für das Grundstück ein hübsches Sümmchen bekommen.«

»Wie willst du deine Behauptung beweisen?«, fragte Paula.

»Das muss ich gar nicht.« Miikka sah Paulas entsetzten Gesichtsausdruck und lachte. »Ich erzähle einfach die Tatsachen so, wie sie sind, und die Leser können dann ihre eigenen Schlussfolgerungen ziehen. Wenn es dieselben sind wie meine, dann ...« Er zuckte viel sagend mit den Schultern. »Die Polizei scheint jedenfalls genauso zu denken wie ich.«

»Aber jemand hat den Mann umgebracht«, erinnerte ihn Paula.

»Natürlich.« Dieses Detail schien ihn nicht zu irritieren. »Der Mann war einfach zufällig im Haus, als der Brandstifter erschien. Der ist erschrocken und hat den Mann totgeschlagen.«

Bloß dass der Mann nicht totgeschlagen wurde, dachte Paula. Er war auf die gleiche Art umgebracht worden, wie Pirjo Toiviainen. Und beider Wohnung hatte die Mühle von Hanaböle geziert. Sie hatte jedoch nicht die Absicht, diese Informationen an Miikka Jokinen weiterzugeben. Das war auch gar nicht nötig. Der Mann war einer von denen, die dazu neigten, die Tatsachen ihren eigenen Theorien anzupassen und nicht umgekehrt. Die Mühlen von Hanaböle hätte er als überflüssige Details übergangen, die mit der Sache selbst nichts zu tun hatten.

Miikkas Blick richtete sich wieder auf das Aufnahmegerät. »Wie weit bist du denn gekommen?«, fragte er. »Hast du herausgekriegt, ob jemand versucht hat, Amtsträger zu bestechen?«

»Für so etwas habe ich keine Anzeichen gesehen«, antwortete Paula wahrheitsgemäß. »Stattdessen würde mich sehr interessieren, wem City-Immobilien gehört.«

Der Mann verzog keine Miene. »City-Immobilien? Was soll das denn sein?«, fragte er.

Paula wurde sauer. »Du bist die reinste Einbahnstraße«, warf sie ihm vor und verstaute das Aufnahmegerät in der Schreibtischschublade. »Sämtliche Informationen laufen nur in eine Richtung, nämlich in deine.«

»Okay, okay.« Miikka hob die Hände. »Ich gebe zu, dass ich davon gehört habe. Dieser komischen Firma gehören alle Felder, aber na und? Die haben bestimmt nicht das Haus anstecken lassen.« Er drehte den Kopf, und zum ersten Mal traf sein Blick auf das Poster auf der gegenüberliegenden Wand.

»Was ist das?«, fragte er leicht verärgert. »Warum hast du so etwas an der Wand hängen?«

Paula schaute das Kind mit dem Vogel an. »Es erinnert mich daran, dass ich nicht zu leichtgläubig sein darf«, entgegnete sie.

»Aber genau das bist du doch!«, erregte sich der Mann. »Du glaubst alles, was man dir sagt, hörst zu und streichelst und bist so tierisch mitfühlend. Naiv bist du. Sogar mich hast du hereingelassen, obwohl du mich überhaupt nicht kennst.«

Paula war von dem Wortschwall überrumpelt. »Du warst immerhin kurz davor, dir eine Lungenentzündung zu holen«, erinnerte sie ihn.

Er schlang die Arme um sich, als wollte er sich selbst wärmen. Ungewollt musste er auf das Poster schauen.

»Was glotzt du mich so an?«, fuhr er das Kind auf dem Bild an, das ihn mit geneigtem Kopf ansah.

»Ich hasse dieses Glotzen.«

Bevor Paula es verhindern konnte, hatte er das Poster von der Wand gerissen, zusammengeknüllt und in den Papierkorb geworfen. Als er Paulas erschrockenes Gesicht sah, murmelte er:

»Entschuldigung, aber es ist mir auf die Nerven gegangen.«

Im Zimmer machte sich Stille breit. Es gab nichts mehr zu sagen.

»Vielleicht ist es besser, wenn du jetzt gehst«, sagte Paula schließlich. »Ich glaube, es regnet nicht mehr.«

Miikka trat einen Schritt auf sie zu und küsste sie leicht.

»Wir sehen uns wieder.«

Paula hörte, wie der Mann seinen Mantel aus dem Bad holte und die Wohnungstür hinter sich zuzog. Erst dann rührte sie sich. Sie nahm das Plakatknäuel aus dem Papierkorb und strich es glatt. Die Klebestreifen hingen noch an den Ecken des Posters, und sie drückte es wieder an die Wand.

Das Kind hatte nun Falten wie eine alte Frau.

Leeni lag neben Ami in Jonis breitem Bett und hörte ihrem leichten Atmen zu.

Joni fuhr Taxi, und Leeni hatte den ganzen Abend über befürchtet, Forsman könnte auftauchen und Ami gewaltsam mitnehmen. Mit pochendem Herzen hatte sie auf sämtliche Schritte und jedes Türgeräusch gelauscht. Aber niemand hatte geläutet. Sie hatte mit Ami ein Puzzle gemacht, dabei waren ihr die Teile so schwer vorgekommen wie Metallscheiben, und sie hatte sie kaum bewegen können. Sofort nach den Nachrichten waren sie ins Bett gegangen.

Nun konnte Leeni nicht einschlafen. Warum quälte man sie? Warum suchten sie nicht den wahren Schuldigen?

Weil du feige bist und dich nicht traust, ihnen von Forsman zu erzählen.

Die Worte bildeten sich wie von selbst in ihrem Kopf, und sie wusste, dass dies die Wahrheit war. Indem sie Forsman deckte, lenkte sie die Schuld auf sich. Sie war Mittäterin. Sie hatte Forsman bei seinem Verbrechen geholfen und musste nun dafür bezahlen. Am schlimmsten war das Bewusstsein, dass ihr nicht einmal geholfen wäre, wenn sie die Wahrheit erzählte.

Ami drehte sich im Schlaf um. Sie rückte dichter an Leeni heran, sodass ihre Wange auf Leenis Kissen lag. Von der Haut des Kindes ging der weiche Duft von Nussmilch aus. Leeni dachte an Forsman und dessen kalte Drohungen. Sie dachte an Pirjo Toiviainen, nach der Forsman gefragt hatte. Und die nun – genauso wie Mauri Hoppu – tot war.

Leeni erinnerte sich an ein Bild in einem alten Buch ihrer Tante. Es zeigte ein drachenartiges Wesen, das auf der Brust eines Menschen saß, und der Name des Bildes lautete: Der Albtraum.

Sie schlief nicht, sie war wach. Dennoch spürte sie, wie der Albtraum auf ihrer Brust saß, und er hatte Forsmans Gesicht.

Draußen auf der Straße startete jemand ein Motorrad.

Paula dachte noch lange an Miikka Jokinen, nachdem dieser gegangen war. Es kam ihr vor, als spielte der Mann ein Spiel, das sie nicht ergründen konnte. Er hatte vom Schreiben gesprochen, aber nicht so wie ein Journalist. Er hatte etwas Anziehendes, das stimmte, und zugleich war er unangenehm. Und dann dieser seltsame Ausbruch wegen des Posters. Vielleicht war er selbst einmal leichtgläubig gewesen, und das Bild hatte ihn daran erinnert. Ein interessanter Typ, stellte Paula fest.

In der Nacht schlief sie unruhig. Im Traum ging sie die seltsam verwandelte Kungsgatan in Stockholm entlang. Die ganze Stadt sah plötzlich anders aus. Sie konnte weder ihren Arbeitsplatz noch ihre Wohnung finden. In zunehmender Panik irrte sie durch die endlosen Straßen, ohne zu wissen, wo sie sich befand. Ein Bus kam angefahren, doch sie konnte nicht einsteigen, da sie nur finnisches Geld im Portemonnaie hatte. Und auch das verschwand, als sie ihre Mutter anrufen wollte. Die Beklemmung verwandelte sich in tiefe Erleichterung, als sie aufwachte und begriff, dass sie zu Hause in ihrem Bett lag. Sie musste heute nicht einmal irgendwo hingehen.

Hatte ihr Unterbewusstsein für sie entschieden, fragte sich Paula, als sie unter der Dusche stand.

Die unruhigen Nachtstunden waren auch von Nutzen gewesen. Ihr war eingefallen, dass eine ihrer ehemaligen Schulkameradinnen beim Handelsregister arbeitete. Gleich nach dem Frühstück rief sie sie an und überredete sie, die Eigentümer der City-Immobilien AG herauszufinden.

»Die Firma ist nicht an der Börse«, sagte Paula, »und im Internet ist auch nichts über sie zu erfahren. Könntest du mal nachschauen, was du in eurem Register findest? Ich spendiere dir auch ein Bier als Entschädigung.«

»Ich dürfte eigentlich keine Informationen unentgeltlich herausgeben«, zierte sich die Frau, war aber schließlich einverstanden, als Paula ihr Angebot auf zwei Bier erhöht hatte.

Als Nächstes rief Paula beim Vereinsregister an und erkundigte sich, ob es einen Verein namens »Die Freunde von Hanaböle« gab.

Ihre Ahnung bestätigte sich. Ein Verein dieses Namens existierte tatsächlich, und Mauri Hoppu war noch 1992 sein Vorsitzender gewesen. Danach waren die Daten nicht mehr aktualisiert worden.

Nachdenklich legte Paula auf. Sie war sich nun sicher, dass etwas, was der Verein veranlasst hatte, Frau Kanerva bedrückte. Es war ein Unrecht geschehen, das wieder gutgemacht werden sollte. Paula konnte nun nicht mehr glauben, dass Kujansuu nicht gewusst hatte, wer Hoppu war. Im Gegenteil, sie hatte allmählich das Gefühl, als hätte er das ganz genau gewusst.

Wahrscheinlich verheimlichte Kujansuu noch mehr. Er wusste bestimmt auch, was auf dem Dachboden im Haus der Mesimäki gesucht worden war. Gesucht oder vernichtet?

Der Versuch, in die Welt der Kulturseiten einzutauchen misslang ihr gründlich, und Paula schaltete den Computer aus. Sie würde erst Ruhe finden, wenn sie Kujansuu noch einmal gesprochen hätte. Also öffnete sie den Schrank im Flur und suchte etwas zum Anziehen. An der Stange hing eine schwarze Hose, die sie zum letzten Mal vor einem Jahr bei

Tomis Beerdigung getragen hatte. Eigentlich war es nicht Tomis Beerdigung gewesen, sondern die seines Mörders, aber sie hatte erst dort von Tomi Abschied genommen. Bald darauf war sie zu Ismo aufs Land gezogen. War es nun wieder an der Zeit zu gehen? War es das, was Hukaris Angebot für sie bedeutete?

Und wenn Ismo anrief und sie bäte zurückzukommen? Dann bräuchte sie nicht lange zu überlegen. Sie würde einfach zu ihm gehen, und sie würde es noch einmal mit ihm probieren. Vielleicht konnte sie auch auf dem Land schreiben. Telearbeit. Das machten viele andere auch. Warum rief sie Ismo nicht an? Eine innere Stimme redete ihr zu.

Paula blickte auf die Uhr. Es war Viertel vor zehn. Mit etwas Glück war Ismo noch nicht in seiner Werkstatt.

Hastig, noch bevor sie es sich anders überlegen konnte, wählte sie seine Nummer und wartete. Ob er böse wäre? Oder froh? Oder vielleicht gleichgültig? Ihre Nerven zitterten vor Anspannung.

Das Telefon läutete fünfmal, dann legte Paula auf. Sie fühlte sich irgendwie erleichtert.

Sie wollte gerade die Wohnung verlassen, als ihre ehemalige Schulkameradin zurückrief.

»Hier steht, dass die City-Immobilien AG 1993 gegründet wurde«, teilte sie mit. »Drei Unternehmen haben ihre Anteile gezeichnet: Markku Westermark & Co., die Sinux AG und die Megaholding AG.« Als die Frau die Mitglieder der Geschäftsführung aufzählte, suchte Paula nach einem Stift und notierte sich die Angaben.

Sie hatte gehofft, darunter Amtsträger aus der Stadtverwaltung zu entdecken, aber so ungeschickt war die Sache nicht geregelt. Der einzige Name, der ihr bekannt vorkam, war der von Kaija Aaltonen. Paula verband ihn mit dem Wohnungsmarkt, vermochte ihre Vorstellung jedoch nicht zu präzisieren.

»Und die anderen Firmen, Sinux und Megaholding? Kannst du auf deinem Bildschirm sehen, wem die gehören?«

»Hab ich mir doch gedacht, dass du das auch noch wissen willst«, antwortete ihre Bekannte spöttisch. »Darum habe ich schon nachgesehen und festgestellt, dass die Sinux-Aktien von Markku Westermark & Co., Hermes Investment und der Sonica AG gezeichnet worden sind. Die Megaholding-Aktien wiederum von Markku Westermark & Co., Hermes Investment und der Sinux AG.«

Paula brauchte eine Weile, um die Informationen zu verdauen. »Und Hermes Investment und die Sonica AG – wer steckt hinter denen?«

»Weitere Firmen«, antwortete die Frau. »Zwei Anwaltskanzleien im Ausland. Mit diesen Angaben gewinnst du nichts, also lass gut sein. Ruf an, wenn du mir die Biere spendieren willst.«

Nur Markku Westermark & Co. standen im Telefonbuch. Auch dieses Unternehmen entpuppte sich als Anwaltskanzlei, und Paula wusste aus Erfahrung, dass Klientenangaben dort besser aufgehoben waren als bei einer Bank. Da hatte sich tatsächlich jemand Mühe gegeben, seine Spuren zu verwischen, und Paula fragte sich unweigerlich, was der Grund dafür war. Die Steuer? Die Verstrickung eines städtischen Prominenten in Grundstücksgeschäfte? Oder gab es einen noch wichtigeren Grund?

Ihre Tante war endlich operiert worden und schien friedlich zu schlafen. »Der Darm war kurz vorm Durchbruch«, teilte die Schwester Leeni mit, »aber jetzt ist alles wieder in Ordnung.«

Die früher so kräftige Hand ihrer Tante war dünn geworden, und als Leeni sie ergriff, merkte sie, dass sie das Handgelenk ganz umschließen konnte.

»Du wirst es schon schaffen«, sagte sie aufmunternd. »Ich

verspreche dir, dich jeden Tag mit Ami zu besuchen. Heute habe ich sie bei einem Freund gelassen.«

Ihre Tante konnte sicherlich nicht hören, was sie sagte, doch es war besser zu reden, als schweigend dazusitzen.

»Du hast einen Brief bekommen«, sagte Leeni und klopfte mit der flachen Hand auf ihre Tasche. »Willst du, dass ich ihn dir vorlese?«

Die alte Dame bewegte den Kopf und stieß ein klagendes Seufzen aus. Ihre Augen öffneten sich jedoch nicht, und nach kurzem Zögern beschloss Leeni, dass der Brief bis zum nächsten Tag warten konnte.

Das Taxi hatte Paula am Anfang der Nebenstraße abgesetzt, und sie war den Rest des Weges zu Fuß gegangen. Sie wollte nicht, dass Kujansuu das Taxi sah und sich auf ihre Ankunft einstellen konnte. Sie wollte den Mann überraschen.

Zwischen den schiefen Torpfosten am Haus der Kanerva parkte ein Auto.

Der helle Kombi hatte seine besten Tage irgendwann Anfang des letzten Jahrzehnts gehabt. Ein Roststreifen zierte seinen Rocksaum. Was machte er auf dem Grundstück, wunderte sich Paula. Es war niemand zu sehen. Sie ging ein paar Meter in Richtung des Hauses der Kujansuus weiter, blieb stehen und machte kehrt. Das Auto hatte ihre Neugier geweckt, und sie beschloss, herauszufinden, ob sein Besitzer in der Nähe und in welcher Angelegenheit er unterwegs war.

Mit vorsichtigen Schritten ging Paula auf das Haus zu. Ein Windstoß wirbelte Müll auf, der in der Asche lag. Es sah aus, als hätte die Ruine Atem geholt. Suchte der Eindringling etwas in der Asche? Paula wollte gerade nachsehen, als sie ein gedämpftes Rumoren hörte. Das Geräusch kam aus der Saunakammer. Paula änderte die Richtung und schlich zur Ecke des Nebengebäudes.

Der Mann trug dasselbe Sakko wie am Montag in dem Lokal. Sein kahler Schädel war unbedeckt. Mit einem Stück Draht in der Hand stand er auf der Veranda und versuchte, das Fenster zu öffnen. Paula zog sich zwei Schritte zurück. Er sollte nicht merken, dass noch jemand auf dem Grundstück war. Sie wollte stattdessen herausfinden, wer dieser Mann war, der sich als Mauri Hoppu ausgegeben hatte, und was er suchte.

Beim Zurückweichen trat Paula auf einen spitzen Stein und spürte einen gemeinen Schmerz im Fußgelenk. Sie kniff die Augen zusammen und biss sich auf die Unterlippe, um nicht laut aufzustöhnen.

Die Bewegung weckte dennoch die Aufmerksamkeit des Mannes, denn er drehte sich um und lauschte. Paula lugte mit angehaltenem Atem hinter einem Baumstamm hervor. Der Wind verursachte ein Geräusch in der Ruine, und der Mann entspannte sich. Erneut hob er den Draht und schob ihn in den Fensterspalt. Ein unzufriedenes Fluchen bewies, dass die Verriegelung nicht leicht zu öffnen war.

Nun nahm er sein Handy vom Gürtel und telefonierte. Nach dem Gespräch blickte er sich erneut um, wie ein Tier, das Rauch gewittert hat. Nach kurzer Zeit verließ er die Veranda. Paula bückte sich und hob einen knotigen Fichtenast von der Erde auf. Das war eine dürftige Waffe, aber besser als nichts. Sie wusste, dass der Mann sie sehen würde, sobald er über das Grundstück zurückging. Mit ihrem schmerzenden Fußgelenk brauchte sie gar nicht erst zu fliehen.

Er schlug jedoch nicht Paulas Richtung ein, sondern verschwand zwischen den Bäumen hinter dem Saunagebäude. Ohne weiter nachzudenken, ließ Paula den Ast fallen und folgte ihm.

Zwischen den Bäumen waren Sprösslinge gewachsen, durch die man nur schwer durchkam, ohne Geräusche zu machen. Paula blieb immer wieder stehen und verbarg sich hinter einem Baumstamm. Doch der Mann blickte sich nicht um.

Das Rascheln, das er selbst verursachte, führte dazu, dass er sie nicht hörte.

Das ungepflegte Dickicht des Kanervagrundstücks endete abrupt an Kujansuus ordentlicher Hecke. Der Mann schlüpfte hindurch, und Paula verfolgte von der Hecke aus, was geschah. Die Schuppentür öffnete sich, und Kujansuu tauchte auf. Er trug Handschuhe und schien nicht überrascht zu sein, den Mann zu sehen. Im Gegenteil, Paula hatte das Gefühl, als hätte er ihn erwartet.

Die Männer standen mitten auf dem Grundstück, aber obwohl Paula die Ohren spitzte, konnte sie nicht hören, was sie redeten. Der Fremde zündete sich eine Zigarette an und wies mit der qualmenden Hand in die Richtung des Saunagebäudes von Frau Kanerva.

Ob Kaisa Halla wusste, wer der Mann war, fragte sich Paula. Im Schutz des Hecke schlich sie hinter das Haus und nahm die Abkürzung durch den Apfelgarten zum Haus der Hallas. Dabei fielen ihr Äpfel in den Nacken.

Plötzlich hörte sie einen erbosten Aufschrei und die Geräusche von Schritten. Trotz ihres verletzten Knöchels rannte sie los. Einer der beiden Männer folgte ihr mit dröhnenden Schritten. Auf der Erde lag ein mehrfach gegabelter Ast, den Paula im allerletzten Moment bemerkte, sodass sie gerade noch darüber hinwegspringen konnte. Der Verfolger hatte nicht so viel Glück. Paula hörte, wie der Mann hinfiel und fluchte. Als sie sich über die Schulter hinweg umblickte, sah sie Kujansuu im Gras sitzen und sich das Bein halten. Der Unbekannte war verschwunden.

Paula humpelte in den Garten der Hallas, der dringend der Pflege bedurfte. Im ungemähten Gras standen ein weißer Plastiktisch, auf dem Vögel ihre Spuren hinterlassen hatten, und vier Plastikstühle, von denen einer kaputt war. Daneben war ein Grill voll mit durchweichter Kohle zurückgelassen worden.

Niemand war zu sehen, nicht einmal die Stimmen der Kinder waren zu hören. Kaisa war bestimmt einkaufen, dachte Paula enttäuscht.

Sie wollte sich gerade davonmachen, als sie ein Motorgeräusch hörte. Der weiße Kombi näherte sich und hielt vor dem Tor der Hallas an. Der Mann mit der Glatze stieg aus und blickte sich um. Paula zog sich hinter die Ecke zurück und drückte sich an die Eternitwand. Der Wind ließ die Folie, die auf dem Hof ausgebreitet war, flattern. Es sah aus, als breite ein großer Vogel die Flügel im Gras aus.

Das Rascheln des Kunststoffs vermischte sich mit dem der Schritte. Das Geräusch wurde lauter, als der Mann sich dem Haus näherte. Ihr Knöchel schmerzte, doch Paula wagte es nicht, ihre Position zu ändern, sondern drängte sich immer enger an die Hauswand. Sie versuchte dabei, die Eternitschraube zu ignorieren, die sich in ihren Rücken bohrte.

Die Schritte hielten an. Paula war sicher, dass der Mann ihre Anwesenheit witterte – und ihre Angst. Sie versuchte, nicht an Hoppu und Pirjo Toiviainen zu denken. Wo waren Kaisa Halla und ihre Kinder, fragte sie sich verzweifelt.

Der Mann ging weiter. Es hörte sich an, als würde steifer Kunststoff unter einem Baum zusammengeknüllt. Gleich kommt er um die Ecke, dachte Paula und sah sich hastig um, konnte aber kein einziges Versteck entdecken.

Ein Haufen unaufgeschichteter Holzscheite fesselte ihre Aufmerksamkeit. Ob sie es bis dorthin schaffen würde?

Plötzlich ging das Rascheln in leichtes Trampeln über. Der Mann hatte die Eingangstreppe betreten. Mit angehaltenem Atem verfolgte Paula, wie er die Stufen hinaufging und die Klinke der Haustür herunterdrückte. Wenn er merkte, dass sie abgeschlossen war, würde er um das Haus herumgehen, dachte sie und machte einen Schritt auf den Holzhaufen zu. Ein weißer, blendender Schmerz durchfuhr sie von unten bis oben. Sie würde sich nicht rechtzeitig in Sicherheit bringen können.

Ein zartes Klimpern ließ sie zusammenfahren. Es dauerte eine Weile, bis sie begriff, woher das Geräusch stammte. Von einem Schlüsselbund. Nun hörte sie auch, wie ein Schlüssel ins Schloss geschoben wurde. Die Haustür ging auf und wurde kurz darauf wieder zugezogen.

Seppo Halla, dachte Paula verdutzt. Der Mann war Seppo Halla und kam gerade nach Hause. Paula hatte das Gefühl, den Boden unter den Füßen zu verlieren.

Nachdem Halla im Haus verschwunden war, wollte Paula zur Straße laufen, begriff aber, dass man von den Fenstern aus direkt dorthin sehen konnte, und ging deshalb in die Richtung zurück, aus der sie gekommen war.

Ihre Gedanken kollidierten, als sie sich vorzustellen versuchte, was geschehen war. Sogar der bohrende Schmerz im Knöchel geriet für einen Moment in Vergessenheit.

Angefangen hat es mit Mauri Hoppu ... nein, mit Leeni Ruohonen, die in Urlaub gefahren ist und das Haus leer zurückgelassen hat. Dann kommt Mauri Hoppu, um Milja Kanerva zu besuchen, ohne zu wissen, dass sie gar nicht mehr in dem Haus wohnt. Da niemand aufmacht, geht Hoppu zu den Nachbarn, und Kujansuu empfiehlt ihm, im Haus der Kanerva zu übernachten. Mauri Hoppu ist mit seinem Auto sehr penibel und darf es in Kujansuus Garage stellen. Außerdem weiß Hoppu etwas, das Kujansuu veranlasst, ihn entweder allein oder mit Hallas Hilfe umzubringen. Um ihre Tat zu vertuschen, stecken die Männer das Haus an.

Kein Wunder, dass Seppo Halla in letzter Zeit einen seltsamen Eindruck gemacht hat und dass Kaisa ihn verdächtigt, eine andere Frau zu haben, dachte Paula. Vielleicht hat er auch eine andere gehabt. Die Blumenhändlerin?

Auch Frau Mesimäki war irgendwie in die Geschichte verwickelt. Und alles zusammen hatte auf irgendeine Art mit dem mysteriösen Verein und mit dem Unrecht zu tun, von dem Frau Kanerva gesprochen hatte.

Der Obstgarten duftete nach feuchten Blättern, das Gras war nicht geschnitten worden und verbarg die Äpfel, die von den Bäumen gefallen waren. Paula probierte einen davon – er schmeckte saftig und frisch. Für Kujansuu schienen die herabgefallenen Äpfel jedoch nicht gut genug zu sein. Sie mussten makellos sein und direkt vom Baum.

Auf Kujansuus Hof blickte sich Paula um. Die Schuppentür war verschlossen und der Hausherr nirgendwo zu sehen. An einem Fenster bewegte sich die Gardine. Er beobachtete sie vom Haus aus. Paula läutete an der Tür, aber niemand machte ihr auf.

Mittlerweile war ihr Knöchel bereits so dick wie ein Holzscheit. Der Schuh drückte. Paula musste sich ausruhen und humpelte zum Kanervagrundstück weiter. Als sie endlich die Veranda des Saunagebäudes erreicht hatte, kam es ihr vor, als hätte sich ein Bohrer in ihren Knöchel hineingefressen. In ihrer Handtasche fand sie eine Schmerztablette, doch die konnte sie unmöglich ohne Wasser schlucken, und die Sauna war fest verschlossen.

Paula holte ihr Handy hervor, um ein Taxi zu rufen, doch das Telefon machte keinen Mucks. Am Abend zuvor war so viel los gewesen, dass sie vergessen hatte, den Akku aufzuladen.

Was nun? Allein der Gedanke, zu Fuß gehen zu müssen, ließ ihren Knöchel noch mehr schmerzen. Außerdem genügte es nicht, bis zur Landstraße zu kommen; Paula musste auch jemanden finden, der sie mit nach Helsinki nahm. Sie versuchte aufzustehen, doch schon der erste Schritt jagte ihr solche Schmerzstrahlen durchs Bein, dass sie sich rasch wieder setzte.

Da saß sie nun, außer Gefecht gesetzt von einem verstauchten Knöchel, mit einem leeren Akku, ohne fahrbaren

Untersatz, ohne etwas zu essen und zu trinken. In unmittelbarer Nachbarschaft von zwei hirnverbrannten Mördern. Sie versuchte sich über ihre Situation zu amüsieren, aber das Lachen blieb ihr im Hals stecken und verwandelte sich in ein Schluchzen.

Plötzlich horchte sie auf. Irgendwo in der Nähe hatte ein Zweig geknackt. Gedämpftes Blätterrascheln war zu hören. Sie zuckte zusammen, als ihr klar wurde, dass jemand den Gartenweg entlangging.

Seppo Halla ist zurückgekehrt, dachte sie. Er ist gekommen, um seinen Einbruchsversuch fortzusetzen, und er wird mich finden. Sie war die perfekte Beute. Voller Panik wühlte Paula in ihrer Handtasche. Sie konnte nicht entkommen, und sie konnte keine Hilfe per Handy holen. Das Einzige, was sie dabeihatte, war ihre Gassprühflasche. Doch was nützte ihr das, wenn sie nicht laufen konnte.

Das Rascheln ging auf dem Sand in ein leises Scharren über. Paula drückte sich eng an die Wand.

Ein dunkler Schatten tauchte an der Ecke des Saunagebäudes auf.

Jonis Schicht war erst in den frühen Morgenstunden zu Ende gegangen, und er lag im Halbschlaf auf der Couch, während Ami im Sessel saß und sich einen Zeichentrickfilm anschaute. Wo war Leeni hingegangen? Ach ja, ihre Tante besuchen. Joni fielen die Augen zu, und er war gerade eingeschlafen, als ihn die Stimme des Kindes aufschrecken ließ.

»Warum ist die Couch hier schwarz?«

Joni rappelte sich ein wenig auf. »Was hast du gesagt?«

»Warum ist deine Couch schwarz?«, wiederholte das Mädchen. Sie hatte große, hellblaue Augen, mit denen sie Joni herausfordernd ansah. Er zuckte zusammen, als ihm klar wurde, dass er damals so alt gewesen war wie Ami. Damals. An jenem Tag.

»Weil ich Schwarz mag«, brummte er und schloss wieder die Augen.

Aber das Mädchen war hartnäckig.

»Warum magst du Schwarz?«, wollte es wissen. »Schwarz bedeutet Trauer, hat die Mama gesagt.«

Joni öffnete die Augen einen Spalt und seufzte. »Weil mein Vater gestorben ist, als ich klein war«, erklärte er. »Seitdem mag ich Schwarz.«

Ami ließ ihn nicht in Ruhe. Gerade als er wieder die Augen schloss, sagte sie mit resoluter Stimme:

»Wie ist er denn gestorben?« Ihre Ellbogen mit dem Babyspeck waren auf die Armlehne gestützt, die Handflächen drückten gegen ihre Wangen. Das Mädchen sah aus wie ein kleiner, rundgesichtiger Cherub auf einer Wolkenbank. Aber Engel sind nicht so neugierig, dachte Joni verdrossen.

»Er ... er ist halt gestorben«, antwortete er schläfrig.

Da Ami sich damit nicht zufrieden gab, setzte er sich auf und schnaubte: »Er ist zu schnell gefahren, und dann war er tot. Alle waren tot, wenn du es unbedingt wissen willst. Nur ich bin am Leben geblieben. Seitdem mag ich Schwarz. Ist das jetzt klar?!«

Amis Augen weiteten sich vor Angst, und ihr Mund verzog sich zu einem Weinen. Joni marschierte ins Bad und knallte die Tür hinter sich zu. Das schrille Geplärre des Kindes dröhnte in seinem Kopf, selbst wenn er sich die Ohren zuhielt, konnte er es hören. Sein eigenes Heulen vor vielen Jahren. Das Gefühl der Schutzlosigkeit. Ein See ohne Ufer.

Jonis Handy klingelte. Er spritzte sich kaltes Wasser ins Gesicht und eilte ans Telefon. Der Anrufer war sein Chef, der ihn als Fahrer brauchte.

Joni warf einen Blick auf Ami, die ihn mit ängstlichem Blick vom Sessel aus beobachtete. Er hatte Leeni versprochen, das Kind nicht allein zu lassen. Außerdem war er todmüde. Niemand konnte ihn zwingen, zu fahren. Aber der Chef steckte wieder einmal in der Klemme, weil ein Fahrer krank geworden war, und er setzte Joni mit der Drohung unter Druck, seinen Urlaub zu streichen.

»Okay«, willigte Joni schließlich ein. Er würde einen neuen Zeichentrickfilm einlegen. Vielleicht wäre das Kind damit zufrieden, bis Leeni nach Hause kam. Zum Glück hatte er ihr einen Schlüssel gegeben. »Tut mir Leid, Ami, aber ich muss arbeiten gehen«, sagte er. »Du darfst niemandem aufmachen. Wenn jemand klingelt, versteckst du dich und bist ganz leise.«

Als er die Kassette wechselte, schoss es Joni in den Sinn, dass der Film Ami verraten würde, selbst wenn sie sich versteckte. Was soll's, wer soll schon kommen! Als Ami anfing laut zu weinen, ließ Joni sein schlechtes Gewissen zornig werden.

»Ich hab doch gesagt, du sollst leise sein!«, fuhr er sie an. Er marschierte aus der Wohnung und überließ das Kind der Obhut von Walt Disney.

Erst als er schon auf der Straße war, fiel ihm ein, dass er sein Handy auf dem Tischchen in der Diele vergessen hatte, aber er hatte keine Lust, noch einmal umzukehren und es zu holen.

»Was machst du denn hier?«

Als sie Leenis Stimme hörte, kam es Paula vor, als wäre eine schwere Decke mit einem Ruck von ihr weggerissen worden. Das Gefühl der Erleichterung war so stark, dass sogar der Schmerz in ihrem Knöchel nachließ.

»Du bist bestimmt noch nie so willkommen gewesen wie jetzt«, seufzte Paula auf. »Ich bin verfolgt worden, und sieh dir mal meinen Knöchel an.« Sie deutete auf ihr geschwollenes Fußgelenk.

»Wer hat dich verfolgt?«, wunderte sich Leeni.

»Deine Nachbarn. Kujansuu und Halla«, antwortete Paula und streckte das Bein aus.

Leeni kam auf die Veranda und setzte sich neben sie. »Wieso haben sie dich verfolgt?«

»Ich weiß nicht, was sie wollen. Halla war hier, als ich kam. Hat da am Fenster rumgefummelt und versucht, hineinzukommen.«

Ohne Leenis entsetztes Gesicht zu bemerken, schilderte Paula, was danach geschehen war. »Das ist aber nicht das erste Mal, dass ich Seppo Halla an einem seltsamen Ort begegne.« Paula berichtete von ihrem Besuch im Haus von Mauri Hoppu. »Er ist wahrscheinlich mit Hoppus Wagen hingefahren und hat die Gelegenheit genutzt, nach dem zu suchen, was sie jetzt immer noch suchen. Hast du irgendeine Ahnung, was das sein könnte?«

Leeni schüttelte den Kopf.

»Eine andere Sache noch«, sagte Paula. »Diese Krankenschwester hat doch gesagt, deine Tante habe von den Freunden von Anabolen gesprochen, aber ich habe herausgefunden, dass sie die Freunde von Hanaböle meinte. Sagt dir das was?«

Leeni sah Paula verwundert an.

»Hanaböle sagt mir was. Gibt es nicht auch eine Straße, die so heißt, da drüben bei den Wohnblocks? Aber von den Freunden von Hanaböle habe ich noch nie gehört. Komisch. Was das wohl alles zu bedeuten hat?« Sie blickte auf die Uhr und stand auf. »Warte hier einen Moment, ich muss kurz da rein«, sagte sie.

Die Nervosität ließ Leenis Mundwinkel zucken, und Paula wurde neugierig. Wusste Leeni Ruohonen womöglich, was Halla und Kujansuu suchten?

Leeni schlüpfte in die Saunakammer, schloss jedoch nicht die Tür hinter sich. Paula hörte, wie ihre Schritte ganz ans andere Ende des Raums führten. Den Geräuschen nach suchte Leeni etwas.

Ihre Neugier siegte über den bohrenden Schmerz. Paula

stand auf und humpelte mit zusammengebissenen Zähnen zur Tür. Sie zog sie auf und sah Leeni gebückt neben dem Kamin. Paula machte einen Schritt nach vorn, da knarrte ein Bodenbrett, und Leeni richtete sich auf. Sie starrte Paula voller Entsetzen an.

»Ich … ich hab doch gesagt, du sollst draußen warten«, stieß sie mit heiserer Stimme hervor.

»Warum?«, fragte Paula und humpelte zwei Schritte näher.

»Halt! Komm nicht näher!«, schrie Leeni. »Du kommst nicht hierher!«

»Was wirst du denn tun, wenn ich komme?« Wieder machte Paula ein paar Schritte.

Da Leeni nicht antwortete, versuchte sie, ihr gut zuzureden. »Wäre es nicht besser, wenn du mir sagst, was du da versteckt hältst? Ich verspreche dir, es niemandem zu erzählen.«

Leeni befeuchtete die Lippen. »Ich habe versprochen, es nicht zu verraten. Sie nehmen mir Ami weg, wenn ich was sage.«

»Wer nimmt dir Ami weg?« Paula hatte bereits die vordere Ecke des Kamins erreicht.

Leeni antwortete nicht. Sie hatte Paula den Rücken zugewandt und blickte auf etwas, das sich vor ihren Füßen befand. Für Paula sah es nach einem Sack aus, und sie konnte sich nicht erklären, welche Geheimnisse er bergen könnte.

»Niemand wird erfahren, was du mir erzählst«, redete ihr Paula weiter gut zu. »Niemand wird dir Ami wegnehmen. Wie kommst du nur auf so etwas?«

Leeni drehte sich wütend um.

»Du glaubst mir nicht, aber ich weiß es. Sie haben es schon einmal versucht, und ich habe ständig Angst. Sie wollen, dass ich gestehe, dass ich …« Plötzlich löste sich der Hass in Angst auf. »Am Samstag schicke ich Ami mit einem Bekannten nach Kreta. Dort suchen sie bestimmt nicht nach ihr. Oder ich weiß nicht …« Leeni sank auf das Klappbett und legte die

Hände vors Gesicht. »Ich weiß nicht, was ich tun soll«, schluchzte sie.

Paula blickte auf den Sack, der halb voll mit Sonnenblumenkernen war. Ahnungslos humpelte sie hinüber und schob ihre Hand in die Kerne. Kurz darauf stießen ihre Finger auf etwas Großes und Glattes. Eine Plastiktüte, dachte sie. Vorsichtig zog sie die Tüte heraus und schüttelte die Sonnenblumenkerne ab. Dann warf sie einen Blick hinein.

Mit niedriger Geschwindigkeit kroch das Auto die Straße entlang. Ein Mann sprang aus dem Wagen, er hatte einen Käscher in der Hand und rannte einem bunten Hund nach. Ami drückte sich tiefer in den Sessel und hielt sich die Augen zu. Durch die Finger hindurch sah sie zu, wie der Mann den Hund in einen Käfig steckte, in dem bereits viele andere Hunde bellten. Amis Herz zog sich zusammen. Diesen Teil mochte sie nicht. Ein böser Mann nimmt die braven Wauwaus mit. Obwohl sie ahnte, dass die Hunde später freikämen, gefiel ihr diese Szene überhaupt nicht.

Sie sprang vom Stuhl und fing an, ihre Barbie zu kämmen. Das machte mehr Spaß, als Fernsehen zu gucken. Eigentlich konnte sie die Barbie auf den Sessel setzen und den Film anschauen lassen und selbst ein Puzzle machen. »Die Mama kommt bald«, tröstete sie die Puppe. »Die Mama bleibt nicht lange weg.«

Ami setzte die Barbie in den Sessel und hüpfte zur Couch. Sie wühlte in ihrem eigenen kleinen Koffer nach dem Karton mit dem Puzzle und kippte ihn auf dem Tisch aus. Sie hatte gerade die ersten drei Teile hingelegt, als es an der Tür läutete.

Das ist bestimmt die Mama, freute sie sich und rannte in die Diele.

Nachdem sie die Plastiktüte auf den Tisch gelegt hatte, setzte sich Paula neben Leeni auf das Bett und beugte sich vor, um ihren Knöchel zu massieren. Diese Geste erinnerte Leeni an Forsman, und eine gewaltige Ahnung von Zerstörung bemächtigte sich ihrer.

»Er hat gesagt, wenn ich mit jemandem rede, wird Ami etwas zustoßen«, flüsterte sie, wobei sie um sich blickte. »Dann hat er versucht, mich dazu zu bringen, ein Papier zu unterschreiben, in dem ich gestehe, den Brand veranlasst zu haben. Aber ich hab nicht unterschrieben, und jetzt habe ich ständig Angst.«

»Wer ist er?«, fragte Paula. »Und wie bist du an dieses Geld gekommen? Hast du das Feuer gelegt?«

»Nein!« Leeni sah Paula entsetzt an. »Ich war mit Ami in Griechenland, als das Haus brannte. Alle wissen das, auch die Polizei, aber sie glauben, ich habe das Ganze irgendwie organisiert.« Mit einem feuchten Taschentuch tupfte sie sich das Gesicht ab. »Vielleicht hab ich das sogar«, sagte sie schließlich. »In gewisser Weise.«

Paula berührte ihre Schulter. »Jetzt erzählst du es mir!«, bestimmte sie. »Erzähl mir alles. Dann überlegen wir gemeinsam, was am besten zu tun ist.«

Nachdem sie einen Anfang gefunden hatte, merkte Leeni, wie es sie befreite, sich von der Seele zu reden, was sie beinahe drei Monate mit sich herumgeschleppt hatte. Sie schilderte, wie Forsman Anfang Juli auf ihrem Grundstück aufgetaucht war und ihr Geld versprochen hatte, wenn sie mit Ami in den Süden führe.

»Ich hatte meinen Job verloren, und die Rechnungen stapelten sich schon. Mein Ex wollte Ami, und ich traute mich nicht, zum Sozialamt zu gehen, weil ich Angst hatte, dann geben sie ihm das Kind. Darum habe ich zugestimmt«, sagte Leeni. »In dem Moment war mir Geld wichtiger als alles andere, von Ami mal abgesehen.«

Sie erzählte, wie Forsman versucht hatte, Ami von ihrer Freundin in Martinlaakso wegzuholen, und von ihrer Flucht in das Hotel, in dem er dann mit dem so genannten Geständnis aufgetaucht war.

»Ach ja, das habe ich ganz vergessen. Forsman hat mir eine Wohnung in Lauttasaari besorgt«, sagte Leeni und berichtete, wie sie den Mietvertrag im Briefkasten gefunden hatte. »Ich bin zu der Wohnungsvermittlung …«

»Kaija Aaltonen!«, rief Paula aus. »Jetzt weiß ich, warum mir der Name so bekannt vorkam. Sie ist die Geschäftsführerin der Wohnungsvermittlung. Sie ist auch Mitglied der Geschäftsleitung der City-Immobilien AG.«

Leeni war dies alles völlig neu. »Was soll das sein, City-Immobilien?«

»Eine Firma, der die Felder dort gehören.« Paula wies durch das Fenster auf das offene Gelände hinter dem abgebrannten Haus. »Die werden eines Tages eine große Ernte bringen, obwohl nichts gesät worden ist. Eine besonders große, wenn darauf statt kleiner Häuser ein prächtiges Einkaufszentrum gebaut wird.

»Und Kaija Aaltonen hat damit zu tun?«, wunderte sich Leeni.

»Wahrscheinlich. Und mit Sicherheit auch dein Herr Forsman.« Paula stand auf und hielt Leeni die Plastiktüte hin. »Wenn ich du wäre, würde ich das hier nicht mehr in Anspruch nehmen«, riet sie. »Eines Tages wird die Wahrheit unweigerlich ans Tageslicht kommen, und je mehr Geld du als Beweis vorlegen kannst, umso besser ist es für dich. Die Polizei muss glauben, dass nicht du jemanden bestichst, sondern umgekehrt. Das ist wichtig.«

»Ich hab meine Tante eine Schenkungsurkunde über fünfzigtausend unterschreiben lassen. Ich sagte ihr, das Geld hätte ich im Schrank gefunden«, fühlte sich Leeni noch gezwungen zu gestehen.

»Gut«, sagte Paula. »Die Summe kannst du behalten. Den Rest gibst du der Polizei.«

Sie nahm ihren Schal ab und stopfte ihn in die Tüte, damit man das Geld nicht sah. »Wir bringen es an einen sicheren Ort. Wenn hier jemand einbricht, ist dein Versteck nicht viel wert.«

Leeni nahm die Tüte in die Hand. Sie kam ihr schwer vor, und sie betrachtete sie mit Befremden. Ihr Inhalt bedeutete Macht, aber er stand auch für Korruption. Obwohl man das Geld haben wollte, war immer auch eine Spur von Verachtung dabei. Es war Fluch und Verlockung zugleich. Eine Kraft, die alles gab und alles nahm.

Sie hatte die Tüte nicht mitnehmen wollen, aber Paula hatte Recht. Wenn Seppo Halla versucht hatte, das Fenster zu öffnen, war das Geld hier nicht mehr sicher. Sie schob ihren Arm in die Tragegriffe der Tüte und folgte Paula nach draußen.

»Wo ist deine Tochter jetzt?«, fragte Paula, als Leeni die Tür abgeschlossen hatte.

»Bei einem Bekannten von mir«, antwortete Leeni und blickte dabei auf die Uhr. Schon zwei! Sie war länger weggeblieben, als sie vermutet hatte, und beschloss, Joni anzurufen, um ihm zu sagen, dass sie auf dem Weg nach Hause war.

Zu ihrer Verwunderung meldete sich niemand. Unruhe machte sich in ihr breit. Hatte sie die falsche Nummer gespeichert? Sie verglich sie mit der Nummer in ihrem Notizbuch und wählte noch einmal. Es klingelte ein ums andere Mal, aber es meldete sich noch immer niemand.

Wenn sie nach draußen gegangen waren, warum hatte Joni dann nicht das Handy bei sich? Und warum hatten sie die Wohnung verlassen? Sie hatte doch ausdrücklich gesagt, dass Ami nicht aus dem Haus darf. Ihre Fantasie konstruierte verschiedene Theorien, doch alle endeten sie in einer Sackgasse. Sie rief noch einmal an, vergebens.

»Wo ist Ami?«, wandte sie sich voller Angst an Paula. »Ihr ist etwas zugestoßen. Ich hätte nichts erzählen dürfen, Forsman hat gesagt, Ami passiert sofort etwas, wenn ich irgendjemandem was erzähle.«

»Gib mir das Handy, ich rufe ein Taxi«, bestimmte Paula. »Und werd jetzt nicht hysterisch, vielleicht ist Ami nur mit deinem Bekannten beim Einkaufen.«

Für einen Moment hielt sich Leeni an dem Gedanken fest.

»Hoffentlich«, sagte sie. »Hoffentlich sind sie nur einkaufen gegangen. Vielleicht hat Joni vergessen, das Handy mitzunehmen.«

Aber als das Taxi schließlich kam und sie einstiegen, wurde ihre Unruhe stärker, und Leeni verlangte, dass sie so schnell wie möglich nach Helsinki fuhren. In ihrem Kopf kreiste nur ein Gedanke: Forsman hatte sie gewarnt, und das hatte sie jetzt davon.

Sie hätte wissen müssen, dass Forsmans Augen alles sahen.

Dieser Forsman hat überhaupt keinen Grund, Ami zu kidnappen, er will dir nur Angst machen, damit du den Mund hältst.« Paula versuchte Leeni zu beruhigen, die ganz am Rand der Rückbank saß und den Fahrer anspornte, schneller zu fahren. Paulas Beschwichtigungen klangen schwach, und Leenis Panik wuchs nur noch mehr.

»Ich bin sicher, Ami und Joni sind nur kurz irgendwo hingegangen. Jetzt beruhige dich mal«, redete ihr Paula zu.

Leeni schaute sie an. »Glaubst du?«, fragte sie mit dünner Stimme.

»Ich weiß es«, sagte Paula. Der Wagen fuhr bereits in die Lichter des Stadtviertels Ruskeasuo hinein. Um Leenis Gedanken auf eine andere Bahn zu lenken, fragte Paula, wie Forsman aussah.

Doch Leeni drückte wieder die Tasten ihres Handys und schien nichts anderes zu hören als das Klingelzeichen, auf das niemand reagierte. Erst als sie das Telefon wieder eingesteckt hatte, wiederholte Paula ihre Frage.

»Forsman?« Leeni strich sich mit den Fingerspitzen über die Stirn. »Normale Größe, ein bisschen gedrungen. Gut gekleidet. Hat immer einen feinen Anzug mit Krawatte an.« Nach kurzem Überlegen fügte sie hinzu: »Seine Augen sind Furcht einflößend. Man hat das Gefühl, er sieht alles, sogar die Gedanken. Und er hinkt. Warum fragst du?«

»Ich weiß nicht.« Paula konnte sich nicht erinnern, jemandem begegnet zu sein, der Leenis Beschreibung entsprach. Auch der Name war ihr völlig unbekannt, was natürlich nichts heißen musste. Wahrscheinlich war der Name falsch, genauso wie das Hinken. »Hast du auf das Nummernschild des blauen Volvos geachtet?«

»Ich hab versucht, es zu entziffern, aber es war so schmutzig, dass man nichts erkennen konnte.«

»Natürlich.«

Endlich bog das Taxi in die Töölönkatu ein. Eigentlich hätte Paula mit ihrem geschwollenen Knöchel nach Hause weiterfahren sollen, aber entgegen aller Beteuerungen war auch sie wegen des kleinen Mädchens beunruhigt, und sie wusste, sie würde keine Ruhe haben, solange sie sich nicht versichert hatte, dass alles in Ordnung war. Darum beschloss sie, mit Leeni auszusteigen.

Zwei große Scheine wechselten den Besitzer. Leeni hatte nicht einmal die Geduld, auf das Wechselgeld zu warten, sondern stürzte an die Haustür. Paula eilte ihr nach, so gut es mit ihrem Knöchel ging, doch schon im Treppenhaus musste sie stehen bleiben und ausruhen, während Leeni längst die Treppe hinaufrannte.

Paula versuchte den Lift zu rufen, aber der bewegte sich nicht. Irgendwo oben hörte sie das gedämpfte Klappern von Eimern, und Paula begriff zu ihrem Verdruss, dass die Putzfrau den Aufzug in Beschlag genommen hatte. Mit zusammengebissenen Zähnen stieg sie die Treppe hinauf.

Irgendwie kam sie schließlich ans Ziel. Joni Rautemaas Wohnung war direkt gegenüber der Treppe, die Wohnungstür stand einen Spalt offen. Als Paula eintrat, hörte sie den Fernseher im Wohnzimmer dröhnen. Darunter mischte sich Leenis ängstliches Rufen:

»Ami! Ami! Wo bist du? Joni! Ami!«

Leeni stürzte in die Diele und blieb stehen, als sie Paula sah.

»Hier ist niemand«, sagte sie mit schriller Stimme, die nicht mehr fern von Hysterie war. »Amis Puzzle liegt auf dem Tisch, der Fernseher läuft, aber es ist niemand da. Auch Jonis Handy liegt hier.«

Jetzt war auch Paula besorgt. Kein Mensch lässt den Fernseher laufen, wenn er aus dem Haus geht.

»Sieh nur!« Leeni deutete mit zitterndem Finger auf die Garderobe, wo eine kleine, rote Jacke hing. »Amis Jacke! Sie sind nicht spazieren gegangen, Forsman ist gekommen und hat sie mitgenommen.« Sie brach in Tränen aus, und Paula führte sie ins Wohnzimmer zur Couch.

Paula kehrte in die Diele zurück, um die Wohnungstür zu schließen, da sah sie Leenis Handtasche und die Plastiktüte auf dem Fußboden. Als sie ihren Schal aus der Tüte nahm, bemerkte sie, dass der Kleiderschrank in der Diele einen Spaltbreit offen stand. Ein bunter Gegenstand lugte hervor. Sie trug Tasche und Tüte ins Wohnzimmer. Am liebsten hätte sie sich auf die Couch gesetzt, um ihrem Knöchel Ruhe zu gönnen, doch der Gegenstand beschäftigte sie. Er hatte ausgesehen wie ein Teil von einem Kinderpuzzle. Sie hüpfte auf einem Bein in die Diele, um nachzusehen.

Sie hatte sich nicht getäuscht. Der Gegenstand war das, wofür sie ihn gehalten hatte. Ein Puzzleteil. Wahrscheinlich von Ami. Warum lag es hier?

Der Einbauschrank war tief, beinahe wie ein kleiner Raum. Paula schob die Kleider, die an der Stange hingen, zur Seite, um in den hinteren Bereich des Schrankes blicken zu können. Zuerst sah sie nur den Schimmer von etwas Hellem. Erst als sich ihre Augen an die Dunkelheit gewöhnt hatten, konnte sie die Umrisse eines dunklen Bündels erkennen. Der helle Fleck in der Mitte des Bündels sah aus wie ein Gesicht.

Paula zog sich zurück und rief Leeni.

»Da hinten im Schrank …«, sagte sie mit schwacher Stimme. »Wir sollten vielleicht …«

Leeni wischte sich über die Stirn und verschwand im Schrank. Ein greller Aufschrei ertönte.

»Ami!«, rief sie. »Ami!«

Paula hatte das Gefühl, als hörte ihr Blut plötzlich auf zu zirkulieren. Sie dachte an das kleine Mädchen, das reglos im Schrank lag. Es wird doch nicht ... Aber als Leeni kurz darauf mit dem Kind herauskam, sah sie, dass es blinzelte.

Paula und Leeni lachten vor Erleichterung, als das Kind aufgeregt erzählte:

»Joni musste arbeiten gehen, und er hat gesagt, wenn es an der Tür läutet, darf ich nicht aufmachen, und ich muss ganz leise sein. Ich hab die Barbie gekämmt und zum Fernsehen auf den Sessel gesetzt und angefangen, das Puzzle zu machen. Und da hat es an der Tür geläutet, und ich bin hingerannt, aber da ist mir eingefallen, was Joni gesagt hat. Da bin ich in den Schrank gekrochen, und da war die Jacke, und da hab ich mich drin eingewickelt und versteckt. Ich war ganz leise, aber es hat wieder geläutet. Ich hab mich nicht getraut, rauszukommen, ich bin in der Jacke geblieben, und da bin ich eingeschlafen.« Ami strahlte ihre Mutter an. »Hast du mir Schokolade mitgebracht?«

»Nein, aber wir schauen mal, ob im Gefrierfach noch Eis ist. Dann kriegst du eine große Portion.«

Nachdem sie mit Ami im Bad gewesen war, führte Leeni das Mädchen zum Eisessen in die Küche. Für sich selbst und Paula stellte Leeni Bier auf den Tisch. »Das haben wir uns jetzt verdient.«

»Die beste Idee des Tages«, stimmte ihr Paula zu, die auf einmal merkte, dass sie furchtbaren Durst hatte. Das kalte Getränk belebte sie so sehr, dass sogar ihr Knöchel weniger zu schmerzen schien. Leeni trank kaum einen Schluck. Die Freude darüber, dass Ami wohlauf war, reichte aus, um sie in eine Zustand zu bringen, den Paula immer mit den Stunden verglich, in denen sie sich auf einer Luftmatratze dahintreiben ließ. Leenis Gesicht wirkte jetzt jünger und glatter. So hatte sie wahrscheinlich ausgesehen, bevor Forsman mit dem Geld gekommen war, dachte Paula.

Mit vom Eis beschmierten Wangen und Händen hüpfte Ami aus der Küche. »Komm her!«, rief Leeni, »die Mama wischt dir das Eis ab.« Sie öffnete die Handtasche, um nach einem Taschentuch zu suchen, da kippte die Tasche um, und ihr Inhalt ergoss sich auf die Couch. Als Letztes fiel ein weißer Briefumschlag heraus.

Paula nahm das Kuvert in die Hand, während Leeni dem widerspenstigen Mädchen das Gesicht abputzte.

»Der ist ja an deine Tante adressiert«, sagte sie.

»Er war im Briefkasten«, sagte Leeni mit Blick auf den Brief. »Ich wollte ihn heute der Tante geben, aber sie ist operiert worden und war noch nicht wieder aus der Narkose erwacht. Ich wollte den Brief nicht dort lassen, am Ende hätte ihn noch jemand eingesteckt. Ich muss morgen noch einmal hin.«

»Hier steht der Absender«, stellte Paula fest und versuchte, die Schrift zu entziffern. »O. Pekonen aus Jaala. Ist das jemand aus der Verwandtschaft?«

Leeni ließ das Kind laufen.

»Ach, steht da sogar ein Name, da habe ich gar nicht drauf geachtet.« Sie nahm Paula das Kuvert aus der Hand und nahm den Absender in Augenschein.

»Das ist kein O, sondern ein A«, sagte sie schließlich. »Und das heißt auch nicht Pekonen, sondern Peltonen. Airi Peltonen. Die ehemalige Nachbarin meiner Tante. Sie hat manchmal von ihr gesprochen. Ihr und ihrem Mann hat das Haus gehört, in dem jetzt die Kujansuus wohnen.«

Der Brief schien Leeni nicht zu interessieren. Sie warf ihn auf den Tisch und griff nach der Bierflasche. »Ich bin total erledigt«, seufzte sie.

Auch Paula nahm einen Schluck aus ihrer Flasche und betrachtete dabei den Brief. Es war ein DIN-A-5-Kuvert. Wenn Leute Briefe schreiben, benutzen sie selten solche großen Umschläge. Außerdem war der Brief dick, als enthielte er mehr als nur einen Bogen Briefpapier. »Hat diese Airi oft an deine Tante geschrieben?«, fragte sie.

»Das ist mir jedenfalls nicht aufgefallen. Wieso?«

»Warum hat sie ausgerechnet jetzt geschrieben?«

»Woher soll ich das wissen?«, entgegnete Leeni ungeduldig. »Vielleicht hat sie Heimweh gehabt.«

Paula stellte die Flasche auf den Tisch. Verstohlen schlich ihre Hand auf den Briefumschlag zu. »Wäre interessant zu wissen, was da drin ist«, sagte sie und warf einen fragenden Blick auf Leeni.

Leeni schien allein der Gedanke zu missfallen. »Wir können ihn doch nicht aufmachen! Das ist ein Brief an meine Tante.«

»Wenn man bedenkt, was du dir alles hast zu Schulden kommen lassen, kommt mir das Brechen des Briefgeheimnisses wie eine kleine Sünde vor«, stellte Paula trocken fest.

Leenis Wangen röteten sich. »Warum sollte er wichtig sein?«

»Ich weiß es nicht. Mein Instinkt – nenn es von mir aus den Instinkt der Journalistin – sagt mir, dass da mehr drinsteht als ›Wie geht's dir? Mir geht's gut.‹ Du wirst ihn doch ohnehin aufmachen, wenn du morgen deine Tante besuchst. Dann liest du ihn ihr vor. Warum können wir nicht jetzt schon mal einen Blick darauf werfen?«

Das Kind hatte ihr Gespräch gehört und stürzte zur Couch. »Ami will den Brief aufmachen«, sagte sie und griff mit ihren kleinen Fingern nach dem Umschlag.

Leeni nahm ihr den Brief wieder ab, und das Mädchen fing enttäuscht an zu quengeln. »Okay, dann machen wir ihn eben auf«, willigte Leeni seufzend ein, »wenn du nun einmal glaubst, es könnte wichtig sein. Ich sage meiner Tante, ich hätte ihn für eine Rechnung gehalten.«

Paula ließ Ami den Finger unter die Lasche schieben und das Kuvert aufreißen. Während ihr Leeni neugierig zuschaute, nahm sie die Blätter aus dem Umschlag.

»Schau, was hab ich gesagt.« Paula zeigte Leeni die offiziell wirkenden Papiere, die einem Brief beilagen.

Gespannt beugten sie sich vor und lasen:

Liebe Milja,
ich hätte dir schon früher schreiben sollen, aber ich kam nie dazu. Kalevi starb letztes Jahr an Leberkrebs, aber ich kann hier nicht weg, auch wenn es ein bisschen einsam ist. Ich habe zu hohen Blutdruck und eine leichte Diabetes, ansonsten bin ich gesund.
Nach Kalevis Tod habe ich seine Unterlagen durchgesehen und das hier gefunden. Es ist offenbar bei ihm gelandet, als die Toiviainen weggezogen ist und Kalevi versucht hat, den Schatzmeister zu machen. Aber nach Hoppus Weggang wollte aus der Vereinigung so recht nichts mehr werden. Zumal Mesimäki so ein Nichtsnutz war. Die Leute sind nicht zu den Versammlungen gekommen, und keiner schien sich mehr für die Gegend verantwortlich zu fühlen. Dann wurde Kalevi krank, und wir sind auch weggezogen.
Ich weiß nicht, ob das Dokument wichtig ist, immerhin ist es schon über zehn Jahre alt, und die Freunde von Hanaböle gibt es wahrscheinlich schon längst nicht mehr. Aber da es sich um ein offizielles Dokument handelt, habe ich mich nicht getraut, es wegzuwerfen. Neulich habe ich von einem Bekannten gehört, die Felder würden jetzt endlich erschlossen, und da dachte ich, ich schicke dir das sicherheitshalber.

Wäre schön, sich mal wieder zu sehen. Wenn du mal hier in die Gegend kommst, dann schau doch vorbei. Bei uns gibt es immer heißen Kaffee und ein warmes Bett, wie Kalevi zu sagen pflegte.
Alles Gute für dich!

Viele Grüße,
Airi Peltonen

Paula legte den Brief auf den Tisch. Mit Blick auf Leeni entfaltete sie das beiligende Papier.

Es war Milja Kanervas letzter Wille und Testament, in dem sie ihr Haus und ihr Grundstück dem Verein *Freunde von Hanaböle e. V.* vermachte.

Kujansuu wippte in seinem Schaukelstuhl hin und her. Er hielt ein leeres Schnapsglas in der Hand.

Wo war er da eigentlich hineingeraten, fragte er sich verärgert. Wenn das Eeva erfuhr, würde sie ihm das Fell über die Ohren ziehen. Eeva, die immer so korrekt war und bis zum letzten Komma den Regeln gemäß handelte.

Es war ein Glück, dass sie an dem Tag Überstunden machen musste, als Hoppu hierher kam. Glück und Unglück. Wäre sie zu Hause gewesen, wäre Hoppu möglicherweise noch am Leben, und sie hätten das verfluchte Testament längst aufgetrieben.

Doch Eeva war nicht zu Hause gewesen, als Hoppu an der Tür seiner Werkstatt aufgetaucht war. Er hatte nach der Kanerva gefragt, und als Kujansuu ihm gesagt hatte, sie sei in ein Altersheim gezogen, hatte er wissen wollen, ob sie eventuell ein neues Testament gemacht hatte.

Dann hatte er von dem Verein erzählt, dessen Vorsitzender er gewesen war, und gesagt, Frau Kanerva habe dem Verein ihren gesamten Besitz vermacht. Und jetzt, da für die Felder ein Bebauungsplan erstellt werden sollte, ging es um viel Geld.

»Existiert der Verein noch?«, hatte Kujansuu gefragt.

»Er steht noch im Register, ich habe letzte Woche angerufen und es überprüft«, hatte Hoppu geantwortet. »Wir müssen lediglich zusammenspielen und ihn wieder beleben. Wir schreiben ein Protokoll und wählen uns selbst in den Vorstand. Du machst den Schatzmeister, ich den Vorsitzenden. Zusammen sind wir dann berechtigt, den Verein zu repräsentieren und seine Finanzen zu verwalten.«

Kujansuu ließ die letzten Tropfen aus seinem Glas in den Mund rinnen. Damit hätten wir gar nicht erst anfangen sollen, dachte er. Das war nichts für ehrliche Männer. Aber das Geld hatte ihn gereizt. Seine Rente war ordentlich, reichte aber nicht für ein bisschen Luxus. Er konnte sich nicht einmal ein Auto leisten.

Kujansuu hatte Hoppu über Nacht im Haus der Kanerva untergebracht, und sie hatten vereinbart, am Tag darauf gemeinsam die alte Dame zu besuchen, um Sicherheit darüber zu erhalten, dass die Alte kein neues Testament gemacht hatte. Kujansuu hatte Hoppus Wagen in die Garage gefahren, damit nichts seine Anwesenheit verriet. Eeva ging nie in die Garage, und selbst wenn sie gefragt hätte, warum Hoppus Auto auf ihrem Grundstück stehe, wäre ihm schon eine Erklärung eingefallen. Doch Eeva hatte keine Fragen gestellt.

Dann kam diese schreckliche Nacht.

Kujansuu nahm ein Taschentuch und wischte sich über die Stirn. Er konnte das Entsetzen und die Panik noch immer spüren. Das Haus der Kanerva loderte wie eine riesige Fackel. Er rannte hin, um nachzusehen, ob er etwas tun konnte, begriff aber sofort, dass es für Hoppu zu spät war.

Als die Polizei später Fragen nach dem Brand und dem Toten in den Trümmern stellte, war er ins Schwitzen geraten vor Angst, sie könnten einen Blick in seinen Schuppen werfen. Zum Glück hatten sie das nicht getan, und noch in derselben Nacht fuhr er den Wagen zum Bahnhofsparkplatz, von wo er ihn zum Finanzamt brachte und schließlich wieder zurück zum Bahnhof. Zu diesem Zeitpunkt war er so durcheinander gewesen, dass er Seppo von der ganzen Sache erzählt hatte. Dieser hatte versprochen, ihm zu helfen und das Auto zu Hoppus Haus zurückzubringen. Bei der Gelegenheit würden sie gleich nach dem Testament suchen, von dem Kujansuu glaubte, es befinde sich in Hoppus Besitz.

Jemand war jedoch vor Seppo in dem Haus gewesen. Alles war durchwühlt und die Hintertür nicht abgeschlossen. Der Mörder. Hoppu hatte wahrscheinlich das Testament erwähnt, in der Hoffnung, am Leben zu bleiben. Seppos Frau hatte Hoppus Geldbörse im Wald gefunden. Sicherlich hatte der Mörder sie dort hingeworfen. Das Testament schien er bei Hoppu allerdings nicht gefunden zu haben. Daher war er noch einmal gekommen, um im Haus der Mesimäkis danach zu suchen.

Kujansuu seufzte und stand auf, um sich ein zweites Glas zu genehmigen. Auch Eija hatten sie versprechen müssen, sie in den Vorstand aufzunehmen, wenn der Verein wieder zum Leben erweckt würde, sonst hätte sie sämtliche Unterlagen ihres Vaters vernichtet. Kujansuu hatte das im letzten Moment verhindern können. Eija war nicht dumm, daher hatte er ihr verraten müssen, warum die Papiere wichtig waren.

Am Dienstag kam dann die Nachricht, dass die Frau, die einst als Schatzmeisterin des Vereins fungiert hatte, umgebracht worden war. Sie bekamen es mit der Angst zu tun. Besonders Eijas Nerven lagen blank. Sie fürchtete, der Mörder würde sie der Reihe nach umbringen, weil er glaubte, sie hätten das Testament.

Als Leeni nach dem Brand immer wieder heimlich herkam und später auch diese Journalistin hier herumschlich, kam

Seppo auf die Idee, die Alte könnte ihre Papiere in der Saunakammer versteckt haben. »Typisch für alte Weiber. Trauen der Bank nicht und verstecken alles lieber im Schuppen oder in der Sauna, wo es die Mäuse fressen.«

Kujansuu nahm zwei Schluck und setzte den Schaukelstuhl in Bewegung. Wäre nur dieser gierige Hoppu niemals hier aufgetaucht, dachte er. Wäre er nicht hinter dem Geld her gewesen, würde er noch leben, und die Toiviainen auch.

Er blickte aus dem Fenster auf seinen gelb werdenden Obstgarten. Was er wohl für das Grundstück bekäme, falls der Bebauungsplan tatsächlich umgesetzt würde?

»Meine Tante hätte einfach alles meinem Vater überlassen sollen«, sagte Leeni. »Aber sie ist so altmodisch. Was Gott verbunden hat, und so weiter.«

»Deine Tante hat nicht akzeptiert, dass ein Mann seine Familie verlässt und mit einer anderen Frau auf Nimmerwiedersehen verschwindet«, gab Paula mit Blick auf das Testament zu bedenken.

Milja Kanervas letzter Wille war, dass der Verein der Freunde von Hanaböle nach ihrem Tod ihr gesamtes unbewegliches Eigentum sowie die bewegliche Habe, die sich im Haus befand, bekommen solle. Es blieb dem Verein überlassen, was er mit dem Erbe anstellte.

Wie Leeni hatte auch Paula den Eindruck, als sei das Testament eine Art trotzige Demonstration gegenüber ihrem Neffen, der die Moralvorstellungen der alten Dame verletzt hatte. Leenis Vater erbte lediglich Milja Kanervas Bankersparnisse, und auch die nur unter der Bedingung, dass er zu seiner Familie nach Finnland zurückkehrte. War dies nicht der Fall, ging das Geld an Leenis Mutter.

»Ein ganz schönes Geschenk«, stellte Paula fest. »Wenn auf dem Gelände ein Geschäftszentrum gebaut wird, ist das Grundstück mehrere Millionen wert.«

Die Millionen schienen nicht den geringsten Eindruck auf Leeni zu machen. Zerstreut trank sie einen Schluck Bier und zuckte dann mit den Schultern.

»Ich kapier eigentlich nicht, wieso dieses Papier so wichtig ist. Dieser Verein existiert doch gar nicht mehr.«

»Doch, er existiert noch«, antwortete Paula. »Nur seine Tätigkeit ist eingeschlafen, so wie bei vielen anderen kleinen Vereinen auch, aber im Register lebt er noch. Man muss nur ein paar Protokolle von Jahresversammlungen fingieren und auf dem Papier einen Vorstand wählen, dann ist der Vorstand in der Lage, das Erbe nach dem Tod deiner Tante anzunehmen. Anschließend wird die Vereinstätigkeit eingestellt und das Geld verteilt.«

Leeni nahm das Papier in die Hand und sah es sich mit leichter Verwunderung an. »Aber das hier ist nicht das einzige Exemplar. Hier heißt es, das Testament sei in zwei Ausfertigungen erstellt worden, von denen das eine bei der Tante verbleibt und das andere dem Verein ausgehändigt wird. Warum haben sie so wild danach gesucht?«

»Das Exemplar deiner Tante ist natürlich bei dem Brand vernichtet worden, das hier ist also das Einzige, was noch existiert.« Paula tippte mit dem Zeigefinger auf das Blatt Papier. »Wenn das niemand findet, erbt der Schuft von Neffe das gesamte Vermögen.«

Schweigend leerten sie ihre Bierflaschen. Ami forderte die Barbie auf, ihr Testament zu machen, aber die Puppe weigerte sich offenbar, denn Ami wiederholte ihre Aufforderung mehrmals.

»Ich habe meinen Vater auch mal gehasst«, gab Leeni zu. »Aber als ich Vesa verlassen hatte, wurde mir klar, dass alles nicht immer so einfach war, wie es von außen aussah. Kann sein, dass auch Vater seine Gründe gehabt hat.«

»Das haben alle, normalerweise. Manchmal verstehen die anderen sie nur nicht.«

Wieder blickte Leeni auf das Testament.

»Glaubst du, Forsman hat das auch gesucht?«

»Ich glaube schon. Außer dass sein Auftraggeber einen Haufen Geld sparen würde, wenn er die Liegenschaft per Testament bekäme, bedeutete das auch ein Hindernis weniger beim Zusammenraffen der Grundstücke.«

»Nein!«, sagte Leeni nach kurzem Überlegen. »Das kann nicht sein. Forsman hat ein Testament aufgesetzt, in dem die Tante alles mir vermacht, und er hat versucht mich zu zwingen, meine Tante dieses Testament unterschreiben zu lassen. Warum hätte er das tun sollen, wenn er von diesem Dokument hier wusste?«

Paula glaubte, die Erklärung dafür zu haben: »Ich glaube, Forsman wollte auf Nummer Sicher gehen. Würde es ihm gelingen, das hier zu finden, würde er das selbst angefertigte Testament vernichten und sich des alten bedienen. Für den Fall, dass es jemand anders fände oder es überhaupt nicht auftauchen würde, wollte er sicherstellen, dass du das Grundstück bekommst. Forsman wusste, er würde dich leicht dazu bringen können, es zu einem günstigen Preis zu verkaufen. Wann hat er dir das Testament denn vorgelegt?«

»Fast unmittelbar nachdem ich von der Reise zurückkam.«

»In seiner Angst hat Hoppu dem Brandstifter wahrscheinlich von dem Testament erzählt, als dieser überraschend im Haus erschien. Der arme Kerl hat sich eingebildet, wenn er dem anderen mit den Millionen vor der Nase wedelt, könnte er seine Haut retten. Vielleicht haben die Männer sogar vergeblich versucht, das Exemplar deiner Tante im Haus zu finden.«

»Die Tante hat gesagt, ihre Papiere wären im Schlafzimmerschrank. Bestimmt an einer komischen Stelle zwischen den Kleidern, so was liebt sie.«

Paula nickte. »Als sie das Exemplar deiner Tante nicht fanden, versuchte der Brandstifter, aus Hoppu herauszupressen, wo sich das Exemplar des Vereins befand, aber daran konnte sich Hoppu nicht mehr erinnern. Bestimmt glaubte der Brandstifter, Hoppu lüge ihn an, und verlor die Beherrschung. Nachdem er Hoppu umgebracht hatte, beschloss er, nach dem Papier zu suchen.«

»War das Testament denn bei Hoppu?«

»Nein. Es war nicht bei Hoppu, und Forsman machte sich Sorgen. Die für ihn schlimmste Variante war, dass irgendwelche Leute, die dem Projekt feindlich gesinnt waren, den Verein zum Leben erwecken und den Grund in ihren Besitz nehmen würden. Ohne das Grundstück deiner Tante wäre auch das ganze übrige Gelände wertlos. Deshalb hatte er es eilig, ein neues Testament aufzusetzen.«

»Hoppu muss noch irgendwelche Unterlagen von dem Verein gehabt haben«, fiel Paula plötzlich ein. »Alte Protokolle vielleicht. Aus denen konnte der Mörder ersehen, dass Pirjo Toiviainen Schatzmeisterin gewesen war. Das Testament musste also bei ihr sein, folgerte er. Wahrscheinlich erfuhr er so auch, dass Mesimäki stellvertretender Vorsitzender war.«

Manchmal spielt das Schicksal ein grausames Spiel, dachte Paula, als ihr klar wurde, dass Pirjo Toiviainen nur sterben musste, weil sie Jahre zuvor als Schatzmeisterin eines Vereins fungiert hatte.

»Ich werde niemals irgendwelche Vertrauensposten annehmen«, sagte Leeni. »Da hat man nichts als Ärger.«

Paula zuckte zusammen. Erst jetzt nahm sie die leisen Geräusche wahr, die von der Wohnungstür kamen. Sie legte den Finger auf den Mund und lauschte. Auch Ami legte den Finger auf den Mund und befahl der Barbie, still zu sein.

»Hast du die Sicherheitskette vorgelegt?«, flüsterte Leeni.

»Nein«, antwortete Paula, ebenfalls flüsternd. »In der Eile hab ich es vergessen.«

Leeni streckte die Hand aus, und Ami lief in ihre Arme.

Alle drei saßen starr auf der Couch und hörten zu, wie das Schloss aufging. Ein Stoff raschelte leise.

Jemand hatte die Diele betreten.

Die Schritte näherten sich dem Wohnzimmer. Leeni saß unmittelbar am Rand der Couch, die Arme fest um Ami geschlungen. Das Mädchen hatte sein Gesicht in Leenis Pullover vergraben. Niemand wagte es, sich zu rühren.

Forsman, dachte Paula. Forsman war gekommen, um Ami zu holen.

Als der Ankömmling an der Tür erschien, löste sich Leenis Anspannung.

»Joni!«, rief sie aus. »Wir haben vielleicht Angst gehabt. Wo bist du gewesen? Warum hast du Ami allein gelassen? Ihr hätte weiß Gott was passieren können. Es war jemand hier, Ami hat es an der Tür läuten gehört. Zum Glück hat sie nicht aufgemacht. Ich habe ständig versucht, anzurufen, aber niemand hat sich gemeldet. Ich war total durcheinander, weil Ami nirgendwo zu finden war, und ich war mir sicher, dass jemand sie entführt hat.« Mit der nachlassenden Anspannung sprudelten die Worte nur so aus ihr heraus.

»Ich musste fahren«, verteidigte sich Joni, als er endlich zu Wort kam. »Außerdem hattest du versprochen, längst zu Hause zu sein. Wo hast du dich auch so lang herumgetrieben? Jetzt hatte ich zufällig eine Fahrt hier in die Gegend.«

Paula verfolgte den Wortwechsel mit zunehmender Verwunderung. Sie hatte das Gefühl, als zöge sich langsam ein eisernes Netz um sie herum zu. Sie kannte diesen Mann, und sie kannte ihn auch wieder nicht. Als sie ihm begegnet war, hatte er Locken gehabt. Er hatte auch anders gesprochen. Und sein Name war nicht Joni gewesen.

Paula reckte sich nach vorn.

»Miikka Jokinen!«, sagte sie heiser. »Was, um Himmels willen, hat das zu bedeuten?«

Der Mann drehte den Kopf und bemerkte Paula, die sich hinter Leenis Rücken versteckt hatte, erst jetzt. Sein Gesicht wurde ausdruckslos, es erinnerte an eine starre Maske. Als sie es anschaute, hatte Paula das Gefühl, in ein Eisloch zu blicken.

»Was redest du da?«, gab der Mann kalt zurück. »Was für ein Miikka Jokinen?«

Der kühle Blick erinnerte Paula an ein anderes Augenpaar, das genauso geschaut hatte. Am Samstag, als sie auf dem Weg zum Bahnhof von Tikkurila gewesen war. Der Mann hatte einen wohlhabenden Eindruck gemacht, erinnerte sie sich. Teurer, hellbrauner Trench, Designerbrille.

Kalt und schwer sickerte die Angst in Paula ein, als sie sich an eine weitere Einzelheit erinnerte: Der Mann hatte vor Pirjo Toiviainens Blumenladen gestanden.

Bevor sie etwas sagen oder tun konnte, sprang Ami aus Leenis Armen von der Couch und rannte auf den Mann zu. »Wir machen für die Barbie ein Testament«, erklärte sie und zupfte den Mann am Ärmel. »Genau so eins, wie die Tante es gemacht hat.« Ihr kleiner Finger deutete auf den Couchtisch. »Die Mami hat den Brief für die Tante aufgemacht.«

Ein triumphierendes Lächeln bewegte die Lippen des Mannes, als er das Dokument auf dem Tisch liegen sah. Er machte einen Schritt nach vorn.

»Gib es ihm nicht!«, rief Paula aus, als Leeni sich umdrehte, um das Papier in die Hand zu nehmen. »Dieser Mann ist ein Mörder, und er ist auf der Suche nach genau diesem Papier!«

»Was redest du da?!«, fuhr Leeni sie an. »Das ist doch Joni.«

»Für dich ist es Joni, aber ich kenne ihn als Miikka Jokinen, freier Journalist. Pirjo Toiviainen kannte ihn wahrscheinlich unter einem anderen Namen. Ich glaube, Forsman kennt ihn sehr gut. Du darfst ihm nicht trauen!« Während sie sprach, ließ Paula den Mann nicht aus den Augen. Dessen Miene war selbstsicher und verächtlich geworden.

»Aber …« Leeni schaute von Joni zu Paula. »Joni ist doch mein Freund. Du verwechselst ihn mit jemandem.«

»Er ist ein Mörder«, wiederholte Paula. »Er hat Hoppu erwürgt und das Haus deiner Tante angesteckt. Er hat Pirjo Toiviainen misshandelt und erwürgt.«

Leeni wich zurück. »Das ist doch Blödsinn«, sagte sie. »Joni ist lieb. Er fliegt mit Ami nach Kreta.«

»Hör auf mit dem Scheiß«, fuhr der Mann sie an, »und gib mir das Papier!«

»Aber Joni …«

»Joni, Joni, Joni«, äffte sie der Mann nach. »Gib mir das Testament, bevor ich die Geduld verliere!«

Leeni verbarg das Dokument hinter ihrem Rücken. »Das kann ich dir nicht geben, das gehört meiner Tante«, entgegnete sie entrüstet. Offensichtlich glaubte sie, Joni mache nur Spaß.

Der Schlag kam so überraschend, dass Paula der Atem stockte. Leenis spitzer Schrei durchschnitt die Luft. Ami versteckte sich erschrocken hinter ihrer Mutter.

Das Testament schwebte aus Leenis erstarrten Fingern zu Boden. Der Mann schnappte es sich und steckte es ein.

»Das nehme ich auch mit«, sagte er und griff sich die Tüte mit dem Geld. Dabei blickte er sich im Zimmer um und überprüfte, ob er nichts Wichtiges vergessen hatte.

Sein Blick hielt bei Ami inne.

»Nein«, flüsterte Leeni und versuchte ihr Kind mit den

Armen zu schützen. Paula wagte nicht, sich zu rühren, um den Mann nicht unnötig zu reizen. Dieser stieß Leeni zur Seite und packte Ami. Leeni stürzte sich auf ihn, um ihr Kind zu retten, doch der Mann legte Ami den Arm um den Hals.

»Zurück!«, befahl er. »Oder ich drück ihr die Luft ab. Zurück! Hörst du!«

»Aber ... wir ...« Leeni fühlte sich wie in einem Albtraum. »Du hast doch gesagt, du liebst mich ...«

»Ich liebe niemanden!«, zischte der Mann mit verzerrtem Gesicht.

Entschlossen zerrte er das weinende Kind zur Tür.

Nun stand auch Paula von der Couch auf und trat neben Leeni. Joni blieb stehen und drückte fester zu. »Ich tu ihr nichts, wenn ihr den Mund haltet«, erklärte er. »Wenn ihr die Polizei nicht einschaltet, rufe ich in zwei Tagen an und sage euch, wo ihr sie abholen könnt.«

Tastend öffnete er die Wohnungstür, die kurz darauf krachend zufiel.

Ville Kankaanpää saß an seinem Schreibtisch und musterte mit gerunzelter Stirn die Papiere, die er vor sich liegen hatte. Auf der Unterseite der Glasplatte von Pirjo Toiviainens Couchtisch waren Fingerabdrücke gefunden worden, die niemandem zu gehören schienen. Hatten sie so viel Glück, dass der Mörder den Tisch verrückt und später vergessen hatte, die Fingerabdrücke abzuwischen, fragte er sich.

Was wusste er sonst noch? Drei Zeugen, darunter der Portier vom Restaurant Torni, hatten die Toiviainen am Samstagabend in Begleitung eines Mann in hellem Trench gesehen. Der Mann hatte einen kultivierten Eindruck gemacht, und die Zeugen erinnerten sich, dass er eine Brille getragen und die blonden Haare nach hinten gekämmt hatte. Im Restaurant hatte das Paar ein Menü der mittleren Preisklasse zu sich genommen und reichlich Wein getrunken. Aber mehr schien niemand zu wissen. Selbst wenn die Fingerabdrücke auf dem Couchtisch von dem Mann stammten, konnte Kankaanpää nichts damit anfangen, solange er den Mann nicht fand und einen Vergleich der Abdrücke anstellen konnte.

Er schob die Unterlagen zur Seite und sah sich zwei andere Fälle an, bevor er die Akte mit der Brandstiftung und dem Mord an Hoppu wieder in die Hand nahm. Es war ihm gelungen, die Identität des Opfers herauszufinden. Das war schon viel, doch weiter war er nicht gekommen. Hoppu hatte an einem sehr abgelegenen Ort gewohnt, und sein Nachbar schien nicht einmal über seine eigenen Angelegenheiten Bescheid zu wissen. Er hatte irgendetwas Undeutliches über Leute aus dem Süden gesagt, die nach Hoppu gefragt hätten, war aber nicht in der Lage gewesen, sie genauer zu beschreiben. Eine Frau und ein Mann mit einem Geländewagen, das war alles, was sie aus ihm herausbekommen hatten.

Auch die Untersuchung von Hoppus Wagen hatte zu nichts geführt. Vermutlich hatten zwei weitere Personen außer Hoppu das Auto gefahren, aber keiner von beiden hatte mehr Spuren hinterlassen als ein paar Haare und wenige Kleiderflusen. Damit kam man nicht weit. Schließlich konnte die Polizei nicht von allen südfinnischen Männern Haarproben nehmen.

Und was sollte er mit Leeni Ruohonen machen? Kankaanpää verschränkte die Arme und seufzte tief. Anfangs war er sicher gewesen, dass sie den Brand veranlasst hatte, aber mit der Zeit hatte er seine Meinung geändert. Die Frau hatte im Sommer ihren Arbeitsplatz verloren, sie hatte bestimmt nicht viel Geld. Wie hätte sie den Brandstifter bezahlen sollen? Stattdessen fuhr sie im Taxi umher und kaufte sich neue Kleider. Bei Kankaanpää war der Eindruck entstanden, als hätte sie selbst Geld für etwas bekommen und nicht umgekehrt. Und sie war zu einem sehr passenden Zeitpunkt mit ihrer Tochter nach Griechenland verreist.

Nehmen wir mal an, überlegte Ville Kankaanpää, während er den Blick auf das Plakat an der Wand richtete, nehmen wir an, jemand hat ihr Geld gegeben, damit sie aus dem Weg ist und er in aller Ruhe sein Feuerchen machen kann. Falls es so gewesen ist, wer hat ihr dann das Geld gegeben?

Das Gebiet, auf dem das Kanervahaus gestanden hatte, war wertvoll. Von mehreren Seiten her bestand Interesse daran. Als ehrlicher Mensch musste Kankaanpää zugeben, dass er die Bedeutung dieses Aspekts womöglich unterschätzt und sich zu sehr darauf konzentriert hatte, Leeni Ruohonens Schuld nachzuweisen. Das war ihm so einfach und offensichtlich erschienen, verteidigte er sich.

Zu logisch und zu offensichtlich. Vielleicht, schoss es Kankaanpää in den Sinn, hatte sich jemand genau das zu Nutze gemacht.

In einem der Märchen, die Leeni ihrer Tochter vorgelesen hatte, entführte ein Wassergeist ein ungehorsames Mädchen in sein Reich, wo alles verdreht war. Die Kühe miauten, und die Pferde grunzten. Das Korn wurde mit dem Hammer gemäht. Leeni hatte das Gefühl, als wäre sie genau dorthin geraten. Alles stand plötzlich auf dem Kopf.

Joni war lieb und nett gewesen, Leeni hatte ihm so sehr vertraut, dass sie Ami mit ihm nach Kreta geschickt hätte. Sie hatte zugelassen, dass der Mann sie streichelte und mit ihr schlief.

Als er dann in der Wohnzimmertür stand, hatte sich alles innerhalb eines Augenblickes geändert. Zuerst hatte Leeni nichts begriffen. Paula hatte Joni seltsam angestarrt und ihn als Mörder bezeichnet. Joni. Wie lächerlich! Leeni hatte geglaubt, Paula sei verrückt geworden.

Außerdem war Joni an dem Abend gefahren, an dem der Motorradfahrer in die Saunakammer eingedrungen war. Joni hatte gesagt, er sei gefahren, korrigierte sie sich. Und als sie damals in den Urlaub aufgebrochen war. Das war doch Zufall gewesen, dass sie ausgerechnet Jonis Taxi erwischt hatte. Oder nicht?

Sie hatte es noch immer nicht geglaubt.

Bis er ihr plötzlich ins Gesicht schlug.

Das war, als hätte das Schaf sein Fell abgeworfen und ein Wolf wäre zum Vorschein gekommen.

Da konnte Leeni es nicht mehr leugnen. Die Hände, die sie gestreichelt hatten, waren die Hände eines Mörders. Instinktiv wischte sie sich die Arme ab, sie fühlte sich von der Berührung des Mannes beschmutzt.

Er hatte das Testament und das Geld mitgenommen. Von mir aus, dachte sie. Soll er alles mitnehmen, das Geld hatte ihr ohnehin nur Verdruss bereitet. Aber das hatte ihm nicht gereicht. Er wollte auch noch Ami. Leeni hatte das Gefühl, als wäre ihr das Herz herausgerissen worden. Sie wollte sich auf den Mann stürzen und ihm das Gesicht blutig kratzen, doch er drohte damit, Ami zu töten, und sie wagte es nicht, sich von der Stelle zu rühren. Paula kam zu ihr, und machtlos sahen sie zu, wie der Mann mit Ami verschwand.

Eine schreckliche Angst befiel Leeni. Was hatte der Mann mit Ami vor? Wohin würde er das Kind bringen? In irgendeinen Keller, wo es Angst und Hunger leiden musste? Niemals! Instinktiv setzte sich Leeni in Bewegung. Paula versuchte sie zurückzuhalten, aber sie riss sich los und rannte zur Tür.

Joni hatte gerade die Treppe erreicht, da machte Leeni die Tür auf. Als er das Geräusch hörte, drehte er sich um. Der frisch geputzte Boden war glatt, und er rutschte mit einem Fuß aus.

Ein Schrei erfüllte das Treppenhaus und prallte als Echo von Wand zu Wand. Leeni erstarrte auf der Stelle und schloss die Augen. Sie sah nicht, wie Joni die Treppe hinunterrollte und schlaff vor der Wand liegen blieb. Sie sah Ami nicht, die sich aus dem Arm des Mannes befreit hatte, als dieser ins Fallen geraten war, und, vor Angst weinend, auf dem Boden hockte. Sie sah nicht, wie Paula vorsichtig ins Treppenhaus trat. Undeutlich hörte sie, wie ein Stockwerk tiefer eine Frau anfing zu kreischen.

Als sie schließlich die Augen öffnete, sah sie nichts als die Geldscheine, die über die Treppe verstreut waren.

Paula schaute nicht auf das Geld, sondern auf den Mann, der reglos an der Wand lag. War er tot? Vorsichtig ging sie die Treppe hinunter. Unmittelbar bevor sie bei ihm angelangt war, regte er sich und öffnete die Augen.

Er hielt sich den Kopf, stand unsicher auf und blickte sich verwirrt um. Er betrachtete die grünen Geldbündel, als sähe er sie zum ersten Mal. Das Testament war ihm aus der Tasche geglitten, doch er machte keine Anstalten, es aufzuheben.

Jetzt begriff er, dass die halb leere Geldtüte noch immer an seinem Arm hing, und er schüttelte sie hastig ab. Erst da bemerkte er Paula.

»Ich habe nichts getan«, sagte er heiser. »Glaub mir, ich habe nichts getan. Es war …« Plötzlich drehte er sich um und rannte die Treppe hinunter.

Paula blieb stehen und hörte die trampelnden Schritte. Ein kalter Luftzug strömte ins Treppenhaus, als die Haustür aufging. Kurz darauf startete in der Nähe ein Auto und raste mit hoher Geschwindigkeit davon.

»Was hat er für einen Wagen?« Paula wandte sich an Leeni, die ihre Frage zunächst nicht kapierte. Als Paula sie wiederholte, antwortete sie, der Mann fahre ein hellbeiges Taxi. Als Paula weiter bohrte, gelang es Leeni, auch die Autonummer aus ihrem Gedächtnis hervorzukramen. Paula hatte sich Jonis Handy geschnappt und rief damit die Polizei an.

Es war nur eine Frage der Zeit, wann sie ihn schnappen würden.

Ich habe nichts getan. Es war …«, wiederholte Ville Kankaanpää gedankenversunken.

»Das hat er gesagt. Er hatte sich den Kopf gestoßen und war ein bisschen durcheinander. Eigentlich war es in der Situation nicht besonders sinnvoll, zu lügen. Wäre es denn völlig ausgeschlossen, dass er schuldlos ist?«, spekulierte Paula.

Kankaanpää klopfte mit seinem Stift auf den Schreibtisch. »Seine Fingerabdrücke sind in der Wohnung der Toiviainen gefunden worden. Außerdem sind da noch ein paar andere Dinge.«

»Was für Dinge?« Paula wusste selbst nicht, warum sie unbedingt die Unschuld des Mannes nachweisen wollte. Immerhin hatte sie mit eigenen Augen gesehen, wie er das Geld genommen und sich Ami geschnappt hatte. Dennoch bestand immer die Möglichkeit, dass man sich irrte. Jeder war unschuldig, bis das Gegenteil bewiesen werden konnte.

»Dinge, über die ich in diesem Stadium der Ermittlungen nichts sagen kann«, entgegnete Kankaanpää. »Aber Rautemaa ist an jenem Samstag, an dem die Toiviainen ermordet wurde, in deren Begleitung gesehen worden.«

»Was sagt er selbst dazu?«

»Er behauptet, wie auch Ihnen gegenüber, nichts getan zu haben. Das wiederholt er immer wieder. Mehr haben wir aus ihm nicht herausbekommen. Ich hatte gehofft, er hätte Ihnen und Leeni Ruohonen mehr erzählt, aber …«

Die Polizei hatte Rautemaas Taxi im Stadtteil Haaga erwischt. Als Joni merkte, dass er in die Falle gegangen war, war er aus dem Wagen gesprungen und davongerannt. Als die Polizisten ihn dann schließlich umzingelt hatten, hatte er sich widerstandslos ergeben.

»Sie haben gerade gesagt, seine Fingerabdrücke seien in der Wohnung von Frau Toiviainen gefunden worden. Kann er das irgendwie erklären?«

»Er hat es nicht einmal versucht, sondern nur gesagt, er sei unschuldig. Und dann hat er den Mund zugemacht.«

»Glauben Sie, er deckt jemanden?«

Kankaanpää strich sich mit der Hand über das Gesicht. Er sah müde und gestresst aus.

»Ich glaube gar nichts. Die Polizei kann es sich nicht leisten, etwas zu glauben. Schon jetzt droht uns sein Pflegevater mit dem Anwalt, wenn wir ihn nicht augenblicklich freilassen.«

Kankaanpää hatte der Bitte um ein Interview ablehnend gegenübergestanden. Allein die Tatsache, dass Paula dabei behilflich gewesen war, Rautemaa zu fassen, hatte ihn veranlasst, zuzustimmen.

»Forsman«, sagte Paula, und schaltete das Aufnahmegerät ein. »Was weiß die Polizei eigentlich über ihn?«

Kankaanpää legte den Stift auf den Tisch und führte die Fingerspitzen seiner beiden Hände zusammen. »Nehmen wir mal an, Leeni Ruohonen sagt die Wahrheit, und …«

»Nehmen wir mal an!«, rief Paula ungehalten aus. »Was soll das heißen? Natürlich war Forsman bei ihr!«

Kankaanpää lächelte schief. »Wir haben als Beweis dafür lediglich Frau Ruohonens Aussage, mehr nicht. Niemand sonst hat Forsman gesehen.«

»Aber Sie haben doch das Geld, das Forsman ihr gegeben

hat. Reicht das nicht als Beweis? Wie hätte Leeni sonst an so viel Geld kommen sollen?«

Sein Stuhl knarrte leicht, als Kankaanpää die Haltung wechselte.

»Als Drogenkurier, durch Prostitution, als Gehilfin bei einem Raub«, zählte er auf.

»Das glauben Sie doch selbst nicht«, schnaubte Paula.

»Es geht nicht darum, was ich glaube, sondern darum, was das Gericht über die Sache denkt. Es müssen Beweise vorliegen. Dem Gericht genügt es nicht, dass jemand sagt, wie es ist. Auf der Basis wären achtzig Prozent aller Häftlinge unschuldig wie Säuglinge.«

Paula schnaubte erneut. »Warum sollte Leeni lügen?«, fragte sie herausfordernd.

»Um die Wahrheit zu vertuschen, natürlich. Dass sie jemandem Geld gegeben hat, damit er das Haus ansteckt, während sie verreist ist. Anschließend musste sie nur noch ihre Tante das selbst verfasste Testament unterschreiben lassen – und Simsalabim – unsere junge Dame ist Millionenerbin.«

»Vielleicht«, musste Paula zugeben. »Wenn man es entsprechend dreht, ist das eine Möglichkeit. Aber wir wissen, dass es nicht stimmt. Dieser Forsman hat Leeni Geld gegeben, damit sie in Urlaub fährt, und Joni Rautemaa hat er dafür bezahlt, dass er das Haus ansteckt.«

Kankaanpää schaute unzufrieden drein.

»Leider ist Joni Rautemaa nicht bereit, eine Aussage zu machen.«

»Machen Sie das mir zum Vorwurf?«

»Na ja, hätten Sie die Polizei ihre Arbeit machen lassen, hätte der Mann vielleicht alles erzählt, und wir würden jetzt nicht in einer Sackgasse stecken.«

Kankaanpää betrachtete seine Fingernägel, die so kurz geschnitten waren, dass nicht der kleinste weiße Streifen zu sehen war. Das Aufnehmen kleiner Gegenstände vom Tisch bereitete ihm vermutlich große Schwierigkeiten, stellte Paula mit Genugtuung fest.

»Nehmen wir einmal an, Forsman existiert wirklich«, kehrte Kankaanpää zum Thema zurück. »Dann wäre uns sehr geholfen, wenn wir seinen richtigen Namen wüssten.«

»Aber Sie haben doch die Personenbeschreibung von Leeni Ruohonen.«

»Wir haben aber keine Personenbeschreibungen von allen Menschen, die in Finnland leben«, entgegnete Kankaanpää. »Das würde uns die Arbeit natürlich erleichtern. Aber so ...«

Nach Paulas letztem Besuch war an der Wand ein Plakat des Filmklassikers *Die Nackten und die Toten* aufgetaucht. Paula fragte sich, woher der Mann das bekommen hatte. Kankaanpää verfolgte die Richtung ihres Blickes und grinste.

»Hat mir jemand geschenkt. Mit dem Kommentar, darauf sehe man die zwei Dinge, die Polizisten in Fahrt bringen. Wer weiß.«

Ville Kankaanpää hatte einen schönen Mund, bemerkte Paula. Ob die Person, die ihm das Poster geschenkt hatte, eine Frau oder ein Mann war, fragte sie sich unwillkürlich.

Sein Blick richtete sich auf Paula. »Noch mal zu diesem Forsman. Offiziell können wir nicht sagen, wer der Mann ist. Aber inoffiziell haben wir so unsere Vermutungen.«

Paula wurde hellhörig. »Würden Sie mich an Ihren Vermutungen teilhaben lassen?«

»Wie gesagt, das ist vollkommen inoffiziell.« Kankaanpää streckte die Hand aus und schaltete das Aufnahmegerät ab.

»Ich erzähle Ihnen das, weil mich diese Forsmans anwidern. Leute, die sich in der Grauzone wie zu Hause fühlen. Dieser Mann, dem Frau Ruohonen begegnet ist – nennen wir ihn jetzt einmal Forsman –, ist unserer Auffassung nach ein Strippenzieher, der große Summen dafür in Rechnung stellt, dass er ein bestimmtes Geschäft einfädelt. Wenn zum Beispiel Firma A die Firma B kaufen will, kann A Forsman als eine Art Repräsentant oder Berater engagieren. Daran ist an sich nichts Schlechtes, und es ist auch nicht illegal, illegal wird es erst, wenn dieser Berater anfängt, B unter Druck zu setzen.«

Kankaanpääs Gesichtszüge spannten sich an. »Er nutzt die Schwächen der Leute aus. So hat er sie im Griff. Und das funktioniert, bis der Zauber des Geldes verflogen ist. Er wusste, dass für die Ruohonen ihre Tochter alles bedeutete, und das nutzte er geschickt aus, um die junge Frau zum Schweigen zu bringen.«

»Er hat auch Helfershelfer engagiert«, ergänzte Paula. »Rautemaa stand mit Sicherheit fest auf seiner Gehaltsliste.«

»Wahrscheinlich, obwohl wir das nicht genau wissen. Noch nicht.« Wieder warf Kankaanpää Paula einen tadelnden Blick zu.

»Wer ist dieser Forsman also?«

»Ich kann lediglich sagen, dass der, den wir in Verdacht haben, schon einmal mit der Polizei zu tun gehabt hat. Jemand hat sich einmal wegen Nötigung über ihn beschwert. Allerdings hatte diese Person keinerlei Beweise, mit der sie ihre Behauptung stützen konnte, daher kam es nicht zu einer Anzeige. Falls aber ...« Kankaanpää verstummte.

»Falls aber eine andere Person eine Beschwerde ähnlicher Art erhebt, steht man bereits auf festerem Boden«, ergänzte Paula. »Darum war es für Forsman so wichtig, dass Leeni den Mund hielt. Und wenn sich auf meinen Artikel jemand meldet, sieht es schlecht für ihn aus.«

Kankaanpää nickte. »Je mehr Aussagen wir in einer Waagschale sammeln können, umso leichter wird die andere.«

Als Paula das Aufnahmegerät wieder eingeschaltet hatte, sagte Kankaanpää:

»Rautemaa hat sich einen guten Beruf ausgesucht. Als Taxifahrer hörte er so manches, wenn die Fahrgäste auf dem

Rücksitz über ihre Angelegenheiten redeten, als wären sie allein.«

»So ist Forsman wahrscheinlich auf ihn gekommen«, sagte Paula. »Vielleicht hat Rautemaa auf ein Gespräch angespielt, das er gehört hat, und Forsman begriff, wie er sich den Mann zu Nutze machen konnte.«

Eine Weile lief das Band im Leerlauf, da beide, in ihren Gedanken versunken, dasaßen. Paula brach die Stille:

»Und wenn Sie Beweise dafür finden, dass Rautemaa das Haus der Kanerva angesteckt hat? Dann wissen Sie doch mit Sicherheit, dass Leeni die Wahrheit sagt.«

»Wieso? Woher wissen wir das dann? Sie könnte Rautemaa doch selbst engagiert haben«, entgegnete Kankaanpää provozierend. »Wenn ich es richtig verstanden habe, steht sie mit ihm – ähm – auf ziemlich gutem Fuß.«

»Rautemaa hat sich an Leeni herangemacht, weil es sein Auftrag war, sie zu überwachen«, fuhr Paula auf, obwohl sie Kankaanpääs Provokation ahnte. »Er wollte sichergehen, dass Leeni weiterhin Angst hatte und nicht wagte, mit irgendjemandem über Forsman und das Geld zu reden. Überflüssigerweise. Sie hätten auch dann keinen Finger gerührt, wenn Leeni geredet hätte. Sie hätten sie nur beschuldigt, ihr eigenes Zuhause zerstört zu haben, und Leeni wäre ins Gefängnis gekommen. Und wo wäre Ami dann gelandet? Bei Leenis Exmann, der wahrscheinlich dafür gesorgt hätte, dass sie ihre Tochter niemals wiedersieht.«

Zu Paulas Erstaunen lachte Kankaanpää. »Glücklich der, der jemanden wie Sie zur Freundin hat.«

Paula hielt es für das Beste, das Thema zu wechseln.

»Was wird jetzt mit Leeni?«, fragte sie. »Ich habe ihr eine Stelle als Mutterschaftsvertretung vermittelt, die genau das Richtige für sie wäre, und sie geht morgen zum Vorstellungsgespräch. Ich wünschte, dieser Albtraum wäre für sie bald vorbei.«

Kankaanpää schüttelte den Kopf. »Es liegt nicht in meiner Macht, zu entscheiden, was mit ihr wird. Aber da sie offen über alles gesprochen und das Geld zurückgegeben hat – zumindest den größten Teil – und sie außerdem Ersttäterin ist, kommt sie womöglich mit einer geringen Strafe davon. Darüber entscheiden jedoch andere. Ich bin aber froh, wenn sie eine Arbeit findet und auch sonst ihre Angelegenheiten in Ordnung bringt.«

Leeni hatte Paula von Kankaanpääs Drohungen erzählt, als er sie in der Meripuistotie aufgesucht hatte. »Sie sind ziemlich hart mit ihr umgesprungen«, erinnerte sie ihn.

»Ich wusste, dass sie etwas verheimlicht, das sah man aus zehn Kilometer Entfernung. Da ich im Guten nichts aus ihr herausbekam, musste ich es so versuchen.«

»Sie hatte Angst wegen ihres Kindes. Aber da fällt mir etwas ein. Kaija Aaltonen sitzt im Vorstand der City-Immobilien AG. Das ist bestimmt die Kaija Aaltonen, die …«

»Ich weiß«, unterbrach Kankaanpää sie ungeduldig. »Wir haben Kaija Aaltonen, von der Frau Ruohonen die Wohnung gemietet hatte, schon vernommen. Sie behauptet – und wir sind nicht im Stande, das Gegenteil zu beweisen –, noch nie von einem Forsman gehört zu haben und keinen Mann zu kennen, auf den die Beschreibung zutrifft. Von den Eigentümern der City-Immobilien weiß sie lediglich, dass ein Anwalt deren Belange vertritt. Auch ihr Vorstandsposten sei bloß eine Formalität.«

Paula entwich ein geräuschvolles Schnauben. »Welche Antwort haben Sie denn erwartet? Dass sie verkündet, Forsman sei ihr bester Freund? Und der Entführungsversuch? Eine Frau war bei Leenis Freundin in Martinlaakso und versuchte, Ami mitzunehmen. Machen Sie Kaija Aaltonen die Hölle heiß, dann finden Sie über sie unweigerlich die Verbindung zu Forsman.«

Der Stuhl knarrte unüberhörbar. »Wenn Sie bei der Polizei

arbeiten würden, wäre alles ganz einfach. Sie würden Leute bloß nach dem äußeren Eindruck verhaften und verurteilen. Verflixt noch mal, woraus folgern Sie denn, dass Kaija Aaltonen versucht hat, das Kind zu kidnappen?«

»Na ja, weil … Leeni und ich glauben …«

»Ja, ja.« Der Mann klopfte mit dem Stift auf den Tisch. »Glauben kann man alles Mögliche. Aber Kaija Aaltonens Zugehörigkeit zum Vorstand von City-Immobilien reicht leider nicht als Beweis dafür, dass sie versucht hat, ein Kind zu entführen.«

»Jemand hat es aber versucht, und das bedeutet, dass Leeni Ruohonen die Wahrheit gesagt hat, als sie erzählte, dass sie Angst hat, ihre Tochter könnte entführt werden.«

»Sofern sie nicht auch das inszeniert hat.«

»Sie glauben an nichts und niemanden!«

»Ich glaube an nichts und niemanden, bis Beweise vorliegen«, antwortete Kankaanpää streng.

Auf dem Heimweg hatte Paula eine Schachtel Pralinen gekauft und suchte nun diejenigen heraus, die Nüsse enthielten.

Kankaanpää hatte Recht, dachte sie. Man durfte an nichts und niemanden glauben, bis Beweise vorlagen. Nicht einmal an Jonis Schuld. Die Fingerabdrücke auf dem Couchtisch bedeuteten lediglich, dass Joni in der Wohnung gewesen war, nicht dass er Pirjo Toiviainen umgebracht hatte.

Sie schob sich eine Praline in den Mund und schloss die Augen. Wieder hallten Jonis Worte in ihren Ohren nach. »Ich habe nichts getan. Es war …« Wer oder was war es? Worauf hatte Joni hinausgewollt?

Vielleicht war noch eine andere Person in die Wohnung gekommen, kam Paula in den Sinn. Vielleicht hatte Joni einen Komplizen hereingelassen. Forsman womöglich. Oder jemand war gekommen, als er schon weg war. Zum Beispiel die Ladenhilfe, die die Leiche gefunden hatte, sie hatte immerhin einen Schlüssel für die Wohnung. Oder der mit Blumentöpfen werfende Herr Rosgren aus der Nachbarschaft. Vielleicht hatte der Mann ein heimliches Verhältnis mit Pirjo Toiviainen gehabt und sie in einem Eifersuchtsanfall umgebracht, als er Joni aus der Wohnung schleichen sah. Und Frau Rosgren? Vielleicht war sie hinter das Verhältnis ihres Mannes mit der Toiviainen gekommen …

Paulas Fantasie galoppierte weiter, während sie eine Praline nach der anderen aß.

Die immer wilder werdenden Theorien brachten jedoch keinerlei Lösung, und sie kam nicht von dem Gedanken los, der ihr immer größere Beklemmung bereitete: Konnte es möglich sein, dass Joni trotz aller Indizien unschuldig war?

Der Oktober war bereits weit fortgeschritten, als Tane Toivakka eines Morgens anrief und Paula mitteilte, das Einkaufszentrum sei wieder auf der Tagesordnung erschienen. Der dafür notwendige Bebauungsplan würde Ende Oktober behandelt werden.

Paula hatte ihren Artikel noch nicht zu Ende geschrieben. Sie hatte gehofft, noch mehr über den Mann herauszufinden, der sich Forsman nannte. Sie hatte auch gehofft, zu erfahren, wer wirklich hinter City-Immobilien steckte. Aber in beiden Punkten war sie nicht vorangekommen.

Leeni hatte gesagt, Forsman sei Anwalt. Daraufhin hatte Paula die Anwaltskanzlei Markku Westermark & Co. aufgesucht, in der Hoffnung, Westermark wäre Forsman. Er hatte sich jedoch als kleiner Mann mit Glatze entpuppt und entsprach nicht im Geringsten der Beschreibung von Forsman. Als Paula nach City-Immobilien und den anderen Firmen fragen wollte, hatte der Mann das Gespräch für beendet erklärt. Die Juristenmatrikel, die sie mit Leeni zusammen durchgeblättert hatte, hatte auch kein besseres Resultat ergeben. Und keiner der Wirtschaftsjournalisten, mit denen sie gesprochen hatte, kannte Forsman. Von City-Immobilien wusste niemand etwas. Als Paula versuchte, Kaija Aaltonen zu treffen, sagte man ihr, dass die Geschäftsführerin für drei Wochen verreist sei.

Eines Tages hatte sich Kankaanpää bei Leeni gemeldet und eine Gegenüberstellung mit einem dubiosen Unternehmensberater arrangiert, den die Polizei unter Verdacht hatte. Das Ergebnis war für alle eine Enttäuschung, außer für den Berater, der zwar ein wenig an Forsman erinnerte, sogar leicht hinkte, aber doch nicht derselbe Mann war.

Dennoch war die Zeit nicht völlig vergeudet gewesen. Paula hatte die Kulturseiten für Oktober fertig gemacht und mit Lefa Bahnstrecken abgeklappert, um weitere illegale Mülldeponien zu finden. Ihr Knöchel war abgeschwollen, und sie konnte wieder gehen, ohne zu hinken.

Tane Toivakkas Anruf änderte die Situation. Sie musste den Artikel in der zweiten Oktobernummer unterbringen, wenn sie wollte, dass er sich auf das Abstimmungsergebnis auswirkte. Zwar waren noch nicht alle Fakten geklärt, aber die Geschichte wirkte eindrucksvoll, da sie den Schwerpunkt auf die Perspektive der zum Opfer gewordenen Alleinerziehenden legte. Dazwischen schob Paula die Fakten ein, die sie von Toivakka bekommen oder selbst zusammengetragen hatte. Die würden als kursiv gedruckte Zwischentexte erscheinen.

Über ein Detail hatte sie Kankaanpää nichts gesagt, und sie wusste, dass auch Leeni darüber schwieg. Es zu erwähnen würde die Situation nur komplizierter machen, und davon hatte niemand etwas.

Bei diesem Detail handelte es sich um Milja Kanervas Testament. Es war auf die Treppe gefallen, als Joni gestürzt war, und Paula hatte es an sich genommen, bevor die Polizei kam. Sie hatte die widerstrebende Leeni überredet, es ihrer Tante zu bringen und herauszufinden, wie diese damit zu verfahren gedachte. Paula war sich sicher, die alte Frau würde das Testament ändern wollen, das sie für Unrecht gegenüber Leeni und Ami hielt. Darum hatte sie an Hoppu geschrieben, aber der hatte sich nicht die Mühe gemacht, zu antworten. Auch zu

Besuch war er erst gekommen, nachdem er von dem Bebauungsplan und den dadurch gegebenen Möglichkeiten erfahren hatte.

Außerdem war das Testament ja auch an Milja Kanerva adressiert worden, beruhigte Paula ihr schlechtes Gewissen. Sie und Leeni hatten nur zufällig den Brief an die alte Dame geöffnet. Hätten sie es nicht getan, wäre das Testament auf jeden Fall bei Milja Kanerva gelandet.

Ihr Gewissen beruhigte sich. Ein bisschen.

Über den Artikel sollte ein großes Foto von Leeni und Ami. Auch von den Nachbarn würden ein paar Bilder abgedruckt werden, obwohl Paula nicht vorhatte, den Anteil von Kujansuu und Halla an der Geschichte ans Tageslicht zu bringen. Dann müsste sie auch das Testament erwähnen, und die Aufmerksamkeit würde sich auf die falschen Dinge richten.

Die ermordete Blumenhändlerin stellte natürlich ein Problem dar, wenn das Testament nicht erwähnt wurde. Paula löste es mit dem Hinweis, die Mordtat und die Brandstiftung hätten eventuell miteinander zu tun, ging aber nicht näher darauf ein. Sie gab den Lesern lediglich zu verstehen, dass die Blumenhändlerin etwas über die Brandstiftung gewusst hatte, weshalb sie zum Schweigen gebracht werden musste.

Die Blumenhändlerin. Paula fiel wieder ein, wie Miikka Jokinen mit seinen gelockten Haaren an jenem Montagabend neben ihr aufgetaucht war, als sie und Tane von dem Mord an Pirjo Toiviainen erfahren hatten.

Hatte sich der Mann in der Nähe von Toiviainens Wohnung aufgehalten in der Hoffnung, Paula zu treffen, oder war er zurückgekehrt, um die Fingerabdrücke am Couchtisch zu entfernen? Nur Joni Rautemaa konnte darauf eine Antwort geben. Aber er wollte immer noch nicht reden.

Paula war immer mehr davon überzeugt, dass Forsman der Mörder und Rautemaa nur sein Helfershelfer gewesen war, dem er Angst gemacht hatte, damit er schwieg, so wie Leeni Ruohonen auch.

An jenem Abend, als der Mann mit dem Namen Miikka Jokinen zu ihr gekommen war, hatte er einen Hintergedanken gehabt, dachte sich Paula. Als sie sich erinnerte, wie sehr sich Rautemaa für ihre Arbeitsecke interessiert hatte, kam Paula zu dem Ergebnis, dass er nur ihren Computer sehen wollte. Wahrscheinlich hatte Forsman die Absicht gehabt, eine E-Mail unter dem Namen Miikka Jokinen zu schicken. Die hätte einen kleinen Virus mit sich geführt, der im schlimmsten Fall ihre gesamten Daten vernichtet hätte. Aber Jokinen hatte sich verraten, und der Plan ging nicht auf.

Paulas Blick richtete sich auf das Mädchen, das die Taube fest gegen seine Brust drückte. Seine Miene wirkte leicht verächtlich. »Kapierst du es immer noch nicht?«, schien es zu sagen.

Paula wandte sich ihrem Computer zu und schrieb an ihrem Artikel weiter. Der Text entstand wie von selbst. Sie hatte ihn oft genug durchdacht, ihr Unterbewusstsein hatte ihn schon fertig gestellt, jetzt musste sie ihn nur noch ins Reine schreiben.

Als sie fertig war, hatte Paula das Gefühl, etwas wirklich Gutes zu Stande gebracht zu haben. Der Text enthielt Emotionen und Dramatik, beides würde zumindest die weiblichen Leser von *Glück* ansprechen. Eine verzweifelte allein Erziehende unter Druck zu setzen war widerwärtig, und bestimmt wollte sich niemand den Anschein geben, in so etwas verwickelt zu sein.

»Mord, Brandstiftung und Erpressung – Sind bei der Stadtplanung heutzutage alle Mittel recht?«

Ob das eine zu harte Überschrift ist, fragte sich Paula. Na ja, soll erst mal Tupala sagen, was er davon hält.

Die Prospekte, die ihr Hukari über das Unternehmen in Stockholm gegeben hatte, lagen noch immer unberührt an einer Ecke des Tisches. Plötzlich fiel Paula ein, dass sie versprochen hatte, Hukari bis zum fünfzehnten ihre Entscheidung mitzuteilen. Tupala hatte sie zwar daran erinnert, aber sie war der Frage ausgewichen, indem sie sagte, die Entscheidung sei so wichtig, sie müsse es sich noch gründlicher überlegen.

Jetzt war die Bedenkzeit abgelaufen. Der Artikel war fertig, und sie hatte keinen Grund mehr, den Entschluss aufzuschieben. Aber was sollte sie Hukari eigentlich sagen? Wollte sie nach Stockholm? Wollte sie Karriere machen, oder war ihr ihre Freiheit wichtiger?

Ganz gleich, wie sie sich entschied, eine Woche später würde sie es auf jeden Fall bereuen, da war sich Paula sicher.

Als sie die Redaktion betrat, stellte Paula als Erstes fest, dass das Zimmer der Redaktionssekretärin leer war. Sie war ein wenig enttäuscht, denn sie hätte gern mit Maiju ein paar Worte gewechselt. Ihr Verhältnis hatte sich ein bisschen abgekühlt, nachdem Paula bemerkt hatte, wie Maiju sie um Hukaris Angebot beneidete, und Paula sehnte sich nach Versöhnung. Dafür ist später noch Zeit, dachte sie und erkundigte sich bei dem Mädchen in der Zentrale, ob Tupala in seinem Büro war. Nachdem sie eine zustimmende Antwort erhalten hatte, suchte sie ihn auf.

An der Tür brannten sowohl das gelbe als auch das rote Licht, zum Zeichen dafür, dass Tupala ein vertrauliches Gespräch führte. Paula wusste aus Erfahrung, dass solche Telefonate quälend lange dauerten, und beschloss, sich an dem Automaten neben der Telefonzentrale einen Kaffee zu holen. Sie hatte gerade zwei Schritte gemacht, als hinter ihr eine Tür aufging und sie Geschäftsführer Hukari nach ihr rufen hörte.

»Kimmo hat gesagt, dass du kommst«, sagte er und bedeutete ihr, in sein Büro zu kommen. »Du wolltest mir wohl aus dem Weg gehen, wie?«, fügte er gut gelaunt hinzu.

»Nein, ich hatte nur furchtbar viel zu tun.«

Hukari führte Paula zu dem vertrauten Sessel und nahm seinerseits Platz, wobei er eine kamelfarbene Seidensocke und ein Stück behaartes Bein entblößte.

»Und, wie geht es den Kulturseiten?«, fragte er wohlwollend. »Meine Frau freut sich immer sehr darauf. Sie sagt, das wäre wie Wassertropfen auf trockenen Boden.«

»Denen geht es gut«, versicherte Paula etwas lustlos. »Der Oktober ist in der Pipeline, aber ich weiß nicht, ob auch die folgenden Monate Wasser spenden werden.«

Hukari lachte. »Man kann nicht immer das gleiche Niveau erreichen«, gab er zu. »Vielleicht wird dir das Ganze auch langsam ein bisschen langweilig.«

Paula ahnte bereits, worauf er hinauswollte, und murmelte: »In dem Job kann man sich Langeweile nicht leisten.«

Hukari beugte sich vor, um eine Zigarre aus der Kiste zu nehmen, die auf dem Tisch stand. Beide schwiegen, als er die Spitze abknipste und die brüchigen Blätter der Zigarre befeuchtete. Erst als sie brannte und Hukari sich mit genussvoll zusammengekniffenen Augen zurücklehnte, erinnerte er Paula an ihr Gespräch von neulich und fragte:

»Wie lautet deine Entscheidung? Die Stelle wartet nicht bis ins nächste Jahrtausend.«

Paula wäre es angenehm gewesen, auch etwas in der Hand halten zu können, anstatt nur verlegen dazusitzen. Aber da sie nicht rauchte und sich auch keinen Lippenstift auftragen mochte, musste sie sich damit begnügen, ein Bein über das andere zu schlagen und eine dunkelbraune Locke um ihren Finger zu wickeln.

»Ich habe mir Gedanken darüber gemacht«, gab sie zögernd zu. Und auf einmal fand die Antwort wie von selbst den Weg auf ihre Zunge: »Je mehr ich darüber nachdenke, umso sicherer bin ich mir, dass diese Tätigkeit nichts für mich ist.«

Kaum hatte sie das gesagt, kam es ihr vor, als wäre ein Knoten geplatzt, und sie könnte wieder frei atmen. »Das ist ein freundliches Angebot, und ich weiß es zu schätzen, aber ...«

»Was aber? Was ist verkehrt daran? Bist du nicht an neuen Herausforderungen interessiert?« Hukari hielt seine Zigarre wie einen Wurfpfeil.

»Natürlich bin ich daran interessiert, aber ich will das machen, was ich jetzt tue, PR-Arbeit interessiert mich nicht. Ich bin einfach von Natur aus neugierig und will wissen, was um mich herum passiert, und dann anderen davon berichten.«

»Das wäre eine Chance, einen Schritt auf der Karriereleiter zu machen«, lockte Hukari sie inmitten einer blaugrauen Rauchwolke. »Als PR-Chefin, vielleicht sogar als Kommunikationsmanagerin.«

»Auch das interessiert mich nicht. Ich will keine Chefin sein, dafür wird man nur mit entsetzlichem Stress belohnt.« Paula wusste jetzt, dass sie sagte, was sie in ihrem Innersten dachte: »Ich will einfach das bleiben, was ich bin. Eine freie Journalistin, die für Menschen über Menschen und die Dinge, die sie bewegen, schreibt. Auch jetzt habe ich gerade eine Geschichte in der Tasche, die viele Menschen angeht. Wenn sie in der nächsten Nummer von *Glück* erscheint, wird sie hoffentlich eine große Seifenblase zum Platzen bringen.«

Hukari legte die Zigarre auf den Rand des Aschenbechers und streckte seine Hand aus.

»Zeig mal her«, sagte er interessiert. »Ich bin gespannt zu sehen, was für dich über Stockholm und der Karriere steht.«

Paula nahm den Ausdruck ihres Artikels aus der Tasche und reichte ihn Hukari. Dieser setzte seine Lesebrille auf und hielt den Text ins Licht. »Mord, Brandstiftung und Erpressung«, las er laut. »Das fängt ja gut an.«

Die dicken Wände des alten Hauses isolierten gut, daher

war es ganz still im Raum. Nur das leise Rascheln des Papiers war zu hören und hin und wieder das Schnurren eines Autos. Paula war gespannt zu hören, was Hukari sagen würde. Wenn nur ein Tropfen Journalistenblut in ihm floss, würde er sofort verstehen, was Paula an ihrer Arbeit so sehr interessierte, dass sie sie nicht für eine Karriere im PR-Bereich aufgeben wollte.

Hukari sah Paula über seine Lesebrille hinweg an.

»Warum bist du eigentlich gegen dieses Projekt?«, fragte er. »Das würde der Stadt Geld bringen und außerdem Arbeitsplätze schaffen. Die ganze Region würde einen Aufschwung erfahren, anstatt dass eine Schlafstadt mehr entstünde. Wohlstand ist doch nichts Schlechtes. Die Stadt Vantaa braucht ...«

Hukaris Stimme schlang sich um Paula wie zahllose Fäden. Sie hatte eine Zauberkraft, die vor Paulas innerem Auge prächtige Geschäfte und Menschengewimmel entstehen ließ. Einen großen Parkplatz, auf dem Auto neben Auto stand. Fortschritt, Wohlstand und wirtschaftlicher Aufschwung. Das klang verlockend.

So schlimm war das Einkaufszentrum tatsächlich nicht. Sie wurden überall gebaut. Die Leute kauften ein und brachten Geld. Mit dem Geld wurden Steuern bezahlt, und mit den Steuern Krankenhäuser und Kindergärten gebaut.

Paula war kurz davor, Hukari Recht zu geben, als sie an Mauri Hoppu und Pirjo Toiviainen denken musste. Sie erinnerte sich an das alte Haus und das Geld, das Leeni angeboten worden war.

Das Telefon klingelte. Hukari nahm die Brille ab und schob sie in ein weinrotes Etui. »Wenn du bitte entschuldigst«, murmelte er und stand auf.

Paula legte die Hände um ihr Knie und wartete geduldig. Nachdem zwei Minuten vergangen waren, fiel ihr ein, dass sie versprochen hatte, die Prospekte zurückzugeben. Sie nahm sie aus der Tasche und blätterte sie zum Zeitvertreib durch. Das Unternehmen schien Anbauten von hoher Qualität herzustellen. Garagen, Gartenhäuser, Saunas. In einem Prospekt war eine Liste der größten Eigentümer des Unternehmens abgedruckt, und Paula überflog sie mit einem Auge.

Plötzlich erstarrte sie. Unter den Eigentümern befand sich auch Hermes Invest, die Firma, der ein beträchtlicher Teil von City-Immobilien gehörte.

Paula richtete den Blick auf Hukari, der in seinem großen Chefsessel entspannt über irgendeinen Vertrag redete. Aus der Ferne kam ihr die Stimme eines alten Kollegen in den Sinn: »Sei immer skeptisch, wenn dir einer die Sterne vom Himmel verspricht.«

Genau das hatte Hukari gerade getan, stellte Paula fest. Ein schickes Auto, ein fettes Gehalt und die besten Aussichten, Karriere zu machen. Nur damit sie nach Stockholm ging und vergaß, ihre Geschichte zu schreiben.

Hukari beendete sein Gespräch und kehrte zu seinem Sessel zurück. Er nahm die erloschene Zigarre aus dem Aschenbecher und zündete sie erneut an.

»Dir gehört City-Immobilien, nicht wahr?«, sagte Paula.

Seine Augenbrauen hoben sich.

»Meinst du die Firma, die in dem Artikel erwähnt wird?«

»Natürlich.«

»Mir gehört alles Mögliche, aber City-Immobilien gehört nicht dazu.« Weicher Qualm stieg im Zimmer auf.

»Ich glaube dir nicht«, gab Paula zurück. »Ich glaube, dass dir das ganze Gebiet gehört. Du hast den Mann engagiert, der als Forsman aufgetreten ist, um Leeni Ruohonen unter Druck zu setzen, damit sie verreist und das Haus angesteckt werden konnte. Arbeitsplätze und Wohlstand von anderen Leuten – das ist dir egal«, erregte sich Paula. »Dich interessiert nur, möglichst viel Geld zu verdienen. So viel, dass du es in deinem ganzen Leben nicht ausgeben kannst.«

Falls Hukari wegen Paulas Worten beleidigt war, besaß er genug Erfahrung als Verhandlungspartner, um es sich nicht anmerken zu lassen. Er klopfte die Asche seiner Zigarre ab.

»Fantasie ist eine gute Sache«, sagte er in ruhigem Ton, »aber ich würde dir empfehlen, sie etwas im Zaum zu halten, ansonsten kann dir das Unannehmlichkeiten bescheren.«

»Willst du mir drohen?«

»Aber liebes Mädchen!«, prustete Hukari. »Ich habe versucht, dir einen Job zu vermitteln, einen Traumjob, und alles, was ich als Dank dafür bekomme, ist eine Salve hässlicher Vorwürfe. Mir gehört diese Firma nicht, ich kenne keinen Forsman, ich habe niemanden engagiert, um Leute unter Druck zu setzen. So etwas gehört schlicht und einfach nicht zu den Prinzipien meines Handelns.« Mit starrer Miene erhob er sich.

Auch Paula stand auf. Der Mann war überzeugend, musste sie zugeben. Aber das musste er auch sein, wenn er in der freien Wirtschaft Erfolg haben wollte. Sie nahm den Artikel vom Tisch und schob ihn in ihre Tasche. Ihr schien, sie hatten sich nichts mehr zu sagen.

Er registrierte ihren Gesichtsausdruck und fügte schließlich hinzu: »Wenn ich so ein Verbrecher wäre, wie du glaubst, würde ich dich dann so etwas in meiner Zeitung veröffentlichen lassen?«

Jetzt war Paula an der Reihe, sich zu wundern: »Hast du nicht vor, es zu verhindern?«

Hukari lächelte. »Natürlich nicht, ich mische mich nicht in redaktionelle Belange ein. Dafür ist Tupala verantwortlich.«

Gegen ihren Willen musste Paula eingestehen, dass Hukari Recht hatte. Würde er hinter City-Immobilien stecken, könnte er es sich nicht leisten, den Artikel ausgerechnet vor der wichtigen Sitzung erscheinen zu lassen. Vielleicht hatte sie ihn doch zu Unrecht beschuldigt. Sie war verlegen.

»Entschuldigung«, murmelte sie. »Fantasie kann wirklich eine Last sein.«

Hukari winkte großzügig ab. »Vergessen wir das Ganze. Es gibt noch eine andere Kandidatin für die Stelle in Stockholm, also was soll's. Mach du nur deine Kulturseiten, dann ist auch meine Frau weiterhin glücklich.«

Wieder klingelte das Telefon, und Paula huschte aus dem Zimmer. Inzwischen waren die Lämpchen an Tupalas Tür erloschen, und sie konnte dem Chefredakteur ihre Geschichte zeigen, der sie nach dem einen und anderen skeptischen Kommentar akzeptierte.

Eine Woche später wurde von den Zeitungen der Hauptstadtregion die Meldung verbreitet, ein Mitglied der Stadtverwaltung von Vantaa sei wegen seiner Verbindungen zu einer größeren Baufirma von der Polizei verhört worden. Die Sache stand im Kontext mit einem zur Abstimmung anstehenden Bebauungsplan und mit Verbrechen, die in den letzten Monaten begangen worden waren und in deren Zusammenhang ein Verdächtiger verhaftet worden war. Über Einzelheiten schwieg die Polizei.

Allein diese Meldung führte dazu, dass einige Unterstützer des Einkaufszentrums skeptisch wurden. Als zwei Tage später der Artikel in *Glück* erschien, ging die Zahl der Befürworter noch weiter zurück.

Am Morgen nach der Sitzung des Stadtplanungsausschusses rief Tane bei Paula an und berichtete, es sei beschlossen worden, einen Bebauungsplan zu erstellen.

»Und?«

»Nichts weiter, als« – Tanes Stimme klang nach honigsüßer Zufriedenheit – »dass dem ursprünglichen Vorhaben gemäß eine Siedlung mit Einfamilienhäusern geplant werden soll. Der Stadtrat muss die Sache noch behandeln, aber dadurch wird sich an der Entscheidung nichts ändern. Wir haben gewonnen! Hast du gehört, du Superfrau, wir haben gewonnen!«

»Wir?«

»Ja. War ich nicht derjenige, der dich auf die Sache gebracht hat?«, fragte Tane. »Habe ich dir nicht die Zeitung gebracht, in der davon berichtet wurde? Ohne mich wärst du nur von einer Ausstellung zur anderen getrippelt und hättest dich gefragt, was du da eigentlich tust.«

Das stimmte, musste Paula zugeben. Tane hatte ihr die Geschichte vor die Nase gehalten wie ein leckeres Schokoladensoufflé und sie angestachelt, etwas daraus zu machen. Er hatte ihr auch Tipps und Informationen gegeben.

»Warum?«, fragte Paula misstrauisch. »Warum hast du mich zu dieser Geschichte gelockt?«

»Weil sie mich interessiert hat. Als damals dieses Stück Land verkauft wurde, versuchte ich herauszubekommen, wer der Käufer war, aber das ist mir nicht gelungen. Das machte mich neugierig. Als das Projekt mit dem Einkaufszentrum publik wurde, wurde ich noch hellhöriger. Ich hätte mir vor Wut in den Hintern beißen können, als das alte Haus in Brand gesteckt wurde.«

»Warum hast du dich dann nicht selbst auf die Geschichte gestürzt? Du hättest bestimmt mehr herausgeholt als nur diese eine Meldung.«

Tane seufzte tief. »Wie gesagt, unser Blatt ist nur an Nachrichten interessiert. Und auf eigene Kosten nehme ich nur Speisekarten unter die Lupe. Dann fielen mir die Geschichten ein, die du für *Glück* geschrieben hast, und ich dachte, mit den Ressourcen von *Glück* würdest du mehr herausfinden können als ich. Also habe ich dir meinen Artikel als bescheidenes Geschenk zu Füßen gelegt, oh Herrscherin meines Herzens.«

Paula lachte. »Bring die Geschenke lieber deiner Frau, vielleicht kommt sie dann wieder zurück.«

»Vielleicht«, antwortete Tane, wenn auch nicht sonderlich hoffnungsvoll. »Aber auf jeden Fall haben wir einen Grund zu feiern, nicht wahr?«

Paula konnte sich schon ausmalen, in welchem Lokal sie sich treffen würden. Umso erstaunter war sie, als Tane vorschlug, ins Theater zu gehen.

»Ich habe zwei Karten für die nächste Premiere im Stadttheater«, sagte er und fügte in einem Anfall von Ehrlichkeit hinzu: »Eigentlich war die andere Karte für meine Frau, aber die hat kein Interesse.«

»Selbst schuld«, entgegnete Paula.

Die Vorstellung war ausverkauft, und die Besucher zeigten dem Anlass ihren Respekt, indem sie sich fein angezogen und ihre Handys zu Hause gelassen hatten. Paula hatte sich ein grünes Kostüm gekauft, das weiße Aufschläge zierten. Ihre Haare hatten eine neue, kaffeebraune Farbe. Der noch etwas stämmiger gewordene Tane sah in seinem dunklen Anzug aus wie ein Operntenor.

Das Stück war eine Komödie über einen Mann, der alle Leute, die er hasste, in Vögel verwandelte. Der erste Teil endete damit, dass er nur noch Vögel um sich hatte. Nach dem Applaus begab sich das Publikum ins Foyer, wo es bald wimmelte wie in einem Ameisenhaufen. Die Schlangen vor der Bar und der Kaffeetheke waren hoffnungslos lang. Dank seines mächtigen Körpers und seiner dreisten Natur gelang es Tane dennoch relativ zügig, zwei Gläser Wein zu besorgen, mit denen sie sich in eine ruhige Ecke zurückzogen.

»Das war schön«, meinte Paula. »Ich hätte nichts dagegen, wenn ich auch ein paar Leute in Vögel verwandeln könnte. Mir würde das vielleicht gut tun. Alles sieht so anders aus, wenn man es aus einer anderen Perspektive betrachtet. Stell dir nur mal vor …«

Plötzlich merkte Paula, dass sie zu sich selbst sprach. Tanes

Aufmerksamkeit war auf die andere Seite der Menschenmenge gerichtet. Da er groß war, konnte er über die Köpfe der anderen hinwegsehen.

»Sieh an«, meinte Tane. »Was macht der denn im Theater?« Er wirkte ein wenig aufgeregt und erinnerte Paula an einen Mann, der gerade einen Dieb in flagranti erwischt hat.

»Von wem redest du?«, fragte sie, wobei sie vergeblich versuchte, die Person zu entdecken, die Tanes Aufmerksamkeit fesselte.

Tane schien die Frage jedoch nicht gehört zu haben. »Ein fieser Typ«, sagte er, wobei er immer noch auf die andere Seite des Foyers spähte. »Lässt den eigenen Bruder für seine Schulden bürgen und zahlt sie dann nicht zurück. Alles musste zum Spottpreis verkauft werden. Zum Glück hat er den Jackpot nicht gekriegt. Ich musste lachen, als ich das hörte. Hab sofort Rami angerufen.«

Paula begriff gar nichts. Vom wem redete Tane da? Und wer war Rami? Offensichtlich war er jemandem böse, der seinem Bruder Unrecht getan hatte.

»Warte hier, ich muss mal auf die Toilette«, sagte Tane, und bevor Paula etwas fragen konnte, war er in der Menschenmenge verschwunden.

Paula hatte keine Lust, allein in der Ecke zu stehen, und schlenderte weiter, um nach Bekannten Ausschau zu halten.

Plötzlich spürte sie den Hieb einer eisernen Faust im Leib. Hukari und seine Frau standen mit gelangweilten Gesichtern am anderen Ende des Foyers. Hatte Tane ihn gemeint, fragte sich Paula. Hatte Hukari seinen Bruder übers Ohr gehauen? Vielleicht war es doch falsch, wenn sie ihn für unschuldig hielt.

Noch bevor sie ihn erreicht hatte, entdeckte Hukari sie und lächelte breit.

»Paula!« Er begrüßte sie dankbar, als befreite sie ihn von

einer langweiligen Gesellschaft. »Du bist auch gekommen, um dich auf andere Gedanken zu bringen. Oder kommt das auf die Kulturseiten vom November?«

»Sowohl als auch«, antwortete Paula lächelnd und richtete den Blick dann auf Hukaris Frau, die sie schon ab und zu auf dem Gang der Redaktion gesehen hatte.

Sie war gekonnt geschminkt und frisiert, wirkte aber ein wenig hölzern. Sie machte sich nicht die Mühe, die Mitarbeiter von *Glück* anzulächeln, selbst wenn sie ihnen häufiger begegnet war. Ihr Vater hatte eine Schuhfabrik besessen, und mit diesem Geld hatte Hukari seine ersten Geschäfte gemacht, hatte Paula gehört.

»Ich weiß nicht, ob ihr euch kennt«, sagte Hukari, »aber das ist Paula Mikkola, sie macht die Kulturseiten … meine Frau Krista.«

Die beiden Frauen gaben sich die Hand. Ein Funke von Interesse blitzte kurz in den blassblauen Augen der Gattin auf.

»Ach so. Das freut mich, der Person zu begegnen, die bei *Glück* für ein gewisses Niveau sorgt.«

Paula blieb nicht verborgen, dass dieses Lob an sie zugleich einen Tritt für den Ehemann bedeutete.

»Genauso interessant ist es, einer Person zu begegnen, die ein derart ausgezeichnetes Stellenangebot ausschlägt«, fuhr die Frau fort.

Hukari lachte leicht peinlich berührt.

»Ich habe meiner Frau davon erzählt«, erklärte er. »Eigentlich hat sie dich vorgeschlagen, als ich den Anruf meines Geschäftsfreundes erwähnte.«

Die Ehefrau zuckte mit den von Seide umhüllten Schultern.

»Das hat keine Mühe gekostet.«

Paula wollte gerade weitergehen, als Hukari den Kopf drehte.

»Da seid ihr ja!«, rief er aus. »Wir haben uns schon gewundert, wohin ihr verschwunden seid.«

»Wir haben ein paar Bekannte gesehen und guten Abend gesagt.« Die Frau, die da sprach, sah Hukaris Frau ein wenig ähnlich, war aber einige Jahre jünger und ein paar Kilo schlanker. Ihre Gesichtszüge waren jedoch die gleichen, ebenso wie ihre sauertöpfische Miene.

»Paula, das ist meine Schwägerin«, sagte Hukari. Nachdem die Frauen sich ohne große Begeisterung begrüßt hatten, wandte er sich dem neben ihm stehenden Mann zu. »Und das ist ihr Mann, Erkki Jousa.«

Paula sah den mittelgroßen Mann an, der einen gut sitzenden, dunkelblauen Anzug trug. Die dezente purpurfarbene Seidenkrawatte hatte wahrscheinlich mehr gekostet als Paulas Kostüm.

Jousa, dachte sie. Wo zum Teufel hatte sie den Namen schon einmal gehört?

Im selben Moment schoss ihr die Antwort in den Kopf. Lauri Jousa hatte das zu erschließende Gebiet gehört, und nach seinem Tod war der Besitz in seinen Nachlass übergegangen. Erkki Jousa war gewiss Lauri Jousas Sohn und einer der Erben.

Wie ein Windhauch wehte eine Ahnung von des Rätsels Lösung durch Paula hindurch.

Ihr Blick ging auf Hukaris Frau über, die sie unbedingt in Stockholm haben wollte, richtete sich dann auf deren Schwester und schließlich auf den Mann, der sie mit leicht hervorstehenden Augen musterte. Er musste offenbar ein Bein entlasten und änderte die Haltung.

»Jousa?«, entgegnete Paula mit sarkastischem Lächeln. »Ich dachte, sie heißen Forsman.«

»Forsman heißt mit richtigem Namen also Erkki Jousa«, sagte Leeni und fügte kurz darauf hinzu: »Weißt du, es gab eine Zeit, da war ich sicher, dass Forsman so eine Art Teufel ist. Verführt Menschen mit viel Geld und nimmt ihnen dafür den Seelenfrieden. Es war so schrecklich, weil er alles zu wissen schien.«

»Joni hat dich beobachtet und Hukaris Frau mich«, sagte Paula. »Vielleicht hat sie mit der Geschichte gar nichts zu tun, aber sie hat mich auf die Bitte ihrer Schwester hin für den Job in Stockholm vorgeschlagen. Ich glaube, die ganze Sache mit der Stelle dort hat Erkki Jousa eingefädelt.«

Sie saßen sich in einem Regionalzug gegenüber. Leeni hatte Ami zu Sanna gebracht. Sie hatte sich verändert. Die Anspannung hatte sich gelockert, und eine nachdenkliche Balance war an ihre Stelle getreten. Man könnte das als Erwachsensein bezeichnen, dachte Paula. Sie war froh, dass Leeni eine Arbeit gefunden hatte und am Anfang eines neuen, hoffentlich besseren Lebens stand.

Die Lautsprecherstimme forderte zum Einsteigen auf. Die Türen wurden geschlossen, und der Zug setzte sich gemächlich in Bewegung.

»Du hast bald ein Gerichtsverfahren vor dir«, sagte Paula. »Bist du nervös?«

»Ein bisschen. Aber ich habe nicht vor der Verhandlung an

sich Angst. Ich habe Angst davor, dass sie mir nicht glauben. Ich kann doch nichts beweisen! Anscheinend hat niemand Forsman gesehen, außer mir.«

»Und Forsman alias Jousa behauptet natürlich, dir noch nie begegnet zu sein. Die einzige Hoffnung ist, dass Kaija Aaltonen bereit ist, auszusagen, wer wirklich die Wohnung in der Meripuistotie gemietet und bezahlt hat. Wenn sie die Wahrheit sagt, hat Jousa kaum noch eine Chance.« Paula blickte Leeni von unten herauf an. »Noch besser wäre es, wenn dein Joni den Mund aufmachen und erzählen würde, wie es wirklich gewesen ist.«

»Er ist nicht mein Joni«, entgegnete Leeni knapp und ging zu einem anderen Thema über: »Was ist dieser Jousa eigentlich für einer? Ich hab die ganzen Zusammenhänge immer noch nicht kapiert.«

»Jousa ist der Sohn des Mannes, dem die Wiesen hinter dem Haus deiner Tante gehört haben. Früher hatte Jousa ein Bauunternehmen, aber das ging in der Rezession Anfang der neunziger Jahre Pleite. Er hat seinen Bruder dazu gebracht, für einen Kredit zu bürgen. Nach dem Konkurs musste der Bruder dann die Kreditschulden übernehmen. Dafür musste er sein Haus und einiges mehr verkaufen. Eine Schwester hatte er auch noch. Die war durch einen Hauskauf in die Schuldenfalle geraten. Eine ganz normale Geschichte in der Rezession. Das alles ist Fakt«, sagte Paula und beugte sich zu Leeni hinüber.

»Jetzt kommt der etwas fantastische Teil. Erkki Jousa war bei seinen Geldangelegenheiten nicht ganz ehrlich, sondern hatte schon in guten Zeiten erhebliche Summen in ein Steuerparadies verfrachtet. Als der alte Herr Jousa starb, plante sein Sohn Erkki die Gründung einer Firmenkette, die sich von einem Steuerparadiesunternehmen bis nach Finnland erstreckte. Er gründete eine Firma namens City-Immobilien AG, deren Geschäfte die Polizei gerade unter die Lupe nimmt. 1994 legte City-Immobilien den Jousa-Erben ein Kaufangebot für das besagte Gelände vor. Und da alle Geschwister entweder tatsächlich oder vermeintlich in finanziellen Schwierigkeiten steckten, akzeptierten sie das Angebot, obwohl es vergleichsweise niedrig war, berücksichtigt man den künftigen Wert des Gebiets.«

»Wenn man in der Patsche sitzt, denkt man nur an den Moment und nicht an etwas, das noch kommen kann«, merkte Leeni an. »Ich habe auch immer nur an die ganzen unbezahlten Rechnungen gedacht, als Forsman kam, und kein bisschen daran, wohin es führen würde, wenn das Haus abbrennt.«

»Der Mensch lebt die meiste Zeit von der Hand in den Mund«, sinnierte Paula. »Aber dieser Erkki Jousa lebte von den Händen anderer in seinen Mund. Er erschlich sich das gesamte Gelände, weil er den zu erwartenden Gewinn nicht mit seinen Geschwistern teilen mochte. Und er wollte, dass die Gewinne möglichst üppig ausfielen. Vielleicht brachte einer seiner zwielichtigen Geschäftspartner die Idee von einem großen Einkaufszentrum auf, vielleicht kam sie auch in einer Sitzung der Stadtverwaltung zur Sprache, davon habe ich keine Ahnung, doch auf jeden Fall hielt er an der Idee fest, denn das bedeutete eine weitere Wertsteigerung des Geländes. Ich weiß nicht, was er alles angestellt hat, um die Sache voranzutreiben, aber ich würde auf Bestechung, Nötigung und alte Kameraden tippen. Es hätte nicht viel gefehlt, und er hätte Erfolg gehabt.«

Der Zug sauste an kleinen Bahnstationen vorbei. Paula nahm eine bequemere Haltung ein, denn sie hatten noch eine Weile zu fahren.

»Am Anfang bin ich in die Irre gegangen, als ich mir einbildete, jemand anders habe Forsman engagiert, um dich zu bestechen«, fuhr Paula fort. »Da habe ich ein bisschen zu weit geschaut. Auf Bauunternehmen, Zentralgenossenschaften, städtische Amtsträger. Dabei spielte Forsman, also Jousa, die ganze Zeit nur sein eigenes Spiel. Darum war er auch so scharf auf das Testament. Er hätte viel Geld gespart, wenn es ihm gelungen wäre, das Grundstück als angeblicher Vertreter eines Vereins zu erben.«

»Aber wenn die Polizei das alles weiß, warum verhaftet sie diesen Jousa dann nicht?«, wunderte sich Leeni.

»Die Polizei weiß das nicht mit Sicherheit, eigentlich weiß das niemand. Das sind alles nur Schlussfolgerungen. Einer meiner Journalistenkollegen kennt den Bruder von Erkki Jousa. Und der hat irgendwann angefangen zu argwöhnen, dass sein großer Bruder nicht ganz legal operiert. Meinem Kollegen hat er gesagt, sein Bruder verhalte sich wie ein Mensch, der alles verloren hat. Als die City-Immobilien AG ins Spiel kam, fing er an, Erkundigungen darüber einzuziehen, aber eine Spur nach der anderen war irgendwann verwischt, und das bestätigte sein Misstrauen. Als dann das Haus deiner Tante brannte, ging er nachschauen, wo das Büro von City-Immobilien war, und stellte fest, dass sich Aaltonens Wohnungsvermittlung an derselben Adresse befand. Er wusste, dass sein älterer Bruder Kaija Aaltonen kannte, und war sich seiner Sache nun fast sicher. Aber das waren trotzdem alles nur Vermutungen, er hatte keinerlei Beweise. Das Einzige, was er tun konnte, war, Erkki Jousa – falls dieser tatsächlich hinter City-Immobilien steckte – daran zu hindern, den großen Reibach mit dem Gelände zu machen. Das war seine Rache. Darum hat er Tane von der ganzen Sache erzählt, der mich wiederum dazu brachte, eine Geschichte für *Glück* zu schreiben, die eine viel größere Auflage hat als sein kleines Blatt. Außerdem hätte die Geschichte auch gar nicht dorthin gepasst.«

»Ganz schön fieser Typ«, meinte Leeni. »Statt seinem Bruder und seiner Schwester mit dem Geld, das er beiseite geschafft hat, unter die Arme zu greifen, hat er sie nur noch schlimmer in den Abgrund getrieben und sie dann gezwungen, billig zu verkaufen. Das Gelände ist bestimmt Millionen wert.«

»Zig Millionen, wenn der Bebauungsplan erstellt ist«, korrigierte Paula. »Ich glaube, es wird gerade ein Vertrag gemacht, durch den auch die Schwester und der Bruder an dem Geld beteiligt werden.«

Leeni schnaubte geräuschvoll. »Geld! Ohne wären sie viel glücklicher.«

»Da wir gerade von Geld reden, was hat deine Tante zu dem Testament gesagt?«

»Genau das, was du prophezeit hast. Sie wollte es ändern, aber nicht bevor sie mit Hoppu gesprochen hatte. Hoppu schrieb ihr aber nicht und kam auch nicht, deswegen zog sich das Ganze hin. Als die Tante dann krank wurde, bekam sie es mit der Angst zu tun und befürchtete, zu sterben, bevor sie das Testament geändert hatte. Sie bat mich, die Sache in Ordnung zu bringen, aber ich wusste ja nicht, was sie wollte.«

»Und das neue Testament ist jetzt gemacht? Dann wirst du eines Tages viel Geld für das Grundstück deiner Tante bekommen.«

»Ami wird es bekommen«, korrigierte Leeni. »Ich wollte, dass die Tante alles Ami vererbt. Bis Ami achtzehn ist, wird sich ein Nachlassverwalter darum kümmern. Ich will keinen Pfennig vom Geld der Tante.«

Der Zug fuhr in den Bahnhof von Hyvinkää ein. Paula und Leeni stiegen aus und hielten nach einem Taxi Ausschau.

»Wie ist es dir eigentlich gelungen, dieses Treffen zu arrangieren?«, fragte Paula, nachdem sich der Wagen in Bewegung gesetzt hatte. »Ich habe es ein paar Mal versucht, aber sie hat sich strikt geweigert, mit jemandem zu reden. Am allerwenigsten mit Leuten von der Presse, die angeblich nur die Tatsachen verfälschen.«

»Ich habe ihr nur gesagt, was passiert ist«, antwortete Leeni. »Ich sagte ihr, dass ich mit Joni zusammen war und dass wir gerade in eine gemeinsame Wohnung ziehen wollten, als Joni verhaftet wurde. Ich sagte, ich würde das alles nicht verstehen und wolle deshalb mit ihr reden.«

»Und sie war einverstanden?«

»Ja. Sie sagte, sie sei froh, dass es noch jemanden gäbe, der an Jonis Unschuld glaube.«

Paula wartete gespannt auf die Begegnung. Sie wollte aus dem Fall noch einen dritten Artikel für *Glück* machen, und dafür brauchte sie ein paar Hintergrundinformationen über Joni. Seinen richtigen Namen würde sie natürlich nicht nennen und auch nicht sein Foto zeigen. Sie würde lediglich das Porträt eines Verhafteten zeichnen und alle Tatsachen, die zu dem Fall gehörten, darlegen. Ausreichende Indizien gab es weder für die eine noch für die andere Seite. Jousa behauptete steif und fest, keinen Rautemaa zu kennen. Und Rautemaa wiederholte stur, nichts getan zu haben. Als er nach Jousa alias Forsman gefragt worden war, hatte er nur mit dem Kopf geschüttelt.

»Hast du ihr gesagt, dass ich mitkomme?«

»Ich habe gesagt, ich bringe eine Freundin mit, sonst nichts.«

Paula machte ihre Handtasche auf und prüfte, ob das Aufnahmegerät bereit war. Sie musste nur heimlich einen Knopf drücken, und das gesamte Gespräch wurde aufgezeichnet. In ethischer Hinsicht war dieses Vorgehen nicht sonderlich akzeptabel, aber ihr war nichts Besseres eingefallen.

Der Wagen hielt vor einem kleinen, weißen Einfamilienhaus, und Paula zahlte, während Leeni schon ausstieg. Als Paula sie auf den Eingangsstufen einholte, ging die Tür auf, und eine Frau erschien im Türspalt.

Auf den ersten Eindruck schien sie sehr distanziert. Die fünfzigjährige Frau schaute sie mit offener Ablehnung durch ihre Brille an.

»Leeni Ruohonen?«, fragte sie.

Leeni streckte die Hand aus. Die Frau streifte sie flüchtig. »Das ist meine Freundin. Sie kannte, ich meine kennt Joni auch«, sagte Leeni, und die Frau nickte Paula mit ernster Miene zu.

Nachdem sie ihre Mäntel ausgezogen hatten, folgten Paula und Leeni der Frau in eine enge Essecke, wo der Kaffeetisch gedeckt war.

»Setzen Sie sich«, sagte die Frau und goss den Kaffee ein. Sie tranken wortlos ihren Kaffee. Paula wagte es nicht, das Gespräch zu beginnen. Sie befürchtete, die Frau könnte die Journalistin in ihr wittern, und wollte es nicht riskieren, hinausgeworfen zu werden.

»Das ist eine entsetzliche Geschichte«, sagte Leeni schließlich. »Ich kapiere das immer noch nicht. Joni war so nett und so lieb.«

Der Frau entwich ein tiefer Seufzer.

»Das muss alles ein Irrtum sein, der Meinung bin ich die ganze Zeit. Mein Mann, der Abteilungsleiter ist, und ich, wir haben Joni zu einem anständigen und ehrlichen Jungen erzogen. Er ist überhaupt nicht zu solchen Dingen fähig, die ihm die Polizei vorwirft. Joni hat nicht einmal getrunken, so wie all die anderen Jugendlichen, ganz zu schweigen, dass er Drogen genommen hätte. Wir haben ihm Grenzen gesetzt, und die hat er respektiert. Die einzige Enttäuschung für uns war, dass er kein Abitur machen wollte.«

Paula schaltete verstohlen das Aufnahmegerät ein. »Wir mögen Joni beide«, sagte sie, wobei sie versuchte, möglichst viel Wärme in ihre Stimme zu legen. »Und es wäre schön, wenn Sie uns von ihm erzählen könnten. Wie war er, als er noch zu Hause wohnte?«

»Joni war intelligent und begabt. Ausgelassen und fröhlich. Beliebt bei seinen Freunden.« Letzteres sprach sie mit besonderem Stolz aus.

»Wenn er intelligent und begabt war, hatte er bestimmt auch in der Schule Erfolg?«

»Ja, sicher, er hatte Erfolg«, beteuerte Jonis Stiefmutter ein wenig matt. Schließlich zwang sie die Ehrlichkeit, zuzugeben, dass Joni ein bisschen faul gewesen war. »Er neig-te dazu, immer die niedrigste Stelle zu finden, an der er hinübersteigen konnte. Und da er begabt war, gelang ihm das meistens auch.« Sie nahm die Brille ab und wischte sich mit dem Taschentuch die Augenwinkel. »Manchmal hatte ich den Eindruck ...« – an dieser Stelle geriet ihre Selbstsicherheit ein wenig ins Wanken –, »als wäre die Suche nach dem bequemsten Weg die eigentliche Herausforderung für ihn.«

Paula und Leeni schauten einander an. Leeni schüttelte den Kopf. Sie hatte keine Frage.

»Ich habe Freunde bei der Polizei«, log Paula, »und könnte ein Wort für Joni einlegen, aber dazu muss ich eines wissen.« Mit leichtem Zögern fuhr sie fort: »Das klingt jetzt vielleicht ein bisschen hart, aber ich muss diese Frage stellen: Hat Joni als Jugendlicher irgendwelche kriminellen Neigungen an den Tag gelegt?«

Unwillig holte Jonis Stiefmutter Luft. Ihre Brille blitzte auf, als sie sich abwandte. »Joni hat sich immer gut benommen, da können die Leute sagen, was sie wollen!«

Paula übte keinen Druck auf sie aus, sondern wartete geduldig auf die Fortsetzung. Schließlich gab die Frau zu, während der Schulzeit seien Gerüchte über den einen oder anderen Diebstahl in Umlauf gewesen. Einmal sogar über Erpressung.

»Es hat aber nie irgendwelche Beweise gegeben«, erklärte sie. »Man konnte auch gar keine finden, denn Joni war unschuldig. Die Mädchen mochten ihn, und da waren die anderen Jungen neidisch. Sie setzten alle möglichen Gerüchte in die Welt.«

Jonis Lebensphilosophie schien sich in dem Gedanken zu

kristallisieren, den er in Gestalt von Miikka Jokinen Paula gegenüber geäußert hatte: »Sag nie die Wahrheit, sondern das, was die Menschen hören wollen.« Wenn die Menschen hörten, was sie wollten, glaubten sie auch daran.

Leeni regte sich verlegen.

»Aber Joni hat mich geschlagen«, sagte sie. »Und er hat mir mein Kind entrissen. Was hat das zu bedeuten? In dem Augenblick hatte ich Angst vor ihm.«

Die Frau schloss die Augen und schüttelte heftig den Kopf.

»Das ist ein Irrtum und ein Missverständnis«, behauptete sie nervös. »Joni war nur verängstigt. Er hat sich nichts zu Schulden kommen lassen, aber jemand hat es so inszeniert, dass er als der Schuldige dastand. Da hat Joni die Nerven verloren. So muss es gewesen sein.« Ihre Stimme hob sich ein wenig: »Sagen Sie Ihren Freunden bei der Polizei, dass mein Joni kein Mörder ist! Er würde nichts Lebendiges töten können, das können sie jeden fragen! Joni ist ein guter Junge.«

Paula hätte sich mit dieser Bestätigung ihrer Theorie von Jonis Unschuld zufrieden geben können. Dennoch war sie nicht überzeugt. Etwas schien noch zu fehlen. Die Frau wirkte so abwehrend, als wollte sie Joni die ganze Zeit schützen. Was konnte das sein? Und warum tat sie das? Gab es etwas, was sie nicht erzählt hatte?

Paula trank ihre Tasse aus. Mit einer müden Gebärde machte die Frau Anstalten, ihr nachzuschenken, aber Paula lehnte ab. Die Atmosphäre war so angespannt, dass es Mühe bereitete, den Kaffee zu schlucken.

»Joni ist unter dem Namen Miikka Jokinen als freier Journalist aufgetreten«, berichtete Paula. »Wenn er so anständig ist, wie Sie behaupten, warum hat er dann so etwas getan?«

Die Frau zuckte mit den Schultern. »Das ist bestimmt eine Art Scherz. Wenn es überhaupt stimmt. Vielleicht … vielleicht hatte er Schulden, vor denen er seine Ruhe haben wollte. Die jungen Leute machen oft Schulden, ohne zu begreifen, dass man sie auch zurückzahlen muss.«

»Aber Joni war vermögend!«, rief Leeni aus. »Er hat mir erzählt, sein Vater habe ihm viel Geld hinterlassen. Er hatte eine tolle Wohnung und teure Möbel. Allerdings hätte er lieber seinen Vater behalten, als das Geld zu bekommen. So hat er es mir gesagt.«

Ein verlegener Ausdruck schlich sich ins Gesicht der Frau, und sie änderte erneut ihre Haltung. Schließlich erlaubte sie sich ein kleines Lächeln.

»Jonis Vater hatte kein Geld.« In ihrer Stimme schwang leichte Verachtung mit. »Er war ein arbeitsloser Bauarbeiter. Alkoholiker, so wie Jonis Mutter auch. Sie wohnten zur Miete, und das Sozialamt bezahlte die Rechnungen.«

Leenis Augen weiteten sich vor Erstaunen. Ihre Hände bewegten sich, als wollten sie die unschönen Worte abwehren. Paula versetzte die Antwort allerdings nicht in Erstaunen. In ihrem Innersten hatte sie mit etwas Derartigem gerechnet. Eigentlich wäre sie viel erstaunter gewesen, wenn Joni die Wahrheit gesagt hätte.

Jonis Stiefmutter war jetzt nicht mehr so weit weg wie am Anfang. Etwas in ihr war aufgebrochen, das konnte Paula deutlich spüren. Trotzdem musste sie behutsam weitermachen, damit sich die Frau nicht entzog.

Paula wandte sich an Leeni. »Was hat Joni denn noch von seinen Eltern erzählt?«, fragte sie, ohne selbst so recht zu wissen, worauf sie hinauswollte.

»Nicht besonders viel«, antwortete Leeni mit Achselzucken. »Nur, dass sein Vater und seine Mutter bei einem Autounfall ums Leben kamen, als Joni noch klein war.«

Wieder wischte sich die Frau mit dem Taschentuch die Augen, die mittlerweile ganz rot geworden waren.

»So hat er es immer erzählt, der arme Junge. Und wir hatten nicht das Herz, es richtig zu stellen. Die anderen Jungen hätten ihn nur geärgert.«

»Hat das auch nicht gestimmt?« Leeni schien überrascht. »Was geschah denn tatsächlich?«

»Was geschah?« Auf dem Gesicht der Frau machte sich Hass breit. »Es geschah nichts, außer dass eines Abends – es dürfte wohl eher schon Nacht gewesen sein – sein Vater sich am Haken der Wohnzimmerlampe aufgehängt hat. Da war Joni gerade fünf geworden.«

Sie fuhr mit einer Stimme fort, aus der alles Gefühl herausgepresst war: »Das Kind war mit seinem Vater allein, als es passierte. Joni musste die ganze Nacht mit dem Toten verbringen, weil sich seine Mutter herumtrieb.«

Leeni war vollkommen blass geworden. Paula wusste, dass sie an Ami dachte. Auch Paula versuchte sich vorzustellen, was geschehen war. Sie versuchte mit den Augen des Kindes den Vater an der Lampe hängen zu sehen. Sie konnte es nicht. Es war zu entsetzlich.

Wieder blitzte die Brille der Frau zornig auf. »Und so eine Frau wird doch keine allein Erziehende. Joni kam ins Kinderheim und von dort zu uns. Seine Mutter hat sich tot gesoffen, und auch wenn es brutal klingt, war das meiner Meinung nach das Beste, was die Frau je getan hat.«

Zu Paulas Erstaunen flossen plötzlich Tränen aus den Augen der Frau. »Dass es so weit kommen musste«, stammelte sie, während sie nach einem frischen Taschentuch suchte. »Dass unser Joni im Gefängnis sitzt.«

Paula ließ sie weinen und dachte über das nach, was sie gehört hatte. Als die Frau sich wieder beruhigte, sagte Paula zögernd: »Ein Fünfjähriger ist noch ziemlich klein für eine solche Erfahrung, kein Wunder, dass er die Geschichte mit dem Unfall erfunden hat ...« Sie warf einen verstohlenen Blick auf die Frau. »Ich frage mich nur, ob er sich noch mehr ausgedacht hat?«

Die zitternden Finger von Jonis Stiefmutter fanden ein Taschentuch in der Tasche der pflaumenfarbenen Kostümjacke. Nachdem sie sich die Nase geputzt hatte, blickte die Frau zerstreut an Paula und Leeni vorbei.

»Das habe ich noch niemandem erzählt, aber jetzt scheint es ohnehin egal zu sein. Manchmal habe ich mich gefragt, ob wir etwas falsch gemacht haben. Dabei wollten wir doch nur das Beste für Joni.«

Leeni und Paula schwiegen. Das Aufnahmegerät sirrte leise in Paulas Tasche, aber die Frau schien nichts zu hören, außer dem gedämpften Echo ihrer Erinnerungen.

»Joni war ein braves Kind. Brav und fröhlich.« Das sagte sie mit großer Sicherheit, um Leeni und Paula und auch sich selbst davon zu überzeugen, dass es der Wahrheit entsprach. »Darum war ich auch erstaunt, als er eines Tages – da war er, wenn ich mich richtig erinnere, siebzehn – wie verwandelt war, wie ein ganz anderer Junge. Plötzlich ließ er seine schlechte Laune an mir aus und kommandierte mich herum. ›Joni! Was ist los mit dir?‹, schalt ich ihn. ›Ich bin nicht Joni‹, hat der Junge mit seltsamer Stimme geantwortet, ›ich bin der Herr und der König!‹«

Die Frau wandte den Blick zum Fenster und zu den Erinnerungen, die dahinter aufschienen. »Irgendwann danach machte er etwas kaputt, ich glaube die Fernbedienung, und ich schimpfte ihn wieder. Joni entgegnete verblüfft, er habe nichts kaputtgemacht. ›Ich habe nichts getan‹, behauptete er mit unschuldigen Augen. ›Wer war es dann?‹, wollte ich wissen. ›Der Herr und König natürlich!‹, antwortete der Junge. ›Der Herr und König ist böse.‹ Als ich das meinem Mann erzählte, verpasste er Joni eine schlimme Abreibung und verbat ihm, jemals wieder einen solchen Mist zu reden.«

Paula sah Leeni an, die ihrem Blick jedoch auswich. Paula hatte nun die Antwort auf die Frage erhalten, die sie geplagt hatte. Natürlich hatte Joni nichts getan, denn alles Böse hatte der Herr und König getan, der in ihm wohnte. Der Herr und König hatte Joni gezwungen, ihm zu helfen, begriff Paula. Der Herr und König war böse.

Die Frau beugte sich nach vorne und ergriff Paulas Handgelenk. »Haben wir etwas falsch gemacht?«, wollte sie wissen. »Ist das alles unsere Schuld?«

Paula befreite sich behutsam von ihrem Griff und stand auf. Wer war letztlich unschuldig und wer schuldig? Auf diese Frage vermochte sie keine Antwort zu geben. Konnte das überhaupt jemand?

Als sie mit Leeni später zum Gartentor ging, versuchte Paula Leenis Hand zu drücken, aber diese riss sich los. »Wenn du nicht gewesen wärst«, rief sie, »hättest du dich nicht in meine Angelegenheiten eingemischt, wäre Joni immer noch mit mir zusammen und alles wäre gut. Joni würde mich lieben und bei mir wohnen. Wir würden lachen und uns umarmen. Alles wäre gut!«

Paula schüttelte langsam den Kopf.

»Die Wahrheit ist, dass es den Joni, den du geliebt hast, überhaupt nicht gibt.«

Seltsame Fantasien aus den Albträumen seiner Kindheit erfüllten ihn. Blasse, blutunterlaufene Augen im Badezimmerspiegel. Das bittere Schluchzen des Vaters. Die Beklemmung, die Angst. Die schwarze, erstickende Angst. Und dann kam das Schlimmste von allem. Vaters Schritte im Wohnzimmer, mit der Lampe an dem Haken in der Decke.

Er sah die Füße. Die Schuhe des Vaters waren auf den Fußboden herabgefallen. Seine Füße baumelten hoch über dem Kopf des Jungen.

Das schrille Weinen des Kindes nahm kein Ende. Würde es jemals aufhören?